日露戦争戦記文学シリーズ（二）

第二軍従征日記

田山花袋 著

第二軍従征日記〈目次〉

凡例

本書では、旧字体・歴史的仮名遣いを原則として新字体・現代仮名遣いに改め、また適宜、句読点・かぎカッコ・送り仮名を加え、明らかな誤記は訂正し、難解な語句には振り仮名・（注）をつけ、原文では漢字で記されていた形式名詞・補助動詞・連体詞・副詞・指示代名詞の一部は仮名書きとした。なお、文中には現在では差別用語とされる不適切な表現があるが、史料という点を考慮し原文通りとした。

『第二軍従征日記』関連年表

年	月	花袋の行動（**太字**）と第二軍の主要戦闘
1904年（明治37年）	2	日露開戦、ロシアに宣戦布告（10日）
	3	**東京を出発（23日）**
	4	**宇品を出港（21日）**
		鎮南浦に到着（25日）
		鴨緑江の戦闘（第一軍）（29・30日） （死傷者　日本軍962人、ロシア軍2284人〈失踪を含む〉）
	5	**鎮南浦を出港（3日）**
		塩大澳に上陸（7日）
		金州・南山の戦闘（25・26日） （死傷者　日本軍4387人、ロシア軍1137人）
	6	大連市街を見物（3日）
		得利寺の戦闘（14・15日） （死傷者　日本軍1145人、ロシア軍3563人）
	7	**熊岳城温泉で数時間入浴（6日）**
		蓋平の戦闘（6～9日） （死傷者　日本軍160人、ロシア軍160人）
		大石橋の戦闘（23～27日、坪内鋭雄少尉〈逍遙の甥〉戦死） （死傷者　日本軍1163人、ロシア軍1052人）
		営口で買い物・食事（30日）
		析木城の戦闘（第四軍）（30・31日）
	8	第一回旅順要塞総攻撃（第三軍）（19～24日） （死傷者　日本軍15860人、ロシア軍約1500人）
		海城兵站病院に入院（腸チフスの疑い）（20日）
		遼陽会戦（25日～）
		「流行性腸胃熱」と診断される（25日）
		橘周太少佐、首山堡で戦死（31日）
	9	遼陽会戦終わる（4日） （死傷者日本軍　23712人、ロシア軍14040人）
		退院し満州軍主力を追い海城駅から貨車に乗る（4日）
		大連を出港（13日）、宇品経由新橋着（19日）
	10	第二回旅順要塞総攻撃（第三軍）（26～31日）
	11	第三回旅順要塞総攻撃開始（第三軍）（26日～）
	12	**故郷の群馬県館林町で従軍講演（4日）**
		第三軍、203高地を完全に占領（5日）
1905年（明治38年）	1	**『第二軍従征日記』を博文館から出版**
	3	奉天会戦（2日～〈10日 奉天占領〉）
	5	日本海海戦（27・28日）
	9	日露講和条約調印（5日、公布は10月16日）
		日比谷焼き討ち事件、東京に戒厳令（5日）

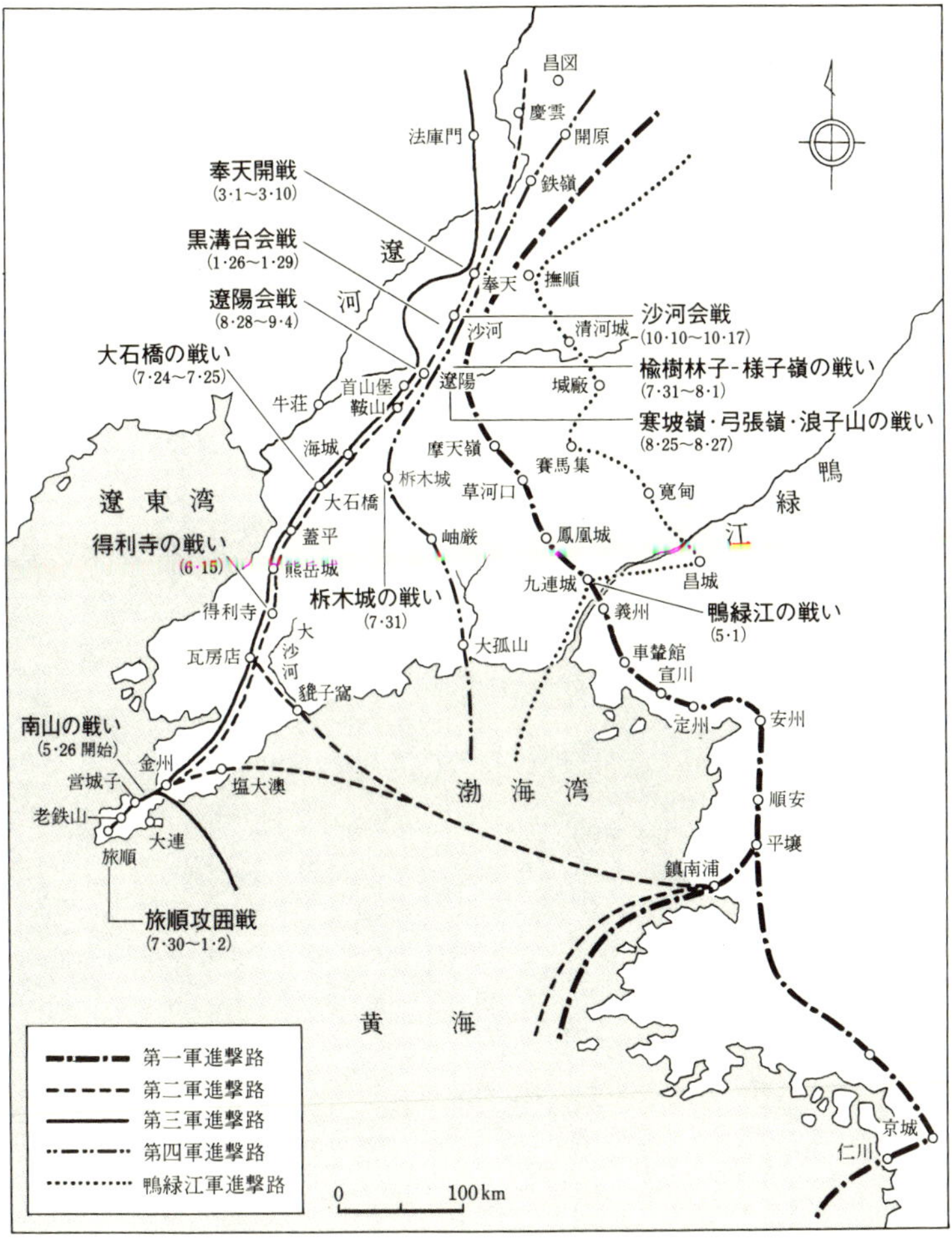

『日露戦争海戦写真史』（新人物往来社）より

第二軍従征日記

西南の役に戦死せる父君の霊前に献ず

月のうたを見て田山ぬしにまゐらせける

源　高湛

うたたくみ君月なれやさかしらの
世のあらそひをよそにすみます

こは序文の代わりにとて、森鷗外先生が軍中より寄せ給いしものにて、月のうたと言えるは、著者が金州南山の陥落後に詠める

すさまじきこの人の世のあらそひを
よそになしてもすめる月かな

の愚詠を指したまえるなり。謹みてその厚意を謝しまつる。

著　者

緒　言

振古未曽有なる征露の役に、自分が従軍したのは、実にこの上もない好運である。砲煙弾雨、それが自分の稚《いとけな》い思想に大なる影響を及ぼしたのは無論のことで、自分は人間最大の悲劇、人間最大の事業を見たとすら思ったのである。殊に、一層幸福なことには、自分は従軍写真班に属しておったがため、また従軍記者の同行を許可されぬ前、即ち第二軍の活動の最初からそれに従うことが出来たので、上陸地点を始め、十三里台子・南山・得利寺、凡《およ》そその軍の行動は一も洩らさず見ることを得た。

ただ、自分は軍事思想に乏しく、その組織、その配列、その行進などに就いて、甚だ明らかならざるところがあり、かつ、その頃は軍の行動を秘することと最も厳かに、参謀官は通信に必要なる事項をすら更に自分等に洩らすのを敢えてしなかったので、従って、その大体に就いては、帰国してから、却って新聞を繙《ひもと》いて知ったという有様で、その観察、叙述共に不完全なるところがあるに相違ないのである。

けれど自分の見た所、聞いた所、感じた所は、残す所なく、否ある意味に於いては殆ど忌憚なく書いたつもりで、その不秩序、不透明、平凡冗漫の中からも、同情して読んで下されたならば、あるいはこの盛大なる戦争の面影の片鱗くらいは見えるであろうと思う。

自分の東京を発したのは、三月二十三日午後九時半（注・一九〇四年〈明治三十七年〉）。宇品を発したのが四月二十一日午後三時。それから同年の九月十九日午後三時新橋停車場のプラットホームに下車したので、その間の日数は百八十三日、この間、敵襲に遭って狼狽したこともあったし、捕虜になりそこなって、慌てて走ったこともあったし、砲弾を浴びせ懸けられて危なく戦死しようとしたこともあったし、烈しい熱病に罹って、死を覚悟したこともあったし、所謂生死の境に出入したのも尠《すくな》くはなかったのである。それにも拘わらず、かく無事に帰国して、この日記を公にすることを得たのは、実に好運にも、また愉快で堪らぬのである。

まして、自分等の常に念頭に懸けていた旅順の堅塞も、わが勇武無双なる海陸軍のために遂に降伏してしまって、皇威の到る処、草木皆靡くという盛んなる光景を呈したのであるものを……。自分は一層の愉快を感ぜずにはいられない。

終わりに臨んで、自分の今回の従軍に就いて、間接に直接に恩恵を賜った第二軍司令官・奥大将閣下を始め、落合少将、税所砲兵監、森軍医監、由比陸軍中佐、山梨陸軍中佐、川村陸軍中佐、石坂陸軍少佐、松岡陸軍少佐、大越陸軍少佐、澤田陸軍少佐、石光陸軍少佐、秋月陸軍大尉、乃村騎兵特務曹長等の諸氏に満幅の感謝の情を捧げたい。ただ遺憾なのは最も多大の恩恵を荷《にな》い、最も多大の感化を受けた橘陸軍中佐が、遼陽・首山の役に勇ましき戦死を遂げられて、この感謝の情を笑って受けて下されぬことである。

明治三十八年一月二日　旅順降伏の号外の声を聞きて

著　者

〈明治三十七年〉

四月二十一日（木曜日）晴

出　発

午後一時、自分等写真班一行は、広島・鳥屋町の「中野」という旅館を出発して宇品《うじな》へ向った。宇品！自分等はいかに宇品乗船の時の来たるのを渇望したであろうか。狭い、汚い旅館の一室、写真機械、活動写真の機械などの寝る所もない程につめ込まれてある一隅に、自分等は殆ど忍び難い耐忍の情を抱いて、一刻も早くその大活動を待ちあぐんでいた。旅館を出でて、時計商《とけいや》の角を曲がると大手町の大通り、歩兵が行く、騎兵が行く、砲車が行く、その雑踏は眼を驚かすばかり、商肆《しょうし》にはまた出征軍人の必要品――水筒《すいづつ》、金碗、背嚢、帯皮、フランネルの汗衫《シャツ》その他あらゆるものが並べ立てられて、「第一軍の近衛からは随分たくさん金は落ちたが、今度の第二軍は法令厳命で更に旨い汁は吸われぬ」などと、狡猾な商人共のこぼしているにも拘わらず、肆《みせ》には兵士の群がいつも後を絶たぬという有様、その活動、大活動は実に名状するに言葉が無かったので、それを見る度に、その付近を散歩する毎に、自分の胸は烈しく波立つ。

その波立つ心は、今、第二軍の活動と共に更に一層の坌涌《ふんゆう》、一層の澎湃《ほうはい》を来たらしめたので、昨日午前十時に、愈々《いよいよ》明日出発！　との秘密なる命令を管理部の大越副官（兼吉）から受け取った時には、一行思わず万歳を三唱した。愈々乗船、愈々上陸、この軍は何でも非常なる事業を遣るとのことは兼ねて小耳に挟んでもおり、副官部の松岡少佐（保太郎）からは「一週間くらいは飯などは遣られぬから、その覚悟で携帯口糧《こうりょう》を準備しろ……」と威されているので、とにかく愉快なることを遣るには相違ない。旨く行けば、大々的事業、失敗すれば報国一死！　などと、二三日来、広瀬中佐の壮烈なる最期（注・一九〇四年〈明治三十七年〉三月二十六～二十七日の第二回旅順口閉塞作戦にて戦死）、マカロフ提督の悲惨なる戦死（注・

同年四月十三日、ロシア東洋艦隊旗艦「ペトロパブロフスク」が機雷により轟沈、司令長官マカロフ提督も戦死）などの号外に、耳熱し、気昂《きあが》れるこの身は、何のことはない、まるで狂したかのよう。

想像して御覧なさい、軍国の精神を集めたとも言うべき広島の市街、大手町の司令部を始めとして、砲兵部、管理部、軍医部、経理部、金櫃《きんき》部、乃至《ないし》は各町毎の主だった旅館に白布を翻せる師団、旅団、連隊本部は、昨日から既に大濤の翻るがごとく宇品へ宇品へと活躍しておるので、わが旅館の前には川、元安橋、その対岸なる大なる旅館に司令部を置いた第一師団なども、この黎明《あかつき》に、幾度か万歳の声を挙げて一隊一隊出発して行くのが、極めて勇ましゅう、殆ど血を湧かさずにはいられぬばかりに聞き取られたので、自分等の車を並べて宇品へと赴いた時には、既に所々昨日に異なれる師団、旅団、連隊本部の白布の翻れるを認めた。

空はまた思い切った快晴。春にはこんな日は実に珍しい。広島市の附近を繞《めぐ》れる山々には霞が、四條派の画に見るように美しく装われて、河の岸に叢生《そうせい》せる柳の糸は、遠征の人の別意に堪えざるがごとくに離々《りり》として打ち靡き、菜の花の黄なる色は路傍に美しく連なり渡って、さらぬだに、美術家、詩人の心を惹くのであるのに、到る処の活動、到る処の喧囂《けんごう》は更にまた一種の幻境を描き出して、宛然《えんぜん》これ一幅魔人の画図。

宇品街道の橋を向うに渡ると、広島郊外の疎らなる人家。その前を過ぎようとして、自分はまたハッと打たれた。そこには小学校の生徒が五六百名ばかり、奥第二軍司令官の一行を送らんがため、整然と両側に列を作っているのであるが、自分等の一行及びその後に続ける多少の人馬をその先駆とでも思ったか、皆一同に万歳を唱えた。万歳！　万歳！　自分は思わず暗涙《あんるい》の胸に上るのを禁じ得なかった。幼き国民よ、将来は爾等《なんじら》の手腕を煩わすこと更に多からん、健在なれ、わが幼き国民！

広島測候所の前に出ると、もう宇品は一目《め》。厳島の山から懸けて、碧瑠璃《へきるり》盤上の幾青螺《せいら》、連なり渡る宇品の向山は、刷毛もて巧みに描き出したるように展開せられて、その東の湾口には、幾多の帆檣《ほばしら》、幾多の煙突。その煙突からは、幾筋ともなき煤煙の盛んに渦上するのが認められるので。

その壮観と言ったら、無い。

その壮観は、京橋川に架けたる虹霓《にじ》のごとき大橋を渡るに及んで、更に層一層を加えたので、それより通ずる外宇品の街路、その真直な路には、四方から集まって来た歩兵やら、騎兵やら、砲車やらが隊をなし、列を作って、黄《き》い砂塵は春の日の影に舞い上り、埠頭《はとば》から聞こえて来る汽笛の響は、絶えず征人の胸を轟かしめて、人馬ともに皆な港へ港へと急いで走り行く。自分等の人車はその活動、その雑踏の間を右に抜け、左に抜けて、辛うじてその大埠頭の前へと来たが、昨日大越副官から聞いておいた十三の埠頭、そこには赤い小旗が建てられてあるそうであるが、これは何処であろうと聞きながら辿って行くと、砲車は砲車、馬は馬、騎兵は騎兵、砲兵は砲兵と皆その乗船する埠頭が異なっておって、いずれの埠頭にも一として物の動いておらぬ所は無い。砲を運んで来て端舟《はしけ》に積み込むため大騒ぎをしているもの、兵士七八名総掛りで頻りに砲を運んでいるもの、馬を舟に乗せようと苦心しているもの、千態万状容易に状すべからざる光景である。三四町来て、「十三の埠頭は」とある将校に聞くと、顧み指点して、「彼処《かしこ》に大きな建物があるだろう、その前が軍の乗船埠頭である」と丁寧に教えてくれた。

行ってみると、果たして赤い小旗。その周囲《ぐるり》には、箱包、菰包《こもづつみ》、その他の荷物が山のように積まれてあって、その埠頭の入口に、橘管理部長（周太）が厳粛なる態度で立って指揮しておられるのを認めた。後に遼陽・首山の戦に於ける橘少佐と言えば、軍神とまでたたえられて、児童走卒もなおその名を知らぬ者は無いのであるが、自分の相識《ちかづき》になったのは、忘れもせぬ四月の十三日、従軍写真班の行李荷物のことで、由比第二軍参謀次長（光衛）の紹介を得て、その管理部に訪問し、初めて面晤《めんご》の栄を得たので、その厳粛なる態度の中に、よく人をなつかしむる温順のところあるのには、自分は一方ならず敬服したのである。ああ橘少佐、自分は君のことを考えると、殆ど堪え難い熱い涙の双頬《そうきょう》に下るのを覚ゆるのである。けれど、今は記すべき所ではない。

　少佐（戦死後中佐に陞叙《しょうじょ》せられたのである）の姿を認めたので、その前に行って、指揮を乞うと、

「ヤア、博文館の写真班か、君方《きみがた》の荷物は何許《いくら》あるか、……むむ……よし。それではそこに、他の荷物と一緒にならぬように区別して置きたまえ、今少し経つと指揮するから」

　で、自分等は命ぜられたる所に、八個の荷物を降ろし、それとなく傍らを見回すと、箱包を高く重ねた上に秋月中尉（胤逸《いんえつ》）が白い襷を肩から胸に巻いた勇ましい姿で立って指揮しているのが見えるし、そのすぐ側には乃村騎兵曹長（久綱）が同じく事務に鞅掌《おうしょう》しておらるるのを見た。否、大越副官、澤田副官も皆この埠頭附近におられたので、管理部長即ち輸送指揮官は今しも全力を挙げて、軍の輸送を計られておるのである。自分は傍らに水筒《すいづつ》に詰めるために大釜に湯が沸かしてあるのを発見して、水筒に熱い熱い湯を詰めたが、打渡したる宇品港頭の光景は、言い知らず自分の胸を動かしたので。

　見ると、わが前なる埠頭は、十五六艘の端舟密集し、軍夫船頭は荷物の積込みに忙しく、その先には、碧《みどり》なる海に黒き煤煙を靡かせつつ二三艘の端舟を引き行く五六の小蒸汽、その向こうには、島山の碧なる影と入海の静かなる波とを後景にして、大運送船の相連なること前後三四十隻、いずれの船にも、端舟、小蒸汽が砂糖に密集《たか》る蟻のように取り附いて、双眼鏡で見ると、遠い遠い所に懸っている常陸丸の右舷に頻りに軍馬を載せようとしているのも鮮やかに眼に映る。「彼処《かしこ》に正面を向いているのが目尾《さかのお》丸、その向こうに少し斜めになってかかっているのが鎌倉丸、向うのはあれはせいろん丸、りょじゅん丸、その右に、それ、今小蒸気の取り付いた大きな船は何だろう。なの字が見えるが……」などと言っていると、目の良

いので自慢な柴田君がしばらくそれを見詰めてから、

「しなの丸、……しなの丸……あの『な』の字が一番大きく見えるが、次に『の』の字が、そら見えるだろう」

と言った。

「なるほど、しなの丸！」

と中君は合わせた。

「あれに、十八連隊（注・歩兵第十八連隊〈豊橋〉、第三師団〈名古屋〉第十七旅団〈豊橋〉隷下）が乗っているんだナア」

「そうだ」

石原応恒・歩兵第十八連隊長
（『上毛紳士録』・上毛と京濱社）

十八連隊は名誉の連隊、日清戦役に於ける佐藤少将の驍名《ぎょうめい》は国民の皆知れる所であるが、この連隊がちょうど柴田君の故郷に当るので、その縁故で、連隊長石原大佐（応恒《まさつね》）を識り、広島滞在中、その連隊の記念撮影をしてやるやら、その送別の宴会に呼ばれるやら、ずいぶんよく訪問しては邪魔をした。出発の二三日前、出来上がった写真を持って行くと、連隊長は「ヤア、よく出来た、誰の顔も分明《はっきり》に……これでは勇ましい戦闘《いくさ》が出来るでしょう。また、戦場に行ったら、ちょいちょい遣って来たまえ、面白い写真を撮らせてやるから……」と言って莞爾《にっこり》と笑って、「どうも我々はしっかり遣らんけりゃならんよ、連隊が名高い連隊だからナア」と加えられた。ああその名高い、勇ましい尾三遠《びさんえん》（注・尾張、三河、遠江＝現在の愛知県及び静岡県西部）の勇士は、実にかの船に乗っていると思うと、自分等は一種他と異なれる情を覚ゆるのであった。

我々の便乗すべき船は、第一八幡丸。トン数は四千五六百トンで、しなの丸などと比べると小さいが、その速力、その装飾は郵船会社が欧州航海に用ゆる大舶《たいはく》の中でも最もすぐれているという事で、一等客室の立派さ加減などは到底他に求むることが出来ぬとの話。その船は何処に……と自分等は彼方此方《あちこち》と飽かず双眼鏡を捻くり回したが、船が重なり合っているのと、斜めになっているのとで、よく解らぬ。けれど沖合八百米《メートル》ばかりの所に、今頻りに黒煙《くろけぶり》を揚げている船が少しく正斜角に横たわっていて、右舷には端舟、小蒸汽が幾つとなく取り附いて、甲板の上には美々《びび》しい軍服を着けた士官が幾人となく往来している。あの船じゃないかしらん……などと噂していると、傍らにいる管理部の傭人らしい人が自分等に向かって、「第一八幡丸ですか？」と聞く。

「ええ」

「あれです。あれがそうです」

帆檣《マスト》の具合、プープの光景、あれが第二軍の首脳を乗せ行く船！　と自分等は久しくそれに見入っていたが、ふと、寺崎広業君が門生の三浦北峡君と二三個の包を携えてすぐ前にやって来て、橘部長と話をしているのを見付けて、自分はその傍らに歩み寄った。氏とは流山《ながれやま》の旅行家懇親会以来の知己で、五六日前、氏の今回の従軍を新聞にて知り、どうかして逢いたいと思っていたので自分は喜んで声を懸けたのである。

しばらく互いに談話をしている間に、段々混雑が加わってきた。橘少佐は頻りにその大輸送の指揮を取っ

ておられたが、やがて自分等の方に向かい、

「じゃ、諸君の方を先にしよう、そろそろ乗りたまえ」

自分等はそのまま勇んで命を聴き、管理部の傭人の一部と共に、急いで端舟へと飛び乗った。後から更に乗りし兵士七八名、そのままに端舟はゆるゆる動き出して、二三町漕ぎ出たと思うと、其処に待っていた小蒸汽は、直ちにその艫の綱を結び取って、かくて自分等は愈々陸から海へと難なく移し了《おわ》るるのであった。

端舟より本船に移る時の困難、ことに自分等一行は写真機械やら、種板やら、荷物が非常に多いので、人馬を以て上へ下へと混雑する船の甲板の上に更に一方ならざる混雑を来たしたのであるが、しかも自分等は久しくこの一刹那を待ちあぐんでいた身の、難なくその困難をも通過してしまって、やがて管理部の軍曹に導かるるまま、予め定められたる、写真班一行の船室へと赴いた。

最初上りしは、装飾美々しき上甲板。

それを下ると一段低くなったところがあって、船の右舷左舷の両側に急造《きゅうごしらえ》の厩がずらりと並んで、馬が既に七八頭も入れられてある。中央には帆檣を上下させる機械が混雑《ごたごた》と固まって、ズックの硬々《ごわごわ》した幕の下からは、下等室の船倉《はっち》の一部が明らかに覗かるる。猫の額のような下甲板には、兵士がむっと言うほど塞《つま》って、喫煙所と記された所には、兵士の吸い合うまずい煙草の煙が気味悪く籠っている。何処に連れて行かるることか、部長の話では、「どうも君方は公然大本営の許可を得て来ておらんのだから、いわばまア、第二軍がこっそり連れて行くようなものだから、とても充分なる待遇を与えることが出来ん。八名の席だけは取っておいたが、不平を言われては困る」とのこと。「イヤ、この際連れて行って頂きさえすれば、この上もない幸福です。不平などは言うどころではありません」と立派に答えておいたはおいたも

のの、誰しも醜汚《きたな》いところの嫌いなのは人情である。どうか、少しでも好いところ、横にくらいなれる所と心の中に念じて行ったその希望は水の泡。喫煙所から細い細い鉄の壁とすれすれにならなければ通れぬ程の細い間を辛うじて抜けると、いきなり突き当たりは便所。船の一種の臭気が既に一方ならず自分の鼻を刺激しているのに、これはまた烈しき悪臭、自分には殆ど堪え難い心地がした。否それればかりならまだ好いが、自分等写真班の室は、その便所からまだ一段下の、下等室の中でも最も悪い、上からＷＣの木管の通っている一室ではないか。

けれどこれも戦地と思えば、あきらめも附くが、六畳敷よりまだ狭い一室に写真班八名の名の札を張られたのにはしたたか困った。第一、多い荷物を入れてどうして此処に八名が入られよう。横になるどころか、座ることすらも出来ぬのである。室の傍ら、階段の下に大綱を蛇の蟠《わだかま》ったように巻き重ねたのが場を占めているから、その上に機械や荷物を置くにしても、それでも八名は到底難しい。仕方が無いから、乃村曹長にこの旨を話すと、曹長は「それはなるほど無理だ」と頷いて、隣の憲兵のいる間を一しきりだけ空けてくれたが、その代わり寺崎広業君の従者を此処に一人混ぜてくれと頼んで行った。かくて三浦北峡君は自分等と一緒にその下等室に同居することとなったのである。

一かたづけして、自分は一人上甲板へと昇った。上甲板へは将校以下の昇降を禁じてあるのであるが、何の彼のと理由を附けて、辛うじて昇ってみると、恰《あたか》も好し、奥司令官以下の諸将官を始め、参謀佐官尉官の人々は今しも左舷の第二梯段《ていだん》から乗船しようとしているところで、自分の初めて見たときには、奥軍司令官は下から十五六段目のところを上へ上へと登って来らるる際であった。後から続く落合参謀長、税所《さいしょ》砲兵監、片山主計監、森軍医監、由比参謀次長と段々上って来て、軍帽、軍服、佩剣《はいけん》の美々しき装飾は、おりからの美しき春の日の海の光と相映発して、そこに一場のおもしろき活画を現出した。

これらの人々の任務は重いのである。わが祖国の運命の一部は確かにこれ等の人々の肩に懸けられてあるのであると思うと、自分はこの一場の光景が単に一時のものではなくて、わが日本の歴史上の光景ではあるまいかと、じっとそれに見入ったのである。

船中の混雑、上へ下へとの喧《かしま》しき騒ぎも未だ止まぬのに、沖にかかっている常陸丸は早動き始めて、わが八幡丸も頻りに錨を巻き始めた。さて、十五分ばかりで巻き終わったと思うと、ゆるゆると右から左へと先ず大回転をして、そして徐《しず》かに進行を始めた。

時計を見ると、午後三時三十分。

耳を欹《そばだ》てたなら、陸《くが》にはこの船を送る万歳の声が聞こえたであろう。けれども、船には勇ましき門出を奏する楽器もなく、軍歌も無く、海軍の出発などに比して、それは実に淋しいものであった。ただ、混雑と喧騒、その職に携われる人は、殆どいつ宇品を離れたかも知らぬくらい。

「なんだ、もう動いているのか」

「あんまり早過ぎるナ」

「あんまり呆気無いじゃないか」

などの声が各方面に起る。

そして、せめては別れ行く本国の見納め！　と態々《わざわざ》甲板まで出掛けて行った人もあったが、船は時の間に、向宇品《むこう》の山の陰を巡って、そのまま厳島の見える内海へと進んで行ったので、充分にその宇品の山々と別離を惜しむ暇すら無かった。自分はそれでも一人甲板に出て見ておった。別離！　別離！　軍国の別離！

自分の胸は少なからず波立った。

自分の想像では宇品出発の際は、それは頗《すこぶ》る壮観で、何十隻の運送船が舳艫《じくろ》相含んで勇ましく出帆するであろうと思っていたのに、前に常陸丸がただ一隻煤煙を挙げて進んで行くばかり、後には続いて出帆して来る船の影もなく、普通の航海に少しも違わぬ。厳島の山陰もとかくするうちに次第に遠く、岩国あたりと思う沖より、日影は漸く西に傾き、霞に包まれし大空も次第に晴れ、肌に当る風もそぞろに寒くなってきた。自分は詮なく室へと下った。

下等室の光景、これまた面白いところが無いでもない。自分等のいる下等室は、五坪ばかりの船倉を中央にして、その周囲《ぐるり》に、ちょうど劇場の桟敷のように、約六畳くらいの一間を二段に長く連ね渡しているのであるが、船倉の一隅には、更に下階に下るべき急な高い梯子が懸けられてあって、その下には、馬――司令官以下将校の馬が幾頭となく繋がれているのである。従って、この下等室にいるものは、多くは馬卒、傭人、それに上等兵以下の兵士等で、その喧騒は実に夥《おびただ》しい。やれ、上から水を懸けたと言っては怒鳴る、やれ、馬の取扱が悪いからと言っては怒る、殆ど終日かれ等の声を立てておらぬ時は無いと言ってもいいくらい。それでも、彼らの間には江戸っ子が多いので、喧嘩をするにも江戸弁のちゃきちゃき、おりおりは長唄やら義太夫やらを唸り出して、船の鐘《ベル》が鳴ると、「それ、三ツ番だ！　火事は近い」などと叫ぶ。その一方《ひとかた》ならぬ混雑に対して、管理部の将校副官などはことにこの下等室の統御に心を労し、もし、失火でもあるようなことがあっては……と、一切煙草を室内で喫せしめぬばかりか、ある時などはマッチを一つ一つ奪って行ったことのあるのを記憶している。

それから、夕暮になって、食事の鐘がなる、この食事が又一方ならざる難物で、自分は船中にいる間、既に従軍の苦しみのいかに堪え難きかを思い当った。室の前、梯子の下に、船の事務員は下等室の食事分配所を設けて、予め渡しておきたる木札を證《しょう》に、一々憲兵とか写真班とか砲兵とか部を分けて食を分配するのを例としたが、その食はバスケットの中に入れられた粗悪の米、粗悪の菜で、多くは肴が臭かったり、米が半熟であったりしていて、腹が空くから食事は待つが、そのバスケットを見ると、うんざりしてしまうという始末。椀は剥げ、茶碗は黒い汚点《しみ》がついていて、ブリキの古い缶に入れてくる茶はちょうど馬の小便同様——敢えて贅沢を言うのではないが、実際これには皆困った。

美《うるわ》しき夕陽《せきよう》も漸く薄く、空には更に眉のような月を以てこれを照らしたが、これもやがてはかくれてしまって、夜は真の闇、ただ、船の水を截《き》って快駛《かいし》する音が聞こえるばかり。

上甲板から、将校の一二を訪問してみようとは思ったが、終日騒いだ疲れが出て、そのまま肩を並べて熟睡。

かくてわが従軍の最初の夜は過ぎたのである。

四月二十二日（金曜日）

昨夜十二時頃、碇を下す音を夢現《ゆめうつつ》のように聞いておったが、夜が明けて、眼が覚めてみると、果して船が停まっている。「どうかしたのか」と船員に聞くと、「いや別に意味は無い。門司の海峡は常でさえ危険であるのに、今は水雷を大分沈設してあるので、此処に着くとすぐ、碇を下して、夜の明けるを待っていただけのこと。出て御覧なさい、昨日先に出た常陸丸も碇を下しておりますから」と教えてくれたので、そのまま、中甲板へと自分は出掛けた。景色よりも何よりも、先ず自分の眼を惹いたのは、兵士がその甲板で頻りに顔を洗っている光景で、彼らは船員の柄杓《ひしゃく》から一杯のはかり水を貰って、そして顔を洗っている。中には一杯では足りぬから、今一杯くれろと言って、えらく怒鳴られた兵士がある。

「はかり水は一杯と決まっています！」

「まア、も少し、も少し。後生だ、顔をまだ半分しか洗わんのだから」

「上げられません」

と船員はえらい剣幕。

水一杯も余計にくれられぬとは、これが戦地であろうと自分は思った。自分も仕方が無いからそのはかり水で、猫の面を洗うように顔を洗って、そして愈々《いよいよ》甲板に上った。

暁の門司海峡の景――自分は思わず手を打った。

何たるすぐれたる風景であろう。九州の山は既に近く右に聳え、その蜿蜒《えんえん》として海に至る突角は門司の港、その港には今しも朝霧が半ば晴れかかっていて、その絶間絶間から林のように立った帆檣《マスト》が、東のオレンジ色にさながら印《お》したように浮き出ているのが見える。左を見ると、周防の海の懐はやや広く、向いに、馬関の粉壁数十家がこれも薄い朝日の光を受けて、まるで画か何ぞのように見渡される。常陸丸は？と見廻すと、昨日わが前に進んだにも拘わらず、今日は二千米《メートル》突ばかり背後に碇泊していて、その太い煙突からは、薄い黒い煙が逶蛇《いい》として靡き渡っていた。

自分等門外漢にはよく解らぬ。否、当時は軍人軍属の人々でもこの船の進退に就いては更に聞き知るところが無かったであろう。ことに、この門司海峡は至要《しよう》の関門、一度此処を出て玄海灘に向かえば、いつ敵艦が襲ってくるかも解らぬので、軍司令部の参謀諸将は尠《すくな》くともこの海峡を過ぐるに就いて、十分慎重なる態度を取った上、更に大胆なる決意を有しておったに違いない。何も知らぬ自分等は、やれ風景が好いの、やれ通信をさせて貰いたいのと、無邪気極まることを言っていたが、司令官以下の人々の心労はそれは一方《ひとかた》で無かったに相違ない。

船の碇を挙げたのは午前六時二十分。

右に馬関、左に門司、その暁の風景の美しかったことは未だに忘れぬ。あれが日清戦役の際国際談判を開いた春帆楼《しゅんぱんろう》、今度も首尾よく外敵を屈服せしめて、出来るだけ光栄する結果を収めたいなどと互いに語り合っている中にも、船は進む、海峡は通過する。前にひろげられたるは、怒涛澎湃《どとうほうはい》たる玄海灘。

今日もよく晴れて、空には殆ど一点の陰翳だに無い。深碧なる海のところどころ、波が畝を作って白く離れている彼方には、六連島《むつれとう》の面白い形した青螺《せいら》が屹《きつ》として聳えて、この島を過ぎると、対馬まではもう陸の影は見えぬとのこと、その島の周囲の浜には、波濤が白く縁取るように乱れて、鷹らしい鳥が無数に飛んで舞うているのが見える。

大海のどよみは常にわが思を惹くところ、先年三河の伊良湖崎に遊んで、志摩海峡の怒濤の烈しいのを見、海と陸との自然の戦争の永久《とこしえ》に止むべからざるを思い、そぞろに戦闘というもののまことの意義に触れたような心地がしたことがあったが、今、その考えがふとまた胸に浮かんだ。戦闘！　戦闘！　人生は終古の戦場であるのである。

六連島のなつかしい影が微かになり始めた頃より、波濤はやや高く、船の動揺も少しく烈しくなった。けれどあのあたりの風景の壮大なのと、故国に別るる情の綿々として尽きざるとに、流石《さすが》甲板を下ろうとせず、そのままじっと大海のどよみに見入った。十時頃、「壱岐が見えそうなものだ」などと互いに語り合ったけれど、船は遠く沖合に走っているものと見えて、その髣髴《ほうふつ》をだに認めえなかった。

自分は下等室のことのみを記したが、ここに少しく船の全体の光景を描き出してみよう。先ず、下等室の中甲板を行くと、将校の外昇降を禁ずと記されたる木札の懸った梯子が船の左舷右舷の二ヶ所にあって、それを上ると、上甲板。その甲板の上はことに眺望に富んでいるので、参謀の徽號着けたる佐官尉官、副官の肩章を帯びたる佐官尉官、その他管理部、砲兵部、経理部、憲兵部、高等通訳の人々が常に三々五々往来して、殆どその影の見えない時はないであるが、その長い甲板を通りがてら装飾せる船窓からそれとなく覗くと、最初の大きな室は食堂らしく、其処には夜は熾熱燈《しねっとう》が点ぜられて、美しい卓の周囲には、将官らしい人々が葉巻《シガー》を燻らしながら、頻りに談話に耽っているのがちらちら見える。司令官始め、各将官各参謀の室は、大抵この下及び梯子の下に設けられたる一等室を以ってこれに宛ててあるので、司令官は松岡副官（保太郎《やすたろう》、当時大尉、今少佐）と共にその奥の室におられた。落合参謀長、由比参謀次長、山梨参謀（半造、当時少佐、今中佐）、石坂参謀（善次郎、少佐）、河村高級副官（正彦、少佐）等の人々は皆その付近に室を占め、税所《さいしょ》砲兵監の室と森軍医監の室とは右舷に相対しているのを見た。管理部は梯子の下から左舷に行ったところで、輸送指揮官の紙札の翻っているのは橘少佐の室、その前には澤田、大越、秋月などの尉官の室があった。自分のよく訪問したのは、橘少佐、秋月中尉などの室で森鷗外先生の室にも御邪魔に出掛けて行っては長話をした。薬師川憲兵大尉（常義）の室にも時々訪問して、いろいろ新聞雑誌に掲載せる小説のことなどの話をしたこともあった。とにかく、夜になると、この将校室は賑やかなもので、熾熱燈の晴れがましく照り輝く室毎から、愉快らしい笑い声が絶えず洩れ聞こえて、これが戦闘に赴く船であるとは如何にしても思えぬのである。上甲板の上には、籐製の椅子が五つも六つも据えられてあって、二三の佐官尉官が終日代わる代わる甲板球戯《デッキビリヤージ》を遣っているが、折々は赤帽の将官も交じって試みておられるのを見たことがある。右舷の上甲板の中央に、海軍の監督将校の室があって、その前を真直ぐに梯子を下ると、左舷には馬の首の並んだ厩、右舷の広場は船の炊事場として用いられてあるらしく、はっぴを着た男が米を四斗樽に入れて一生懸命に研いでおったこともあったし、里芋の皮、蓮根の皮などを剥いているのを見たこともあった。舷尾には、中等客の甲板――この甲板が中々趣味があるので、自分等は暗い下等室に跼蹐《きょくせき》しているのが厭さに、大抵はこの二等甲板の上で日を暮らすのを例としておったが、その甲板の突角には、船の航走里程を計る機械が長い線を海中に曳きながらぐるぐると回転していて、そのすぐ前がWheelRoom。即ち舵器のある所であるが、それが時々思い出したように、けたたましい響きを立てる。その室をぐるりと廻ると、〝Salon entrance〟と記された扉があって、それを排して中に入ると、広さ十五六畳ばかりの一室、その一隅からは長い梯子が中等室の食堂すなわちSalonに通じているが、その梯子の上の所に一台のオルガンが据えられてある。

このオルガン一台、これが頗《すこぶ》る趣味が多いので、大海をひとり行く運送船の舷尾、計手、軍曹、通訳などの拙《まず》い調子が終日絶えずさびしい海波《かいは》に響いているとは何と面白い光景ではないか。

海の氷《ひ》こごる北国も春風今ぞ吹き渡る、
三百年来跋扈《ばっこ》せしロシアを討たん時は来ぬ。
十六世紀の末つかたウラルを越えし昔より、
…………………………………
その精鋭をつのりたる奥大将の第二軍

森軍医部長、鷗外先生の吟ぜられたる第二軍の軍歌は、実に終日このオルガンの拙い調子に合わせられているので、奥大将の第二軍……と合わせ終わって、「ああどうしても出来ん、出来ん」と慨嘆して立ち上がる軍曹の顔は今でも眼の前に見えるような。その音楽室を通り抜けて左舷に出ると、曹長、計手、軍曹、通訳などの群が寄ってたかって、かの輪投げというものを遣っている。けれどその下手さ加減と言ったら、実に可笑しい程で、五つの輪が一つとして入るものもなく、さる計手が漸く一つ入れたのをこの上もない成功のようにほめ立てている。………けれどこの下士、通訳（寺崎君もこの下の室にいるので）の群には、段々懇意になって、自分等もよく此処に来て日を暮らすこととなった。

ことに、夜の講談――これは後に記そう。

対馬の山影が見えると人が教えてくれて、あたふたと甲板の上に出たのは、ちょうど午餐を済ました時であった。甲板に上ると、果して見える！　ちょうど船の左舷約七千米くらいのところに、鯨が海中にその背を現しているように、黒く黒くあらわれて見えるのがそれで、その山影の遥かに連なった一部が少しく凹形を為し、それからまた高い山影がおりからの白い雲をその頂に靡かせつつ遠く遠く連なっている。

「竹敷はどの方角に当っているでしょう」

と船員に聞くと、

「ちょうどあの凹《くぼ》んだ辺りになっているでしょう。此処からはまだ十里もありましょうか。船はちょうど今対馬の南角を横切りつつ進航しておるから」

対馬対外寇《がいこう》のことはすぐに胸に浮かんできた。日本国中恐らくこの国くらい外寇との緊要なる歴史を有しておる国はあるまい。元寇入来の時は元より、その他折につけ時に触れて、先ず日本の神経を刺激するのはこの国である。維新の際、英人が今我々の過ぎつつある所のすぐ上の所に上陸して、その国旗を立てて、永久占領の意をほのめかしたことがあったそうであるが、実際わが祖国にとって、これほど緊要な島は無いと言っても好いので、この島に住まえる人民の敵愾心《てきがいしん》の強いのも当然である。自分はこの名誉ある島、この歴史的の国の山影を仰ぎつつ、無限の感慨に打たれて、暫しは風景の移り行くのを知らずにいたが、ふと見ると、船は既に漸くその陸に近く、山の樹、岸の漁村、漁舟などの微かながらも弁ぜらるる辺りに来ている。前には岩山、その半腹に白壁造の際立って高い望楼。

聞けば、神崎の望楼であるそうで、その岩山の影の所に豆酘村《はずむら》があるということである。そこに上陸したことのある船員が語って言うには「豆酸という所は中々面白い所です。風俗も違っておりますし、家の構造などもよほど他と異なっておりますし、それに、第一、女の好い所です。村は三百軒ばかり、岩山の陰になってる所にあって……料理店は……」

「おい、また惚話《のろけ》を始めたナ」

と傍から一人の船員が口を入れた。

「まア、好いから黙っていたまえ」

「君の豆酸も久しいものだぜ、もう止したまえ」

　素破抜かれたので、先生少しく悄気《しょげ》て、そのまま言葉を止めてしまった。船は愈々陸に近く、近く、果てはその湾を成しているところから奥の人家が見えるあたりまで進んで行ったが、そこから急に真西に転じて、かくて対馬のなつかしい山影に別れ行くのである。

　この時、天末に煤煙二三本、続いて船舶一隻。

「敵艦？」

と言った者がある。

「馬鹿を言え、この対馬界隈で敵艦に邂逅《でっくわ》すような馬鹿なことがあって堪るものか、ちゃんと上村艦隊がこの附近に見張っているからナア。敵が来りゃそれこそ袋の中の鼠だ！」

「それにしても日本の海軍は豪《えら》いナア」

「それア、豪い。この大海を、たとえ制海権を握ったにしろ、軍司令部を載せた船が、軍艦にも護衛されずにただ独り悠然と通過して行くなどは実に面白い。これなどは、日本軍人でなければ打てぬ幕だナア」

　これは乃村曹長。

「本当です。僕らが露国なら、一か八かでも冒険して、酷《いじ》めてやるのですがね。浦塩に艦隊を三隻持っていながら、首を出せんとは、実に意気地の無い奴だ！」

「本当ですナ」

「けれど、これでもひょっくら出られたら、困るだろう」

「それは困る！　けれどそんなことは有りはせんから大丈夫だよ」

「親船に乗った気でいるサ」

　やがてその船舶《ふね》は和泉丸であることが解った。

「それから、先刻西に駛《はし》っている二本マストの船があったが、あれは何だろう。だいぶ大きな船であったがナア」

「何でも英国の船だって言ったじゃないか」

「英国の——そうかナ」

　海軍が全く制海権を握っておるから、そんな危険は無い、必ず無いと心の底では信じておりながら、天末に二三本の煤煙がスーと揚がると、もしや敵艦！　と何となく薄気味悪いので、こういう会話は幾度となく中等室の甲板上、または音楽室などで繰り返されるのである。後に、常陸丸、和泉丸の遭難（注・一九〇四年〈明治三十七年〉六月十五日、玄海灘でウラジオ艦隊の攻撃により撃沈された、他に佐渡丸が大破。戦死一七四三人・捕虜一二一人）があったので、自分等はよくあの時一人であの海上を渡って来たものだ、もしもの事があったら、それこそ日本はどんなに恐ろしい損害を受けなけりゃならんか知れぬのに、……。我々はそこに行くと暢気なものだった。敵艦敵艦とはよく冗談には言ったものの、そんなことがあろうとはなおさら思わなかったからナア……と常にそれを語り合った事である。

艦は対馬を出でて愈々速力を加え、西へ西へと快駛《かいし》した。対馬の山影が一分毎に次第次第に遠く微かになって、殆ど天末に没し去ってしまったのは、ちょうど航走里程計が馬関から九十八海里《ノット》半を駛《はし》っている時で、自分の時計は二時五十分を指していた。ああもうわが日本の最後の山影も遠く大海のどよみの彼方になってしまったのである、わが祖国の八百万《やおよろず》の神々よ、この孤往独邁する勇ましき軍を護れ、自分は舷尾に立って久しく祖国のことを思った。

船は渺茫《びょうぼう》たる（注・広々として果てしないさま）大海を走ることなお数時間、あまりに快晴なりし空は、四時頃よりやや曇りて、見んと思いし夕陽《せきよう》の美しさも見えず、ただ、舵器のおりおり轟く響と船の水を截《き》りて進む音ばかり、午後六時頃には、船は既に朝鮮近海に近づきたりと覚しく、面白き形したる突兀《とっこつ》たる（注・険しく聳えるさま）島山一つ二つ現れ出した。

国が変われば地形もかくまで変わるものかと思わるるばかりの島の姿。突兀として柱を立てたるごときもの、岩石の断層面そのままを見るようなるもの、或るものは剣抜矗立《けんばつじくりゅう》、或るものは断崖絶壁、突角鋭角の形をなしたるものが甚だ多く、それが皆船の左舷を掠むるばかりに一つ一つ過ぎて行くので、奇景と言えば中々の奇景。

巨文島《きょぶんとう》はもう見えそうなもの、済州島《さいしゅうとう》がもう近いだろうなどと、なおしばらく見ておったが、日が暮れて、微雨《びう》至り、甲板の上はしとどに濡れ始めたので、そのまま自分は下等室に戻った。

夜、音楽室に行ってみると、例の曹長、軍曹、計手などが所狭しと集って、頻りに談話に耽っていた。わが班の技師柴田常吉氏は話好きで、題目にも富んでいるので、その群に交じって、しきりに面白い話を遣り始めた。自分は二十分ほど其処にいて、帰途に寺崎広業君をその室に訪ねたが、どこかに行っておらぬので、そのまま上甲板を自分の室へと戻って来た。船外渺茫、濃霧咫尺《しせき》を弁ぜずという光景で、甲板の上は半ばほどそのしぶきに濡れ渡っている。梯子段を覆ったズックの雨覆の濡れたる下を侘びしくぐって、とにかく自分の室に入って眠りに就いた。

四月二十三日（土曜日）雨、後晴

朝、起きてみると、雨がしとどに降っておる。船は走ってはいるが、此処は何処であるか、如何なる島の附近を走っておるか、濃霧がすっかり封じているので、さっぱり分からぬ。地図の上から考えると、今は大方双子《そうし》海峡あたりを駛っているのであろう。

午前十時頃、二等室に風呂が沸いているというのを聞いて、小笠原君と二人して行って浴した。けれど温《ぬる》くって、何時まで入っていても出られぬのには閉口した。

この日も一二度雨を冒して音楽室に行ったが、別段これと言って記すほどのことも無くて過ぎた。

夕暮から天気はあがり始めて、星の光など雲の間からキラキラと見え出した。雨はもう四時頃からぱったり止んでしまったので。――とっぷり日が暮れた頃、自分は柴田君と共に二等室に出掛けて行った。これは、二等室の食堂で演ぜらるる筈の講談を聞くためで、柴田君は昨夜もそれを聞いたそうだが、馬卒の中に、中々隅に置けぬ芸人があって、浪花節、一口噺、義太夫などと頗る巧みなるものがあるという。「ことに、森林黒猿《こくえん》の北清戦争談は実験だけあって、極めて面白いから行って聞いてみたまえ」との柴田君の勧めに、三等室の暗い所にいるよりはと自分はやって来たのであった。行ってみると、まだ時刻が早いせいか、二等室の食堂には二三の曹長連が煙草を燻《くゆ》らしているばかり、容易にはじまりそうにも覚えられぬので、そのまま音楽室へと登っていって、例の面白い無邪気なしかも際限のない談話を始めた。なにがし軍曹は先の日から頻りにオルガンに熱中して、どうか第二軍の軍歌を旨く調子に合わせたいものと、暇さえあれば遣って来て、あやしい拙《まず》い音を立てているのであるが、今も既に、自分等に背を向けて、頻りにそれに苦心している。傍らに寄って、

「どうです？　なかなか上手くなったです丿」

と言うと
「いや、どうも合わん、『三百年来跋扈せし』と長く引くところがどうも合わんのです」

「どうも歌の調べが合わんのですか」

「いや、そんな事は無いですけれど、……いったい、楽器などを弄《い》じる人間ではないのですからナ」

こう言いながらも、なお飽きず、倦まずに、その拙い調べを繰り返し始めるのである。戸外は闇、海の色は黒く、折々砕くる波頭は白く、絶海のただ中にこの音楽室と下等室と一等室を載せて、たださびしく進行する船！　空想の豊富なる詩人ならば、立派な傑作が出来るであろう。

たちまち喝采の声が下階《した》に聞こえた。

「また始めたナ」

と乃村曹長は言った。

「今夜も先は浪花節かしらん。黒猿の方を牛にしてくれると好いけれど、どうも前座は拙いものに決まっているから、仕方がない」

これはなにがし計手。

「浪花節も面白いじゃないか」

「いやア」

「義太夫はどうだ」

「うん、あれはなかなか聞かせる、三絃《いと》（注・三味線）が無いからやりにくいと言っていたが、先生は余程やった者に相違ない。昨夜は嫩軍記《ふたばぐんき》（注・『一の谷嫩軍記』＝平家物語の『敦盛の最期』に基づいている）をやったが、なかなか旨かった」

「先生は旨い！」

と傍らから賛成の意を表した者がある。

浪花節、浄瑠璃を語るのは、いずれも馬卒の仲間で、自分等と同じく三等室の暗い臭い室にいるものであるが、芸をやるものだけ特に許されてこの二等室に出入りするのである。始まったら、まア、行ってみようと、自分は柴田君を促し立てて梯子を降った。と、熾熱燈《しねっとう》の美しくかがやいた中等室の食堂には、尉官、曹長、軍曹、通訳などがずらりと並んで、中央には小造りの、痩肉《やせじし》の、鼻の尖った一人の男、これが今しも浪花節を唸っている。聞くと、それは岩見武勇伝、重太郎が啞《おし》の真似をして山中の仙人に剣術を学ぶという一段で、父も母もその馬鹿なのに呆れてしまうところを得々として語っているので、その一種古風な、野卑ではあるがしかも無邪気な調子は聴く者の耳をそばだてしめるに充分である。ことに、文句が文章に変わって、祭文《さいもん》のような調子になる所謂《いわゆる》さわりの辺りは、ちょいと口では言われぬ可笑しみがあって、声の抑揚、調子の頓挫などもなかなかよく心得ている。一段済むとまた一段と、何でも一夜に三段位はやらせられるのであるが、その後が森林黒猿君の新講談——即ちかれが北清にて実見した戦争談が始まるのであった。岩見武勇伝の後に北清事変、その反映の妙なのを自分は一方ならず興あることに覚えた。彼の語ったのは天津停車場の苦戦、橋本少尉が奮闘して名誉の戦死をするところであるが、中々御手《おて》に入ったもので、船中の鬱を散するのには、これに越すものありとも覚えぬ。その次が浄瑠璃。これは肥った、身丈《せい》の高い、大きな男で、その声も素人とも思えぬ太い錆びた声が出る。

その後が一口話、長唄――凡て寄席にでも行ったよう。

自分は中途で其処を出て、そのまま梯子を中甲板へと昇った。何たる寂寞、何たる風景。甲板の上には出ている人の影はなく、船の前には暗碧《あんぺき》の色をなした小島が三つ。その波打際に当って砕ける波の白い色も鮮やかに見えるばかりに、船はその傍らを快駛しているので帆檣《マスト》の上には微かなる眉月が得も言われぬ薄い覚束ない光を投げて、波頭のところどころはさながら白銀の閃《きら》めきたかのよう。

自分は一人、舷尾に佇立《ちょりつ》した。

この舷尾は、対馬の山影を失ってから、絶えず自分の物を思う所となったので、自分は日に何度となくその附近を往来して、常にさまざまに郷国のことを考えるのを例としていた。けれど今宵のように、深い深い感に打たれたことは無かったので、自分はこの快絶なる一瞬時を以ってわが世の総てに更《か》ゆるも敢えて惜しくないと思った。自分は久しく舷尾の欄干に寄って、じっと船の進んで行く光景を見ておったが、海の色は全く総て白銀で、ただ船の波を截《き》って進む路だけ白くさやかに泡立ち、その縁は暗黒色を以ってこれを塗っておるように見られる。

自分は立って何を考えたか。祖国のこと、家郷のこと、遠征のこと、妻子のこと、その他あらゆることが混雑《ごたごた》と胸に上ってきて、殆ど止《と》め度《ど》がない無い程であった。けれど最も深く、最も明らかに、しかも最も痛切にわが頭脳を刺激したのは、西南の役、即ちわが六歳の時に、御船《みふね》附近の戦に名誉ある戦死を遂げたるわが父のこと（注・花袋の父・鋿十郎は別動第三旅団所属の一等巡査として出征、一八七七〈明治十年〉四月、熊本県益城郡飯田山で戦死）。

戦死した父のことに就いては、自分は母から種々《いろいろ》なことを聞いておる。戦死したという報知が来ても、もしや生きていて、何時かひょっくり帰って来はせんかと久しく経つまでその念を去ることが出来なかったということや、後に残された三人の子供をかかえて、不幸なる母が如何に浮世の辛酸を嘗めたかという事や、父の戦死は非常に勇ましく、隊長もこれを惜しむこと一方ではなかったという事や、その他悲惨なることは幾度か聞かせられて、よく耳に熟しておる。けれどことに常に自分の記憶に存して忘れられぬのは、父の多い遺留品の中に一つの手帳があって、その手帳には戦死した日（四月十日）がちゃんとつけられてあって、下に、晴と書いてあることであった。否、自分は現にその手帳を翻して幾度父の戦死を思ったか知れぬ。それが今、自分が軍に従うにつけて、その日その日の感情を記そうと思って、隠袋《ポケット》の奥深く蔵めた懐中日記、もしやこれがある日――日記中のある日の所に、晴とか曇とか記して、それで最後になってしまうようなことが無いであろうか。そして、わが妻とわが子とは二十七年前にわが母とわれ等三人の孤児との受けたような悲惨な運命に遭遇せねばならぬのではあるまいか。無いとは言えぬ。或いは有るかもしれぬのである。自分は先の日、日記をつけようとして、ゆくりなくこの深い感慨に打たれ、殆どわれを忘るるばかりであったが、今、またこの舷尾の散歩に、これを思い出したので。

戦死！　その結果は皆われ等の嘗めたような孤児寡婦の苦い味を世間の人に与えるのである。こう思うと、軍人の戦場に赴くのは、実に不自然極まるような心地がして、思わず暗涙《あんるい》に袖を濡らした。

戦死？　これ、われ等が研究せねばならぬ大なる問題であると自分はしばらくして翻って考えた。

蒼茫たる海、船はただ行くのである。

四月二十四日（日曜日）曇、後晴

昨夜は月の光、雨はすっかり晴れたと思ったのに、今朝はまた薄霧に包まれて、どちらを見ても灰色の佗びしい色ばかり。仁川《じんせん》の沖は昨夜の中に通過した筈、今は何処を船は駛《はし》っておるのであろうか、と思っている間に、蒼茫際限なき海はいつか島山の両岸に見える湾口らしい所へと変わって、近づけば近づく程、何処かの港に近いということが明らかに想像される。仁川に上陸するようなことはないと決まっている。さりとて鎮南浦《ちんなんぽ》に着するには余りに早い、どうした訳かと二三の将校に尋ねてはみたが、全く知らぬのか、それとも又秘密の中の秘密としておくのか、その返答がいずれも曖昧模糊で、とんと要領を得ざること夥《おびただ》しい。

その疑問の決せぬ中に、船は次第に湾口深く入って、左方の陸地の突角に、面白い形をした朝鮮の漁家、白き衣を着けた朝鮮人の群などが手に取るように歴然《はっきり》と自分等の双眼鏡に映じ始めた。珍しいので、頻りにそれを見ていると、ふと、西北に開いた大きな湾口が次第次第に現れ出して、覆い被さるような灰色の曇天に、先ず、見えたのが、二三隻の軍艦

否、見よ、見よ――

たちまちにして絶大なるパノラマはわれ等の前に広げられたのである。灰色の侘びしい雨雲を以って包まれたる一大湾口には、幾隻とも知れぬ軍艦が順序正しく整列して、その檣《ほばしら》、その煙突――その煙突から渦上する黒い煙は幾筋となく天を覆いて、その壮観、奇観、実に何とも言いようがない。ことに、空はぼんやりと曇っているのが、また一種惨憺悲壮の情を強うせしめたので、眼にみゆるもの総てこれ灰色、鼠色、暗黒色、碧《みどり》なる海の色さえ何となく暗い一種の色を呈していた。「海軍根拠地、海軍根拠地」という声は船中に聞こえ渡った。

「それにしても此処はどこだろう」

「根拠地の所在は？」

などと、人々騒ぎ立てて、その地名を知ろうとしている。けれどある者は仁川沖と言い、或者は鎮南浦と

いい、或者は椒島《しょうとう》附近と言い、容易にそのまことの地名を知ることが出来ぬ。船の舷尾に働いていた一人の水兵、「君は海軍でよく知っているだろう、こうなってはもう秘密も何もないから教えてくれたまえ」と迫った。彼は最初は「知らん知らん」と言い張っていたが、余りに熱心に問い詰められるので、遂に「これは海州湾口で、仁川の沖を西に十五六里出た所」と教えてくれた。

海州湾——これがわが勇ましい海軍の根拠地。

船は愈々《いよいよ》その湾口に近く、近く、ちょうど軍艦の勢揃いしておる中に割って入るかと思わるるばかりに進行して、漸く一万頓《トン》以上の大軍艦の並列している附近に行って碇を下した。左舷から見ると、最初に一万頓以上のたぶん初瀬艦であろうと思われる鼠色の大軍艦が巨鯨のごとく横たわって、その次に朝日型の一戦闘艦、それから厳島らしい巡洋艦、それから彼方は帆檣《マスト》相連なり、煙突相重なるという具合で、右にも左にも巡洋艦やら砲艦やらが幾つとなく駢列《へんれつ》し、それがまたいずれも戦闘準備で、煤煙が黒く高くその煙突から漲《みなぎ》り渡って、殆どこの湾口が煤煙と雨雲とで塞がれてしまいはせぬかと疑われるくらい——壮観、壮観！

これがわが海軍、勇ましい海軍。旅順の敵艦を撃破し、旅順の港口を閉鎖し、軍神広瀬中佐を出し、敵将マカロフを戦死せしめた海軍であると思うと、自分には今までかつて体験したことの無い悲壮の感が胸も狭しと集ってきて、わが祖国のために奮闘せる戦艦及びその乗組員に対して思わず万歳を唱えたくなった。

わが船の信号台に信号旗が揚がったと思うと、やがて松島艦（わが船の前に碇泊していた）から、一隻の小蒸気が纜《ともづな》を切って勇ましくやって来た。さてわが船の左舷をぐるりと廻って、舷尾の方へと近寄ったが、その小蒸汽に乗り組んでいた少尉候補生らしい青年士官がふとその舷尾のところに現れて、頻りにわが方に向かって言葉を懸ける。

「何ですか、何か御用ですか」

と二等室の甲板から自分等が声を懸けると、やがてその少尉候補生は声を一層張り上げて、

「今、信号旗が揚がって、御用があるという事ですが、その御用を私が承りましょう」

と言うのであった。

　その旨管理部から参謀部へ通ずると、その小蒸汽を左舷の第一梯段へ廻せとのことである。で、その小蒸汽はその命ぜられたる所へとつけて、よくもあの荒波の中にと思わるるばかり、その青年士官の姿は上へ下へと動揺しつつ——しばらく其処に漂っていたが、やがて、奥司令官を始め、参謀の肩章を帯びた将官佐官がその長い梯子を下りはじめて、一人一人その小蒸汽へと乗り移った。この時、雨は細くしぶき始めて、黒い雲と黒い煤煙とは愈々低く海波の上に舞った。

　言うまでもない、これは作戦上海軍との打ち合わせをなすべく、司令官が自分から旗艦《きかん》三笠へと赴くのである。上陸地点の便不便、それに対する敵の防御、海軍のそれに対する掩護上の作戦など、最も重大なる事件は、今これから正確に定められようとしつつあるのである。かく思って見ていると、小蒸汽はやがてわが八幡丸から進航を始めて、松島艦の右方、初瀬艦の左を差して、次第に遠く遠く、戦闘艦、巡洋艦の幾つとなく連れる間をも越えて、越えて、殆ど豆粒のごとくになったと思う頃、これも双眼鏡でじっとこの行方《ゆくえ》を見送っておった柴田君は、

「やア、あの軍艦に着いた、あれが三笠艦だ」

「どれどれ」

「そら、朝日型の向こうに、巡洋艦が一隻二隻三隻連なっていて、それから少し右に離れたところに、小

さい砲艦らしいものが横になって懸っているのが見える……ねえ、見えるだろう、その向こうの大きな軍艦、あれが旗艦三笠だ」

「うん、あれが三笠か」

「それ見たまえ、今小蒸汽から司令官が上っていく」

自分は柴田君の双眼鏡を取って、その方面をじっと見詰めた。なるほどその大軍艦の甲板の上には、海軍の士官らしい人が黒くなって見えていて、その梯子の中央を今しも人の影が五六名ほど上がって行く。艦の舷側には、果してかの小蒸汽が……。

空想勝ちなる自分の心は実に限りなきの面白さを覚えた。東郷提督と奥司令官との会合、この結果は果して如何なる活劇を演ずる基《もとい》となるのであろうか。日本の運命の一部は確かにこの今の会合にかかっているのではあるまいか。否、この光景は、他日歴史の一頁となるに相違ないのである。その歴史の一頁の光景を目撃した自分は、何等の幸福、また何等の好運。

兎に角写真を撮ろうと思って、自分等は二等甲板の上に四つ切、カビネ、ハノラミツクの諸機械を据えて、頻りに度合いをはかり始めた。けれど、無難に撮影し得たのは、二三葉《よう》ばかり、やがて参謀部の佐官から「こんな秘密なところを写真に撮るなどとは無神経も程がある！」と一喝せられて、そのまま機械を畳んでしまった。寺崎君も写真機械を据えたが、えらく叱られて一枚も撮らなかったと後に語られた。

それもそのはず。海戦の輸贏《ゆえい》未だ全く決せざる中に、その根拠地の所在を敵にさとらるる程危険なことはあるまい。もし、敵がこれを正確に知り得たならば、間隙《すき》をねらって夜襲をかけることも出来るし、水雷をも発射することもできるし、それは実に想像外の結果を来すのは知れたこと。秘密の上にも秘密を加えるのも道理である。

自分は司令官の三笠艦から帰って来たのを知らなかったが、三時頃に東郷司令長官が八幡丸に訪問して来て、一時間ほど経って帰って行かれたということを後に聞いた。寺崎君は参謀、副官の将校連と、八幡丸から一番近い距離にいる初瀬艦へと訪問した。

帰って来ての寺崎君の話に「実に、海軍は勇ましい。僕は今まであのような悲壮な感を起したことはない、世間では、海軍はその軍艦の中にやっぱり平時に見るような立派な艦長室や、士官室や、次士官室《ガンルーム》やを備えていると想像しているかも知れん。いや、我々も行く時は平日品川沖などで見物したままのものと思っていたが、行って見て驚いた。実に　これ程までにして祖国のために戦っているかと思うと、涙がこぼれたです。どうです、艦中立派な室などというものは、すっかり取り払ってしまって、欄干なども一つも無い。梯子を辛うじて上に登ると、艦中には火薬の香が盛んに鼻を衝いて、其処此処に砲弾の痕。十五日の海戦に受けたのは随分大きく、その時の光景を想像して、自分は思わずゾッとしたのです。それに、夜は点火を禁じられてあるから、作業をするにも、まるで闇の中で、その惨憺たる光景は実に想像に余りあるです。まア、何の事は無い、自ら戦争に臨んだような気がしたので、あれを見ちゃ、海軍軍人の心労を労《ねぎら》わずにはいられなくなる」

勇ましきわが戦艦！

夕暮になると、戦闘艦も巡洋艦も皆、舷側に水雷防御の網を下して、一点の燈火なく全く闇の暗い色の中に包まれてしまう。その間を燕のように以駛《いし》する哨艇、水雷艇。

この悲壮なる光景、どうして自分は忘れられよう。

夜、二等室に行って、昨夜と同じく講談を聞いた。十時頃になってそれが済んだが、寺崎君とスコット会社製のウイスキーを一瓶、こっそりボーイから買って、十二時近くまで飲み且《かつ》談じた。中途から森林黒猿氏も来て、段々話がはずんで、下等室に帰って眠ったのは、何でもあれは二時過ぎであったろう。

四月二十五日（月曜日）曇、雨、夜晴

壮絶快絶なる海州の根拠地を出帆したのが、午前七時半。空はやっぱり曇がちの、おりおり碧空が見えながら、しかも快晴にはなりそうも無いという模様。

八幡丸が碇を巻いて徐《しず》かに進行を始めた時、遥かに根拠地を顧みると、各軍艦は大抵信号旗を揚げていて、それは何でも「第二軍の健在を祈る」という意味であるそうな。自分も心中にわが海軍の健在と成功を祈りつつ、次第に海州湾頭を離れて行った。三十分の後には、その黒い凄まじい煤煙の影も見えず、堂々と並んだ檣《ほばしら》の形も全くかくれて、附近はただ尋常の岩、尋常の島、——この荒涼たる山陰にわが有力なる海軍が隠れていようとは夢にも思われぬので。

一時間ばかりして沖に出たが、曇天は雨になって、海を渡る風も中々寒く、宇品を発った時の春は何処に行ったかと怪しまるるばかりである。自分等は一度脱ぎ捨てた外套を着て、僅かにこれを凌いだが、これを以ってこれを見ても満州の地はいかに寒いかということが想像される。それに航路も既に黄海の一部に近づいたと見えて、海の色も昨日一昨日のような美しい深碧《しんへき》は消えて、何処《どこ》となく黄色いような侘しい悲しい色と変わった。そればかりならまだ好いが、十一時頃から濃霧があたりを封じて、殆ど咫尺を弁ぜぬ。

それにも拘わらず、船は進みに進んで、やがて鎮南浦《ちんなんほ》に到着するであろうとの噂は船の各室に遍《あまね》く伝えられたが、午後四時頃、甲板に出ると、濃霧は既に全く晴れて、船は既に入江の中に入ったと覚しく、島やら、山やら、漁村やらが両側に見えて、海の水も以前とは一層黄い、濁りを帯びた色になった。

聞くと、もう鎮南浦は近いそうで、船は今大同河口から二三里上流のところを駛っているとのことである。鎮南浦は日清戦役よりわが常に耳にするところ、殊に、九連城方面に向かった第一軍はその地から上陸したと聞いているので、何となく早く見たいような気もしていたのである。

鎮南浦に到着したのは、午後五時。その港は大同江の海に入る前に最後の屈曲をなしたその一角に当っているので、運送船やら、朝鮮船やらが陸続として碇泊し、活動の気が附近に溢れているのが一目で解る。進み入る船の両岸、先ず自分の眼を惹いたのは、疎《まば》らに松の生えた赤土山で、その上には一個の洋館があって、確か米国らしい国旗が翩々《へんぺん》として翻っているが、それから三百米《メートル》突ばかりの丘陵が蜿蜒《えんえん》と連なり渡って、その麓に蕭然たる一個の漁村。瞳を凝らすと朝鮮の土人の家屋に交じって、日本式の家屋が建てられてあるのが見える。漁村の海に面したあたりには、一道の桟橋が長く通じて、その附近には朝鮮苦力《クリー》が運送船から頻りに物品を陸揚げしておる。更に瞳を右方に移すと、蜿蜒たる丘陵の尽きたるところに、一ところ野とも川ともちょいとわからぬものが横たわっていて、そのなお右に、まったく松樹《しょうじゅ》を以って覆われた瘤のような丸い風情ある岩山が聳えてある。思うに、其処には朝鮮の土俗の神が祀られてあるのであろう。

朔風《さくふう》肌に寒く、夕暮より全く晴れ渡りたる空の深碧《ふかみどり》。午前中の濃霧は何処に消えたかと思わるるばかりに空気は透徹して、西の山際に舂《うす》づき行く夕日の閃耀《かがやき》、黄なる大同の流れは一面に美しい金波を漂わせて、碇泊林立せる運送船の黒くその間に浮かび出でたる、如何なる名手と雖もこれを満足に描き出すことは出来まいと思われた。顧みれば、夕日を帯びた連山の頂は、或いは濃紫に、或いは深碧に、或いは茶褐色に、光線の具合によって、種々《いろいろ》の彩色を施しているが、その連山の中には、わが日清戦史上忘られ難い、かの平壌の都会もあるのである。

運送船は既に七八隻来ていたが、聞けば、軍は此処でしばらく運送船の揃うのを待ち合わせするそうで、少なくって二三日、ことによると一週間くらいは滞在するとのことである。

夜、月漸く明らかに、万感交々《こもごも》胸を突いて起った。

四月二十六日（火曜日）快晴

宇品出発以来、快晴の二字を用いたのは今日が初めてで、こんなによく晴れた空は、日本では到底見ることが出来ぬ。空気ははっきりと淨玻璃《じょうはり》を張りたるごとく、物の影は皆濃く印して、大同江の黄なる流れは一種記すべからざる印象を自分に与えた。海州湾では暗澹たる景色の極致とも言うべきものを味わったが、此処では明徹極まる快活なる風景に接して、自分は自らわが脳の緊縮せらるるごときを覚えた。大陸的、実際日本などにはこの荒涼、この広漠、この明快は求めることは難いので、塞外という感は言い知らずわが世馴れざる胸を刺激せずにはおかなかった。上陸地点に関しては、広島にいる頃から浮説百出、或いは旅順附近、或いは花園口附近、或いは大孤山《たいこざん》附近、いや、軍は今少し突飛なことを試みるに相違ないなどと、更にその帰着するところを知らなかった。けれど自分等は乗船しさえすれば、上陸地点は必ず明瞭になることと信じていた。ところが、乗船してからも益々不明、益々秘密、誰に聞いてもこれと分明《はっきり》した返答をする者はなく、管理部長などすらも頓《とん》と知っているような様子が見えない。噂では旅順を目的に進むというのが一番有力で、従って花園口附近から貔子窩《ひしか》界隈が今度の上陸地点であるであろうとのこと。なるほど、これは一番真に近い説であろうけれど、大孤山に上陸するという説も決して無意味ではない。第一軍の成績が解らぬ今日《こんにち》、この第二軍が突飛に懸け離れて旅順に向かうというのは、ちと受け取りにくい話で、日清戦役の時のように、第一軍の平壌が陥落し、この方面はその軍だけでたくさんだと、ちゃんと成算が立ったうえなら知らぬこと、今日の場合ではとてもそんな思い切った事が出来ぬのに決まっている。即ちこの軍はどうしても第一軍と連絡を保つようにしなければ、互いに危険に陥るようなことが無いとも限らぬ。この点から推すと、大孤山あたりに上陸して、一面第一軍と連絡を保つと共に、一面岫巌《しゅうがん》、柝木城《たくぼく》の路を前進して、敵を海城・遼陽の地に圧迫するということは、頗る軍事通らしい観察である。で、自分は大孤山説に傾いていた。

それにしても第一軍はどうしているであろうか。その大軍は既に義州に達し、鴨緑江《おうりょくこう》を隔てて、敵と相対し、その斥候は絶えず互いに衝突しておるとの号外は、広島を発つ時、既に読んで来たのであるが、未だにその大戦は始まらぬのか。或いは今時分始めているのではあるまいか。それとも又この第二軍の行動に待つところがあるのであろうか。

考えれば実に心細い話。

船の上の生活は相変わらず暢気なもので　二等室の甲板に行くと、右舷の風の当らぬところには、例の曹長、軍曹、計手の面々が例の輪投げを組みでやっておって、負けたものは、竹篦《しっぺい》を打たれる定めになっている。見ると、連中も余程上手になって、最初から熱中していた計手は五つの中で四つまで的中させることが出来る。音楽室にはやはりオルガンの拙い調べが聞こえていて、その室に入ると、寺崎広業君は副官部の雇員、その他二三の人々に取り巻かれて、記念にするのだから……との口実の下に頻りに唐紙の揮毫《きごう》を余儀なくさせられている。

自分は舷尾に立って物を思った。

今日は快晴の代わりに、終日寒い烈しい風が吹いて、大同江の濁流はすさまじい波を掲げ、船は碇を下しているにも拘わらず、絶えず、右舷に偏って回転した。そしてその回転する度に、鎮南浦の風景が左に見えたり、連山の波濤が右に見えたりして、これがまた多少の興を添えた。なんでも今日の午後のことであったと思う、上陸を厳禁されているにも拘わらず。寺崎君が将校二三名と共に鎮南浦上陸の特許を得たと聞いたので、自分等もどうにかしてその特許を得たいものと、写真撮影を口実に、頻りに管理部長に懇請した。けれどこれは許されなかった。

夕に至ると、烈しい風は漸く凪ぎて、波も少しは静かになったが、黄なる河水の色は光線の加減により淡黄色《うすきいろ》に変じ、夕日の山々は淡々としてさながら画にでも描いたよう。日が暮れると、月の光、その明かな月に乗じて、運送船の入来るもの無慮十数隻。

四月二十七日（水曜日）快晴

終日碇泊。

当分通信は禁ぜられてはいるが、余りに記事が溜まると困るから、少しなりと書いておこうと思って、この日初めて観戦前記の項を続《つ》いだ。新聞社の喧しい編集室や、狭い汚い裏店《うらだな》の一間や、旅行中の旅店の一室や、随分色々なところで筆は執った経験はあるけれど、船の中の下等室、八名押塞《おしふさ》がった一隅に小さくなって業に就いたのはこれが初めてで、種板を荒縄で絡げたものを二つ重ねて机となし、硯をその上に置き、原稿紙を小さく丸めて、さて静かに筆を執り始めた。始めてはみたが、周囲が非常に喧しいので、どうしても筆が進まぬ、一度は困って止めようとまで思ったが、いや、これが所謂《いわゆる》戦地通信の困難と、勉《つと》めてその筆を続けたので……。前に当れる空気窓《エアプール》、その小さい間からは、鎮南浦の風景が、船の絶えざる回転によって、或いは漁村、或いは桟橋、或いは風情ある岩山と常に少しづつ変化して見らるるのであるが、自分はその風景を見つつ、終日如何に長く如何に進まざる筆を続けたであろうか。

美しい日影、珍しい家屋、詩趣あり気なる岩山——自分は昨日寺崎君三浦君の鎮南浦視察の話を聞き、スケッチしてきた手帳をも見せられたので、その見るを得ざる光景がおりおり頭脳に上ってきて、文を書きながら、色々空想を逞《たくま》しゅうした。松原の中に梅と桜が一緒に咲いているといった、其処には美しい島が面白い春の調べを囀ってはおりはせぬであろうか。白壁造りの面白い建物があるといった、其処には世に知れぬやさしい恋が隠れておりはせぬであろうか。ことに長煙管《ながぎせる》をくわえ、白衣《びゃくえ》を着て、悠々と街頭を歩き行く亡国の民、自分の空想はいかに深くその亡国の民の上に及んだか知れぬのである。

終日筆硯《ひっけん》に親しんだので、一度も甲板の上に出てみなかったが、夜になってから、一人して二等室の甲板へと行った。運送船は今日も五六隻入ってきて、上流下流に碇泊せる燈の光は、暮れ渡った河水《かすい》に美しく映じた。陸には桟橋のあたりと思われる辺りに最も燈火の影が多く、誰やら軍歌を歌う声が手に取るように聞こえる。頭を擡《もた》げると、月も既に光を放って、空には夕陽《せきよう》の影が微かに、江を繞《めぐ》るの山々は黒く——思わず夜泊の詩が口に上りそうになる。

四月二十八日（木曜日）晴

終日碇泊、午前はやはり空気窓に対して、頻りに観戦前記の稿を続いだ。昨日であったが、寺崎君は或る将校と共に折から来ておる扶桑艦へも訪問したが、今日はわが写真班の柴田君が其処に行く許可を得たという。自分は行きたかったけれど、書きかけているので、亘《わたり》君にその同行を勧めた。二人は正午頃から行って、夜になって帰って来たが、頻りに海軍士官の快活なるを説き、細谷司令官始め参謀長その他以下を集めて記念撮影をしたことを語り、最後に、閉塞決死隊の種板の現像を頼まれてきたとのこと。聞くと、今回は又第三回の旅順閉塞をやるので、その決死の士は扶桑艦から若干名、現に今夜あたり出発するのであるそうな。勇ましいのは閉塞隊、頼もしいのは決死の士。

「何でも今回やる閉塞は余程大規模で、成功しなければ全決死隊皆な生還せぬ覚悟であるそうな。無論、この軍の上陸運動に関係した計画であるには相違ないので、何でもこの軍の上陸する時は艦隊を以って旅順の敵の艦隊を圧迫し、港口から出られなくするのだとのことです。実際、決死隊は勇ましい、私はその人々の写真は撮らんかったが、その中の豊田中尉に面会して、色々と話をしたです。死にに行くのかと思うと、実に何だか気の毒で、その勇ましい言葉を聴けば聴くほど涙が胸に簇《むらが》って来るです。君の為に死ぬのだから少しも思い残す所がない……などと言われると、どう言って挨拶して好いのか、実に返答に困ったです」

と柴田君は語り続けた。

それに、無線電話と深海燈とをやってみせて貰ったそうだが、無線電話は中々面白かったとのことである。

四月二十九日（金曜日）晴

終日碇泊。

手帳に拙《つたな》い歌が書いてあるから、此処に挙げてみよう。

なつかしき対馬の山は消えたれど猶《なほ》去りがたき船の舮尾《とも》かな

霧ふかく雨降りしきりから国のいづくの沖を今か行くらん

から国のあれたる沖を独り行くわか船かなし雨の降れれば

船窓に当れる山の影を見て春の日長くけふもくらしつ

大君《おほきみ》のみいくさ船の煙よりかすみそむらんから国の浦

隔たりて雁だに行かぬ夕暮の海にこひしきわが妻わが子
月今宵千里《ちさと》隔てしわが庭の竹の葉越《はごし》の花に照るらん
船にして見るぞくやしきから国の柳桜《やなぎざくら》の春のとまりを
曇り果てて日影もささぬにごり江の帆影わびしき此夕かな
此海の夕の波をわかれ行きてつひに帰らぬ人ぞかなしき
ふるさとの沼のつつじの咲く頃を潮風寒くひとり行く船

この海の歌は海州湾で広瀬中佐のことを思って詠んだものである。けれどどうも尋常の別後の情に陥ってしまったのは遺憾である。ふる郷の沼の躑躅《つつじ》、これは自分の故郷は上野国館林町《こうづけのくにたてばやしまち》で、その城沼の岡は躑躅の名所であるので、それを思い出したのである。曇り果てて日影もささぬにごり江、これは運送船の周囲を終日朝鮮船が侘しい古い筵帆《むしろほ》を挙げて往来するさまで、ある日ある時そのような侘しい景色を見たことがあった。けれどこの帆影は日本の白帆では感情がうつらぬので、筵帆の古い暗いのを曇天のうすら侘しいのと河水の濁ったのとに取り合わせた積《つも》りである。

今夜は曇って、あたら名月が見えなかった。

四月三十日（土曜日）曇

同じく碇泊。

鎮南浦に来てからもう五日になる。兵は迅速を貴ぶと言うに、軍は何をしているのであろうか。こんな所にまごまごしている間に、露探でもあって、上陸地点が敵に知られたり、又は航海途中を襲撃せられたりしたら、どうする積りであろうか。早く出発すれば好いのになアなどと、そろそろ同じ所にいるのが飽きてきたので、彼処《かしこ》でも此処《ここ》でも、そのような繰り言が聞こえる。

二等室の寄席では、浪花節の岩見武勇伝がもう余程進んで、昨日が重蔵の返り討ちになるところであったから、今夜はお辻が女郎に売られて兄の重太郎に邂逅《かいこう》するところであろうなどと柴田君は言っていた。

鎮南浦には運送船が愈々《いよいよ》集まって、その盛んなること、まるで支那の大きな港へでも来たかと思われる。

この夜、一等室に森軍医監（鷗外先生）を訪問した。医監には、広島でちいと御目にかかったきり、同じ船の中に起き臥しておりながら、今日まで面晤《めんご》の栄を得なかったのである。いろいろ東京の話やら、戦地の話やらをしたが、段々外国文学の話に移って、マアテルリンクやダヌンチオや、ハウプトマンや、ズウデルマンのことに就いてさまざまなる御説を聞いた。先生が独逸《ドイツ》におられたころはズウデルマンはもう『名誉』の劇を世に公にしておったが、ハウプトマンはまだそんな人が独逸にあるかをすら知られなかったので、全く彼の名誉は近く上がったのであるとの事である。『沈鐘』は無論傑作で、ゲーテの『ファウスト』以来だと評されたのももっともだと思う。近作『アルメ、ハインリヒ』も中々面白い作で、最後の一節などは頗る新しい。ダヌンチオか、ダヌンチオは『死の勝利』というのを読んだが、どうも余りに細工に過ぎて、何だか文章ばかりのような気がする。彼の傑作では、ウアグネルの事を書いたものがあるが、中々凝って書いたものだ。けれどさほどの天才であるかどうかは疑問である。マアテルリンク、あれも近頃は大分評判だが、その評判の原因は何か他にあるのではあるまいかと思う。ただ、あの人が多くの厭世作者の中に、楽天的の思想を有しておるのは、変わった現象に相違ない。

イプセンに就いても随分多く語った。『名匠ソルネス』の女主人公《ヒロイン》の性格の不思議なことや、『幽霊《ゴースト》』の余りに極端なる描写に陥ったことや、写実派と言い條、どうもあまりに極端であるという事や、殆ど尽くるところを知らなかったが、『ロスメルスホルム』が一番面白い興味深い作であるということには自分も満幅の同意を表したので、その新旧思想の衝突に就いての説には大いに耳を傾けたのである。

それから、最後に話題に上がったのが瑞典《スウェーデン》の詩人アウグスト、ストリンドベルヒで。その皮肉な、厭世な、思い切った女人憎悪は大いに吾人《ごじん》の思想に面白味を与えたので、『父』『ユリー嬢』のことなどを繰り返し繰り返し語った。先生の言わるるには「この間死んだ緑雨《りょくう》（注・斎藤緑雨＝小説家・評論家、精緻な文章技巧と毒舌・風刺の批評が特色。明治三十七年四月十三日没）なども、今少し大きいと、あれになるのであるが、どうもあれまで発展せずに死んでしまったのは惜しい事だ。ストリンドベルヒのあれは何か言った作だが、独逸の北境の温泉で、女が男を玩具《おもちゃ》にして気死《きし》せしめるところを書いたものがあったが、あれなどは実に凄い、すさまじい作で、短いものではあるが、驚くべきある思想をその中に籠めている」

医監の室は、船の右舷――自分はその迷惑をも忘れて、いかに長い長い談話に耽ったであろうか。別れを告げて、甲板に出ると、船の燈火は既に少なく、所々の窓は皆な暗くなっていた。

梯子の下の瓦斯《ガス》燈で見ると、時計は既に十時三十分。

五月一日（日曜日）快晴

同じく碇泊。

午前に聞くと、今日は一等室の下に風呂を立てるから、皆な浴せよとのこと。久しく入らぬ身体は汚れているので、時刻を待って、自分は喜んで出掛けて行った。一等室の向こうの梯子を下りて、細い間を左に入ると、其処が風呂で、見ると、その前には、入浴希望者が十人ばかりも詰めかけている。裸で風呂の前に立って、誰か出て来る隙を狙って、そして飛び込むくらいにしなければ、何時まで待っても到底入浴することは覚束ないのである。仕方が無いから、一度はやめて帰ろうかと思ったが、ままよ、どうなるものかとそのまま裸でその中に飛び込むと、折よく右の浴場から一人出てきたので、その代わりに入ることが出来た。風呂の内は三人四人、まるで芋を洗うかのよう。

これも戦地の光景であろう。

否、戦地ではこの風呂すら得ることが出来ぬであろうと思いながら、その中に入っていた。

この日は喜ばしい日、我々よりもむしろ司令官がどれほど喜ばれたか知れぬのは、今日のこの日！

何故？

言うにゃ及ぶ、この日は九連城《きゅうれんじょう》の大勝利。

その勝報の最初に聞こえたのが、午後二時。浴後の身の心地すがすがしゅう、二等室の甲板の上を歩いていると、なにがし曹長がやって来て、「君、快報があるぜ！」という。「何ですか?」と聞くと、「今、鴨緑江《おうりょくこう》で味方がやってるぜ！」とのこと。

鴨緑江を何でも昨夜のうちに渡り終わって、今朝から本攻撃に懸ったそうだ。まだ結果はよく解らぬが、大分成績が好いという話。ことに、第二師団方面が一番良好なる結果を収めて、もう九連城は占領したかもしれぬ。「今、部長がそれを聞いてきて話しておられたが、司令官はこれを聞いて非常に喜んでおられたそうだ。何しろ、九連城の攻撃の結果を此処で待っていたのだそうですからナ」

「待っていたのですか、それは本当ですか」

「本当ですとも、……一軍の結果によって、またどう作戦を変えんけりゃならんかもしれなかったですから」

自分は初めて鎮南浦滝留《えんりゅう》の真相を知ったのである。

「じゃ、もし、一軍が敗れたら、その援護にでも上陸する計画でしたかしらん」

「まア、そんな事でしょうよ」

こう言ってなにがし曹長は去った。

鴨緑江の戦が今始まっている！　と思うと、自分は何だかその事が気掛かりになって、勝っておるとは聞いて知っていながら、一刻も早くその後の詳報が聞きたい。もしやその後、結果が悪くなりはせぬか。敵軍が後に回ったというような事はないか――こう思うと、鴨緑江の流れ、その向こうの連山の上に、砲弾の白く破裂するのが目の前にちらついて見えるようだ。

まだ詳報が来ないかの十二三遍も繰り返して、殆ど待ちあぐみの形で、悄気《しょげ》ていると、あれは確か午後四時半頃であったろう。下等室に通ずる梯子を勇ましく踏み鳴らして下りて来た一人の軍曹、突如、食事分配所のところにすっくと立ちどまって、「諸君、鴨緑江の戦報」と叫んだ。

満堂皆な鳴りを静めて視線をその方に向けた。

軍曹は渋谷少将（兵站監《へいたんかん》）よりの電報である旨を断りて、

「第一軍今日午前九時より砲兵二大隊を以って戦闘を開始す。敵は頑強なる抵抗をなし、激戦三時間の後、第二師団の兵は九連城を占領し、近衛師団もまた目的地を占領せり。今はただ第十二師団方面に於いて微弱なる砲声を聞くのみ。敵の兵力は約二個師団、わが死傷約七百、敵の捕虜騎兵中佐以下十四名、鹵獲砲《ろくわくほう》、野砲速射砲二十八門。」

と高らかに朗読した。

満場破るるばかりの万歳の声！

司令官始め、下等室の馬卒・傭人の末に至るまで、船にはこの日歓喜の情が満ち渡ったのである。海軍では勝ったが、陸軍はどうであろう、もし負けるようなことはありはせぬかとは外国新聞の評判ばかりではなく、内地の人々も内々心配しておったので、この戦勝を聞いて、どんなにか意を強うしたか知れぬのである。従って、船中でも俄かに活気づいて、もう出発はすぐ！　などとの噂が耳に入る。わが船の前に、錫蘭《セイロン》丸が斜めになって懸っていたが、其処からは勇ましい軍歌の調べが聞こえ出した。

　この勝報にわが軍の士気は大いに振るったのである。

五月二日（日曜日）雨、後晴

　昨夜は暖か過ぎて、何だか気味が悪い程であったが、果して夜半から雨となって、今朝起きた時は、甲板の上がしとどに濡れていた。愈々《いよいよ》出発の時期が近寄ったという事は、昨夜から既に暗々《あんあん》裡に人々の胸から胸へと伝えられたが、今日になってみると、愈々それは確実で、明日はこの地を出帆するという話。音楽室は船員と海軍との打ち合わせの室となって、朝から事務員が紙片を携えて出たり入ったりしている。こっそり覗くと、卓には二三人船員が寄り集りて、頻りに表らしいものを作っているのが見える。参謀本部から監督に来ている井口少将も何だかそわそわと忙《せわ》しそうに、一等室の甲板の上を往き来して、折々立ち止っては海軍の徽帽《きぼう》を着けた将校と何事かを囁き合っている。活動の気は到る処に充ち渡って、運送船の数の多いこと、帆檣《マスト》の林の如く立っていること、煤煙の凄まじく揚がることなど、皆な自分の胸を波立たしめる。それに、ただ一日見ただけでも昨日以来形勢が俄かに一変したことが解るので、扶桑艦の他に、今二三隻小さな軍艦が入って来るやら、水雷艇が絶えず織るように水上を駛《はし》って行くやら、哨艇が出て行くやら、小蒸汽の伝令が頻繁にやって来るやら、それは実に目ざましい活動である。それに、何でも最初の敵前上陸に、軍からも参謀二名、工兵部長、工兵若干が海軍の陸戦隊に加わって行くとかで、その人達は既に今日出発の扶桑艦に乗り込むべく、頻りにその準備に忙しい様子。

　わが室の向うなる工兵伍長、この人は開戦以前まで旅順にいて、新しい状態を知ってるので、自分等は自分等の室に誘うて来てはよくその話を聞いたのであるが、彼は先発隊の一人として、頭陀袋を背負うやら、背負い袋を懸けるやら、短銃《ピストル》を腰に着けるやら、頻りにその準備に忙殺されている。自分はその傍らに行って、

「いつです、出発は？」と聞くと、

「イヤ、もうすぐ行かんけりゃなりません」

「上陸地点は？」

「それはまだ解らんです」

「もう解っているんでしょう？」

「イヤ――参謀方には解っているかもしれませんが、僕などはから夢中で、何処に連れて行かれるか知らんのです」

「扶桑に乗って行くのですか」

「え」

「面白いですナ。最初の幕開きが見られるですから」

「イヤ、まごまごすると、どんな目に遭わされるか知れやせんです」

「面白い話を充分持ってきて話してくれたまえ」

「え」

　陸戦隊に加わるべく軍の先発隊の発ちしは午前十時過ぎ。自分が上甲板に登った時には、金谷参謀と小野寺参謀とが工兵部長阿部大佐を先に立てて、今しも舷側に繋がれたる小蒸汽に乗り移ろうとしているところで、かの伍長先生も莞爾莞爾《にこにこ》と笑いながら、頻りに彼方此方《かなたこなた》と歩いていた。甲板の上には、落合参謀

長、由比参謀次長などが見送りに出て成功を祈るというような意味の言葉を餞《はなむけ》しているにが耳に入る。やがて乗り込みが済むと、小蒸汽は静かに八幡丸の舷側を離れ出した。

工兵部長と金谷参謀は小蒸汽の舷尾の一角に立って、久しく見送りの人々と互いに見合して会釈していたが、やがて錫蘭丸の向うになった頃から、その姿は室内に見えなくなって、左舷三千米《メートル》突ばかりの所に碇泊している扶桑艦へと向かって全速力を出して駛って行った。

陸戦隊は愈々出発、愈々活動――

正午少し過ぎる頃から、雨後の空はすっかり晴れ渡って、例の透徹なる空気は、空の色を一層深碧ならしめ、物の影を一層濃厚ならしめ、さらぬだに美しく晴れ渡りたる一帯の山影はさながら印するばかりに黒く紫に見ゆるのに、折から吹き起った烈風は更に紙面の風景をして名状すべからざる壮大な趣を生ぜしめたので、大同江の濁流の渦を巻いて奔跳《ほんちょう》する光景、まことに大陸的とはこれを言うのかと思わるるばかりになった。

余りに空気が透徹して、物皆の影が濃く美しく見ゆるに我から見惚《みと》れて、自分は一人舷尾《げんび》に立っていた。風が烈しいので、波濤は濁流のすさまじい音を立てて、碇泊せる船舶という船舶は皆それに伴って左右前後に回転している。江山の色は飽くまで深碧に、鎮南浦一帯の地には万物の風に動くさまが歴々《ありあり》と手に取るよう。

その怒濤の中を勇ましいのは水雷艇。何のこれしきと言わぬばかりに右から左へと駛走《しそう》して、時の間に前後に見えなくなって行く。それから思うと、情けないのは朝鮮伝馬、日本伝馬で、現に、伊勢丸から三名の軍人を載せて出て来た一艘の舟は、跳り揚がり湧き上がる波濤の畝《せ》を乗り切りかねて、一歩出ては一歩退き、一歩漕いでは一歩押し流されるという始末、あれで何時彼岸に達することが出来るであろうなどと見ていると……

　不意に、

「そら、扶桑艦が出て行く！」

と左舷で叫んだ者がある。

　慌ててその方を見ると、果して！　ああ何たる壮観。さすがは海軍の戦闘艦である。この荒れ渡り狂い渡れる波濤を物の数ともせず、煙突からは薄黒い煙を靡かせ、帆檣《マスト》には艦長旗を翻しつつ、悠々と静かに動き出して行く。ああ第二軍は愈々動き始めたのである。

　各艦から万歳の声が嵐のように聞こえ出して、それが遠く沖まで続く。

　見ていると、始めは徐《しず》かに、徐かに、さながら虫の這うように進んで行ったが、段々それが速力を出し始めて、伊勢丸を過ぎ、信濃丸を掠め、目尾丸《さかのおまる》を通り越した頃には、もう余程速くなって、その煙突からは盛んに煤煙の揚がるのを見た。一分、二分、五分と経つ中にその勇ましい艦の影は次第に遠く遠く、果ては全くその煙突から吐き出す煙に包まれてしまったと思う間もなく、その黒い煙すら、微かに、微かに

……

　ちょうどそれが午後三時。

　扶桑艦は第二軍の上陸を掩護する艦隊の旗艦《きかん》で、それに従うのは、宮古、海門、赤城、摩耶、筑紫等その数おおよそ二十八艘、それに水雷艇十二三隻附いているのであるが、それが今日は大同江口、椒島《しょうとう》の辺りに仮泊して、そして明日はわが第一船団の集まるのを待って、舳艫《じくろ》相含んで、勇ましく上陸地点に向かうとのことである。

　鎮南浦は今この活動の幕を演じようとしておるにもかかわらず、烈しき風そのままに、漸く日は西山に

春《うず》き始めて、前に展《ひら》けたるは、夕陽《せきよう》の美しい光景——

大同江の水がこう思い切った濁流でなく、空気が乾燥せずに、日本のように不透明であったならば、決してこの美しい夕陽の大景を観得なかったであろう。山、濃紫《こむらさき》の山、其処には今しも夕日が落ちようとして、その周囲には紅色と言っても過ぎてはおらぬ美しい色が刷毛で塗ったように彩られて、その返照が黄く濁った河水の上に一種状すべからざる色を閃めかしている。その閃耀《せんよう》の上には朝鮮船・小蒸汽などが黒く黒く浮き出でていて、その向こうに帆檣林立《はんしょうりんりつ》、疎松を戴いた長い丘陵——鎮南浦の市街は、ところどころに美しい白壁を点綴《てんてつ》しつつ、さながら画のように展開せられているので。

夜——二等室に行って、例の浪花節と講談とを聞いた。それから三浦北峡君と遅くまで甲板の上で、いろいろな事を語り合った。十七日の月、黄い侘しい月は、自分の寝ようとする室の空気窓から美しくさし込んで、如何にしても寝られぬ。

まして明日は出発！

それにしても軍は果して何処に上陸するであろうか。大孤山《たいこざん》と思ったが、どうもそうではないらしい。何でも今日の部長の口振りでは旅順方面を目的にして、貔子窩《ひしか》附近にでも上陸するらしい。さてそれはそれとして、その上陸地点に敵は防御を施しておりはせぬのであろうか。わが軍の上陸する所に全力を集めて忽ち盛んなる戦闘を開始するようなことは無いであろうか。決して無いとは言えぬ。船の上から戦闘準備をして、強行上陸をなさなければならんかもしれん。こう思うと、壮烈なる感が烈しく胸を衝いて湧いてきて、どうしても眠られぬ。いっそ何も思うまい、どうせ好んで自ら死地に就いた身——何も思うまい、思うまい。

明日は出発！

五月三日（火曜日）晴、風、夜雨

まずいバスケットの朝飯を食い終わると、もう碇を巻く音が頭上で聞こえる。愈々《いよいよ》出発！

急いで甲板に上ってみると、碇泊している運送船はいずれも出発準備で、各艦の煙突からは常よりも黒い煤煙が盛んにのぼっている。昨日船員からこっそり第一船団表なるものを貰ったが、それには今日出帆する船の名、順序、等が詳しく記されてあって、隻数は総て二十三隻、自分等の乗れる第一八幡丸は何でも十八番のところに記されてあったのを記憶している。けれど鎮南浦を出る時は、まだそう正しく列を作って進航しては行かぬので、第一八幡丸なども単独にその久しく滞留せる所を解纜《かいらん》（注・纜は「ともづな」、ともづなを解くは出帆することの意）したのである。

それは午前八時であった。

今日も昨日に劣らぬ快晴、朝から寒い西風が吹いて、沖に出てから荒れなければ好いがとの人々の話。けれど、何と言っても時がもう五月、暖かい春であるので、甲板に出ている人々は多くは双眼鏡を手にして、一面鎮南浦の山水に別離《わかれ》を告げると共に、一面新しい珍しい風物の顕わるるのを指点していた。鎮南浦の港湾、市街、埠頭、風情ある岩山などは一分毎に次第次第に遠くなって、三十分程経って顧みると、その方面にはただ船舶の煤煙の黒く打ち籠って見えるばかり、もう山の影も檣《ほばしら》の影も遠く彼方に没し去ってしまった。大同江の両岸はこの附近に於いて最も広く、まるで入江か何ぞのようで、これが川とはどうしても思われぬので、ことに両岸の山の峡《かい》に俄かに顕わるる数多の漁村、あれあそこに白衣の朝鮮人がいるの、其処に漁舟を漕いでいる者があるの、やれ朝鮮婦人が見えるの、やれ馬が遊んでいるのと一つ一つ目送していたが、突然、

「あそこに白く見えるのは何だろう」

と亘君に問うた。

「何処に?」

「そら、そこに、その岩の角の、山陰のようになっているところに……」

なるほどその山陰に簇々《むらむら》と白く――双眼鏡で見ると、それは桜の花。

「桜かね?」

「桜とも……今満開だ」

春、実に春だ。よく見ると、桜ばかりではない、畑には黄菜《な》の花、桃の花。江流の緑はえも言われぬ趣をこの下り行く両岸の山々に添えて、これが戦争に行く船でなかったなら、悠々旅行して子細に風物の美をたたえることが出来る身であったなら。

三時間ほど駛ると、もう大同江の河口が近く、見渡す彼方《あなた》、渺茫《びょうぼう》際限なき大海の髣髴を認めることができる。それに、風は愈々烈しく、蒼い波の白く砕けるのが、益々多く、船の動揺も次第に強くなってきた。段々椒島《しょうとう》附近に至ると、海軍の水雷艇が幾艘ともなくその荒れわたる怒濤を冒して進航するのが見え出して、その勇ましさと言ったらないので、寺崎君三浦君はスケッチ帖を手から離さず、わが写真班はそれ其処それ彼処《あそこ》と、カビネ、四つ切の機械を忙しく運び回るのであった。

実際、この椒島附近の光景、これはわが従軍中忘るべからざる活画図の一つで、海軍の軍艦が水雷艇と相前後しつつ、勇ましくこの怒濤の中を航走するさまと言ったら、それはなかなか形容するに言葉が無い。蒼い、蒼い、凄い程蒼い水の堆積には数限りも無い白い高い烈しい波が砕けて、その軍艦、ことに水雷艇には、ある時その波濤のうねりが高くその甲板を洗いそうになる。先ず第一に海門艦、第二に宮古艦、第三に摩耶艦、第四に筑紫艦とそれが正しく縦列を作って、ごく低い速力で走って行くと、わが第二軍司令部を載せた第一八幡丸はそれに添うて全速力を出しつつ、一つ一つそれを追い越して進んで行く。

壮観、実に壮観。

椒島附近で二十三隻の運送船が集合する筈であるので、わが第一八幡丸はそこに行って、しばし、遅れた船の集まってくるのを待っていた。常陸丸、信濃丸、目尾丸、観音丸、伊勢丸、汕頭《スワトウ》丸、加賀丸、鎌倉丸など、次第次第に集まってはきたが、風が烈しく波が高いのと、碇泊するような好い地点が無いのと、あまり近く寄って衝突する恐れがあるのとで、いずれも皆五百乃至《ないし》千米突の距離を保ちつつ、鼎《かなえ》の沸くがごとき怒濤のどよみの中に所定めず漂っているので、進んだかと思えば退き、退いたと思えば進んで、一つところを果ては何遍ともなく回転し始めた。――見ると、わが船は何時か大同河口を外れて、椒島は遠く後になってしまった。この荒海を、この怒濤をどうして乗り切ることかと自分は先程からその結果を見ておったが、大海に出ると、船の動揺が俄かに烈しく、ことに上下動の大きなのを食って、自分はしたたか酔ってしまい、如何にしても甲板の上に出ていられぬので、余儀なく二等室の某曹長の室に潜り込んで寝てしまった。

眼が覚めると、日影が前の窓からまともに差し渡って、時計は三時、船は相変わらず烈しい動揺！

「余程沖へ出たですか」と傍らなる計手に聞くと、

「いや、まだ、一つも先へは出はしません。先程《さっき》と同じ所に漂泊しておるです」

「どうして?」

「船員に聞くと、どうもこの烈風では、ちと航海が難しいそうです。何でも今海軍と交渉中だとかで」

「それじゃまだ先程の所にいるのですか」

「え」

と言ったが、更に言葉を続いて、「まア、ちょっと甲板へ出て見たまえ。先程から見ると、それア、船が非常に集まってきたですが、評議が一決せんので航海が出来ず、さりとてこの附近に碇泊する所も無いので、この大同河口から椒島一帯の海には、運送船が鼎の沸くような怒濤の中に漂泊して、それが一つ一つ堂々巡りをやっているのですよ」

自分は船暈《ふなよい》を強いて冒《お》して、そのまま甲板に上って見た。なるほどこれは奇観！　三十隻近い船が蒼い白い沸くような荒海の中に漂って、絶えず互いに衝突を恐れながら、面白く回転している。第一八幡丸は先程は一番先頭に出ていたが、今は却って河口に近く、沖には四五艘の船がくるくる回転しつつ漂っているのが見える。海軍の艦隊は今にも出発しようとするばかりに、外海一帯の線を縦列を作って整列していた。

実際、この日の波濤は高かったので、これを冒して行けば行けぬことは無いのであるが、ただ一日遅れるために、この危険を冒す必要は無いと言うので、折角出掛けた運送船を今一度大同河口に戻すこととなったのである。その仮泊の地として選んだのは、大同河口の左岸、山嶺が抱擁して、風を避けるには最も適当なる所であった。で、三時から四時五時の間に運送船は皆なその地点へと集合してきたが、狭い所に多くの船舶《ふね》が懸るのであるから、その碇泊せる船と船との間の距離が頗る近く、相対して言葉を交ゆることも出来るばかりであった。第一八幡丸は宮古艦と面し、その向こうに孟買《ボンベイ》丸、常陸丸、汕頭《スワトウ》丸、木曽川丸、鎌倉丸等艪《ろ》を含み舳《じく》を連ねて、実に平時に見るべからざる壮観！

夕暮になると、烈しい風は全く止んで、海もまた大いにその白き波濤を治めた。自分は折角の出発がゆくりなき風波に遭って、かかる所に仮泊せざるべからざるに至ったのをこの上なく遺憾には感じたが、しかし、この静かなる山陰の仮泊の光景を忘るることが出来ぬので、各船皆ひっそりと煙も揚げずに碇泊しているさまは、言い知らず自分の胸を動かした。

夜は各船皆点火《ともしび》を禁じ、空気窓を閉じ、頗る厳粛なる警戒を加えた。それにも拘わらず、二等室の食堂には、一穂《すい》の蝋燭の下に、かの浪花節、かの講談！

五月四日（水曜日）曇、後雨

昨夜二等室よりの帰るさ、空は曇りて、細雨《さいう》の糸の如くなるを知ったが、今朝起きて見ると、甲板の上はしとどに濡れて、しかも雨は晴れている。静かなる朝！　自分はこんな静かなる朝の光景を見たことは無い。鶏の声もなく、漁夫の騒ぐ声もなく、機械の轟き、剣鞘《けんしょう》の響すらもなくて、かくて静かに明け離れし朝！　各船皆な鳴りを静めて、少しの音をすら立てぬのである。

自分等はこの仮泊の光景が余りに面白いと言うので、活動写真の機械を船軸の甲板の上に組み立てて、回転式を用いながら、頻りにそれを撮影し始めた。あたかも好し、この時孟買丸は右より左へと回転して、写真撮影の上にこの上ない面白い材料を与えてくれた。

朝飯を終ると、税所砲兵監（篤文《あつぶみ》）から使者があって、一度自分に逢っておきたいとのこと。自分は広島で、編集局の坪谷君の紹介状と共に刺《し》を通じておきながら、しかも未だ面晤の栄を得なかったのである。行ってみると、砲兵監は船の左舷の甲板の籐椅子にもたれて、副官らしい人と頻りに話をしておられたが、自分が行って挨拶をすると、傍らの椅子を指してそれに腰を懸けよとのことである。で、色々御世話になるという事やら、北清の時、坪谷君が一方ならぬ懇情を受けたという事やら、大凡《おおよそ》二十分ばかり物語ったが、上陸してからも度々やって来たまえ！　と別るる時。

山陰に仮泊した運送船、それが再び活動し始めたのは、午後一時。やはり風は少し出て、海は多少荒れてはいたが、そういつまでも延ばしてはおられぬと、軍は愈々活発なる運動を起こしたのである。

河口を出ると、船団は直ちにその行進序列に就いて、第一、木曽川丸、第二、汕頭丸、第三、鎌倉丸と漸次に先へ先へと進んで、いよいよ第十八は八幡丸、後から信濃丸と伊勢丸が続いて来る。

沖に出ると、波濤が頗る高い。自分はしばらく船舶の行進を見ていたけれど、どうも頭脳が眩惑して、久しく甲板に出ていられぬので、そのまま自分の室に戻った。で、二三時間も狭い汚い臭い部屋に呻吟していたろう。が、どうも船の航進の光景が見たい、一生、否これから何百年経っても見られるかどうか解らぬのを、船暈くらいで見損なうのはいかにも無念と、眩惑する頭脳《あたま》を抑え、ひょろつく足を踏みしめつつ、再び二等室の甲板へ出掛けて行ったのは午後の四時。

こう思い立ったのは虫が知らせたのであると言っても好いくらい。自分の眼にはその時いかに面白い光景が映ったであろう?

船の行進序列に就いて、一つ一つ直線に並んで行く時には、多ければ多いほど最初から最終《しまい》まで一目の中に入れてしまうことが難しいのであるが、今や恰《あたか》も好し、船団が西から西北へと大迂回をなしているところで、前には十二三隻の大運送船が煤煙を張《みなぎ》らし、怒濤を蹴り立てて進んで行くさまが手に取るように見えるし、後にもまた十五六隻の船舶《ふね》が西へ西へと差し来て、今曲がりかけたのが、すぐ自分の前なる第二十二観音丸。詳言すれば、この全船団が恰もその中央を突角として不等辺三角形の二角を画いているのである。そして、外海の方はと見ると、一隻、二隻、三隻、四隻、約九隻ほどの海軍の軍艦が正しく縦列を作って、この第二軍を掩護して行くさまが勇ましく指点される。海の色は飽くまで深碧《しんぺき》、波濤の山は白く湧き立って、見捨ててきた島山は早雲煙杳渺《そううんえんようびょう》の中に没しようとしている。何等の壮観。

「写真屋さん、どうした？　この景色を写さんでは仕方がないじゃないか」と傍らなる通訳が言った。

本当にこの光景、この盛んなる光景を写さぬくらいなら、この第二軍について来る必要はない。で、自分は眩惑せる頭脳を強いて抑えて、二等室の各室毎に、「柴田君はおらぬか」と訪ね回った。漸く柴田君を和崎曹長の室に見つけて、「おい、君、非常に好い景色だ、一枚撮ってくれたまえ」と揺り起こすと、「いや、もう酔ってしまってとても駄目！」とのこと。「意気地が無いじゃないか」とか何とか頻りに励ましてみたけれど、先生すっかり船に酔ってしまって、どうしても駄目！　非常に残念に思ったが、どうも仕方がないので、自分はせめてよく見てだけもおこうと再び甲板の上へと出た。

いつの間にか八幡丸は既に針路を西北に転じて、見ると、自分の船から後三番目の船が今しも舵を転じようとしている。五分十分、前の線が段々長く、後の線は次第に短く短くなって来るので、その進航のパノラマは何と言って好いか状するに言葉が無い。

「実に何とも言えんですナ」

「壮観極まる！」

「おい、写真屋さん、どうしたんだ、写さんのかね」

と例の計手がまた言った。

「先生、すっかり酔ってしまったです」

「酔った！　意気地が無いナ」

見れば見るほど忘られ難きこの光景。風を帯びたる空は美しく晴れて、閃々たる日の影は外海の軍艦の三隻目の所に眩《まばゆ》い金波を湧かせて、全船団の左舷は皆その光を帯びて輝き渡っている。海のどよみはさながら終古の戦闘を意味せるかのごとく、深い碧《みどり》のこの大洋は、風を受けて、まるで鼎の沸いたように波が立つ。

自分はいかに恍惚としてこの大観を望んだであろうか。自分は船舷をも何にも忘れてしまって、ただただそれに見入ったのである。一時間経って、全船団は悉く針路を転じ、再び元の直線に戻ったのであるが、その時航走里程針を検すると、椒島《しょうとう》を発って、今ちょうど十三哩四分。

波が高く、船の動揺が烈しく、再び烈しい頭脳の眩惑を感じ始めたので、自分はそのまま船室に入って横に倒れた。

空気窓からは、絶えず大海のどよみの影が映って、それを見る度に、自分は全船団の航路を空想しつつ、いつか華胥《かしょ》の国の人となった（注・良い気持ちで昼寝をしたの意）のである。

この時既に上陸地点はほぼそれと知られたので、船員などの口から推して、どうしても貔子窩《ひしか》の西方二三里の所にあるのを知暁《ちぎょう》することができた。聞けば、その地点には明朝黎明《れいめい》に到着するそうで、軍艦は今夜の中にその附近に集合するとの話。

愈々幕が開くのである。

それにしても、その幕はいかにして開かるるであろうか。晴か、雨か、はたまた生か死か。

五月五日（木曜）晴

遂に幕は開けたので――自分は眼が覚めると、直ちに甲板の上へと出掛けた。まだ暁の五時、漸く夜が明け離れたばかり、甲板の上には船員が一人出ているのみであった。けれど船の右舷には岩石の島やら、高い山やらが見え出して、遼東半島、わが久しく夢にのみ望んだその大陸も今は数里のところに近づきつつあるに相違ない。船員に、「もう上陸地は近いですか」と聞くと、「いや、よくは解らんですが、ちょうど今ここらを駛《はし》っているのでしょう」と二万分の一の海図を示してくれた。

見ると、果して貔子窩《ひしか》の西南約五六里、そこに長山列島、裏長山列島等の島嶼《とうしょ》が星のごとく羅列していて、船の駛っている所は、何でもその光禄島と書いてある附近、上陸地点はそれから二里程奥の、そこに塩大澳《えんだいおう》と書いてある所であるそうな。敵がいれば、今朝は早くから砲声が聞こえる筈であるが、未だにそれのせぬところを見ると、或いは全く防御が無いかも知れぬなどと言っていた。

今日も非常に快晴で、風は少しあるが、波はさほどに烈しくも立たぬ。朝日の昇る前、静かなる海の色は藍を溶きたるがごとく、空気の清徹なること、実にこの上もなく愉快である。

或いは壁を立てたる如き、或いは古城の断崖を斜めにしたるごとき、或いは羅漢の禅に入ったごときさまざまの形したる島嶼の間を抜けて、船はなお進むこと一時間。先発の船舶《ふね》の煤煙の黒くむらむらと靡けるあたりは、即ち勇ましきわが第二軍の上陸地点、茶褐色したる陸は遼東半島。

六時、七時、聞こえるか聞こえるかと耳を欹《そばだ》てている砲声は未だに聞こえぬ。見ると、奥司令官を始め、落合参謀長、由比参謀次長、税所砲兵部長、森軍医部長、山梨、石坂、鈴木の諸参謀は既に一等室の甲板に綺羅星のごとく並んで、望遠鏡を手にしながら、頻りに形勢を見ておられる。

午前八時――

「敵はおらんかも知れんよ」

「なぜ」

「なぜって、七時には扶桑艦から陸戦隊が上陸する筈だのに……未だに砲声がせぬところを見ると、大したことは無くって上陸が出来るかもしれん」

「それは結構だ」

「味方には結構だが、余り呆気無いじゃないか。あれ程敵前上陸敵前上陸と騒がせられたのだから、一日くらい砲声の鳴り物が入っても好いのにナ」

「敵はどうしたんだ、馬鹿な奴等だナア、こんな所におめおめ上陸されるとは！」

色々語り合っている間に、船は愈々進んで、上陸地点の光景が愈々明らかにわれ等の眼に映じてきた。茶褐色の大陸、それが弓弦《きゅうげん》を張ったように長く連なって、その右の一角が約五六十米突《メートル》の高地を起こしつつ、長く海洋の中に突出しているのが先ず目に付く。それがいわゆる尾角なるもので、それに対して膨大なる一つの島！　その島からやや右に寄って、大きな丸い湾が形成されてあって、その左に周囲一里もあろうかと思わるる小さい島があるが、この附近が第二軍上陸地点として選んだところで、愈々近寄ると、その湾には先着の船舶の煤煙が勇ましく盛んに渦上して、海軍の小蒸汽が既に織るように往来している。

第一八幡丸がこの多い盛んなる船舶の中を通過して、扶桑艦の北百二十米突の所に碇を下したのは、あれは八時二十分頃で、その時には、各船から既に盛んなる大輸送が始められていた。勇ましいのは扶桑艦！　さながら巨人の天地を睥睨《へいげい》するごとく、煙を立てて勇ましく碇泊しているが、先ず自分等の眼を惹いたのは、その周囲に国旗を翻した小蒸汽、伝馬等が蟻のごとく密集している光景で、それは第一に上陸した陸戦隊であるそうである。何たる偉観であろう、大旗小旗、それが朝風に翻って、絶えず兵士の上陸して行くさまは。

扶桑艦の周囲には、せいろん丸、旅順丸、目尾丸《さかのおまる》、信濃丸、孟買丸《ボンベイまる》が碇泊していて、それから一時間も経つと、いずれの船にもどこにあの伝馬あの小蒸汽が隠れていたろうと思わるるばかりに集まって来て、頻りに兵士の上陸を始めるので。

大輸送が忽《たちま》ちにして開始せられた。

上陸地点はこの湾の北西正面に位して、前に聳えているのは五十米突ばかりの裾の長い茶褐色の山。これは台山《だいざん》と呼ばれているのであるが、午前九時頃になると、その山のちょうど麓になっている荒磯を目掛けて、上陸しようとする兵士が、股、肩あたりまで水に浸して頻りに徒渉《としょう》しているのが認められる。

否、その一帯の地は時の間にわが兵士の黒い影を以って蔽われたので、岩の一角、斜阪の一角に隊を組み列を作って、戦闘準備のまま号令の出るのを待っている。

八幡丸の甲板、そこには今乗船者の総てを集めたと言っても差支えないので、馬卒・傭人の末に至るまで、双眼鏡を人から借りて、その形勢を展望するに怠らぬ。やれ、山の上を兵士が登って行く、やれ、あの岩角の所に一中隊ばかり黒く固まっている、やれ、また伝馬から下りて徒渉を始めた……と喧しく評判していたが、不意に、

「国旗！　国旗が」

と叫んだ者がある。

「ヤ、あの山の上に国旗！　国旗！」

「どれ、見せろ！」

「早く、早く」

と一方ならぬ騒動。

見ると、なるほどその台山の絶巓《ぜってん》に白い、傍柱のようなものが立っていて、その上に翻れるは堂々四表を照せる、わが日章旗。誰か万歳を三唱せざる者があるべき。これを以って推すと、この方面には、敵は存外兵備を置かず、わが軍は一兵を衂《ちぬら》ずして、この遼東半島の一角を占領し得たものと想像せらる。それ

にしてもその台山の彼方《あなた》にはいかなる光景が展開せられてあるであろうか。わが兵は隊に隊を組み、列に列を作りて、盛んなる前進運動を起こしているのに相違なく、敵兵もまた如何に防備を施しておかざりしとは言え、附近の兵力を集合して、全力をこの方面に挙げて来るかも知れぬので、いつ絶大なる戦闘が開始せられるかも料られぬのである。と思うと一刻も早く上陸して、その台山に登ってみたい、そこから遼東半島の光景が展望したい。で、先頭上陸の許可を由比参謀次長に請うたが許されなかった。

自分は終日いかに長く、一刻も早き上陸を願いつつ、周囲に起これる盛んなる大輸送の光景を見たであろうか。支那近海の波荒く、浅瀬多くして、良好なる上陸地点の無いのは、以前より知れたことであるが、この附近がまた特別の難場、特別の怒濤、特別の浅瀬であるので、輸送の困難は実に見るに忍びぬくらい。海軍の小蒸汽が伝馬を曳いて岸近く連れて行ってやっても、綱を放すと、すぐ流される、艪《ろ》も舵も利けばこそ、忽ちにして向うの島に漂着するという始末。であるから、上陸するには、好く好く満潮の時刻を料って、小蒸汽が伝馬を最も岸近き辺り（約百米）まで曳いてやることのできる時を以ってしなければならぬ。けれどその満潮の時刻と言うのは極短いので、ある船などは夜半にその一部隊を上陸せしめたとの事である。そのうえ、生憎、烈しい風が逆に吹いて、波濤もまた頗る高いので、海上に浮かんだ伝馬はまるで木の葉のよう。輸送を完全にやることができぬばかりか、自らその船の進退に困っている。後に上陸してから、ある船頭から聞いたには、「実に、この支那の海の底波の荒いのには呆れてしまったですよ。見た所はさほど荒れていない様子だから、船を出すと、忽ち流されてしまう。まるで何だか船の底にある重い錘《おもり》がくっついてあるようで、如何にしても漕ぎきれない。私等は海では、紀州の悪灘《あくなだ》を乗り切った事もあるんだが、今度という今度はえらく弱らせられましただ。それに、将校が私の艪の進まぬのを見て、『貴様は船頭と言って志願して来たのだが、実は艪などは操《と》った事も無いんだろう』と言われたのには冷汗が出ました。実際、

えら海じゃ」

こう言っているのを聞いた。であるから、海上に浮かんでいる伝馬はいずれも皆なそれ自身の進退操縦にのみ気を揉んで、到底充分なる働きをすることが出来ぬのであった。それでも人間の力というものは恐ろしいもの、どうしても今日の中にある部隊を上陸させなければ、完全に防備を敷くことが出来んと言うので、各船、各輸送指揮官とも大決心で、午後には、陸兵を満載した小蒸汽、伝馬が国旗を風に翻しながら、曳々声《えいえい》で、陸続として濁悪なる波の上に浮かぶを認めた。

見ていると、孟買丸、信濃丸、常陸丸などは最もそれに全力を尽くしているものの如く、その船の右舷左舷には、短艇《ボート》、小蒸汽、伝馬が幾艘となくくっついて、兵士の隊をなして梯子を下りて来る数、それは実に夥しい。砲車、馬匹《ばひつ》、この輸送が又更に困難を極めて、満船悉く上を下への騒動。

それにも拘わらず、その日は第三師団方面に於いて約一個旅団半、一師団方面に於いて同じく一旅団、及びそれに伴う必要の砲車馬匹若干を上陸せしめ、その大部隊は海岸三四里の所に警戒防備線を張り、その前進隊は東清鉄道の線に向かって出発したとのこと。

この混雑、この繁忙、この騒擾――これもそのままに夕日は落ちて、夜の幕は地平線上に濃紫に浮き出ている遼東の名山大和尚山《めいざんだいおしょうざん》から懸けて、次第にこの一帯の荒涼たる海湾に垂るるので。

夜、聞くと、この朝海軍は別働隊を以って貔子窩を攻撃し、以て牽制運動を行いたるに、敵の騎兵二三百、火を市街に放ちて去り、午後一時に及びて、清民白旗を掲げて来たり、市民一同の保護を托して去ったとの話。

五月六日（金曜日）晴

午前十一時――

自分等は辛うじて本船に帰ることが出来た。怒濤の中に三時間の漂泊、船暈《ふなよい》どころか、自分は殆ど生命の危ないのを覚えたのである。それにしても、短艇《ボート》に乗った一組は、安全であるか、どうか。

自分等の上陸を企てたのは、午前八時。昨日以来絶えず上陸を煩《うるさ》く迫ったので、橘部長も「それでは大越副官と一緒に上陸したまえ」と許可してくれたので、一行は大喜悦。これで久しく渇望していた陸地を踏むことが出来る……と写真機械を運ぶやら、種板を荷うやら、大騒ぎをして、漸く八幡丸右舷の小蒸汽に乗り移ることとなった。短艇には、大越副官を始めその他二三の管理部員及び吾班の亘君が乗ったが、荷物を積み卸すやら何やら彼やらをしている間の小蒸汽と短艇との動揺！　その間に既に自分等は一方ならざる船暈の頭脳に押し上げて来るのを覚えたので、ある時などは、殆ど船が微塵になって、身は海中に飛ばされはせぬかと思ったくらい。それも漸く済んで、本船を離れると、頭上を圧して高い船の欄干には、多くの知った顔が下を覗いて、我々の弱ったさまを見て笑っているのが歴々《ありあり》と認められる。けれど小蒸汽が進行を始めると、動揺はやや静かになって、あれが孟買《ボンベイ》丸、あれが信濃丸などと笑って指点する元気が出てきた。宇品《うじな》を出発して以来、十六日乗っていた八幡丸、或いは海上風波の危険、或いは敵艦襲来の危険を恐れながら、しかも恙《つつが》なくこの上陸地点に着いたばかりではなく、この危険なる上陸地点に於いても、さしたる敵の抵抗もなく上陸するを得るとは、何等の好運、何等の幸福……などと語りながら、別れ行く船の方《かた》を見返り見返り、進んで行ったが、四十分ほど経つと、段々海岸の岩石も明らかに、台山の背面に駐屯しているわが軍隊の光景も分明《はっきり》見えるあたりまで近寄った。

約三百米突《メートル》の距離。

浅瀬で、小蒸汽はこれから先へ出ることが出来ぬので、先ず第一に、曳いてきた短艇に自由行動を取らせ、さて其処等に伝馬が無いかと見渡した。見るとその附近には、右の方百米突ばかりの所に一艘、その向こうに一艘、それから左に小蒸汽が碇泊していて、その舷尾に、一艘覚束なく漂っているのが認められる。で先ず、最初に右の伝馬を呼んだが（橘部長は岸近く行ったらどの船でも好いから呼んで乗れと命じたので）返事が無い。船頭が見えておりながら返事をせんとは怪しからんと一層声を大にして叫んだけれど、風の烈しいのと、波の高いのとで容易に通ぜぬ。詮方《しかた》が無いから近くに行くと、船頭先生、舟の中に隠れてしまって呼んでも呼んでも出て来ぬ。仕方がないからその向こうの一艘を呼ぶと、これも最初は挨拶をしなかったが、余り熱心に呼ぶものだから、漸く顔を出して、「これは信濃丸のだから駄目だ！」という。「軍司令部の上官が是非上陸をせんければならんのだから」と威嚇《おど》してみても、やはり不得要領である。小舟が無くてはどうしても上陸が出来ん、かくと知ったら、短艇の方に乗るのであった！　と以前別れた短艇は？　と見ると、こはそもいかに、それも後へ後へと二百米突も流されている。自分等も既に彼是二時間近く荒海の中にいるので、船暈《ふなよい》はするし、寒くはなるし、実にこの上もなく弱ってしまった。けれど、このまま帰るも馬鹿馬鹿しい、今一度小蒸汽の方を頼んでみようと、態々《わざわざ》遠回りをして、その附近に行ったが、此処も浅瀬でその舟の所までは行くことが出来ぬ。そこで、自分の小蒸汽の隊長は声を限りに呼ぶ、叫ぶ、向うの小蒸汽に水兵が出たので、手旗信号をするという風に、非常に尽力してくれたけれど、これもやはり言を左右に托して不得要領。そのうちには段々潮が引いて来るので、小蒸汽の動揺は烈しくなる。船暈がして頭脳を擡《もた》げていられなくなる、「これでは仕方が無いから、一先ず帰りましょう」という。

残念ながら針路を後に戻そうとした時、大きな波濤《なみ》がやってきて、悉く船の左舷を洗った。

その後、波濤を幾度食ったか、ある時などは殆ど転覆しはせぬかと思ったことすらあったが、それでも小蒸汽の有難さには、どうやらこうやら本船近く帰ってきて、その甲板の上に馴染みの顔を見た時には、まるで蘇生したような心地がした。辛うじて本船に上って、これこれと部長に話すと、「困ったなア！実に困った」と部長も言われた。

別れた短艇は遠く海に流されて、一時はどうしようかと思ったそうであったが、幸いその附近を海軍の小蒸汽が通ったので、漸く泣き附いて、曳かれてその日の午後一時頃に帰ってきた。亘君が言うには「実に酷い目に遭った。海軍の小蒸汽が来なければ、何処に流されてしまうか解らんので、大越さんなども随分心配されたです」

これではとてもいかん、大々的決心を以って事に当らんければ……と部長も大いに決する所があって、その日、海軍から水兵五六十を借りて来る、小蒸汽・伝馬の類を盛んに集めるという風に、種々《いろいろ》尽力しておられたが、明日上陸するという人々を集めて、「この場合であるから、諸君は二三町くらいは徒渉するつもりで行ってくれなければ困る。それに出た以上はどうしても上陸する覚悟で……」と厳かに言い渡した。

輸送難！　上陸難！

五月七日（土曜日）晴

如何にしても上陸する覚悟で八幡丸を降りたのが、午前七時半。今日は昨日よりも準備がよく整って、一艘の小蒸汽は二隻の短艇《ボート》を曳くことになっている。自分等一行、管理部附の傭人は一つの短艇に、他の砲兵部、副官部、参謀部の従卒は他の一つに、寺崎広業君は三浦君と共に小蒸汽に乗って勇ましく出掛けたが、昨日苦しんだ陸から三百米突《メートル》の距離の所に来ると、また例の伝馬問題が起った。

従軍中の田山花袋〈左端〉（伊藤整『日本文壇史8』）

短艇は吃水が浅いから、伝馬を用いなくっても陸地近くまで漕ぎ寄せることが出来ると思った。けれどこれは誤りで、やっぱりそこまで行くと、浅瀬に乗り上げて一歩も進むことが出来ぬのである。幸いに、傍らに一艘の伝馬があったので、短艇の人々は手早くそれに乗り移ったが、自分等は乗り遅れて他に伝馬を見つけなければならなかった。海軍の水兵はあらん限りの力を尽くして、なるべく陸地近く漕ぎ寄せんことを努め、なお附近の伝馬を利用することに骨を折ってくれたけれど、しかも二時間ばかりというものは、例の昨日と同じき不得要領なのに、はては漕ぎあぐんで、「今日もとても上陸は出来ん」とその短艇の隊長が言った。これを聞いた時、自分等はいかに絶望したかしれぬ。中には、「それではここから徒渉して行こうか」と言った者さえあった。

午前十時に至って、漸く一艘の伝馬に乗り移ることを得た。けれど心細いことには、その船頭が極端の素人で、まるで艪を使うことを知らぬので、まごまごすると大海に流されそうになるという始末。それをどうやらこうやら、皆して手伝って、ようやくその岸に着いた時のその嬉しさは！

自分等は覚えず万歳を三唱したのである。

岸には、工兵が既に桟橋の製作に苦心していて、鉄色の岩陰にはテントを張った工場らしいものが幾つも見える。

上陸した所は岩と波ばかり立っている荒磯で、道はその間をうねうねと岩山の上に通じ、それを登り尽くすと、そこに一帯の平地。即ち台山の裾になっているので、そこには海軍の碇泊所司令部と軍の碇泊所司令部とが二ヶ所にさびしいテントを張っているばかり。荒涼寂寞、実に緑の草さえ生じてはおらぬ。けれどその海岸から懸けて沖の一面には、実に壮大なる活動の幕が演ぜられてあるので、無数の船舶からは凄まじい黒煙、怒濤の間を縫って近寄って来る短艇小舟の数は黒石を並べたように点々として、突然この光景に邂逅《でっくわ》した清国の住民は、この大船巨船が天から降ったか地から湧いたかと驚いたに相違ない。今最も活動しているのは恐らく海岸一帯の地であろう。そこには、砲車を短艇伝馬より引き上ぐるもの、馬匹《ばひつ》の溺れ懸けるのを裸体になりて救わんとしつつあるもの、荷物の積卸をなせるもの、焚火をなせるもの、前進兵士の背嚢を車に積み込むもの等、その騒がしさは実に非常である。その傍らには、既に組み立てたる砲車を峻坂《しゅんはん》の上に引き上げんとする砲兵の群、これに続くのは、清民常用の牛車騾車《らしゃ》、おりから烈しき西風に、満州地方の砂塵《すなぼこり》は舞うこと甚だしく、一道の路には高く高くその黄い砂煙《すなけぶり》が……。

その一道の砂煙を見渡すと、それは海岸より西の峡間を伝い、それより一度斜阪《しゃはん》の上に烈しく鞭打つ砲車の長い列を顕わし、また一ところ途絶え一ところ顕われ、柳の若緑の間を縫い、谷間の赤き地層を過ぎ、高く、いよいよ高く、台山の右の裾の斜めなるところへと靡いているので。

砲車、馬匹、糧食皆その方面に。

自分等の宿営すべき村落は勇家屯《ゆうかとん》。昨日視察して帰って来た管理部の人の話では、上陸地点からおおよそ二十町（注・約二・一八キロメートル、一町は約一〇九メートル）ばかり、人家はわずかに七八軒、もちろんその附近の何とか言う村にも宿営を振り割ることは振り割ったが、どうも実に不充分で、到底諸君の意を満たすようなことは出来ぬとのことであった。その勇家屯とはどの方角、やはりあの砂塵の道を辿って行くのであろうかなどと語り合っていたが、ふと、軍司令部のテントの中に大越副官の姿が見え、続いて前に上陸した寺崎広業君が見えたので、そのまま、そこに行って、とにかく指図を請うことにした。

聞くと、宿舎と言うほどの宿舎ではないが、雨露を凌ぐほどの所は取ってあるから行きたまえとのこと。時計を見ると十二時五分、腹が減ったので、柳行李に詰めた初めての弁当飯を食い、一同、機械やら荷物やらを清国苦力《クリー》に荷わせて、出発した。

新しい生活、実に新しい生活はこれから始まろうとしつつあるのである。総ての羈絆《きはん》、総ての係累、総ての情実を脱却して、生或いは死の境にまで突進しようとするこの新生活！　自分は限りなく胸の躍るのを覚えた。

ことに目新しいのは遼東の風物。風は烈しく、砂塵は高く、目に見ゆる色と言っては海の碧《あお》いのと、空の鶏卵色《たまごいろ》なのと、陸及び山の茶褐色なのとばかりではあるが、それでも何となく新しいのは人の心を惹くもので、自分は荒涼なる大陸的風景の少なからずわが好奇心を動かすのを感じた。美しい柳の二三株風に靡いている間を向うに出ると、果して路は台山の右の鞍部へと通じていて、砲車、牛車、馬車の高く砂煙を揚げている所から、次第に弓型に山の彼方へと向かってだらだら登りに登って行く。

鞍部へ出て、向うを見て、自分ははっとした。

なるほど大陸的光景、乃村曹長は昨日視察に来て、「満州は実に荒涼たるものだ、あの台山の向うは、ただ赤土の堆積の遠く連なっているばかり、地平線上目を遮る何物をも見ない」と語ったが、なるほどその通り、赤土の堆積のところどころに、村の存在を示した楊柳が五六株乃至は七八株ずつ固まっているの外は、ただ砂塵の侘しく高く揚がるのと牛車騾車の陸続として遠く連なるのとを認むるのみであった。宇品を発つ時には、山には緑色、野には菜の花、霞は美しく深碧《しんぺき》なる海を粧って、それは一幅の画図のような景色であったのに、さりとてはあまりの荒涼、あまりの寂寞、あまりの渺茫《びょうぼう》、ハイネの詩から俄かに軍歌に移ったような気がした。

勇家屯に着くと、楊の樹。その樹に軍司令部は何処、管理部は何処、軍医部は何処と記した紙が張ってあったが、管理部の所在は右の三四軒並んでいる農家で、第二軍管理部と記した白布は、崩れかかった、汚い土壁《かべ》の中央に懸けられてあった。中に入ると、不潔、不潔、先ず右に大きな肥料溜《こやし》が掘られてあって、その隣に二三匹怪しい声を立てている豚小屋の泥濘。家屋の前には、汚い水を蓄えた瓶、味噌を入れた瓶などが並べられて、内に入ると室《へや》の両側に大きな釜。その釜の前にぶつぶつ言いながらこの家の主婦らしい中老婦が頻りに火を燃やしているのを見た。一方は土民の住室、一方はわが管理部が特に徴発して明けさせたもので、二つある室の一つには、山内炊事曹長が頻りに雑務に鞅掌《おうしょう》している。自分等の宿舎は？　と聞くと、この裏の家屋とすぐ教えてくれた。

前には一株半開の桃花があって、風情ある家屋と思ったのに、中に入って見ると、何年前から人が住まなくなったかと思われる程の思い切った廃屋である。否、廃屋と言えば、未だに人の住む室などがあるように想像されるかも知れぬが、ここには、炕の破壊された跡が微かに一隅《かたすみ》に残っているばかり、土間、全くの土間である。けれどこれは覚悟の前、自分等は彼方此方《あっちこっち》から高粱殻《こうりょうがら》を山の如く集めて来て、とにかく坐臥することの出来るようにし、さてその上に毛布を敷いた。

思い切った新しい生活ではないか。

隣近所の清国住民は、珍しがって、幾人もやって来て、頻りに我等の高粱殻を運ぶのや、室を拵えるのやを見ていたが、覚束ない清語で話してみると、彼等は五日の朝わが大船舶の集中したのを驚くこと一方《ひとかた》ならず、始めは大事変の起ったように、家を挙げて遠く走ろうとしたそうであるが、やがてわが軍の諭告文を見て、初めて露国と戦うことを知り、一村その堵《と》に安んじたとの事である。後にはだんだん馴れて、茹で鶏卵《たまご》などを売りに来る者もあった。

夕暮、物珍しさに、柴田君と二人して、司令部のある所へと出掛けて行った。自分等の居所とはごく近く、殆ど一町くらいしか無いのであるが、司令部として選ばれた家屋も、頗るそれは哀れなもので、白布の翻っている門壁には、草が離々《りり》として生じていた。ふと見ると、その前に参謀の肩章を着けている将校二名――一人は石坂少佐、一人は、金谷大尉。

「前哨線に出ている兵は、それは実に気の毒だよ」と金谷大尉は語った。「君方は、上陸の朝も寝ていて知らなかったろうが、我輩は海軍と一緒に、徒渉して上陸したのだからな。台山の上、あの上に登ったのは午前七時、敵は監視兵が五六名おったばかり、たいしたことは無くて済んだが、上陸して前進した兵は実に気の毒だ。掩堡《えんぽう》に拠ったまま、吹きしきる砂埃に中に、二日二夜、道明寺糒《どうみょうじほしい》を齧《かじ》りながら、『構え筒』の姿勢でいるのだから」

「敵は近くにいるですか」

「そんな事は聞かんでも好いが、兵士は実に気の毒だよ。勇ましいのを見れば見るほど、実に涙がこぼれる」

「それから思うと、君達は暢気な者だよ」と石坂参謀は冷笑するように、傍らより口を入れて、「帰りたくなるとすぐ帰ってしまうんだからナア。戦争の終結迄《しまい》いるんなら、充分世話してやって好いけれど……」

「いますよ。帰るなって言いやしませんです」

「きっと、遼陽までは行きます」これは柴田君。

「遼陽？　それみたまえ、遼陽で戦争は終結になるかえ、君」

「イヤ、そうじゃないですけれど………」

「やっぱり帰りたいのだろう」

とまた冷笑した。

暗くなる迄、色々な事を立って話していたが、楊樹の影も分からぬ真の闇夜になったので、そのまま宿舎に帰って、犬か何ぞのように、高粱殻をごそごそ言わせながら、寝に就いた。

点ずべき蝋燭も無い室の侘しさは？

五月八日（日曜日）晴、風

遼東の気候の変化の激しいのはかねて聞いて知っていたが、しかもこれ程とは思いも懸けなかった。日中は六十度内外（注・華氏温度。摂氏温度に換算すると約一五・五度）、外套を脱いでも歩くと汗が滲む程であるのに、夜になると、その寒さ、寒さ。毛布を二つに折って、外套を懸けて、なおその上に高粱殻を一並べ載せても、なお底冷えがして、如何にしても眠られぬ。否、夜半頃からは、いっそ起きて火でも焚いて夜を明かそうと思ったくらい。それ故であろう、朝、起きると、厭に腹が痛んで、腸の具合が頗る悪い。一行に聞くと、皆同じ模様である。

「これでは困るナア、今、病まんでも、いつか病気が出るようなことがあるかもしれんからナア」と誰も彼も言った。

それから朝起きて先ず困ったのは、顔を洗う水である。土民は水を多く使わぬので、井戸というものは極稀で、その井戸の所までには、距離がどうしても二十町もある。仕方が無いから、軍の井戸掘り人夫がところどころ掘りかけた跡、それに溜まっている水を使って顔を洗うことにした。けれど洗面器持たぬ身の誰も彼もその水溜りに顔を臨ませて洗うので、二三人も洗うと汚く濁ってしまって、雨後の水溜りと少しも違わぬ。寺崎広業君や、森林黒猿君などは我々と一緒にこの顔を洗う水に困った連中で、それから、今一つ滑稽なのは、草も藪も何もない広々とした満州の野に、互いに野糞をやりに行く様であった。

朝飯と昼飯とを管理部で貰って、一行は上陸地点を撮影にと出掛けた。自分は下村清助君と一直線に台山に登ったが、その絶巓《ぜってん》の眺望はなかなか見事で、上陸地方面の船舶碇泊の光景はもちろん、前に遠く打ち渡されたる赤褐色の陸の起伏、東清鉄道の線はどの辺りを駛《はし》っているであろう、敵はどの辺りを防御しているであろうと思うと、雲のたたずまいまでも何となく心惹かるるような気がして、わが勇ましい前哨線の事などがそれとなく胸にうかんだ。上陸地の光景は昨日よりも一層活動を加えて、わが軍の糧食運搬に使用せらるる騾《らし》車牛車の長き連鎖は、実に際限もなく黄い砂塵を立てている。

砲車、弾薬車――

帰路も同じく台山の絶頂、砂塵の高く巻き上げられる岩角で、柳行李の拙《まず》い飯を食っていると、これも上陸地写生に出掛けた寺崎君三浦君とゆくりなく邂逅《でっくわ》した。

この日、自分等は第二軍の第一勝とも称すべき戦報を聞いた。それは静岡連隊（注・歩兵第三十四連隊）の五・六・七・八の四個中隊の果した任務で、同隊は工兵第三大隊の一個小隊と共に鉄道破壊のために普蘭店方面に赴くことを命ぜられ、五日は張家屯の北三里の所に露営し、六日午前二時その地を発し、八時半漸くその目的地に達したとのこと。敵の鉄道掩護兵は騎兵二百、歩兵百余で頻りにわが兵に抵抗したが、わが兵はその前なる高さ五十米の丘陵を占領して、千米より三百米の距離に近づき、盛んに小銃を射撃せる間に、工兵は粧置《そうち》ダイナマイトを以て、鉄道及びレールを破壊し、ことに、勇敢なる一兵士は敵銃雨注の中を侵して、高く電柱の上に攀《よ》じ、以って電信線を切断したとの話である。殊に面白かったのは、その時、旅順方面から貨車客車の四五十もつけた汽車が通りかかって、距離約二千米の附近まで来たが、突然わが兵の射撃に遭い、慌てて一度は引き返そうとして、不意に、車頭に赤十字旗を掲げた。で、わが兵が射撃を止めると、その隙を窺って全速力で北方に向かって通過し去った。実に遺憾千万であったとその隊の一士官は語った。

午後その戦で捕えた捕虜一名が司令部に来たので、柴田君と共に撮影しがてら見に出掛けた。年齢はおよそ三十三四、背は低く、体は痩せて、傍らに鼠色の外套をかかえて、横になっていたが、それを分捕り品の前に立たせて一枚撮影した。

司令官始め諸将校は皆今日恙《つつが》なく上陸せられた。

五月九日（月曜日）晴、風

相変らぬ晴天、相変らぬ西風――変った事も無くて過ぎた。

夜、司令部から酒五勺（注・約九〇ミリリットル）分配を受けた。

石原応恒連隊長を先頭に進撃する歩兵第十八連隊
（『日露戦争陸戦写真史』・新人物往来社）

五月十日（火曜日）朝曇、後晴

台山附近の上陸地が風濤いかにも険悪で、到底完全なる輸送を開くことが出来ぬので、昨日から、三里程東の小河口附近に、新上陸地を移したと聞いたが、軍も今日愈々《いよいよ》前進！

前進とはいえ、わずか三里くらい、何でも大姚家屯《だいちょうかとん》という所に行くのだそうだ。で、自分等は荷物を管理部に託し、写真機械を苦力《クリー》に負わせて、寺崎君などと一緒に出掛けた。この朝は珍しい深い霧で、近い村、近い楊樹も全くその中に包み籠められ、ある時などは殆ど咫尺《しせき》を弁ぜざる有様であった。自分等は清国苦力が導くがまま、高原の捷路《ちかみち》を取って、次第にその地名の方面へと向かった。けれど霧の中に隠見する伝騎、それさえもしや敵の騎兵ではないかと疑われるので、路がちがっておりはせぬかとの疑惑は幾度となくわれ等一行の間に起った。それもその筈、前哨線がもう近いと聞いておったのに、この附近には兵士の影も少なく、司令部附の人々の姿も見えず、四方を展開しようにも、鼠色の侘しい霧が懸っていて、どうとも仕方が無いではないか。

ふと見ると、高原の濃霧を透《とお》して、ぼかしのように微かに五六十名の兵士の群、そこからは黄い青い煙が風に吹かれて、烈しく早く地を這って靡くのが認められる。

「あれは何だろう?」

「砲を撃っているんじゃないか?」

「それにしては音がしない」

「こんな高原に……今日のように暖かい日に焚火の必要もあるまいに……」

などとまちまちに批評し合ったが、とにかく道を聞こうじゃないかと言うので、そのまま、その高原へと歩み寄った。南山、得利寺の後であったならば、こんなに烈しく胸を打たれるのではなかったろうが、それと知った時には、自分等一行は思わず襟を正したので、それは実に昨日戦死した第三十三連隊（注・連隊本部は三重県津市、第三師団隷下）第九中隊の小隊長歩兵中尉・桂勇喜、同第十二中隊軍曹・伊藤弥太郎、第九中隊歩兵一等卒・近藤伊太郎三氏の遺骸を同中隊の将校兵士が荼毘一片の煙となしつつあるのであった。

見ると、前には穴が深く掘られてあって、そこに三氏の遺骸を並べ、上には玉蜀黍殻《とうもろこしがら》、その上に楊樹《ようじゅ》を重ねて、今しも盛んに燃え上がれる火焔は、潑々《はつはつ》として黄く青い光を放っている。その周囲を護れるは第九中隊歩兵少尉・牧野鉄弥氏以下軍曹下士卒十二名。ことに戦死者の従卒某《なにがし》は殆ど情に堪えざるばかりの憂愁の色をその顔に顕していた。何たる悲惨、何たる詩材、この荒涼たる高原に、この寂寞たる濃霧の中に、その同僚の遺骸を火葬する人々の心はいかに。

自分は深く感じたので――その青い黄い煙の簇々《むらむら》と渦上するのにじっと見入った。

柴田君は写真、寺崎君は写生。

自分の頭脳《あたま》には、この時詩想が早く早く流れてきた。

聞くと、この人達は龍口附近に鉄道電信を破壊に行ったので、その隊は歩兵少佐・足立亀治氏の引率せる第三十三連隊第三大隊であるそうな。宿営地を出発したのが七日の午後一時で、途中で無記名村落に一泊、夜十二時出発、八日午前八時半に目的地龍口に達し、敵の鉄道守備隊約八十五に対して直ちに戦闘を開始し、五十分の後、全く占領、電信線を切断し、電柱を倒し、任務を全うして、午前十時悉く引き揚げ、途中約三四里の所に一泊、九日の午後四時半を以って宿営地に帰着したとのことである。

大姚家屯はそこからもう遠くはなかった。山を二つほど越えると、下に二三の村落。その最も近いのが即ちわれ等の第二の宿営地であるのである。近寄ると、村もかなり大きく、戸数も百軒近くはあるであろう、楊樹の聳え、桃花の紅なるはこの村落の特色で、遼東の春はそこに……と思われるばかりであった。宿営は村外れの一軒家。比較的清潔で、ここでは土間でない普通の土民の一室を宛がわれたが、八畳敷くらいの所に八名寝なければならぬのにはしたたか困った。

軍はこの村で漸く勢揃いをしたといって宜しい。三個師団の兵士、砲車、弾薬車、馬匹糧食等は既に大方陸揚げが済んで、各々その部署部署を固めることが出来るようになった。第三師団（注・師団司令部は名古屋）が右、第一師団（同・東京）が左、遅れて到着した第四師団（同・大阪）は、その中央から左の方へと絶えず行進を起こしているので、附近の村落という村落には、わが兵士の駐屯しておらぬものはなく、散歩などすると、それは実に面白い光景が目に映ずる。かれ等は大抵家屋の周囲を繞《めぐ》れる土壁の陰にテントを張っておるのであるが、食事頃そこを過ぎると、かれ等は皆土壁の塼片《せんぺん》を彼方此方《あちらこちら》より拾い集めて、急製の土竈《へっつい》を造り、盛んに火を燃やして、或いは鳥汁を煮、或いは豆を煎り、或いは蕎麦掻きを作り、或いは湯を沸かす等、その光景は実に面白い。ことに中隊、大隊の炊事場にでも行くと、鋭刀を揮って豚肉を切開するもの、鶏の毛を一生懸命に毟る者、大釜に米を炊く者、水を汲みて運ぶ者、飯を分配するもの、その分配を受くる者、沢庵は沢庵掛《たくわんがかり》これを切り、汁は汁掛《しるがかり》これを分配する等、名状すべからざる混雑がその一帯の地に起こっているのを認める。かと思うと、終日長く路の四角《よつかど》に立てる哨兵、山から山へと一飛びに飛んでくる伝騎、村落の陰には、必ず馬匹と砲車と弾薬車と輜重車《しちょうしゃ》とが所狭げに並べてあって、その上には楊柳の緑、梨花の白、桃花の紅、——何等の春色、何等の活画。

五月十一日（水曜日）晴

昨日は終日観戦前記を草し、今日もまたその稿を続いだ。柴田君は亘君堀君と共に新上陸地に撮影に赴いたが、自分は筆硯と親しんで、遂にその新しい上陸地を見る機会を失ってしまった。午後、散歩すると、ふと石坂参謀が先の日龍口附近で捕えた捕虜を訊問しているところに邂逅《でっくわ》した。傍らに露語通訳官一名、それから二三間離れて護衛憲兵が二名、更に十五六間距てた土壁の傍らの牛車の上には、寺崎君が頻りにそれを写生している。

この夜、宿営の小童がタンビーヤというものを携えて面白く舞うのを見た。この村、この宿舎、これが後まで自分の頭脳《あたま》に残るとせば、それは実にこの一楽器の賜に帰せなければならぬ。その楽器——楽器という程の物ではないが——は、二尺五寸ばかりの細い竹に四ヶ所穴を開けて、そこに銭二文ずつ繋ぎたるもの、それを胸やら肩やらにちゃらちゃら当てながら、一種不可思議の調子を歌いて舞うのであるが、それがいかにもよく諧《ともな》って、その所謂《いわゆる》サアーザ（歌曲）なるものを聞いていると、何となく身がその中に曳き入れられそうになる。何でも悲しい曲、喜ばしい曲、可笑しい曲等種々あるそうで、小童の中にも、これを巧みにやるものは稀であるという。ああ、その夜の光景、それは未だにわが頭脳に明らかに残っている。戸外は闇、室内には蝋燭の光が微かに、混乱せるわが一室を照らして、その余光は舞える小童の肩、胸のあたりに及んでいる。まるで画だ、このまま額縁に嵌めておきたいと自分は思った。

まして壁間にはシュワア虫の断続。

聞き終わって野外に出ると、平和は実に至る所に充ち満ちて、満州の広い荒涼たる野には明らかなる無数の星が、その微かなる光をさびしく投げている。美しき星、美しき空、美しき夜――まるで秋かと思わるる空気の透明。詩を吟じて哨兵に一喝せられたのも無理ではあるまい。

（五月十二日記載なし）

五月十三日（金曜日）半晴

懐中日記の今日のところを繰ると、周家勾《しゅうかこう》に行ったことが記されてある。忘れもせぬ桂中尉の祭祀、司令官を始め各将校も行くというので、自分等も午餐《ひるめし》を済ますと出掛けて行った。周家勾は大姚家屯《だいちょうかとん》を距る、北に約一里、山を越ゆれば、すぐその村は見えるのである。周家勾の右の高地、そこには三個中隊ばかりの兵士が整列して、その向こうには一個《ひとつ》の祭壇が楊の枝や玉蜀黍の殻で巧みに造られてあって、豚、鶏、瓶酒《へいしゅ》などが山のごとくその霊前に手向けられてある。自分等の行った時にはもう司令官も師団長も席に着いて、長い長い経文がこれから始められようとするところであった。粛然たる一場の光景、誰の胸にも第二軍の最初の犠牲者を悼むの念は往来していると覚しく、ことに「捧げ銃」の兵士には無限の哀情が遍《あまね》く顕れているのを認めた。読経の僧三名、頭髪長く袈裟を掛けたる僧衣の下より洋服長靴の見ゆるさえ異様なるに、その読経の声のけたたましさ、折々途絶えて又続ける、自分はいかに一種の滑稽を感じたであろうか、けれどこの滑稽、これが更に一層の悲感を自分の胸に印さしめたので、この故郷を遠く離れたる満州の荒野に、血に染みて悲しく悶ゆる士官兵士の最期は歴々《ありあり》と自分の眼前に描き出さるるのであった。

空は半晴の薄曇り、鼠色の侘しい雲はおりからの日影を蔽いて、天もさながら哀悼の意を表するかのよう――けれど祭祀の式も済み、哀悼の意も尽きると、「捧げ銃」の兵士は列を作りてその隊に、司令官、師団長も馬に跨りてその宿営に、かくて後に残れるはさびしき祭壇、悲しき墓標、これも幾年の風雨に全く蝕し尽くさるるのである。

噫《ああ》…………

この日の夕暮、寺崎君と隣村の山咀子家屯《さんそしかとん》へ散歩に行った。夕陽《せきよう》の美しいのと、カササギの多いのとは実に少なからず自分等の興を動かしたので、自然の平和、この中になお戦闘ありやと幾度か思った。

五月十四日（土曜日）曇

軍は愈々《いよいよ》行進を始める！　との噂が波濤の岸に打ち寄するように、彼方此方《かなたこなた》から伝えて聞こえた。敵はわが軍が上陸したと聞いたなら、忽ち全力を挙げてこの方面に突進して来るであろうと思ったのに、幾日経ってもそのような形勢が見えぬばかりか、斥候の報ずるところに拠ると、敵の兵力は旅順に二個師団、金州に一個師団あるばかりで、遼陽方面の大軍は早晩南下して来るかも知れぬが、今のところではそう急に動いて来そうにもない。よしというので、愈々金州に向かって前進開始！

第二軍は愈々その任務を果たすべく危地に向かって突進するのである。

金州附近の糧食輸送（『日露戦争実記・第十九編』）

明日前進！

五月十五日（日曜日）晴、後曇

愉快なる前進、実に今日にして初めて戦場に出たような気がしたので。朝、七時、荷物一切を管理部に托してそして出発した。北！　北！　と向う心。一里、二里、山から山へと越えて行く中は、左程とも思わなかつたが、王家店《おうかてん》を右に見て、営城子《えいじょうし》から向うへ出ると、実に壮観、自分の前には美しい翠鬟《すいかん》（注・青々とした山のさま）を半天に顕した二千五百米《メートル》の小河山《しょうかさん》が高く聳えていて、その下には広い広い平野、貔子窩《ひしか》から金州に通ずる街道はさながら地図のようにその間に隠見して、転角房《てんかくぼう》、暗米溝《あんまいこう》などの村落はまるで手に取るよう。否、想像して御覧なさい、その平野が皆わが兵、皆わが軍、皆わが砲車。

街頭には黄い砂塵《すなぼこり》が高く揚がって、一里、二里の間悉く砲車の列、鞭を揚げ、手綱を張って、砲兵が頻りにそれを駛《はし》らしているのが見える。かと思うとその間には隊は隊に接し、列は列に続いた歩兵が間断なく前進して行って、その先鋒は山から山、丘から丘へと殆どその尽くる所を知らぬ。否、右の山隈《さんわい》、左の谷間からも幾隊となく皆なその平野へ平野へと出て来るので、どれだけ出たならそれが総てになるかと疑われるくらい。自分等の辿っている街道からも、砲兵が先一大隊ばかり先へ出て行って、その後から歩兵が行くわ、行くわ、行くわ、その銃槍は天日に閃めき、連隊旗・大隊旗は山風に翻って、その勇ましさと言ったら、無い。

山を下れば、一里にして転角房。人は今しも其処に驚くべき活動の幕の演ぜられつつあるのを認るであらう。転角房の村の一角、その下の街道には輜重車《しちょうしゃ》、弾薬車、砲車が一面に並べられて、その間を往来するのが歩兵、騎兵、工兵、おりおりは糧食縦列の先進隊も加わっていて、それが砂塵の天に漲る中を頓着なく勢込んで進んで行く。かと思うと、街道の右側には、なにがし師団の糧食運搬の牛車騾車《らしゃ》が十台二十台停滞して、通訳官が汗みどろになって、頻りに清苦力《クリー》の間を奔走している。右の広場には、今将に行進序列に就こうとする歩兵があって、その中隊長らしいのが、頻りに声を限りに叫んで命令しているのが聞え、その少し左の楊樹の蔭には、背嚢を背負い、銃剣を携え懸けた小隊が見える。

活動、活動――一つとして動かぬ物は無い。

この活動を余所《よそ》にして、街道の左の方、楢《なら》の低い樹の疎らに生えた長い丘陵《おか》の上に、参謀、副官の肩章を纏った士官が二三人徐《しず》かに歩いているのが見える。司令部は彼処《あそこ》にあるのか知らんと急いで行ってみると、果して！　司令官始め砲兵部長・参謀長・参謀諸将校はその小高い長い丘陵の向い側に、近所から徴発して来たらしい榻《こしかけ》を据えて、それに腰を息《やす》めながら、この潮のように集り来れる大兵を見渡しておられるのであった。

愉快、実に愉快であろうと思うと、自分は胸の躍るのを覚えた。

橘部長の語らるるには、この転角房という村はわが軍には紀念ある処で、日清の戦役にも十月の某日にこの村に軍司令部を置き、それより五六日にして金州城攻撃に向った地で、現に、将校の中には前の大きな豪農の家の老爺《おやじ》を知っているものもある筈だとのこと。年を閲《けみ》すること十年にして、またこのわが大軍の潮のごとく入り来れるを見る、清人たるもの張目瞻視《ちょうもくせんし》せざるものもまた稀であろう。

で、自分等は司令官と一緒に、その長い丘陵の草の上に腰を息めて、以て宿舎の定められるのを待っていた。兎角する中に兵のこの附近に集合すること、実に無数、青山の練兵場でも随分大兵の集まるのを見たけれど、到底これと比較にはならぬと思った。あれが十八連隊、その向うが三十四連隊、此方《こっち》の山蔭に黒く集っているのが、第四師団の十九旅団の一部。

「第一師団の兵は？」

「もうとうに前進してしまった」

と某副官は言った。

「もう衝突するですか」

「よくは解らんけれども、もう長い事も無かろうよ」

長いことも無かろうよ？　わが胸はこれを聞いただけでも既に烈しい鼓動を覚ゆるので、戦争に対する好奇心は言い知らずわが平生の平和を撹乱し尽したのである。砲声、砲煙――この頃では夢にもその戦傷の光景ばかりを見るので。

三時間程、その丘陵の温い日影の下に座っていたが、軍の宿営地が、愈々《いよいよ》その向うの車家屯に極ったというので、自分等一行はそのままその地へと志した。車家屯に行くと、電信廠《でんしんしょう》が既に設けられてあって、電話は既に五六里先の前進隊に通じているとのこと。村は楊樹があり、砂川があって、ちょっと風情ある処ではあるが、いかにも狭いので、自分等の宿舎は五町程先の楊家屯に取っておいたと乃村曹長は言われた。楊家屯は車家屯よりは寧ろ清潔な村で、其処には区画をした畠もあり、清い深い井戸もあって、宿営舎中ではまア好い方の部に属する。けれど自分等の宿舎は、村外れの小さな家屋で、暗さも暗し、不潔も不潔で、南京虫の多かったと言ったら、今迄刺されぬものも此処では大方その難を免れなかった。

夕暮の散歩に自分はふと非常に風景の好い丘陵を発見した。畑から楊樹の道、その切通の阪路《さかみち》がいかにも風情があるので、それとなく伝って行くと、遼東には珍らしい松の樹五六株。その下にある清国住民の土饅頭に添うて少し登ると、面白い岩石の屹立せる間から、向うに画のような楊柳《やなぎ》の村が顕れて、思わず自分ははッとした。好風景！　上陸以来の好風景！　殊に、前に屹立した小河山《しょうかざん》の大きい高い姿が絶巓《ぜってん》から麓まで残す所なく露《あらわ》れて見えるので、自分はいかに長くその暮れ渡る濃紫の色に見入ったか知れぬのであった。

自分は幾度この丘陵の上に立ったであろうか。暁のさわやかなる時、夕暮の心細き時、午《ひる》の日影の暑く照り渡れる時、自分はよく此処に来て、独り郷国を思い、家を思い、戦闘を思い、詩を思い、果ては興に堪え兼ねて低声に詩などを誦したので、今だにその岩石の間にやさしく咲いていたすみれの花を摘み採って、手紙に封じてある人に贈ったのを忘れぬ。否、公園と自分から名を附けて、管理部の人々やら、高等文官、軍医部、砲兵部の将官などに吹聴して廻ったので、果ては夕暮からその丘陵に散歩に出掛けるものが多く、いつ行って見ても岩石の間に一人二人の姿を認めぬことは無いようになった。

五月十六日（日曜日）雨、後晴

昨日夕暮から雲が出て、天気が変るかも知れんと噂し合ったが、果して今朝起きると、雨！　それと共に聞いたのは、今朝五時、司令部が前進したとのこと。

司令部が前進、愈々《いよいよ》戦争が始まるか知らんと思っていると、果して午前十時頃から砲声、砲声、砲声。

この盛んなる最初の砲声を聞いて、自分はいかに胸を躍らしたか知れぬ。やや曇勝なる空、鼠色なせる地平線の盡頭《はずれ》、微かではあるが天地も震うかと思わるるような凄まじい響！　宿舎の土民なども恐ろしがって日本軍兵《イイベンクンビン》ヅホンヅボンなどと真似をするので、自分等の胸の平和は全く撹乱、もうじっとしてはおられなくなった。それにしても、司令部は酷い、我々は戦闘を撮影に来ているのに、連れて行かずにこっそり出掛けてしまうなどとは余り不親切である。管理部長に様子を聞き糺《ただ》して、場合によったら後を追って出掛けようではないかなど語り合って車家屯に行って聞いてみると、部長が言うには、「君等は公然大本営の許可を得て来たのではなくて、言わば第二軍がこっそり連れて来た日蔭者であるから、公然行って好いと許可することは出来ん。けれど浮浪人扱いにすれば、何にも別に差支えはあるまい。即ち、君方はどうかして軍にまぎれ込んで此処までは来たが、此処から先は行方不明になったと言えばそれで私の責任は尽されるので、その代り、行くには行っても好いが、弾丸に当って死のうが、まぐれて捕虜にならうが、そんなことは知らんよ」とのこと。言わばまア捨てられるのも同じ語気、余り酷い！　とは思ったが、実際日蔭者の、厄介者の、食潰しであるから、強い理屈は言うことが出来ぬ。さりとてそんなにまでしても飛び出そうという決意もつかぬ。その間にも砲声は益々盛ん。聞くと、敵は此処から六里ばかり彼方にいて、今のは主に第一師団がやっているのだそうだ。「大和尚山《だいおしょうざん》の附近か」と聞くと、部長は五万分一の軍事機密図を展げて、「何でも大和尚山から少し北に当る衣家屯《いかとん》という所から今朝戦争が始ったとのことだが、なるほど衣家屯、何でもこの辺だ……」と地図を示して教えてくれた。「軍司令部の地位は？」と聞くと、「金州街道の三十里堡附近に向って進んだ筈であるが、戦争の都合で今少し前に出たかも知れぬ」との話。

相談しまして……と言って帰って来たが、柴田君始め諸君の説が、どうもそれ程にまでして行くこともあるまい。殊に、我々は荷物が多い身だから、管理部から捨てられては、今は無理に出掛けてもこれから先が仕方が無い、まア、少し様子を見ようではないかと言う事になった。

けれど正午《ひる》近くなると、砲声は愈々盛ん、天気も少し晴れ模様になって来る、逢う人に聞くと、「管理部にくっ附いていては、今ばかりでは無い、これからとても戦争は見られんから、思い切って行く方が好い」と勧める者が多い。それに、例の丘陵の上に登って見ると、砲声の聞えて来る方角も明らかに、三四里も行ったらば、すぐ戦闘区域に入ることも出来るように思われる。それにしても、今、やっている処には、如何に面白い幕が演ぜられてあるであろうか、砲煙は高く揚がり、人馬は勇ましく突進し、活動は盛んに其処に開始せられてあるであろうと思うと、実に堪らぬ，どうしてもじっとしてはおられぬ。

午後、柴田、亘《わたり》二君とその丘陵の上に登って、益々猛烈なる砲声の空にあくがれていると、橘部長はゆくりなく騎馬で其処にやって来た。

「聞えるですナ」と声を懸けると、

「中々盛んだ！」

と少佐は言葉を合せた。

「行って見たいですナア」

「軍服に対しても、君方より、僕等の方がどんなに遺憾だか解らんよ」

「行って好いでしょうか」

「好いか悪いか知らんが、行くなら行きたまえ」

砲声、砲声！

「中々遣る、この分では大戦争になるかも知れん」

「今日一日では済まんでしょうか」

「済まんとも……敵は何でも余程いるそうだ」おりから聞ゆる重々しき砲声に耳を傾け、「あれは敵だ。確かに敵の砲だ。――ああ、つまらんナア」

「それにしても司令部はどうするのです、もう戻っては来んですか」

「いや――今一度戻って来るから、好い村があったら、探しておけとの事でした。けれど戦争《いくさ》の具合ではどうなるか解りません」

「金州は攻撃するのでしょうナ?」

「そう」と少佐は少し躊躇して、「僕等も更に軍の様子は知らんけれども、金州は攻撃しても、旅順にはどうも向わんらしい。この軍の任務は何でも北に行くのにあるようだ。旅順はどうするか。あのまま放棄《ほお》っておくか、それとも他の軍が攻撃するかそれは知らんけれど……とにかくこの軍は旅順には向わん様子だ」

なお色々と語り合って、貴下《あなた》の騎馬の姿を一枚などとカビネの機械を捻くり廻していたが、おりしも登って来たのは高等文官の西川・田中・佐竹の三通訳官、「君方も残された組ですか」と言葉を懸けると、「実に、残念で血が湧いて堪らん」とのこと。かくてわれ等は橘部長の隣村視察にと馬を走らせて行った後も、なお砲声を聞きながら頻りに腕を扼するのであった。

それにしても面白いのはこの一場の光景ではないか。平野に面した丘陵の上、其処には取り残されたる高等文官、軍医、憲兵、管理部の士官などが集って、鼠色の雲の垂れたる地平線の彼方、轟き渡る勇ましき砲声を聞きながら、胸を躍らしていろいろと語り合っている光景は。

近くまで行った憲兵や、司令部からやって来た伝騎などの情報から段々先方の状況を総合して見ると、どうも戦闘が明日も続きそうである。否、転角房附近に宿営していた砲兵旅団の全部が急行進の命令を受けた処から推すと、軍は一挙して金州城を陥れてしまう計画であるかも知れぬ。この話を聞くと、自分は愈々決心して、亘君にカビネの機械を頼んで、そして二人して出掛けることにして、炊事場から重焼麪麭《おもやきパン》や道明寺糒《どうみょうじほしい》を三日分貰って来た。

ところが、他の諸君もついには同行すると言い出して、管理部から一台の輜重車《しちょうしゃ》を借り、これに機械やら毛布やらを満載し、清苦力《クリー》に曳かせて愈々出発。

それが夜の十二時。

ああその夜の光景は遂に忘れられない。砲兵旅団の砲車が今夜すっかり前進するから、それに附いて行けば黙って行かれるから……との部長の注意に従って、急いで荷物を満載した車を曳き出すと、どうです、貔子窩《ひしか》街道には砲車の前進する篝火《かがりび》が一筋に長く長く連続して居て、それが前にも後にも続々として尽くる所を知らない。実際、こんな壮観はこれが初めてで、一砲車毎にかかげている松明《たいまつ》或いは洋燈《ランプ》は暗黒なる闇を透《とお》して、実に壮大なる光景を極めている。自分等は車を押しながら、その砲列と砲列との間に押されて挟まれて進んで行った。昼間見れば、これはただ砲車の急行進、別に珍らしいことも無いのではあるが、夜という魔神がこれを押し包むと、実に見るものが皆変って面白く見えるので、砲車を御せる砲兵は闇の中に高く浮き出てるように見えて、一砲車毎に携えている松明の光焔《ほのお》が夜風に戦《そよ》ぐと、進んで行く兵士の顔は赤く照らされて、何だかこの世の光景とは思われぬのであった。そして、なお盛んなことには、その前どれ程続いたか知れぬ砲車の長い重々しい響と、それに加わる砲兵の伝達の声とが夜の星あかりの冴えた空に高く聞えて、それが長い阪にでも懸ると、一列に靡ける篝火の影が高く遠く闇を破って……。

この砲車が皆な明日の金州城攻撃に加わるのである。こう思うと、さらぬだに勇気と好奇心とに躍った胸は愈々躍って、これが戦争、人間の事業の中の最も壮大なるものであるとただただ見惚れた。

それから伝達が面白いもので、この闇の夜の行進、その連絡の断えぬように、初の列から、「第三中隊は来たか」とか、「第二中隊の一小隊は到着したか」とか「途中で滞った弾薬車は安着したか」とか聞いて遣ると、それを後へ後へと逓伝《ていでん》して、一番最後から「第三中隊は来た」「第二中隊の一小隊は安着しました、伝達！　中送り」とまた順次に言送って来るので、これが闇の夜、あやめも分《わか》ぬ闇の夜であるから、自から一種の趣を為して、座《そぞ》ろに人の心を惹く。

自分等一行は清苦力に曳かせた車の後を押しながら、いかに悶え苦しみつつ、この砲車の大輸送の間を過ぎたであろうか。後から急いで迫って来る砲車に圧せられて、車を傍なる溝の中に引込んで、後へも前へも出なくなったこともあったし、荷物が途中で崩れて大騒ぎをして積み直したこともあったし、阪路《さかみち》にかかって、汗みどろになってその後押をしたこともあったし、折から前進する第十八連隊の兵士と共に砲車の通る間を夜露の深い泥の上に横臥したこともあったし、それは随分困難な行進であった。その上、一里、二里、三里となると、初めの衝天の勇気も段々身体の疲れるのと共に衰え出して、続いて出て来るのは一夜眠らぬ身の睡魔。――地に腰を休めると、すぐそれがうとうとと催して来るので。

劉家店《りょうかてん》の少し先、砂川の流れている処で、馬に糧食を与えるため、長い砲列は余程久しく休憩した。自分等はそれと一緒に休んでいたが、やがて動き出して砂川に懸ると、その困難。砲車が重く、車の歯が一尺以上も和《やわらか》い砂の中に喰い込んで、いくら鞭打とうが、叫ぼうが、押そうが、一歩も動かぬ。それをどうやらこうやらして通り抜ける、また他の難場が出て来るという始末，これを見ては、砲兵のいかに困難なるかを気の毒に思わぬ訳に行かぬのである。自分等も車を八名掛りで漸《や》っと押して、その砂川の一地点を過ぎたが――その頃から黎明《れいめい》のさわやかな光が其処となく天地に顕れ始めて、美しい楊樹の幾簇《いくむら》、野には和かな清らかな空気が満ち渡って、内地ならば雲雀の朝立をしそうな風情ある処と思って行くと、段々夜が明け始めて、やがて見ると、服の上には一寸ばかりの砂塵！

五月十七日（火曜日）晴、風

夜が明けると、もう体は疲れ切って、へとへとになっている。それもその筈、三里四里ばかりの間の路を一睡もせず元気に任せて一生懸命に車の後押をしたのであるものを。まア、一休憩《やすみ》もうと、とある川の畔に背負袋を開いて、軍用ビスケットに餓えを医《いや》し、いざ行かうとなると、今度は苦力《クリー》がもうとても曳けぬという。余義なく次の村落で苦力を雇い、今度は一行は後押をせずに進んだ。途中砲車、弾薬車、糧食車は陸続と後を絶たなかったが、亮甲店《りょうこうてん》に行くと、其処には砲兵旅団の大部分が集って、中々盛大なる光景である。清国の土民はこういう時にも一儲けと、饅頭、麺麭《パン》、鶏卵、豆の煎ったのなどを長い丸い袋に入れて売りに来ている。

その混雑、その雑踏。

砲声はどうしたのか更に聞えぬ。

亮甲店という村は、一寸《ちょっと》須要の地で、後には兵站司令部を置かれたが、その時は第一師団の倉庫が設けられてあって、其処に小笠原君の知人の田中という尉官がいた。非常に悪い泥水ではあるが、兎に角其処で、沸煮せる湯を水筒《すいづつ》に入れることも出来たし、昨日の戦況も覚束ないながら聞くことを得た。戦争は一段落済んだようで、昨日遣ったのは第一師団ばかり、敵は十三里台子の山麓に優勢なる陣地を布いて、中々頑強に遣ったそうである。けれど佐倉連隊（注・歩兵第二連隊。第一師団隷下）が左翼から強く出たので、午後三時頃から敵はそろそろ退却を始め、砲列はそのまま七里庄あたりまで引き去ったが、しかも終日砲を撃

金州街道を前進する従軍写真班
（右端が田山花袋か／『日露戦争実記・第十九編』）

つことは止めなかったとのこと。「金州攻撃はそれは明日あたりから始まるかどうですか知りませんけれど…もう長いことは無いだろうと思う」と田中尉官は語った。

金州攻撃は明日！　と自分等は既に独断に定めているので、砲兵旅団の急前進、軍の予備隊なる第十八連隊の前進から推して見ても、快戦が既に近づいておるということが想像される。軍司令部の所在地を聞き廻ってみたが、誰もそれを知ってる者が無い。仕方が無いから兎に角進もうと言うので、再び前進を続けたが、如何にも一行は疲れ切っていて、亮甲店から鎮家屯《ちんかとん》まで、僅か三里の路に、殆ど半日以上を費やした。

鎮家屯に越える丘陵の上、其処は中々展望に富んでいた。上陸地点から望んだ大和尚山、それはもうすぐ眼の前に聳えていて、聞けば金州はその背後に当っているとのこと。鎮家屯は丁度その南麓で、今一つ丘を越すと、昨日の戦場の衣家屯はすぐであるそうな。

けれど鎮家屯に来た時には、一行皆疲れ切って、殆ど勇気を喪っていた。到底先まで出た処で、「今日は戦争が無いのだから、此処で泊まろう、いざと言えば、此処から出掛けてももう金州は五六里だから……」という説が多数で、とある民家の前に車を卸した。さて泊る家屋《うち》を捜したが、どの家屋もどの家屋も既に砲兵旅団の士官や兵士に占領せられて、一つとして空いたものが無い。車を卸した家の角に、各前進部隊から集ってくる電話所があって、其処の土間には高梁殻《きびがら》を敷きつめてあるが、どうかして其処に泊めてくれと頼んでみたが、どうしても取り合ってくれない。困ったけれど、まだ日が高いので、その家屋の一隅に高梁殻を敷いて、そして其処に一先ず横になった。耳を欹《そばだ》てると、電話がよく聞える。今懸けてるのは内山砲兵旅団長、何でも三十里堡の軍司令部と話をしている様子で、自分は今此処に来ているが、進退をどうしようと聞いているらしい。さア、もう命令が下りさえすれば、明日は金州城攻撃と自分等は疲れながらもなお腕を扼するので。

けれど、遼東の風、遼東の砂塵、それに目も開けられぬ程吹き付けられて、どうしても泊る家屋が無い。露営だと略々《ほぼ》決った時は、流石に自分も落胆した。ことに、中龍児君などは一方《かた》ならざる凹み方で、「もうこんな眼に遭ってはどうしてもやり切れない、第一、身体が続かん」と頻りに絶叫していた。ところが、幸いなことには、午後四時頃になると、第十八連隊の兵が続々と入り込んで来て、兼ねて広島で知己になった石原連隊長を始め、面識ある将校に幾人となく邂逅《かいこう》したので、聞くと、同連隊も此処で命令を待って、事宜によれば、この村に一泊するとの話。「それでは御気毒だが、どんな戦線へでも出るから、一緒に連れて行って下さい！」と頼むと、連隊長は自分等の熱心なのに感心して、快く承知してくれた。

日の暮れ暮れ、同隊は遂にこの村に泊ることになり、自分等一行もとある家屋を周旋してもらった。明日は第十八連隊と共に金州攻撃に参するのだと思うと、疲れてはいるが、実に愉快で愉快で堪らない。それにしても此処は戦地、夜半にどんな事があるかも知れんと言うので、更る更る二時間ずつ起きていた。

夢に戦場。

五月十八日（水曜日）晴、風

午前六時――まだ眼が覚めるか覚めぬのに、突然第十八連隊から伝達が来た。出発の命令かと思うと、こは又いかに。軍司令部は今日正午亮甲店を過ぎて、以前の車家屯に帰るから、その隊も一先ず元の位置に戻れとの命令で、連隊長殿の御意見では、とてもこの方面では戦争が無いから、貴下方も一緒に御帰りになってはどうですとのこと。実に自分等は愕然とした、あれ程の急行進を砲兵旅団やこの連隊に命令して置きながら、一先ず元の位置に退却とは、これは何か急変が起ったのではあるまいか。北の方面に敵兵が増したとか、または昨日の戦争の不結果のため、俄かに退却することとなったのではあるまいか。自分等は一時それとのみ信じたので、その狼狽は非常であった。兎に角軍司令部が帰るなら、帰ろうという説に一致して、さて愈々《いよいよ》退却の準備。一時間程して、車の準備を済まして、戸外に出ると、第十八連隊長は、やっぱり我々と同じような誤解を解くために、将校下士官に向かって諄々乎《じゅんじゅんこ》として、退却の理由を説明している。聞くと、「この退却は決して無意味のものでもなければ、又、敵の状勢に変化を来したからでも無い。一体、この第二軍は旅順金州の方面以外に大なる責任を有しておるので、金州方面は第一師団これに当り、他は一層重大なるある任務に服さなければならぬのである。今日此処まで来て、そして元の位置に帰るのは、もうこの方面に於て、吾々の必要が無くなったためである」と、連隊長は縷々《るる》としてその理由を説明された。

昨日来た同じ路、その路をいかに不平だらだらで戻ったであろうか。自分等は絶望し、疲労し切って、殆ど歩むことすら厭になったのである。けれど自分等は荷物と言っても車一台、さして大した骨折でも無いけれど、砲兵、砲車、あれがまた来ただけの困難を凌いで帰らなければならんのかと思うと、実に同情の念に堪えなかった。亮甲店に着いたのが、午前十一時。十二時十分頃、果して軍司令部の一行はこの附近を通過せられた。風の烈い、砂塵の起つ日で、楊柳の緑色がただところどころに靡いているばかり、畠は一刷毛の赤褐色、その荒涼たる間を五里六里と馬を駆って視察せらるる司令官の労や、また頗る大なるものである。

倦み切って、疲れ切って、楊家屯の宿舎に帰った時には、まるで足も腰も立たぬという程であった。夕暮、管理部から一人五勺ずつの清酒の分配を受けた。夜、鷗外先生を軍医部に訪ねて、今回の冒険話をいろいろとした。

(五月十九日・二十日記載なし)

五月二十一日(土曜日)晴

昨日も一昨日も骨休み、別段記すことが無かったが、昨日初めて野戦郵便局が開始せられて、宇品出発以来、初めての書簡、新聞等を受取り、且つ此方《こちら》からも通信やら手簡《てがみ》やらを郷国《くに》に出すことを得たのは実に喜ぶべきことであった。ことに、書いて書いて書き溜めた通信、これを山梨参謀の処に出して、検閲して出してもらった時の嬉しさ、何だか重荷を卸したような心地がしたので、それもその筈、自分等はあくがるる心を抱いて、殆ど三十日間、一通の書簡《てがみ》をも出すことが出来なかったのであるものを。一行は皆終日手紙書きに耽ったので。

それから、余り天気が好いので、汗衫《シャツ》やら、襦袢《じゅばん》やら、犢鼻褌《ふんどし》やらの大洗濯を始めたが、その後、余り頭髪《かみ》が延びて煩さくなったからと、小笠原君が柴田君の携えて来た頭髪刈機械《ジョキジョキ》を借り出し、楊樹の涼しい蔭で、新見世の理髪肆《りはっし》を開いて、我等一同を皆な御揃いの五分刈頭にしてくれた。

昨日まではそんな事をする隙には、鶏を徴発して汁を作ったり、蕎麦粉の残ったのを蕎麦掻きにしたり、至極呑気に日を送っていたが、今日の午後になると、形勢頓に必迫して、明日は愈々出発！

金州！　金州！　という呼声が高く聞えた。

愈々明日はこの車家屯、楊家屯に別れるのであるが、この村は上陸後一番紀念の多い村で、背後の丘陵の眺望と言い、冒険の夜の壮観と言い、ことに自分等の宿営した家の主人は所謂村の村学究《そんがくきゅう》で、よく種々《いろいろ》の事を筆談したので、その鼻の先の赤い、厭ににやにやと笑った、平生も整然と帽子を冠っているさまは、後までも頭脳に残って忘られなかった。それから今一つ、それは自分等冒険不在中の出来事であるが、車家屯の襲撃と言って有名なることがある。確か五月十七日の夜十二時頃の事で、村の一角を護れる一哨兵が発砲したので、それ敵襲！　と大騒動《さわぎ》。橘部長は佩剣《はいけん》を帯びて飛び出す、大越副官は楊家屯方面に警を告げるという始末、森軍医部長の話では、夜更に敵襲！　敵襲！　と言う声が聞えるから、怪しいと思いながら耳を欹てると、人の声、人の足音が盛んに聞える。司令官も参謀長も不在、いざと言わば自分が指揮をせんければならんから、とにかく馬に鞍を置けと命令して、戸外へ出て見ると、夜はしんとして、空にはまるで星が降るよう。村の前の凹地《おうち》には残った人々がこっそり小さくなって、形勢を観望している。私もしばらく其処に立つてじっとしていたが、犬の吠ゆる声ばかりでそんな様子は少しも見えない。それもその筈、その発砲した哨兵と言うのが、少し神経質で、今日軍医部に診察に来ていたが、幻影《まぼろし》に敵を見て、そして発砲したという始末で、それは実に馬鹿馬鹿しい話さ、との事である。西川通訳官（光太郎）はこの時、この警を隣村なる第三師団司令部に伝えたので、君はさアと言うので、自転車で飛び出した。隣村に行って見ると、皆な眠っている。何処が司令部であるか更に分らぬ。漸く探し出して、島村参謀長にこれこれと話すと、参謀長は首を傾けて、「そんな筈が無いがナア、」と言われたが、しばらくして、「けれど、本当なら、困った事だ。兵は皆な出ていておらんし」と言つて、「けれど、まア、その手配《てくばり》をしよう」とすぐその命令を副官に伝えられた。それで、急いで帰って見ると、村にはもう人一人出ておらんばかりではなく、気の早い連中は、寝床に入って寝ているという始末。まるで狐にでも魅《つま》まれた心地、実にこんな滑稽な事はありはせんと語られた。

発砲した哨兵と言うのは、衛兵隊の上等兵で、船の中では二三度言葉を交したこともある男。殊に、三浦北峡君などはよく一緒に話をしていた。何でも音楽学校の生徒であったことがあるそうで、失恋か何かで、軍に召集されたことを頻りに厭がっていたとの事である。面白く書けば短篇小説になるかも知れぬ。

明日は金州方面へ！

五月二十二日（日曜日）晴

一度帰って、そして又同じ方面に進撃。どうもこの理由が解らぬ、軍司令部ばかりならまだ好いが、重い砲兵旅団まで一度帰ってまた同じ方面に向うとは？　何か是処には重大なる意味があったかも知れぬのである。けれど、今となっては、もう金州攻撃は争われぬ事実で、自分等の心はただ金州！　金州！　と憧れ渡るのであった。

今日の進軍の路は三日前に行ったと同じ路で、その間には、例の砲車の悩む砂川と、その砂川を向うに高い廟（関帝廟、自分は小笠原君と先の日帰途に登って展望した）の見えるのと、例の小河山《しょうかざん》の翠鬟《すいかん》の左から右へと遠さって行くのと、亮甲店《りょうこうてん》の倉庫と、貰家店《かかてん》以北の高い広い平原と、老虎山の次第に眼前に迫って来るのと、それより他には別に目新らしいものも無いのであるが、今回の宿営地点は、先日行った鎮家屯から、節婦《せっぷ》の碑の立っておる衣家屯の松原の傍の路を向うに越えた劉家店という村落で、ちょうど遼東の名山老虎山（大和尚山）の東北麓に当っている，此処にいたのは、わずかに四日であるが、金州がもう五六里しか無いのと、敵と相対している線が甚だ遠くないのとで、軍始め誰にも皆な少なからざる活動を与え、自分等は殆どこの宿営には毎日朝出て夜帰るという始末、よくその前線へと出掛けて行った。

以後二三日間に探った、この附近の地理、これはこれから入ろうとする金州南山の戦に、非常に必要なるものであるから、此処に少しく詳しく記してみよう。

金州へ通ずる街道、その主なのが二つ。一つは遼陽・海城・蓋平を経て金州から旅順へと通ずるもの、一つは劉家店、亮甲店、転角房を経て貔子窩《ひしか》に達するもの、始めのは金州街道、後のは貔子窩街道と仮に名づけて置こうか、金州街道には東清鉄道の長い線路がこれと平行線を画いていて、十三里台子、三十里堡、龍口《りゅうこう》、普蘭店など皆この街道に沿うた村落である。貔子窩街道はわが軍の主力の行進路で、その二つの街道がちょうど十三里台子の下の処の石門子附近で一緒になって、金州の盆地へと赴いておるが、その一緒になろうとする少し手前、則ち不等辺三角形のその二角がまさに相合せんとする処に、かの老虎山の山脈が波濤のごとき山塊を起こしているので、西は十三里台子の山から、東は老虎山下の海岸に至るまで、丘陵小嶺《しょうれい》が数限りなく連綿として連なっている。敵は初めこの山塊の線に拠って頑強なる防御を試みようとしたのであるが、その防備の未だ定まらざる前にわが軍は急遽これを攻めたので、十三里台の山麓の好陣地に拠って盛んにこれを防守したのにも拘らず、左翼の第二連隊（佐倉）が各條溝の高地線を占領したがため、敵は遂に金州の盆地へと追い退けられてしまったのであった。即ち、自分等の劉家店に着いた時には、第一師団が完全にその一帯の山塊を占領して、その司令部を韓家屯《かんかとん》（金州街道貔子窩街道の中央点にして、十三里台子に一里、関家店へ一里）に置き、第一連隊を十三里台の高地、第十五連隊をその右に連なれる高地、第二連隊を最左翼、即ち各條溝より老虎山方面に出して、金州盆地の敵と相対せしめておった。この山塊の中を、自分は縦横無尽に踏破し、興に乗じて老虎山の絶頂にさえ登ったが、その山塊の中には、実に画これを描くべからず、筆これを記るすべからざる光景が充ち充ちていた。想像して御覧なさい。その山の中、丘陵の陰には一條《ひとすじ》、二條《ふたすじ》、三條《みすじ》の渓流、その渓流の畔に楊樹が極めて風情あるさまに靡いているのであるが、その附近には、兵士が皆なテントを幾個《いくつ》となく張って、或は飯盒《はんごう》を携えて水を汲むもの、或は火を燃して飯を炊げる者、銃剣を磨くもの、哨兵線に出でんとして号令を為せる者等、実に千変万化、如何なるものも動いておらぬものは無いように考えられる。殊に、大隊、中隊の炊事場、それは多く渓流の畔に設けられてあって、其処には白い煙が高く揚がって、軍用竈の下には活々たる火盛んに燃え、その傍らには分配を受くる兵士、分配する炊事当番等、その混雑は非常である。山を出て、遠く望むと、楊樹の陰、山の背などに白く見えるのは皆な宿営のテントで、その山の上に姿を出すと忽ち轟然たる一発、敵から凄まじい御見舞を受けるのである。

当時の第一師団長伏見宮貞愛親王《ふしみのみやさだなる》殿下は韓家屯に御宿営になっておらせられたが、寺崎広業君が拝謁をした時、「どうも敵は夕暮から夜になると、よく砲弾《たま》を寄越すが、あれほど恐ろしいものか知らん」と笑って仰せられたそうだ。実際、この敵のさぐり撃ち！　これが頗る興味のあるので、轟然たる音がすると、「そら来た？」とか「そら御出なすった？」とか味方の兵は皆手を拍って笑う。それが夜になると実によく来る、凄じい音をして飛んで来て、爆然火を放って破裂する光景は、まるで両国の花火を見るようだ……などと兵士の語り合うのを幾度となく聞いた。

この山中――実に詩である。

五月二十三日（月曜日）曇

午後小笠原長政君と十三里台子方面へと出掛けた。勿論、第一線に出て見ようとしたので、先ず第一に韓家屯に行って、十六日の十三里台子の戦争の地形を観た。わが砲兵第一連隊の陣地を布いた処は、丁度韓家屯の東南方高地で、標高五十二米のところがそれであるそうな。其処に登って見ると、前がやや開けているので、敵の陣地であった十三里台子背後の山から懸けて、十三里台子の蕭然たる村落が東清鉄道の線路を挟んで点々として散在しておるのが手に取るように見える。聞くと、敵の砲弾は中々よく来たそうで、正午頃は最も烈しかったという。水谷大隊長の名誉の戦死を遂げたのも何でもその時分、宮殿下の附近に砲弾が爆発したのもその頃であるとのこと。左から第二連隊が行く、右からは第一連隊が進むという風で、一個師団単独の戦争としては随分激烈であった。

韓家屯という村落は第一師団が十六日の戦捷後、南山攻撃の際まで、その司令部を置いたところで、一廉《かど》の豪農もある中々大きな部落であるが、その附近には兵が例のごとく陸続として相集まり、中には炊事場なども設けられて、その煙は折からの薄暗い曇った空に低く舞うて、楊樹の葉にも面白く靡き渡っていた。司令部に星野参謀長（大佐、謹吾）を訪ね、種々《いろいろ》十六日の戦況を聞いたが、管理部の写真師松永学郎氏と共に十三里台子の方面へと向って出発した。途中、氏から山田大尉が肖金山附近に斥候に出て、戦死した一伍十什《いちぶしじゅう》（注・一部始終）の話を聞いた。

今日初めて、東清鉄道の線路を見たが、それが何となく珍しく自分の心を惹いた。ことに、その附近にはわが兵が陸続として相集まり、第一連隊の砲兵はその線路の狭隘《きょうあい》に、したたかその砲車を集めていた。聞くと、第四師団の兵がどしどしその右翼に加ったとかで、十三里台子の村落には、第四師団の電信隊が既にその電話架設に熱中しているのを見た。歩兵の列を為して進む間を分けながら段々進んで行くと、その鉄道線路は老虎山山塊の最も低い処に大開鑿《だいかいさく》を施して、丘陵の裾を巡り巡りつつ、漸く金州の盆地へ出て行くので、その切り開かれたる丘陵の背後には、第四師団の一部と第一連隊の一部とが蟻のようにくっ附いている。自分等は雨にならんとする曇天を気にしながら、いかに激励してその丘陵の背から背へと伝って行ったであろうか。第一連隊の第一中隊、第二中隊は最も先へ出た山の突角にそのテントを張って、その上に低い松の林が疎らに生じていたが、小笠原君の友人なる滝沢大尉がその隊にいると云うので、そのまま其処へと出掛けて行った。

段々訪ねて行くと、その大尉の幕営は、丁度その松山の中で、大尉は今しも部下に緊要なる命令を授けていたが、小笠原君の顔を見て、

「ヤア、君か、えらい処に出て来たナ」

「もう此処は第一線かね」

「第一線とも……もうすぐ其処が敵だ」

「其処ッて……何処《どこ》」

「まア、その上に出て見たまえ、すぐ撃たれるぞ！」

と笑った。

聞くと、その高地の下はすぐ広濶《こうかつ》なる金州の盆地で、敵はその西南方高地、即ち南山、扇子山に一面の防御工事を施し、これを以てわが軍を喰い止めようとしているので、その上に登ると、金州城を始めとして、南山、大連、ダルニー（注・大連のこと、青泥窪とも書く）、金州湾の方面がまるで指すばかりに見えるとの大尉の話。「それでは一寸《ちょいと》出て覗いて好いですか」と聞くと、

「撃たれても知らんよ」

「大丈夫、大丈夫」

　大尉も自分等の後からついて来た。大凡《おおよそ》五十米ばかりの高地、疎らな松林を向うにぬけると、すぐその絶巓《ぜってん》で、その長い斜に傾いた線には、二三の兵士が腹這いになって、こっそり向うを覗いている。自分等も背を丸くしてその傍に行ったが、大尉は、

「見えるか」

と兵士に問うた。

「今、彼処の路を将校らしい奴が歩いて行くです」

　恐々《こわごわ》覗いた眼には如何なる光景！

　金州盆地はすぐ下から展開して、右に金州湾の碧波《へきは》、その向うの山嶺には鼠色の雲が低く舞って、盆地の中央に簇々《むらむら》と立てる楊樹の群、その向うに隠見する白亜は確かに金州城らしく、瞳を凝らすと、城壁の長く取り廻いているさまも微かに見える。けれどもそれよりも左の大連湾の風景は如何に自分の心を惹いたであろうか。ダルニーの市街はただそれ蜃気楼かとばかり蒼波の上に浮び出で、大連湾の一角、柳樹屯の出鼻が鼠色のやや濃い色をして、尨然《ぼうぜん》として長く海中に突出しておる具合、普通の景としても充分賞鑒《しょうかん》するに堪えたるに、ましてその彼方の南山――低いのっぺりした山には、敵塁、敵営、敵兵。

「見えるだろう？」

と地に身を這わせて、双眼鏡で見ている自分の後から大尉が言った。

「よくは解らんですけれど――」

　それではこれで見たまえと、その携えておる良好なる双眼鏡を貸してくれて、「そら、その向こうの山の中段に堡塁が一つ見えるでしょう。その堡塁から、ずっと路が――赤土の路が蛇の這うように付いていてい

て、そら、其処に、今一人露兵が……」

「なるほど、なるほど」

果してその路を兵士が何か重い物を運んでいるのが微かに見える。

「それから、そのすぐ一段上に、兵営みたいの屋根が見えるでしょう。それが何でも将校のいる家屋らしいので、天気が好いと、その窓の硝子がよく光る、夕日の頃などは、実に眩《まばゆ》いくらいに光る……」

忽然《たちまち》天が崩れたかと思った――凄まじい音が耳を劈《つんざ》いて聞えたと思うより早く、敵の巨弾はヒューという音を空中に漲《みなぎ》らせるから、あなやと思う間に、自分等の覗いている山の下五百米《メートル》ばかりの処に、黄い黒い砂煙を立て、凄まじく落ちた。続いて一発、二発、三発。

自分等は思わず五六間駆け下りた。

「見えたのかしらん」

「見えたと見える」

「危険《けんのん》、危険！」

と言い合ったのは、それから二三分経ってから後のことで。

なお二三発この方面に向って鳴って来たが、恐い物見たさの習慣。しばらくしてから、又その絶頂の岩の蔭に行って、双眼鏡だけ前に出して、こっそり見た。よく見ると、その低い山、即ち南山は悉く堡塁と言っても好いくらい。その掩濠の脈々として幾階段にもなって鉢巻しているのが辛うじて眼に映る。扇子山の司令塔らしい高い処には、高い家屋が一つ見えて、その前にも確かに堡塁……、
轟然――又鳴って来た。

下に下りながら、

「あの砲はどの辺から来るのです？」

と訊くと、

「南山の右の方に大きな砲がある様です。今のは野砲で、中央の一番高い処から多く遣って来る」

「絶えずよく来るですか」

「ええ、もう人の影さえ見えると、それを目標にして撃ち放すです。そしてそれが大抵此処まで達《とど》かんですから――殆ど何のために打つのか解らん」

「恐いんですかナア、やっぱり」

「そう」

と言って笑った。

この第一線に出ている隊は、無論宿営などはせずに、テントを張ったまま、終夜戒厳を保っておるのである。大尉のいるテントの中には、中尉少尉などが二三人集まって、地図を展げながら、頻りに戦局を談じていたが、この露営の光景はまた頗る詩的で、松原の中、もしこれが月の夜でもあったなら……と自分は例の空想に耽った。

暇を告げて帰途に就いたのが、何でも四時過。兵士の陸続と炊事に急ぐ路を分けて、漸く韓家屯の南方高地に出て、それから関家店《かんかてん》（ここには野戦病院があつて、赤十字旗と国旗とが交叉されて夕風に靡いていた）を貔子窩街道に向かい、漸く劉家店の宿営に帰ったのが日暮頃。

五月二十四日（火曜日）晴

雨になるかと思ったのが、今朝起きて見ると快晴。どうだ、今日は老虎山に登ろうではないか、金州攻撃が始まって、前進してしまっては、もう登る機会が無くなってしまうからとの小笠原君の発意。自分はすぐ賛成して、同行の人を募ると、高等文官の中で行きたいと言うのが、田中遜氏と西川光太郎氏の二君。それに、寺崎広業君も一緒にとて支度までしたが、出発前になって、参謀部から呼びに来たので、待つ閑隙《ひま》もなく出掛けてしまった。

さてこの遼東の名山、老虎山登山に就いて、案内者を雇おうとしたが、小笠原君の言うのには、「何もそんなに大騒ぎをせんでも、あの見える谷を目的《めあて》に登って行きさえすれば訳が無い、僕が先導をするよ！」その大気焔に、それでは君に頼むよとの事に決し、貔子窩《ひしか》街道の関家店の少し先から、路も無い丘陵、畠の中を一直線に押通して、老虎山の北側の谷の底の村に来たのは、ちょうど十一時半頃でもあったか。田中君は途中ではぐれてしまって、いくら待っても遣って来ぬので、午飯《ひるめし》をその村の柳の陰で済まして、さて愈々《いよいよ》登山。

自分は山が好きで、内地では随分色々な山に登ったが、この山はちょうど妙義山の高いようなもので、全山悉く岩石を以て成り立っておる。岩石山の登攀《とうはん》し難いことは誰も知っているだろうが、この山は殊に峻《けわ》しく、谷を越えて、登路に懸ると、次第に困難は加わって来た。それでも初めの中は何のこれしきにと勇気に任せて登って行ったが、十町（注・約一〇九〇メートル）ばかりして、滝の落ちたらしい絶壁に至って、はたと当惑した。色々と路を探した結果、最先に岩を攀《よじ》って登ったのは、西川君。自分もその後について登ると、巉岩《ざんがん》人を圧して、その危険、一歩を誤れば、数千仭《じん》の下に堕ちて粉微塵《こなみじん》になってしまうのである。仕方が無いから、靴を脱いで、跣足《はだし》になり、殆ど這うようにして岩から岩へと伝って行く。先に行く西川君が岩角から岩角へと伝って、さて向うの光景を見て、登れるとか登れんとか叫ぶのであるが、我等は幾度絶望の声を挙げて、到底この山の登躋《とうせい》すべからざるを叫んだか知れぬ。であるから、幾個所の絶壁、幾個所の巉岩を漸く陟《のぼ》り尽し、登り尽して、兎に角中の峯の一角に取り附いた時には、思わず大声を挙げて快哉を叫んだのである。

中の峰の一角からは、ただ大連湾の一面、大窰口《だいようこう》あたりの平野がちらりと見ゆるばかり、群峯《ぐんぽう》四面に突起して、更に眺矚《ちょうしょく》の快を貪ることが出来ぬのである。けれど、それから眺望の好い、金州盆地の一面に見える奥の峯の一角まではもうさして遠くも無いので、三十分程して自分等はその一角に恐々《こわごわ》ながら立つことが出来た。恐々！　実際自分等はもしや敵の斥候に邂逅《かいこう》することはありはせぬか、敵の騎兵に追蒐《おいかけ》られて岩から墜ちるようなことはありはせぬかと、馬蹄の跡の処々に残るのを見ても、何となく薄気味悪いような心地がしたので、山の谷峡《はざま》に支那人の放った豚、野羊の群の集っておるのにすら座《そぞ》ろに心を置くのであった。

さてその一角よりの眺望！　明らかで、広々として、更に一の遯影《とんえい》を見ない。昨日の高地からは、金州城も南山の敵塁も平面に遠く連って見えたが、此処から見ると、何も彼も小さく、さながら興隆地形図を見るかのよう。そして金州城の城壁が四角に市街を囲んでいるさまは、ちょうど棋盤のようで、双眼鏡で見ると、清人の通行しておるさまも指点せられる。

南山の敵塁、これも仔細に見ることが出来たが、前日の経験があるので、顔を出すとすぐ打たれるような気がして、岩角に取り附きながら、身を這わせて、辛うじて目を寓するといふ始末。――自分ながら自分の臆病に呆れたので。

「これは実に無類の観戦地、大抵明日あたりから金州の攻撃が始まるだろうから、その時は此処に登って見ようではないか、何も彼もただ一目、此処には砲弾も届かんから」などと西川君と語り合ったが、更に別路を取って帰途に就いたのが、午後三時頃。今度取った路は、老虎山々塊の連なり渡れる間を右へ右へと出で、朝陽寺《ちょうようじ》、各條溝などの村落のある、今一つ手前の峡間へと出て来たが、到る処皆なわが兵士の露営せぬはなく、逢う人皆な明日の前進を説かぬはない。

山峡の一角、楊樹の簇生《ぞくせい》せる涼しき蔭に二三のテントが張られてあって、それは第二連隊長渡辺大佐（祺十郎）の宿舎せるところとのこと。刺《し》を通じて十六日の戦況を聞くと、大佐は得々として仔細にこれを語られた。

十六日の戦は、この左翼方面が最も盛んで、十三里台子山麓の敵の砲兵の敗走したのも、この方面が一挙に破られてしまったからで。小銃を交え始めたのが零時二十分。二時十分には各條溝附近の線を全く占領して、敵をこの山塊外に撃攘してしまったので、敵兵は約千五六百名ばかり、高地から高地へ拠れるその線は頗る頑強に、前衛はそれに登るのに、一方ならざる困難を感じたそうである。殊に、最初の一高地を奪取して、更に前方に横れる高地に向わんとせし時、左右の山より烈しく小銃を撃ち懸けられたのに、わが隊の死傷も少なくなかつた。幸に、これをも奪取し、更に前衛を進めると、その時のさまがちょうど敵の右側背に出た形になったので、敵の左翼は大狼狽を生《おこ》して退却、その一部の頑強なる抵抗も遂には共に総崩れとなってしまったとのこと。

「とにかく快戦であつた」
と語られた。

「明日、愈々始まるそうですナ?」
「イヤ、まだよく解らんけれど、もう長くはあるまいよ」

夕陽の影の楊樹の葉に洩るる頃まで語り合って、そのまま貔子窩街道に出ると、今朝第一師団の方面に出掛けた同じ写真班の亘君中君に邂逅《でっくわ》した。亘君の言うには、「愈々明日は金州攻撃、今朝寺崎君が参謀部に呼ばれたのは、その事で、明日はなるべく軽装してついて来いとの命令であったそうな、これから劉家店に帰らずに、そのまま野戦隊に附いて行きたいがどうだろう」とのこと。その意気は非常に昂っている。

愈々金州！　金州！

自分も少なからざる胸の鼓動を覚えた。

走るようにして劉家店へ帰る。

夜、果して命令が来た。その要に曰く「明朝六時、軽装の上に軽装して、劉家店宿営前、砂川の対岸に集合すべし」と。

自分等一行の軒昂はどうであろう？　宇品乗船以来、夢にも見現《うつつ》にも望んだのはこの一刹那、明日は愈々砲煙の高く白く破裂するのを見ることが出来ると……思……うと、続いて眼に見えるのは、悲惨極まれる戦の場《にわ》。其処には血に染みて苦悶する兵士、友の死屍を乗り越えて奮戦突撃する勇敢なる兵士のさまなどがそれとなく想像せられて、明日、明後日の食糧の道明寺糒《どうみょうじほしい》を背負袋に入れながらも、気は戦々《そわそわ》胸は競々《どきどき》。

十時過ぎに、堀君が管理部から貰って来てくれた三食分の弁当を受け取ったが、その後も神経が興奮して如何にしても眠られぬ。

五月二十五日（水曜日）晴、風

五時、砲声！　砲声。

そら！　と飛び起きて、準備も匆々《そこそこ》に、兼ねて命令せられた川原へと行く。晴れてはおるが、何となく事あり気な天気で、老虎山一帯の山脈には、風を帯びた凄じい黒い雲が矢を射るごとく早く早く走っている。東には、もう朝日の光が明らかではあるが、しかも佗しく山の半腹に漂って、雲の一端が刷毛で塗ったように赤く赤く染っている。川原へ行ってみると、司令官、参謀連中はまだ遣って来ず、馬卒の曳いた馬ばかり高く勇しく朝の空に嘶《いなな》いている。金州方面には、砲声、砲声――それが段々盛んになって来る。

始めに出て来たのが、佐竹少尉（準）、立ちながら今日の話をしていると、続いて橘管理部長、川村高級副官、後から由比参謀次長、山梨参謀などが続々として出て来られたが、やがて司令官は勇ましい勢いで、栗毛の駒にひらりと跨がられた。落合参謀長は肥大な身体を幾度となくその鐙に乗せ兼ねておられたが、馬卒が手伝ってこれを乗せ終ると、河原に待って居た掩護の騎兵が約一中隊ばかり続々と繰り出して、将校の列正しゅう、愈々出発の活画を画くので。

大戦の朝《あした》のいかに趣味深いものであろうかと、自分は思った。前なる森山の陰には凄まじい砲声が盛んに聞えて、朝日の光が無限の希望をこの第二軍に与えるかのごとく後からさし渡って、隊伍正しく堂々と進み行くこの将校の一団！司令官の胸にはさぞさまざまの感やら決心やらが溢るるばかり張り渡っているであろうと思うと、自分は実にある深い聳動《しょうどう》をこの胸に覚えたので、これを画題にしたならばさぞ面白かろうと寺崎君に囁いた。続いて、柴田君に一枚撮りたまえと勧めると、僕も先程からそう思っているが、まだどうも光線が薄いので……と遺憾らしい。

砲兵部長、軍医部長、経理部長、管理部長、憲兵部長と騎馬の列が段々に長く続いて、最後に馬卒、従卒、傭人の一部が、その早い馬の足掻《あがき》に遅れぬようにと、殆ど小走りに走って行く。自分等一行は寺崎君三浦君と共に清苦力三名に写真機械や、背負袋や、その他必要品を荷せて、同じくその砂塵の中を遅れぬようにと附いて行った。

砲声が愈々盛んになるので、人々の心が何となく先へ先へと急ぐのであろう。河口を過ぎて、関家店に達する頃には、司令官一行の馬の足掻は頗る早く、絶えず走っておりながら、しかもなお後へ後へと置いて行かれそうになるのであった。殊に、今日は空は荒れ模様の、烈しい西風が正面から吹き付けるため、遼東特有の砂塵は高く黄く渦を巻いて、走る人々の肩、胸のあたりはまるでそれが白く堆《うずたか》くなっている。否、関家店から右に入って、例の韓家屯東南方の高地に来ると、風、砂塵、殆ど眼も開けられぬくらい。

けれどこの壮大なる朝の光景が前方の砲声と相伴いて、いかにすぐれたる面白い感を自分に与えたであろうか。顧みると、老虎山一帯の山脈——それは関家店まではよく分明《はっきり》と全景を見得なかったのであるが、る高地に出ると、まるで一目、さながら画のようにその前に展開せられて、おりから絶巓に靡き渡る蓬々《ほうぼう》たる黒い凄まじい雲は、朝日の血汐のような光に照されて、早く早くその山脈を掠めて行く。前を見ると、十三里台子の山にも同じく黒い長い雲！

「どうだ！この光景は？」

「実に壮大だ」

「戦雲と言うのは、これを言うのだろう」

と三浦君は小走りながら言った。

砂塵の渦き上る高地もただ一走り、阪を下りて韓家屯に入ると、そのまま自分等は捷路《ちかみち》を取って、畠の中を一直線に村の尽頭《はずれ》へと出た。韓家屯の村の尽頭には、楊樹の列が横に一直線に列んでいて、その向うには斜なる丘陵が赤褐色《あかちゃいろ》を呈して遠く広く展げられてある。今しも見ると、司令官の一行は早く既にその楊樹の列に及んだので、その騎馬の一直線を為して進んで行くさまは実に勇ましい。自分等は呼吸を切らしてその後を追って、三十分ばかりの後、漸く十三里台子の村落へと来た。鉄道線路の低い窪地から懸けて、十三里台子の山の半腹には、命令が下ればすぐ出ようとする砲兵旅団の砲車が堵《と》のごとく密集して、前進部隊の駛《はし》って行く砂煙は丘陵の上から上へと横に斜に揚がっている。司令官の一行はその間を右に左に頓着せずに進んで、遂に十三里台子の右方の山上へと出られた。

標高約二百米《メートル》の高地、その半腹に一先ず観戦地点を定められたが、どうも思わしく見えぬと覚しく、二十分程して、更にその望遠鏡台をその絶巓《ぜってん》へと進められた。自分等は半腹以上更に登攀《とうはん》するのを許されぬので、どうかして前面の壮大なる光景に目を寓したいと、此方《こちら》の岩角、彼方《あちら》の絶壁と顔を出そうとすると、すぐ憲兵から、「出ちゃならん、出ちゃならん」と一喝されるので、余義なく見たいので湧き返える胸を押えながら、ぶつぶつ言って其処等《そこら》にまごついていた。

砲声は愈々盛ん――その響が自分等のいる山に反響して、どうしてもじっとしてはおられぬ。「おい、三浦君、こんな処にいつまでぐずぐずしていては、戦争は見られやせん、僕が好い所を知ってるから（先日登った松山を思い出したので）一緒に行こうじゃないか」と誘うと、三浦北峡君は忽ち賛成して、そのまま二人して山を下った。

かの先日敵弾を食った松山は、此処からさして遠くは無いので、丘陵に大開鑿《かいさく》を加えた鉄道線路の窪地を下にたどること五六町――その一角に鉄橋を架したところがあって、其処からは丘陵が三十間ほど途絶えて、金州の広濶なる盆地がちらりと見えるのであるが、其処等に昨日まで密集していたわが歩兵は、悉皆《しっかい》既に前進してしまって、その附近には牛罐の殻やら、竹の皮やら、紙片やらが散らかっておるばかり。自分等はその絶間からこっそり金州の方面を見て、直ちに猫の飛び上るようにその松山へと登った。此処にも兵は既に一人も無く、同じく紙片や牛鑵殻や煙草殻が四辺に名残なく散らばっていたが、松の低い林を急いでぬけて、背を丸くして頂上から頭《かしら》を出すと、実に好眺望、好観戦地！　や、今撃った敵弾が前方凡《およ》そ千五百米ばかりの処に黄色い砂塵を揚げて爆裂するのが明らかに……

殊に、自分等に便利であったのは、その頂上に歩兵の掘った掩壕が、さながら我々のためにでもあるかの如く残し棄てられてあったことで、自分は三浦君と一緒に毛布《けっと》をその底に敷いて、芝居でも見る気で、じつとその前に展げられた大パノラマを望んだ。

芝居でも見る気！いや、その時はそうでも無かった。

初めて臨んだ戦争の大舞台、凄まじい大砲の巨音《おと》が天地も震うばかりに轟き渡って、曳火弾《えいかだん》は白く、着発弾は黄く黒く爆裂するのを見ると、臆病のようではあるが、何となく気がそわそわして、胸が妙にどきついて、こうしてじっとしてはいられぬような心地がする。頭を出すと、撃たれる恐れがあるので、否、先日現にその経験があるので、自分等は寧ろ小さくなって、臥《ね》そべって、その前方の大景を望んだので。

風は烈しいが、暖かい、空気の透明に澄んだ日で、南山の敵の陣地から撃ち出す砲はさながら掌《たなごころ》に指すかのように見える。わが砲兵陣地は？と見ると、一番近いのが、自分等の高地から約五百米ばかり離れた偏平《たいら》な丘陵の上で、其処に野砲ばかり据えられてあるが、それよりなお五百米を隔て、十二三門並べた砲兵陣地があるのが歴然《はっきり》見える。眉を挙げて望むと、今朝の暴《あ》れ模様の名残はなお金州湾から大連湾へと懸けて明かにその痕跡を留めていて、透徹し過ぎた空に、黒い凄い残雲が砲煙か何ぞのようにちぎれちぎれに飛んで、海の色の碧《みどり》の濃さと言ったら……。岸には、怒濤の烈しく砕けるのが白く、白く。

「そら撃った！」

と言うと、共に絶大なる響。続いてわが砲兵陣地からは、砲身がぴかッと光ると同時に、砲弾は空気を裂いて鳴って飛んで行く。それと引違いに、敵の砲弾も音響と共に盛んに炸裂して、最も近いものは、自分等の高地の二百米ばかりの下に来て、破裂して黒い凄じい砂煙を二三間ほど揚げた。その最も多く来るのは、第二番目の陣地で、一時は十五六発の敵弾がその附近に黒く白く落下するのを見た。下の砲兵陣地には砲門が五ツ六ツ、その周囲《ぐるり》に五六の人の小さい影が人形のように見えて、瞳を凝らすと、撃つ時に手を挙げて号令するのもありありと。

「向うの山を見たまえ、味方の歩兵が真黒になってくっ附いている」

こう三浦君に言われてみると、西の金州湾に面した方面に、丘陵がいくつとなく連なって、その陰には、味方の歩兵が一個大隊ばかり黒く拠っているのが眼に映る。それから、なお西へ西へと丘陵は靡き渡っているのであるが、その丘陵の鞍部とも覚しき辺りに、敵の砲弾の来ること、来ること、或いは白く、或いは黒く、或いは黄く、今落ちたのが十間ほど高く凄まじい砂煙を揚げた。

「彼処《あそこ》に……味方の砲兵陣地でもあるのか知らん」

「いや、彼の方面から味方の歩兵が出て行くので、それを目掛けて撃つのに相違ないよ」

「彼方は第四師団か知らん」

「そうだろう」

一時間ばかりこうして見ておったが、盛んであった相互の砲声は段々少なく静かになって、十一時頃には、殆ど敵味方共交綏《こうすい》というような形になった。頭上から照る日の暖かさ、野には農民の畑打つ影、雲雀の声は峰より高く揚がって、今にも修羅の巷を現出するであろうと思った盆地は、打って変わって、長閑《のどか》な静かな平和な光が満ち渡った。

午餐を開きながら、

「どうしたんだろう」

「中止するのか知らん」

「どうも不思議だ！」

などと評していた。

　司令官は？　と見ると、十三里台子の山巓《さんてん》には、今朝登ったままの望遠鏡台が明らかに立って、将校らしい軍人の影が五ツ六ツ小さく黒く浮き出ているし、山の背に黒くくっ附いた一個大隊ばかりの兵はそのまま印したようにじっとして動かぬし、砲兵陣地の一群も其処に圏《わ》をなして黒く見えるばかり、更に「撃ち方始め！」の形勢も見えぬし、このまま戦争はお止めになってしまったかと思われた。自分等は活動すると思った舞台は活動せず、皆な不思議の黙《だんま》りの幕になってしまったので、十一時頃から少し退屈気味になって来たが、午餐を食うと、胃はややもたれ気味の、頭上からは、暖かい、暖かい、遼東では滅多に得られぬやうな暖かい春の日影が映すので、眠るともなく、二人はついとろとろ。

　何かの音に驚いて眼を覚すと、時計は既に三時。自からわが大胆に呆れながら、前を見渡すと、光景は依然として元のまま、元の形、元の姿。

　この時ふと、登って来たのは、小笠原君、中君。

「どうしたんだ？」

と突如声を懸けて聞くと、

「今朝の暴《あ》れで、待っていた海軍は来ず、それで今日の攻撃はこれで中止だそうだ」

「何だ」

と自分等は大に張合い抜けがした。

　それにしても今日中止してそして明日始めるのであろうか。それともまた更に日を期して再攻撃をするのであろうか。その点は聞いても更に不明であるとのこと。で、我々はなお其処で、色々さまざまの事を語り合っていたが、敵は午後四時頃から、再び砲撃を開始した。けれどわが砲は沈黙して更にこれに応じようともせぬ。

司令部がこの間に位置を転じてしまうと悪いからと中君はしばらくしてからその視察へと出掛けて行ったが、それの戻って来る前に、いつの間にか、絶巓の望遠鏡台は撤せられ、司令部掩護の騎兵は列を作って、将校の黒い影も続々とその山から下られるのを認めたので、迷子になっては大変！　と、自分等は取るものも取り敢えず、急いで松山を下って、その後を追うた。

けれどもう既に遅かったので、山の麓に行ってみると、馬卒副馬の影も無く、附近の兵士に聞いてみても、今、司令部が此処を下りて彼方《あちら》に行ったとばかり、その地点に就いては更に知る者が無い。まア、兎に角其処等に行って聞いてみようと、先ず十三里台子の村落に入ったが、聞いても聞いても、更にその位置を知ることが出来ぬ。

宿営地劉家店に帰ったのか知らん、それともまた他の村落に一時の宿営を取ったのか知らん。明日この攻撃を再び開始するなら、必ずこの近所に一夜を過ごすのに相違ないが、それが分明解らぬから、想像にも何にもその位置を断ずることが出来ぬ。大いに絶望したが、仕方が無い、兎に角韓家屯まで行ってみようということに一決して、覚束ないながら一里程後に戻って、その村に行って見ると、其処には弾薬縦列、糧食縦列、衛生隊などが密集して、一方ならざる混雑を呈していた。第一師団の管理部が残っていたから、司令官は此処を通過したか否かと聞くと、全く知らぬとのこと。けれど主計の話では、「師団司令部が既に各條溝朝陽寺《かくじょうこうちょうようじ》に出ているくらいだから、軍司令部は劉家店に帰るということは無い。断じて無い。それに明日は金州を攻撃する筈だから、その方面を捜して見たまえ」と親切に言ってくれた。

日は暮れかかる、烈しい風にはなる、自分等三名（小笠原君、三浦君）はいかに心細く高原から高原へと辿って行ったであろうか。止むを得んければ、師団司令部に行って、星野参謀長に頼もうと決心はしたものの、糧食と言っては今日の晩食と、その他道明寺糒を二食分背負うているばかり、どうなることかと実に心痛の限であった。未だに忘れぬのは、その高原を登って行くと、大きい白い雲が蓬々然《ほうほうぜん》として、殆ど天地を蔽うばかり、実に満州の風景は壮大だなどとは言い合ったものの、心細さは各々の胸に充ちて、その時出逢った草刈の男に路を聞いたことは後まで皆な覚えていた。高原に出ると、吹き飛されそうな風！ その風を避けながら心細く荒涼なる高原の路を向うに下りると、其処には二三の人家——その附近に腕に白布を纏った従卒（腕に白布を纏ったのは軍司令部附の徽號《しるし》）に逢って、軍がこの村落に宿営していることを知った時は、それはどんなに嬉しく、蘇生したような心地がしたか知れぬ。

この村は荒涼たる遼東の中でも殊に荒れた寂しい村で、ダイニグンシレイブの白布の翻った家屋なども実に汚い狭い建物であったが、それでも忘れられぬ印象をこの自分の胸に与えたので。自分等の宿営した農家。それが如何に面白い趣味に富んでいたであろうか。想像して御覧なさい、吹き飛ばされそうな風を避けながら、予め定められたるその民家の扉を押すと、夕暮の事とて戸内《こない》はもう闇黒《まっくら》、その傍の釜には中君と下村君とが一生懸命で燃えた火を吹き付けて飯を煮《た》いていたが、自分等を見て、ヤア帰って来たか、どしたかと思って心配した……と言葉を懸ける。屋の内には例の赤い紙や黄色い紙が貼々《べたべた》と張り付けられて、暗い奥の室には、ぼろぼろとなったアンペラの上に毛布を敷いて、寺崎君と柴田君とが蝋燭も点けずに目ばかり光々《ぴかぴか》と光らせていた。傍には民家に普通の瓶、桶、箱などが処狭きまで並べ立てられて、その上に我々一行の写真機械やら何やらが一杯になって載せられている。何故火を点けぬのかと聞くと、「蝋燭が一本も無い」という。「管理部から貰ったらどうだ」と言うと、「蝋燭を貰うどころか、今米を貰うにすら、管理部長から大目玉を頂戴した。『君等は一体何処に来ていると思う、此処は戦場ですぜ、明日は大戦争が始まろうと言うのですぜ、今朝、あれ程糧食を充分に持つて行け！ と言ったのを忘れたですか……』と酷く遣られた。それでもどうやらこうやら二升ばかり貰って来て今炊いているが、誰も経験が無いので弱った」とのこと。「明日戦争がありそうか」と聞くと、「無論ある」、明朝は午前一時の出発！

戸外には、風、それは実に烈しい風で、峯を渡る黒い雲はまるで大入道でも歩行するかと疑われるばかり。裏の扉が幾度閉めても、吹あおられて、風の一霎《ふき》ごとに凄まじい音を立てている。

「この荒れじゃ明日も海軍は来んぜ」

「けれど、……もう明日は海軍が来る来ないに拘らず、陸軍が独力で金州を落すという話だ。何でも今夜、前進部隊は金州城附近に出るのだろう」

「実に愉快だ！」

山中の荒村荒屋、その中に充ち渡りたるこの衝天の意気——どんなにこの胸は躍ったであろう。実に忘れぬのはこの鐘家屯の一夜である。

中、下村の両君は闇黒の中に燃えさしの高粱殻《きびがら》を振り翳して、幾度となく大釜の蓋を取っては、飯の熟否を見ておられたが、やがてもう好いと言うので火を引くと、煙は夥しく室内に籠って、満足には呼吸もつけぬという光景。そればかりか、翌日の昼飯まで三食分を柳行李の弁当に詰めて、さて食おうとすると、折角大眼玉まで頂戴して泣くようにして貰って来た飯が半熟も半熟、まるで石のような固い飯！

ぶつぶつ言いながら無理矢理に咽喉に通して、もう仕方が無いから眠る事にした。蝋燭！　蝋燭の無かったのは実に佗しい限りであったけれど、それがあって、室の四近《あたり》が分明と見えたなら、それこそ不潔で一層眠られなかったかも知れぬ。アンペラの破れた処からは炕の冷たいのが肌に透《とお》って、その寒さ、寒さ。それに、南京虫が多いと見えて、身体の痒くなるその不愉快さと言ったら。

うとうとと眠ったと思ったが、凄まじい雷鳴に再び夢は全く覚めた。見ると、戸外は非常なる大暴風雨《おおあらし》。山中の魔神が一時に雲に駕して来たかとばかり、樹は鳴り渡る、扉ははためく、闇を破る電光はしっきり無しに百道の神矢を放って、その絶間絶間に天も震うばかりの雷鳴、大雷鳴、雨は車軸を流すばかり。

この暴風雨の中に前進する歩兵砲兵の困難は！と想像すればするほど眼が冴えてどうしても眠られぬ。何時かとマッチを擦って時計を見ると、もう十二時五分前。午前の一時に、司令官一行は出発すると聞いておったが、この風雨、この電光雷鳴の中を果して出発せらるるのか知らんなどと思っていると、雷鳴の絶間絶間に、これはまた凄まじき砲声の断続――歩兵が出て行くと見える。

他の諸君はどうせ写真が撮れぬから、夜が明けてから出掛けると言っていたが、自分と寺崎君と三浦君とは一緒に行こうと言うので、十二時半頃、自分は支度をして両君を呼び覚した――けれどいざ出発しようと思って扉を開けると、戸外には依然たる風雨、電光、雷鳴、司令官も出発の模様が無い。

「余り酷い、今少し模様を見ようじゃないか」

と寺崎君も言うので、準備《したく》したまま、再び横になった、そしてついとろとろ。

五月二十六日（木曜日）快晴

砲声が盛んに聞えると思って眼を開くと、黎明《しののめ》の光が既に微かに室内に及んでおる。風は依然として烈しいが、雨はあがったような模様。三浦君が戸外に出て聞くと、司令官は三時に暴風雨の中を前進せられたとのこと、自分等はすぐ飛び出した。

まだ少し小雨が降っておったが、もうそんな事に頓着する暇が無い。砲声、砲声、その砲声が実に盛んに聞えるので、胸は戦々《どきどき》、心は兢々《わくわく》、一刻も早くその大景に目を寓《よ》せたいものと、貔子窩《ひしか》街道に集っておる弾薬車、輜重車《しちょうしゃ》の混雑せる間をまっしぐらに抜けて、その街道の金州盆地に出ようとする少し手前から、右に山峡の間を越えると、そのはずれに二三軒の人屋、その背後の山を一目散に駆け上ると、その大景。

実に何と言って好いか解らぬ。金州湾方面から雲、霧が次第に晴れ懸って、西の空は一帯の碧《みどり》、金州城には霧はまだ半《なかば》ほど靡き渡っていて、其処に敵味方の砲煙が白く簇々《むらむら》とまるで蜂の巣でも突いたかのよう。四方から起こる砲の響は、天地もこれがために崩るるかと疑われるので、明け渡った海山の一角に、こは又何等の活動。

ちょうどその時が午前六時。金州南山の敵塁を弦線に包囲したわが軍は、金州城西門に一つ、同じく東門に一つ、肖金山下に一つ、六里庄附近に一つ、それから右翼に二三ケ所の砲兵陣地を構えて、盛んなる一斉射撃を開始したので、敵は金州南門より停車場の線に歩兵を出し、南山の砲塁は一時悉くこれに向って砲門を開き、その光景の壮大なる、その威力の猛烈なる、今迄かかる人工的壮美に接したことの無い自分はただただ呆気に取らるるので。

自分等の登った山は老虎山山塊中標高百二十米《メートル》ばかりの高地で、前にはそれより少し高い山、其処には第一師団司令部が登っていて、参謀らしい将校が頻りに望遠鏡を覗《うかが》っているのが黒く浮き出たように見える。電話線はそれよりずっと一直線にわが傍らを縫っておるが、その行方を後に顧みると、各條溝の高い丸い山背には夥しい人馬、一見、軍司令部であるのが解る。

自分は寺崎君と三浦君と山の突角にある疎らな松樹《まつのき》の下の岩に拠って、小さくなってこの大景にただ見入った。南山の敵塁はまるで手に取るよう。撃つ度毎に砲身がぴかっ！　と光るのも明らかに見えて、近く遠く炸裂する曳火弾《えいかだん》、山、畑、人家の嫌いなく凄まじく砂塵を揚げる着発弾、殊に味方の砲弾の敵の砲塁に炸裂する光景は見事なもので、四方から集中したのは、東北の突角の堡塁、その附近はまるで一面の簇々《ぞくぞく》たる砲煙――見よ、この時空は既に拭うがごとく晴れて、朝日の光は流るるごとくこの盆地に射し渡り、殊に、南山の敵塁はまともにこの赫《あきら》かなる光を受けて、大連湾はさながら藍を湛えたかと思わるるばかりの色の濃さ！

寺崎君、三浦君の頻りに写生しているのを見ながら、自分はいかにこの朝の壮観に見惚れたであろうか。砲声に戦慄したのもしばらくの間、その中には段々馴れて、初めは眼に入らなかった味方の砲兵陣地も明らかに、前進せる歩兵の位置もいくらかは分って来たので、その興味も愈々《いよいよ》加わり、さては今少し前進して見ようかと思っていると、前なる第一師団司令部はばらばらと前の山に下りて、向うへと出て行った。

否、それから三十分程経つと、自分の観ている山の麓を軍に附属せる参謀、副官などの将校が陸続と通って向うに出て行く。折りから来懸った石光副官に聞くと、司令部を肖金山に進めるのであるとのこと。果して、その後から奥司令官を始め、落合参謀長、税所《さいしょ》砲兵監、森軍医部長などの将官が続々と進んで来て、砲声の凄まじく聞える山麓を縫うようにして、向うへ向うへと前進するので。自分等もその後について、肖金山へと向った。

肖金山は標高百米ばかり、金州の盆地に突出していて、その地位は観戦には好いが、頗る危険なところにある。「よく敵があの肖金山を砲撃しなかったものだ」と後に自分が言ったら、「君等はそれだから駄目だ、敵砲が沈黙したのを確めたからその山上に前進したので、危険と知りつつどうしてそんな処に出るものか」と山梨参謀から笑われたが、その肖金山の背後《うしろ》には、軍の予備隊なる第二連隊（佐倉）が出発命令を待ちながら、陸続として集っていて、その前面の砲兵第一連隊の陣地からは凄まじい砲声が耳を劈《つんざ》くように聞える。活動、活動、実に状すべからざる活動の画図がこの一帯の地に展げられておるので、現に、その麓の一角に第一師団司令部も位置を占めて、師団長、伏見宮殿下は九重《ここのえ》の雲深く、尊き御身にて入らせらるるに拘らず、衆庶と共にこの戦場に臨ませらるる、実に感涙の袖を湿《うるお》すのを禁じ得なかった。

山梨参謀の言われた通り、午前九時半頃になると、南山の敵砲は大いに威力を減じて、我軍の益々猛威を逞しゅうするに拘らず、かれは扇子山の砲塁を以てわずかに我に応戦するに止まったが、その頃から我前面の歩兵は続々行進を起して、小銃の響が凄まじく何処《いずく》ともなく聞えると共に、前なる金州停車場に真黒になってわが歩兵の前進するのを見た。あれはちょうどそれと同じ頃で、ふと凄まじい砲声が大連湾方面から聞ゆると思って見ていると、敵艦！　敵艦！　と言う声が其処となくこの一帯の高地に満ち渡った。藍のように濃い大連湾の海、其処に砲艦らしい一隻の軍艦、これは前から見えておったのであるが、自分等はそれを味方の軍艦とばかり思っていたのに……それが、今しも砲門を開いて、碧なる海に白い煙を靡かせながら、わが第三師団方面を砲撃し始めたのであった。後で聞くと、第三師団方面は思いも懸けぬ方面から砲弾が来るので、一時は非常に困ったそうである。けれど、わが海軍、それはまた昨夜の暴風雨《あらし》を凌いで、今朝から如何に有力なる援助をこの軍に与えつつあるのであろうか。

肖金山の絶巓《ぜってん》に登ると、その方面が分明《はっきり》見える。先ず、前に城壁を地図のように展げた金州の盆地、その向うにわが砲兵旅団の砲兵陣地、なおその向うに、第四師団の散兵線、それから碧なる金州湾は盤のごとく展開せられて、その蒼波の上には、一隻、二隻、三隻、四隻までわが軍艦は勇しい砲門を開いて、頻りに雷のごとき凄まじい砲弾を南山の敵塁に向けつつあるので。

午前十時より日没まで――自分はこの肖金山を離れなかった。その間の光景の千変万化、自分は如何にしてこれを記すべきかと思い惑うので、今想像してもその日の光景が歴々《ありあり》と眼の前に見えるような。肖金山の絶巓には例の望遠鏡台が据えられて、その周囲《ぐるり》に、軍司令官始め参謀の将校達が圏《わ》を画いて或いは座し或いは立ちつつ戦況を観望し、それから少し下に、管理部長、通訳官、高等文官、副官部、憲兵部などの人々が思い思いに観戦に適した地位を占め、それから十重《とえ》二十重《はたえ》に馬卒従卒傭人などがその山を取り巻いていて、面白い光景がある毎に、色々さまざまの批評が出て、それは中々賑やかである。その間をおりおり伝騎が各師団の報告を伝えて来る、軍の伝騎が命令を帯びて疾風のごとく飛んで行く等、その活動、その混雑――それだけでも既に人々の心を波立たしめるのに、やれ歩兵が今黒くなって進んで行くとか、やれ砲兵が陣地を転換するとか、やれ弾薬が欠乏したとか、やれ金州に火災が起ったとか、一分毎にその光景は変化を呈して、殆ど端倪《たんげい》すべからざるものがあるのであるものを。十一時頃になると、一時停車場に集合したわが歩兵は、今や時機熟したりと思いけん、縦列を作って、ずんずん前進して行くのがありありと。

「あれ進む、進む」

「どうだ！　行く行く」

などと見ていると、俄かに起こる敵の小銃、敵の機関砲の響！　その機関砲の響と言ふものは、ちょうど遠い煤掃きを聞いているようで、実に何とも言いようのない厭な佗しい音がするのであるが、それが聞え出したと思うと、その黒い長い縦列がその後に一人、二人、三人、五人と傷ついて倒れたものを置いて行く。何しろ、余程烈しく銃丸が飛んで来るものと覚しく、なおその隊は躊躇せずに進んでは行ったものの、約五百米行ったと思うと、二手、三手、四手に分れて、一つは彼方の村の陰、一つは楊樹の簇生せる裡、一つはその向うの家屋の陰、最も近いのは、二町ほど退却して、その附近の堀らしい凹地へぞろぞろと入るのが見える。この光景、これはこの方面にのみ限られてあるのではなく、南山を右翼第四師団、中央第一師団、左翼第三師団と包囲して、一歩一歩進んで行ったわが軍は、皆この敵の機関砲のねらい撃ちに一方ならず辟易したので、中隊長、大隊長、連隊長、旅団長、師団長に至るまで、この障碍物なき平地をいかにして進もうと心を痛めぬものは無かったのである。それに、敵は南山の山脚に鉄条網をめぐらし、狼穽《ろうせい》（注・落とし穴）を穿《うが》ちて、わが突撃を妨げたれば、わが勇敢なる大隊長、中隊長、或いは工兵隊などが死を決してその方面に向っても、いつも死傷夥しく、遂には退却の余義なきを見るに至るので、肖金山上、われ等の終日観たるさまは実にこの悲惨なる戦闘であった。

砲兵は幾回となく陣地を転換し、海軍もまた頗ぶる有力なる砲撃を敵塁に加え、午後に至りては、最早敵の一砲だにこれに応ずるものが無くなったけれど、掩堡の中に籠った敵の歩兵は完全なる掩蓋《えんがい》の下、銃眼に拠りて頑強にわれを伏射し、容易にその近距離に近接することが出来なかった。

後に聞くと、第一師団最も苦戦し、第一連隊、第三連隊の如き、その死傷最も多く、後れてその左翼に加わった第二連隊なども実に多大の損害を受けたとのことである。第四師団の最右翼は満潮のため展開することも能わず、溺れて死したるものも多しとか。

午後三時頃までは、依然たる光景、更に少しの発展をも見ず。わが砲弾の大威力を逞しゅうしつつあるのを展望するばかり、歩兵は依然として前進を中止していたが、この頃、何でも厳かなる命令が軍司令官より各師団長、各師団長より各旅団長、各連隊長に伝えられたそうで、午後四時に至ると、更に開始せられたる大攻撃！

各砲兵陣地は朝来の砲撃に弾丸欠乏して、三時より四時に至る間は、ややその威力を損じたような形勢があったが、午後四時十五分に至ると、各方面とも更に一斉射撃を開始し、砲声天地を震撼すると共に、砲煙簇々《むらむら》と南山を埋め、壮観、壮観！

自分等はやや倦みたる眼を見張りて、じっとこれに見入ったのである。「ヤア、もう今度こそ陥落だナ」などとの声が各方面に起こるので、双眼鏡をその方面に向けると、その砲煙の簇々と炸裂している上に、一帯の平地がありありと見えて、其処から通じた赤土の通路には、敵の病院車が負傷者《ておい》を運搬して行くさまが歴々と掌《たなごころ》に指すかのよう。堡塁でも非常なる混雑を起しているものの如く、砂塵が実に高く凄まじく揚がっている。

砲煙、砲煙、砲煙。

この大攻撃を機として、各師団の歩兵は一時にその近距離に接近し、見ると、第一師団の第一連隊などは、その先頭が既に南山の山麓に達して、黒く地に伏しておるのが認められる。もう、彼《あ》の線まで行った、もう一呼吸《いき》だなど、拳を握って見ておったが、しかも敵の機関砲の響はなお盛んに、わが勇敢なる歩兵もなお前進し兼ねて――

けれど四時、五時、六時に亙《わた》っての砲撃の盛んなのは、その後の各戦争にも見なかった程である。陣地は既に幾回となく転換して、漸く南山の敵塁に近く、肖金山下の砲兵第一連隊はその前方五百米に、停車場附近の砲兵旅団第十五連隊、第十六連隊はその右方千米に、その猛烈なる一斉射撃を敵塁に加えているので、砲身の火光を発すること電光よりも速やかに、その響は四近を震憾して、その勢いはこれにてもなお陥落せざるか、なお陥落せざるかと言うかのよう。

敵の指揮官は今少し、今少し……とその守備兵を励ましていたのであろう。日が暮れさえすれば、如何に強襲を加えた敵でも、思い捨てて一度その攻撃の鋭鋒を蔵《おさ》めるに相違ない。夜になれば旅順方面から援兵が来る……とこう言って励ましていたのであろう。味方は又この刹那を失っては、再びこの強襲を加えることは難しい。それに翌日になれば――否今でさえ大房身の停車場から、敵は続々援兵を送っているのであるから、時機を失ったら、どんな否運に邂逅《でっくわ》すかも知れぬ。即ち今が敵味方全力を挙げての戦闘で、負けまいとする心、勝とうとはやる念、真面目なる危機を齎《もたら》せる戦争の神は、今しもその双翼をこの両軍の上に拡げたのである。時はそれにも関せず、次第に経過して、空気の影は漸く濃く、山の影、海の色、夕暮の神はその平和の衣を以てこの悲惨極まれる一帯の天地を蔽わんとしつつあるので。

「とても陥《おち》んかね？」

「どうも頑強だ！」

と一人が言えば、

「けれど陥《おと》さんでは仕方があるまい。もう三千から死傷者が出来たと言うじゃないか」

「三千！　非常な犠牲だ」

「駄目か知らん……先刻彼処まで来た兵は何をしているのだろう，もう進めそうなものだがナァ」

「実に残念だ。これで陥さんでは名誉に関する」

肖金山上には、夕陽《せきよう》の影と共に今しも一種不安の念が満ち渡ったので、（恐らく軍司令官もその一人たるを免かれなかったであろう）、今迄喝采して観ておった人々も、皆真面目に沈黙してしまった。

自分も少なからざる不安の念を抱いて、目瞬《まじろぎ》もせず戦況如何にと見ておったが、依然たる砲煙、依然たる歩兵、更にその状勢が進歩しようともせぬ。時計を見ると、もう七時、夕日は金州湾に閃々たる金色の波を画いて、理衣本島《りいほんとう》の影は黒く、金州盆地には空気が濃く光を失って、顧《みかえ》ると、老虎山の上には十二日の月一輪。

果して如何にこの夜は過さるるであろうか。

どうせ、今宵は露営の覚悟、その前に、今の中に、一つ道明寺糒を煮てこようじゃないかとの三浦君の注意。よし、そうしようと自分等は相携えて山を下りた。山の麓に一軒の民家があるので、其処に入って、土人に大釜に火を焼《た》かせ、背負袋から道明寺糒を出してその煮湯に浸し、これで明日の昼迄は大丈夫……

と戸外に出ると――俄かに起る肖金山上の喧騒、見ると、山麓の馬卒従卒を始め、その附近の士官兵士、皆万歳！　万歳！　を三唱しているので、山はまるで崩るるばかり。

急いで前面を見渡した眼には如何なる光景が映ったであろうか。自分もまた思はず万歳を絶叫したのである。南山の敵塁の一角には、最左翼の第四師団の一部が首尾よく突撃を成効して、輝くは旭日の御旗、聞ゆるは突喊《とっかん》の声、あなやと見る間に、西方の一角は全く味方の兵を以て黒く埋められたのでる。

俄に起る敵兵敗走の光景。愈々陥落と言うので、今迄頑強に抵抗した敵の歩兵は皆な一散に掩濠の中から飛び出す。三面のわが兵は今ぞ時――とまっしぐらに突進する。混乱狼籍のさまは鼎《かなえ》を覆したようで、山上の路を遁れ去るもの、山腹を這って走る者、旅順街道に出ずる者、これが夕陽の明らかな空気の中に手に取るように見える。けれど敵はその右翼を破られたので、多くは左へ左へと出て、旅順街道を敗走して行くもの、殆ど引きも切らぬというさまであったが、今しもそれに向って烈しい追撃を加えたるわが右翼の砲兵。

その光景を如何して忘られよう、この方面は南山扇子山乃至は難関嶺の山の陰になっているので、金州盆地方面とは空気も濃く黒く、山の影も深紫色に染まって見えているのであるが、その間に通ぜる夕陽の路、その走って行く敗兵の黒い影の上には、幾簇々の砲弾白く白く炸裂して、その下に倒るる兵士の影も歴々と指点せらるる。ああ自分は実にこの一瞬時に於て、自然の美、人工の美の巧みに織り合わせられたる絶大なる壮観を見たので、夕暮の色の遍ねくなびき渡りたる海、山、野、そこにこの敗兵、この砲煙。

壮観はそれに止まらず、南山の敵塁上、いつの間にあんなに上ったかと思う程、味方の兵が真黒に真黒に固って集ったが、金州湾の彼方には、今しも沈まんとする夕日の影、それが何だかこの人間の壮観をこのまま見捨てて行くのは惜しいと言わぬばかりに、徐《しず》かに徐かにたゆたいつつ、真紅の色を波の上に転《まろ》ばしているではないか。否、軍司令官は戦勝って驕らざる名将と等しく、この夕陽に対して黙して立っておらるるではないか。

　実にすぐれた絵画の題目である。

　顧ると、老虎山上の月、これほまたこの戦争の修羅の巷の上に超然と達観しておるかのごとく蒼い白いさびしい光を投げて、この日と月との間に、次第に暮れて行く戦後の天地，山は深紫より暗黒に、海は深碧より暗碧に、夕日は既に半ば海波に没して、その附近に眩ゆい美しい金属製の器皿《さら》の閃めきかと思わるる光を漲らしていたが――。

　不意に爆然たる響！

　皆な愕然とした。

　何等の壮観、敵は敗走に際し、その大房身の火薬庫を爆発せしめたので、半ば暮れ渡りたる空に俄かに高く揚りたる一道の火光、何の事は無いちょうどそれが旭日旗を掲げたように燃え上って、あれよと見る間に、それが愈々高く高く、続いてなお下より燃え上がる火光を見たが、その間約二三分ばかり、やがて火光は低く低くなつて、遂には二三十間ばかりの高さになってしまう。

「実に、君、好い処を見たね？」

と声を懸けられたので、振り返ると、それは森軍医部長であった。

「実に壮観でした！」

「もう、こういう面白い光景は見られんよ」

「どうも、実に！」

　自分はただ恍惚としていた。爆発した火光は消えんとして消えず、なおしばらくその低い焔を揚げておったが、見渡すと、日は既にとっぷり暮れて、西の空の閃耀《せんよう》も消えて跡なく、老虎山上の月は水のごとき光を徐かに征衣の上に浴びせ懸けた。南山では、わが兵既に盛んなる篝火を燃《た》き始めて、その光は処々に面白い光景を描き出した。

爆発せる火薬庫の火光は低く低く、今はただ闇の中にその微かなる余影を認め得るばかりに至ったが、軍司令官はなおその以前の地位に起ったまま、じっとして黙して身を動かそうともせぬ。第二軍の最初の戦勝、これに伴える自然の大景は、不知不言の間に、軍司令官の勇敢なる胸をも動して、殆ど感極まるの至聖境《しせいきょう》に達せしめたのであろう。ああこの日、この一刹那、一生の中に再びかかる悲壮なる大景に接して、この名状すべからざる感を起すことが出来るであろうか……と思って、自分もじっと月下に佇立《ちょりつ》し尽した。

一時間の後、自分は寺崎君三浦君と山を下りて、その山下の村落、とある家の門牆《もんしょう》の傍ら、其処には高粱殻の山のように積み重ねられてあるその中に毛布《けっと》を敷いて、三人相擁して露営をした。最初管理部長の命令で、その前の家屋の一室を我等の宿舎と定《き》められたのであるが、しばらくすると衛生隊が遣って来て、負傷兵を収容するから貸してくれとのことで、自分等はそ

従軍中の森鷗外〈右〉
(『日露戦争陸戦写真史』・新人物往来社)

光、収容せられたる重傷者の最後の苦悶の声——自分は万感胸を衝いてどうしても眠られぬ。のまま深夜をその戸外へと出たのであった。続々戦場から運搬して来る担架、その上に照り渡る美しい月

五月二十七日（金曜日）曇、後半晴

夜半《やはん》門を叩くものがあって、「私は戦場から漸《やっ》と這って来た負傷者だが…」などと言うのを夢現に聞いておったが、朝起きて見ると、夜半に雨が降ったと見えて、毛布《けっと》から頭の髪がしとどに濡れている。先ず、耳を劈《つんざ》いて聞えたのは、重傷者の苦悶の声、続いて大きな声がして、「おーい、其処等に誰かおらんか、苦しがって、苦しがって仕方が無いから、看護長を呼んで連れて来てくれ」

自分等はその家屋を覗いて見る勇気も無い。そのまま、顔も洗わず、飯も食わず、急いで門を出て、その旨を看護長に伝え、心佗しく南山の戦傷へと志した。天もこの悲惨なる光景を悲しむか、どんよりと薄鼠色に曇って、楊柳の葉はさながら泣いたように、昨夜の雨の名残を留めている。ああその朝の佗びしかりしことよ。自分は長く悲惨なるこの朝の光景を忘れぬであらう。金州の南門を右に見て十町も進むと、もう味方の死屍が路傍に転がったまま収容されずに残されてあるのが幾つとなく顕われ出して、其処にも一個《ひとつ》、彼処《かしこ》にも一個と数えて行くと、実に実に際限が無い。ああ、死！　この悲惨なる死を見て、誰か胸を動かさざるものがあろうか。

赤褐色《あかちゃ》の野、路傍には低く小さい菖蒲《あやめ》が紫の色に簇々《むらむら》と咲いていて、ところどころに朝風に靡く楊柳の碧《みどり》、向うには民家の石の壁や、扉や、赤い紙に書いた字や何や彼やが見えていて、朝の平和は言い知らず静かに穏かにあたりに充ち渡っておるのに……。そのところどころに或いは伏し或いは仰向けになりて戦死しおれるわが同胞、広島に滞在せる頃には、勇気凛々、勇しい功勲を建てて、錦を故郷に飾ろうと誰も

思っておったであろうが、否、三月前までは静かなる田舎の朝夕、慈愛ある父母の膝下《しっか》、優しき妻の情愛の下にのどかなる月日を送っていたのであるものを、ああ、ああ、自分の胸には涙が漲《みなぎ》って来た。

ことに、一人の肩にせる頭陀袋に信州北佐久郡沓掛村《さくごおりくつかけむら》……と記されてあったのを見て、その浅間山下の平和なる村の光景が歴々《ありあり》と自分の胸に浮んで来た。その山、その谷、その村、自分はこの春の雪の日、小諸に棲遅《せいち》せる詩人（注・島崎藤村）を訪ねて、静かにこの人の世の悲哀を語り合ったことがあったが、その山下の村にはやがてその悲しい報を得て、烈しく泣くべき父母、妻子があるのであると思うと、自分は佇立《ちょりつ》してこれを見ているにはどうしても忍びぬ。

村を外れて南山に懸ると、死屍《しがい》は愈々多い。生存せる兵士等は到る処に三々伍々群を為し圏《わ》を作りて、或いは死したる戦友の物語、戦争当時の悲惨なるさまなどいろいろと後れて来た人々に語っている。「私の中隊の一等卒だが、自分の弟の死骸の前に立って、『ああ貴様はとうとう戦死してしまったか、一緒に郷国に帰りたくってももう出来なくなった……』と生きてる人に物を言うように泣いて口説いているのを見て、実に私は気が悪くなった」とか、「私の中隊に兄弟のように仲良くしておった二等卒があったが、その中の一人が戦死したので、一人は狂気のようになって、その死骸に抱き附いて泣いておったには涙が出た」とか、「一昨日《おとつい》の夜、先生戦死するのが虫に知らせたと見えて、色々遺言らしいことを僕に言ったが、到頭死んでしまった」とか、零聞断語《れいぶんだんご》が聞くまいとしても耳に入る。かと思うと、「私は実に生命を拾った、どうですこの弾丸が隠《かくし》袋の上を破って手巾《ハンケチ》の中に残っていたじゃありませんか」と言って、通る人に一人一人その弾丸を示してその好運なのを語っておる兵士もある。一度暴風《あらし》のように襲って来て、そしてまた暴風のように去った死の影――この恐ろしい影が今更のように追想せられるので、それを思うと、実に不可思議な、神秘な、不知不言の情が名残なくその胸に充ち渡るのであろう。

死の問題、自分もどうして、それを考えずにおられようか。

鉄条網の構造の堅牢、掩堡掩蓋《えんほえんがい》の巧みなる布置、狼穽《ろうせい》、銃眼の構造、これ等は皆な進むままにわが眼に映じ来った光景である。如何に味方が勇ましく奮闘し、また如何に猛烈なる敵銃に辟易したかと言うことも明らかに想像されるのであるけれど、しかも自分の眼、自分の胸に殊更、深い印象を与えたのは、路傍に流れた紅なる血汐《ちしお》で、それに染みたる手巾、繃帯《ほうたい》などを見ると、俄かに胸が戦々《ぞくぞく》して、すぐ烈しく死の問題が……

南山の敵塁を一つ一つ見て行った。掩濠、掩蓋、その傍には、鼠色の外套の血に染ったのや、白い腹を出して口の周囲を砲弾に裂かれて死んでいるのや、後頭部を微塵に打砕かれてすッとも言わずに斃《たお》れたらしいのや、二人折り重って、無惨なる最期を遂げているのや、砲を撃とうとしてその姿勢のままで絶命したのや、それは実に眼が当てられぬ。いずれも昨日の午前午後、その悲鳴の声はわが砲弾の炸裂せる下に聞えて、救うべからざる四苦八苦の苦痛はこの附近の到る処に満ち渡っておったであろう。流れ出ずる血汐、それを拭わんために裂かれたる手巾、繃帯の片々《きれぎれ》、人間最終の恐るべき悲劇はこの狭く暗く長い掩濠の中に演ぜられて、それは悪魔の神の猛悪を以てしてもなお見ることを咀《のろ》ったであろうと想像せられる。けれどこの暗黒にもなお人間の光明がある。それは何?曰く活動の光明、曰く勇気の光明、曰く犠牲の光明。

砲煙の眼前に炸裂する時、機関砲の凄まじい響の流るる時、わが同胞の血に悶え最期に苦しむ時、死の影の恐ろしく近く人を圧する時、なお恐れずして前進し、或いは防御するこの心、この勇気、この犠牲、これは人間の神に近き刹那にはあらざるか。

掩堡を越えると、山の低い処が一層低く濶《ひろ》く抉《えぐ》られてあって、其処には敵の炊事場がある。今一呼吸《いき》、今一呼吸耐《こら》えたなら、夕飯を食う程の猶予が出来ると信じたと見えて、その大きな竈に懸けられてある大鍋には、豚の雑炊汁が黄く黒く一杯に煮られて、その傍には切開した刀のまま、豚の子が腹を開いて横たわっている。バタやら、黒麺麭《パン》やら、砂糖やら、野菜やらが順序次第もなく散乱し、肉叉《フォーク》、小刀《ナイフ》なども彼方此方に散らばっている。その炊事場を過ぎて、今一つ坂を登ると、南山の東の突角の堡塁と西の堡塁との間に平地があって、その向うのやや低い処に、将校の住宅らしい二三軒の家屋。その向うには電話所らしい建物があるが、この附近には死屍の代りに書籍やら雑誌やらが泥土に塗《まみ》れて、その頁は朝風に一葉二葉と翻っている。奥司令官は参謀将校と共にこの時この山に登って、頻りに指点して、昨日の戦趾を見ておられた。将校の家宅の前に行くと、其処には咲き乱れた美しい西洋種の草花の花壇があって、殊にその附近に多くリボンや玩具などの棄てられてあるのを認めた。露の将校は四五日前まで此処に妻子を携帯しておったのであろう。室内は比較的清潔ではあるが、書籍雑誌の狼籍たることは非常で、中にツルゲネーフ（注・ロシアの小説家〈一八一八～一八八三〉）の全集や、レルモントッフ（注・レールモントフ＝ロシアの詩人・小説家〈一八一四～一八四一〉）の全集を発見した時は、自分は少なからざるある趣味のわが胸に上るのを覚えたので。

　路傍に散乱しておるものの中で、一番多いのは、靴、長靴、靴刷毛、手巾、外套、ねじ廻し、銃剣、書籍、雑誌類で、封書、葉書なども随分沢山棄てられてあった、弾丸《たま》は小銃のが一番多く砲弾の箱なども二つ三つその附近に転がっておった。自分等を始め、兵士、軍属、傭人などの歩いている間を、地雷が敷設されてあるかも知れんから、道路以外に滅多な処に脚を踏入れるなとの注意を守備の兵士が絶えず怒鳴って廻っているので、その平地を山に附いて右に大迂回をすると、我軍の左翼、即ち第三師団方面に面して、敵の砲塁が重砲数門を残したまま開けられて、その附近には同じく敵兵の伏屍《ふくし》が累々として重り合っている。扇子山の司令塔、敵が牙営を置いた処は、その右方二百米ばかりに聳えていて、その上には同じく重砲が据えられてある。背面の設備また頗る完全し、大房身停車場に通ずる通路は修築せられ、弾薬庫、兵舎など順序正しく配列せられて、ここに至ると、なるほど敵が頑強に抵抗したのも無理でないと点頭《うなず》かるるのであった。

けれど敵の伏屍の多かったのは、その扇子山を右に下った旅順街道で、かの夕陽《せきよう》に対しての砲煙の幾簇々、それがこの一帯の悲惨の光景を画いたのである。実に悲惨の極、酸鼻《さんび》の極、如何にしてこの路を過ぎて行こうかと思わるるので、一間二間と隔てず、数多の死屍は或いは伏し或いは仰向けになりつつ横たわっているのを見ては、戦争そのものの罪悪を認識せずにはどうしてもおられぬ。殊に、砲弾に斃れたるものの惨状は一層見るに忍びんので、或いは頭脳骨を粉砕せられ、或いは頷骨《かんこつ》を奪い去られ、或いは腸を潰裂《かいれつ》さしめ、或いは胸部を貫通する等、一つとして悲惨の極を呈しておらぬは無い。彼等は雨霰と砲弾を浴せ懸けられて、一物の遮るもの無き広野に、いかに悲鳴を挙げたであろうか。現に小さき板橋の下に五六名まで折り重って死せるを見ても、いかに彼等が隠遁地点を求むるに焦心したかを察し得られる。しかもこの血汐の流るるばかりなる路には、かかる悲惨なる光景をも物ともせざるわが歩兵、騎兵の大部隊、続々として行進を起し、傍らには一度死して蘇生せる敵の負傷兵《ておいへい》を捕虜とするなど、実に一方ならざる混雑を呈している。

自分は寺崎君とともにこの悲惨なる路を、さまざまなることを語り合いつつ過ぎた。路傍の菖蒲の紫に咲けるを指して、この死屍との配合の妙を語ったのも、確かにこの路であると記憶しておる。三浦君もこれを題目にして、明年の学校の卒業製作を画くと言っていた。実際、戦争そのものより、この戦後の悲惨なる光景が甚しく自分等の不健全なる頭脳を狂わしめたので。

軍司令部の今夜の宿営地がまだ不明であるので、自分等は引き返して、東門から金州城の中へと入ってみた。東門は昨朝第一師団の工兵隊長鳥谷少尉が破壊して突入したところ、まだ依然としてその爆発の光景が残っている。金州城内に入ると、居民は物珍らしそうに彼方此方と逍遥し、群集して、頻りにわが軍隊の行進するのを見ているが、街頭の商戸《しょうこ》は皆堅く扉を閉じて、赤い紙に書いた種々《いろいろ》の連句が徒らにこの街頭に連なっているばかりであった。金州城は東西南北の四門を有し、その門より起これる道路は、中央に一集合地点を作り、其処には関帝の廟を祀ってある。この附近が先ず城中には一番賑かな処であるらしく、其処へ来ると、利を見るに長じた市民は、鶏卵、砂糖、煙草などを携えて、早くもわが兵士に売り附けておる。関帝廟の壁には第二軍の告示が既に掲げられて、市民の陸続とその周囲に集ってそれを読んでいるのを見た。

つい、昨日の夜まで、敵兵が五六十名この城内に隠れていたので、到る処戒厳を施して、少し怪しい家屋には、わが守備隊の注意深く、「危険入るべからず」とか、「地雷敷設の危険あり」とか記して置く。

午後一時頃、『軍司令部の位置を南門外劉家屯に定む』との報知を或る軍人から得たので、自分等は急いでその宿営に着いて、先ず両三日来邂逅したことの無い温い飯を炊事場から貰い、新しい福神漬を菜に、頬鼓を打って食った。

その旨かった事といったら。

（五月二十八日記載なし）

五月二十九日（日曜日）晴

昨日は終日観戦記を書くのに忙しかった。柴田君亘君は戦後撮影に出掛けて、面白い光景をも撮ったし、興味ある逸話をも大分探って来た様子。戦争の状況はその後自分も彼方此方《かなたこなた》を訪問して、随分通信の材料にもしたが、これは新聞の記事にもあるし、公報にも出ているので、此処には略して記せぬことにした。

個人の一日記であることを忘れたまうな。

自分等は広島出発以来、今日に至る迄三十七八日、船では拙《まず》いバケツ飯、軍では炊事場の半熟飯、戦争が始まれば、道明寺糒という風に、随分食物には不自由をして来た。否、面を洗う器や、湯を沸す土瓶や、物を煮る鍋などもまるっきり無くって、その不便なことは一通りではなかった。それに、湯と言うものには上陸以来ただの一度も入ったことが無い。大姚家屯で、同居した傭人の二三が、大釜に湯を沸して四斗桶に入っているのを羨しく思っても、自分等にはその四斗桶の工面が出来ぬので、顔は砂塵に汚れたまま、体はシャツを着けたまま、一度肌を掻けば塵垢《あか》が爪に満つという有様、それは実に太古無為の民の生活《くらし》もこれには越すまじと思われるので。であるから、金州に池塘《ちとう》（風呂）があるという事を聞いた時は、先ず第一番に風呂に行こうと誰言うとなく言い出した。で、今日は天気は好し、買物ながら出掛けようと言うので、午前の九時過に寺崎君などと袖をつらねて宿舎を出た。風呂は南門を入るとすぐで、入口に泰和池塘の四字を白壁に分明《はっきり》書いて、その傍に、赤い不思議な提灯を下げている。これが何でも風呂屋の徽號《しるし》であるそうな。さて、扉を押して中に入ると、日本のように高い処に矢張《やはり》風呂番がいて、一人一銖銭（十銭）ずつであるとのこと。衣服を脱ぐ所、上って衣服を着る処など総て左程不潔ではなかったが、さて、湯に入って驚いた。実に不潔も不潔、その臭さと言ったら、まるで肥料溜《こやしだめ》にでも入ったかのよう。湯はたたきの広い浴槽に沸かされてあるのではあるが、そのたたきが幾日も洗わぬと見えて、ぬらぬらと余程注意をせんければ滑ってしまうという有様。そしてその湯の浅さは膝くらい。ああ自分等は久し振りで湯に入れると勇んで遣って来たのであるが、その周囲の不潔と支那人の口の臭気とにはしたたか辟易して、碌々《ろくろく》身体も暖めずに出てしまった。

風呂では失敗したが、買物では大成功。此処で薬罐を買う、洗面器を買う、支那靴を買う、煙草を買う、砂糖を買う、茶碗を買う、急須を買う、まるで新世帯をこれから持とうとするかのよう、殊に、午餐には、とある横町の料理店に入って、ツアリチーなど言う旨い支那料理に舌鼓を鳴らした。帰途には東門から出て、その門外の露国の農園らしい建物に入って、色々草花などを見て廻ったが、その門を出て少し行くと、路側に札が立っていて、しるこ一杯五銭と書いてある。そしてその下に、向うの日章旗の建っている家屋と小さく、小さく。日本人が遣ってるのか知らん、寄って見ようと靴を鳴らして入って行くと、その民家には第一軍から貔子窩《ひしか》の海岸を伝って遣って来たという酒保とも附かず、無論軍人でも御用商人でも無い男が二三人居て、民家の大釜に支那アヅキを煮て、中に麦粉を丸めた怪しげなものを容れて、それでしるこで御座いと売っているのである。けれど甘いものは久し振りとて、舌鼓を鳴らして二三杯啜った。この人達は何か面白い商売でも始めようとして遣って来たので、金も二三千円持っていたそうであるが、軍政の厳粛ある、二三日経って、軍政署に収容せられて、したたか大目玉を頂戴した後、嫌応なしに本国に送り帰されたとの事である。

夜、月明らかに、海かがやき、——頻りに詩興を催して郷国を憶《おも》った。

（五月三十日〜六月一日記載なし）

六月二日（木曜日）晴、曇、夜雨

金州城外の宿舎は比較的清潔で、どちらかと言えば紀念の多い家であったが、先月廿九日から今日に至る迄は、寺崎君の画を作る間に観戦記を書いたり、面白い饒舌《おしゃべり》をしたり、その隙にはよく金州に出掛けて行っては、例の料理店に入浸りの有様であった。宿舎から金州南門に至るの道、其処には輜重車、牛車、馬車が陸続として、空には熱く照り渡る初夏の日影、その濶々《ひろびろ》した平野を辿りつつ自分等は如何に面白い興味深い物語に耽ったであろうか。路の南門にやや近いところに露兵の伏屍のそのままに横たわれるを、初めは見悪《みにく》しとて避けて通ったが、三日目には誰かその上に薄く土を懸けて、通行の人々の眼に留らぬようにした。けれど、その懸けた土が薄いので、手の尖《さき》が出る、足の腿のあたりが出るという始末で、最終にはその腐敗した臭気が通る度毎に鼻を劈《つんざ》いて、遼東に特有な腹の白い鳥が絶えずその傍らを離れぬので、これなどはかのドオデエ（注・アルフォンス・ドーデー＝フランスの小説家・詩人〈一八四〇～一八九七〉）の短篇集に見らるる戦後の惨状であると思った。

　金州北門外の野戦病院を見たのは五月の三十一日。それは第四師団ので、とある寺院を借りて病院にしておるのであったが、院長伊藤百蔵氏（三等軍医正）の話では、患者の数が普通二百五十名が制限であるのに、今は六百人から入院していて、その忙しいことは殆ど虚偽《うそ》のようであるとのこと。祖国のため、自から潔い犠牲となって、この異郷の高粱殻《きびがら》の上に横っている勇敢なる士官兵士に就いては、実に悲壮なる涙の溢るるのを禁じ得なかったので。殊に、重傷、軽傷患者の支那寺院に特有の仏像の下に縦横に横臥せる傍らに、今朝死せしとか言える一人の兵士の硬くなりて扉に身を寄せいるさまを見ると、涙は意味もなく烈しく溢れ出して、自分は殆ど長く其処に立っているに堪えなかった。病院を出ると、寺の門前には、戦死者負傷者の靴、背嚢、水筒、弾薬莢《きょう》、帯皮などが山のように積まれてあって、その附近に赤十字の徽號《しるし》のある衣を着た軽傷者がぶらぶらと五六人逍遙していて、その向うに金州の城壁、城門、それに添うて馬を駛《はし》らする将校、馬車を鞭《むちう》てる清苦力《クリー》――この上に初夏の日影が美しく照り渡って、濠の彼方に涼しい蔭をつくれる楊柳の幾簇、面白い光景だと言って、石橋の上に腰を懸けて、色鉛筆を隠袋《かくし》から出して、三浦君がこれを写生したのを未だに忘れぬ。

　昨日は金州城中にはまだ露兵が残っていたとか何とかで、各城門には哨兵を立たせて、厳かに出入の人々を改めるので、毎日行かぬ例《ためし》の無い城中の料理店にも南門から引き返してしまったが、今朝不意に、「どうだこれから青泥窪《ダルニー》に行って見ようではないか」と発議する人があって、誰も皆忽ち同意。で、一行の中の二人は支那馬車の周旋に金州に出掛けて行く、自分と寺崎君とは副官部に許可を乞いに行って、河村副官から守備隊長への紹介状を貰って来る、準備が時の間に整って、出発したのが、ちょうど十一時半頃。

　支那馬車一輛に写真機械一切と自分等七名とが乗って、がたがたと金州城を後に、南山の裾を縫って向うに進むと、老虎山を後景にした海は、折から薄鼠色の曇った空に佗しい薄暗い色を漲らして、大房身《たいほうしん》停車場から難関嶺《なんかんれい》に至る間の風景の佳さ！　低い丘陵の鞍部を鉄道線路について上ると、柳樹屯《りゅうじゅとん》を中心にした大連の海は弓弦を張ったように潤く展開せられて、三山島の波打際に白く怒濤の寄せているのも歴々《ありあり》と眼に映る。丘を越えると難関嶺の村落の山は両面から蹙《しじま》って迫ってはおるが、名に呼ばれたる程の越え難い峠でもなく、やがて、それを向うに出て、あれが三十里堡だと言う楊柳の簇々《むらむら》の少し手前から左に入って、小山矮嶺の壁のごとく連れる間をがたがたと二里程も進むと、糧食縦列の長い群が陸続として向うから遣って来るのに邂逅《でっくわ》した。「君等は何師団かね？」とその中の一人の兵士を捉へて聞くと、善通寺師団で、二三日前柳樹屯《りゅうじゅとん》から上陸したとのこと。第十一師団がもう上陸したかと我軍の機敏なる行動に耳を聳《そばだ》てながら、その主力の前進方面を聞き糺《ただ》すと、よくは知らぬが、師団司令部は何でも青泥窪から西南の山中を志して旅順方面に向って進んだとの話。この間からの風説では、第二軍は旅順には向わんと言うのが専ら行われて、第一師団、第十一師団、それに今一つ他の師団が加わって、乃木陸軍大将が第三軍を組織し、この力で旅順を攻め、第二軍は時機を見て、直に北進するのであるとの噂は何処から洩れるともなく自分等の耳に入っておったが、しかも自分等は素人観の、此処迄来て旅順に向わんことはあるまいなど、容易にその説を信じなかった。けれども第十一師団がこの附近に上陸した処を見ると……

種々《いろいろ》そんな話をしながら、騾車に揺られ揺られ進んで行ったが、左に連なれる山嶺は一里半も辿ると、俄かに展けて、前に盤のごとき海が画くがごとく顕われた。否、敵の棄て去った壮大なる工場の煙突の向うには、青泥窪の粉壁数万家が、さながら蜃気楼でもあるかのごとく、或いは甍、或いは煙突、或いは高楼、或いは硝子窓を顕しているので、空はやや晴模様の、東の海の盡頭《はずれ》には碧い空が一線を画して聡《さか》しげに見えていた。けれど海には一隻の汽船の駛れるなく、支那ジャンクが暗い帆を張って、悠々一艘行くのが見えるばかり。

其処から村を一つ越すと、三十里堡から岐《わか》れて来た青泥窪行の鉄道線路が貫通して、その向うに大きな煉瓦製造場がある。敵が満洲地方の家屋築造に供した材料は、多くこの製造場で造られたそうで、附近に赤煉瓦が山のごとく積まれてある。自分等の其処を通過したのはもう夕陽《せきよう》の影が四面の山にさびしい佗しい光を雲の間から投げている頃であったが、高原の間の路を二里ほど進むと、鉄道線路沿道、敵の破壊し去った痕跡が夥しく顕れ出して、或いはレールを電信に懸けたるもの、或いは鉄橋を爆発したもの、或いは土堤を半腹より崩壊したもの、その惨状は実に目も当てられぬばかりである。けれど進めば進むほどその惨状は加わるばかり、いかに敵が倉皇《そうこう》これを棄て去ったかと想像されるので、青泥窪の市街の入口に近づくと、荒涼とか惨憺とかいうさまがすぐ眼に映じて、何だかこう身に沁み込むようなさびしさが自分の胸をひしと襲った。

けれどそれは市街の荒涼たるに原因するばかりでなく、時刻がもう暮れ暮れであるのと、天気が悪く曇って、鼠色の雲が塞がるように空に充ち渡っているからであろう。市街《まち》には露国の官舎とも思われる壮高なる洋館、その傍には鉄橋が高く懸って、向うには海の佗しい色がちらと見えて、その間にさびしく立てるわが守備兵。

向うの家屋に日章旗が風に靡くのが見える。

守備兵に河村副官の紹介状を示して、その守備線内に入ろうとすると、中々許さぬ。大木営の免状を有っているものでなければ入れてはならんとのことで、如何に軍人でも、如何に高級士官でもこればかりは許すことが出来んとの抗拒《こうきょ》。仕方が無いから、紹介状を守備隊長に伝達して貰って、その命令の許可を得るのを待っていた。日は段々暮れる、あたりは淋しい、腹は減ると言うので、不愉快の情が愈々《いよいよ》益々加わって来た。それに、その伝達の命令が中々来ない。閉口していると、一時間ばかりして、漸く遣って来て、「守備隊地区を通過することだけは許して遣るが、宿営炊事のことまでは到底世話して遣ることが出来ん」とのことである。

自分等は一方ならず失望したが、先ず兎に角守備隊本部にと騾車を引っ張って出掛けて行った。守備隊本部のある処は、ちょうど横浜の居留地の入り口のようで、大きな四階五階の洋館の間に、コンクリートで固めた大通りが通じて、その向うには支那街の低い粗末な家屋も見える。寺崎君が東京美術学校教授の名刺を出して、本郷少佐に逢おうの、何のと談判している間、自分等はもう暗くなり懸った大通りにぽつねんとして立っていた。二三日前までは車馬の響この街頭に轟き渡って、裾を長く曳く西洋婦人の影も見えたであろうに、さりとては一朝にして慌てて棄て去ったこの市街の寂莫は？　彼等は迫り来る戦争の恐ろしさに戦慄しつつ、いかに慌てて遁《のが》れ去ったかと思うと、自分は何となくその時のさまが眼の前に映るような気がして、最後の汽車に後れじと走り集る老幼の群、中には美しい少女《おとめ》の、常日頃撫愛せし犬を抱え、花園に別を惜みて、泣く泣くこのなつかしき土地を去ったさまなどまで想像せらるるので、我知らず空想に耽っている前を、ががらと走らせ行く俥一輛、二輛。

この荒涼たる戦後の街に日本の俥を見るとは珍らしいと思ったが、すぐ眼に附いたのは、その上に満載したる柳行李、支那鞄、続いて若い日本婦人が一名、二名、三名まで歩いて来たので、驚いた。

夕暮でよくは解らぬが、一名は束髪のもう二十四五歳、一名は蝶々髷に結った十七八歳、今一名は一葉返しに結っていた様であるが、執《いず》れも編上げの靴を穿《は》いて、急ぎ足に、さながら同胞に顔を見らるるを厭うばかり、傍目もふらずに歩いて行く。自分の頭にはすぐ醜業婦といふ三字が浮んだので、それと共に金州で聞いた話が胸に上った。――ダルニーには日本男児三名日本婦人三名露国将校のために牢獄に投ぜられたまま棄て去られたものがあって、わが軍の入ったのを見て嬉し泣きに泣いた――。

時は夕暮ではあり、風の寒く佗しく吹く晩ではあり、荒涼なる戦後の市街ではあるので、一層自分の空想を引き寄せたのであろうが、自分はこの一場の光景をさながら小説中の一頁か何ぞのように思ったので、彼等の牢獄中の生活、煩悶、金州城砲撃を聞きし時の感、我軍に救い出されたる時の喜悦《よろこび》などをそれからそれへと想像して、憐むべきわが同胞のために一掬《きく》の涙を禁じ得なかった。

寺崎君は本郷少佐が多忙で逢われんと言うので、その隊の軍曹に面会して、種々頼んだけれど、遂に要領を得ず、仕方が無く支那街に宿舎を探すこととなった。さて、これからわれ等一行の青泥窪奇談が始まるので、先ず、宿舎も宿舎だが、腹が減って仕方が無いから、何処か料理店は無いかしらん、一軒店を開けておる支那雑貨店があったので立ち寄って聞くと、この一つ先の路地に料理店があると親切に教えてくれた。細い暗い路地に騾車を引込んで、覚束ない清語で尋ね廻ると、果して日本なら一膳めし屋とでも言うべきものがあって、硝子灯の影灰暗く中に入ると、豚の脚の切開されたのや、にんにくのうでたのや、豚の油の煮立ったのやが殆ど鼻持のならぬ程わる臭い臭気を放って、平生ならばとてもこんな処に入り切れぬのであるが、此所を外しては、もう他に餓えを医《いや》す見込みが無いので、余義なく奥の室へと通った。其処にはカンテラの油煙の黒く籠った下に、汚い卓が五個六個並べられて、臭い口をした清国人《ちゃんちゃん》が既に五六人程がやがやと何事をか喚き立てながら、頻りに豚の骨付をせせっている。佗しさは愈々佗しいが、如何にも仕方が無いので、何でも好いから食うものを持って来いと命じて、さて黄酒《ファンチュー》は？　と聞くと、ある、ある、大いにある。大いに飲むべしと酒には眼の無い寺崎君から先ず第一に御輿を据えて懸って、飲んだわ、飲んだわ、飲んだわ、終《つい》にはへべれけに酔って、翌日は臭くって食えなかったにんにくの煮揚をも旨い旨いと激賞して幾皿か食うた。さて、酔うともう太平楽を極めるのが我等の習慣、なあに宿舎などは構うものか、いざと言ったら、一晩くらい此処にこう遣って寝てしまうサ、這箇《チャカ》睡場《スイジョウ》好々的《ハウハウデ》などと酒落れ込んで、またちびりちびり遣っていたが、三時間も経つと、料理店の主人が喧しく言い出す、騾車の苦力が苦情を唱えるという始末、一行の内の本性違わぬ者が第一に心配し始めて、「まア兎に角宿舎を捜そう、何処か睡場《スイジョウ》があるまいか」と聞くと、「睡場《スイジョウ》、有《ユウ》、有《ユウ》、好々的睡場多々有《ハウハウデスイジョウタアタアユウ》」とぬかすので、「それではそれは何処にあるか」と聞くと、解らぬながらも、何でもこの辺に女郎屋があるらしい。娼婦《シイフ》、女人《クウニャン》などといふ言葉がおりおりその中に交るので、これは面白い、この戦後の市街に娼婦とは豪気なものだなど、皆な酔っているので、わいわいとぞめき立て、戸外に出ると、この二三軒先は支那劇場で、ドンドンカンカンの鳴物喧しく、頻りに夜芝居を興行している。この戦後に呑気なのは支那人、中を覗いて見ると、観客もかなり沢山あって、役者は何でも武者扮装、互に斬合いをして立ち廻っている処であった。この芝居の終わるのを待って、今夜は此処に寝ようじゃないかと言つた者もあったが、先、その所謂好々的睡場《ハウハウデスイジョウ》に行って見ようと志して、一つ道を曲ると、闇の中に一軒一軒々灯の火光《ひかり》が指して、其処に女人の影が一つ一つ映ってる。あれがそうだとのこと。

で、自分等は嵐のようにその家屋に乱入に及んだが、その光景を此処に記そうなら、先ず入ると十畳ばかりの土間があって、その周囲《ぐるり》に四畳半くらいの室が幾個《いくつ》となく仕切って連なっているが、其処には支那娼婦の頗る劫《こう》を経たあばずれ者が一人ずつ占領して、白い金巾《かなきん》のカアテンを挙げると、その室の隅には白いずくめの寝台が据えられてある。さて、自分等は「貴様達は帰っても好いから今夜眠る室だけ貸せ」との談判を開始した。始めは我々を好い御客と見て、いろいろやさしい秋波を送ったり何かしてちやほやしていたけれど、段々その様子が解ってくると、俄に不愛想になり出して、その中の一人のこまっちゃくれた奴は、「五円進上、無い、帰ろ、帰ろ」と言って、我々を戸外に押し出すのであった。

「貴様はいらん、帰っても好い、室だけ借せ、今夜一晩寝るのだから」と口の酸くなる程談判しても不得要領。けれどこれは此方が全体不得要領であるのだから仕方が無いが、段々話して、室だけそれでは一円で貸すという事になった。「内地で旅店に泊るつもりで此処に寝ようじゃないか」と、やや相談一決した時、角の雑貨店に「何処か此処等に睡る所が無いか」と訊きに行った堀君が帰って来て、「今、好い処が見つかった」という。この時は皆々もう酔もやや醒め懸っていたので、それではその方が好いと一散に飛び出した。

夜はもう十時過、星の光も見えぬ真の闇に雨さえぽつぽつ遣って来た。導かれるまま彼方《あっち》に曲り此方《こっち》に曲り、何でも三四町も心細く辿って行ったが、突き当ったのは支那民家の大きな門。堅く閉じられてあるのを、「開門《カイメン》開門」と叩きながら叫ぶと、中ではさぞ地犬の恐ろしい奴であろうと思われるのが凄まじく二三個所に吠え出して、何だか支那の劇中にでもありそうな光景、もうすっかり酔いの覚めた寺崎君は自分に耳語《みみうち》して、「どうも、君、こんな無闇な処に泊って危険ではあるまいか。戦争が二三日前済んだばかり、露兵が匿《かく》まってあるかも知れん支那民家に、苦力の言を信じて泊ると言うのはちと大胆過ぎるじゃないか」

自分も何だか薄気味が悪くなったので、それではどうしようと言うと、何が何でも守備隊に泣き附いて泊めて貰おうじゃないかとのこと。それで自分と寺崎君と小笠原君と三浦君とは、闇の中、雨の中、殊にその頃から電光《いなびかり》がして、おりおり雷も鳴るという中を、彼方に突当り、此方に突当りして、漸く元の四角に出て、守備隊の先刻の軍曹に泣き附くように頼み込んで、辛うじてその前の家の一室を借りた。

一人の喇叭卒《らっぱそつ》が自分等を気の毒がって、種々世話をしてくれたので、間も無く、あんぺらも出来、寝台も出来て、さて終日逍遥《さまよ》い歩いた疲労を毛布《けっと》にくるんで、いざ眠ろうとすると、戸外には電光雷鳴。

「先生等、今時分首を絞められてるぜ！」

六月三日（金曜日）快晴

昨夜の雷雨の痕は何処にとばかり、実に心地よき快晴である。疲れて眠りこんで、目を開たのが午前七時、窓から朝日の光が美しくさし込んでいる。昨夜、大きな門の家屋に泊った一行の安否が先ず第一に気になるので、匆々《そこそこ》に其処を訪ねると、大門は既に広く開かれて、一行の影も形も見えない。さア、愈々《いよいよ》事だと段々探って見ると、何アに昨夜あんなに気味悪く思うことは一つも無いので、現に、この家に我軍隊の某大隊長が泊っていて、一行は今朝早く写真機械を携えて出掛けたとその従卒らしい兵士が教えてくれた。先生、きっと昨夜の料理店に朝餐《あさめし》を食いに行ったに相違ないと、直ちにその横町に入って見たが、矢張《やはり》見えない。自分等は其処で朝餐を済したが、何処かで出逢うだろうからと高を括って、そのまま、ダルニー市街見物にと出掛けた。

最初志したのが海岸通り。美しい朝の海に大和尚山が分明《はっきり》影をひたしているのを指しつつ、段々海岸近く行くと、露国が全力を挙げて計画したらしい築港のさまが一歩毎にその前に顕れ出して、人造石で埠頭《はとば》を固めた壮大なる規模は、実に人をして驚嘆せしむるばかり、海は勿論浚渫《しゅんせつ》して如何なる大船舶も横附にすることが出来るようになっているし、汽車のレールは埠頭の盡頭《はずれ》まで延長して荷物の積卸の便に供されてあるし、日本にもこのくらいの港はちょっとあるまいと思われたので、けれどこの埠頭、この汽車線路、これも敵が大破壊を加えていて、現に、その海岸に埋設してあった地雷を工兵が頻りに発掘しているのを見た。

築港の周囲を見終って、海岸伝いに露国市街の方面に行くと、電灯会社の大きな煙突が中霄《ちゅうしょう》を摩して聳えていて、その工場にも同じく狼籍破壊の痕が夥しい。傍らには、船渠《ドック》。これも七八千噸くらいの船を楽に修繕することの出来るもので、その中には海水が充満して、ちょっと見ては船渠であるか何かが解らぬ。その向うには五六百噸の小汽船《こじょうき》が煙突を斜《はす》にして沈没している。

これから自分等は露国市街をぐるりと見て廻ったが、そのさまは横浜居留地のそのまま破壊放火して去られたようなもので、三日以来焼けつつあると聞いた洋館は、その輪廓と骨組とを残して、中にはまだぷすぷす燃えているものもあった。それにしても何等の破壊、何等の荒涼、何等の惨憺、ただ、外形の或いは燃え或いは燬《こぼ》たれ或いは崩されてあるばかりではなく、家屋の中に入ってみても、器具什器、皆破壊の痕を留めざるはなく、寝台の敷布《シーツ》は剥がれ、懸額《がく》の縁は折られ、ある家などは暖炉の壁まで突き破られたる処があった。大抵の家屋、その入口には花壇らしいものが据えられて、珍らしい熱帯地方の植物や草花が盆栽にされてあるのであるが、それが皆な根こぎになって棄てられて、高価の鉢などが無残に叩き破られてある。化粧室の鏡、それも大抵は物を打ち付けてわざと破壊した痕が、ちょうど水の上に石を投じたひびのごとくになっていて、ゆくりなくかのドオデヱが『画家日記』の一節が思い出されるのであった。

普軍（注・プロシア軍）の進入した後の巴里《パリー》の近郊、セイネの河の畔の洋館に、額に懸けられたる女の肖像に深く見入って、戦争の恐ろしさを思ったというかの美しい筆、実際この市街にもさぞ美しい少女も多くあったであろうに、せめてはその一枚の肖像なりとも得たいものと、彼方此方《あちこち》を見廻したけれど、いずれの家屋の壁間にもついぞその美しい姿を見出さなかった。ただある家屋の階段の下、書籍やら雑誌やら甚しく狼籍して散らばっておる間から、ゆくりなく得た一葉の小写真。眼の非常に美しい、眉の間に無限の情思《じょうし》を寄せたやさしい少女《おとめ》の姿であったが、それがその後いかに陣中のさびしさの友となったであろうか。

公園の荒廃、教会堂の破壊——けれど一番甚しかったのは、市長の官邸のある附近であろう。近く新聞で見ると、旅順で、市長サハロフは病死したそうであるが、その宏大なる家屋から懸けて、市庁、官舎などの一列に連なれる処は、多くは火を懸けて焼き払ったので、その骨組やら外廓やらがちょうど骸骨でも立っているかのようにさびしく佗しく突っ立って、いかにも完全に戦後の荒涼と悲惨とを顕している。十字に通ずる大通の一角、涼しい蔭を為している処に、自分は寺崎君三浦君の写生に見入りながら、いかに深く物を思ったであろうか。

途中で軍政署の通訳に逢ったので、一緒に其処に行って、署長に面会し、今夜一晩宿泊する家屋の斡旋を頼んだところ、それは支那街に日本人の写真肆《し》の森田という人の家が空いていて、彼処《かしこ》には畳も二三枚はある筈、だから行つて泊りたまえとのこと。喜んでその教えられた処に行ってみると、果してその家が空家になっている。自分等は即ち喜んで其処に本陣を構えたので。

この写真師の空家に泊ったのはただ一夜、けれどこれが如何に面白い紀念を自分等一行の頭脳に残したであろうか。室内にあった寝台の上に畳を四枚並べて敷いて、その二三軒先の風呂屋に浴して帰って来て座った心地、実に上陸以来の愉快であった。それに青泥窪《ダルニー》にも支那菓子がある、ビールがある、ラムネがある、軍中不自由だらけの身には、兎に角極楽浄土と言っても差支えないので、その明るい写真室で、われ等一行は紀念の撮影をしたのである。それに、午後からは此処を本陣に、彼方此方と視察に行ったが、それは何でも午後三時頃であったろうか、軍政署から使者が遣って来て、今、金州城外の軍司令部から届いた電報だとて示された。読むと、初めに軍政署に宛てた要件が一つ二つ書かれてあって、最後に、

ミヤウニチグンシレイブノテンカクボウフキンニカウシンスルコトヲシヤシンバン一カウニツゲラレタシ（注・明日、軍司令部の転角房附近に行進することを写真番（班）一行に告げられたし）

と記されてある。転角房附近に行進！　愈々噂は事実となったのである。旅順を後に、我々は北進せねばならぬのである。それにしても一日で転角房附近まで行進するとは何等の強行軍、もしや北の方が危急を告げたのではあるまいか。もうこうしてはおられぬと騒ぎ立てたが、荷物多い身の今から帰ることはとても出来ぬ。何アに、軍の所在さえ解っていれば、そんなに慌てる必要もあるまい、後から慢々的《マンマンデ》で追い附くさと余義なく尻を落ちつけることにした。ただ自分一人は明日前革鎮堡《ぜんかくちんほ》まで行って、第一師団に就いて、戦況を聞かなければならぬ身、明日は朝早く諸君と別れることに一決して、さて、その夜は一行と共に支那芝居見物に出掛けた。

劇は『雁門関』とか云う外題、清語を解せぬ身のよくは解らぬが、主人公（少女）が冤罪に陥っているのを、何年前に別れた結髪《けっぱつ》の夫が裁判官になっていて、それを審判するという筋らしい。少女に扮した役者は中々上手で、その表情、その態度、その言語、自から人をして点前《うなず》かしめる処がある。ことに、悲嘆極る処に至ると、ツアーレーと長く引っ張った言うに言われぬ諧調《メロディ》があって、これが甚しく自分の気に入った。殊に、珍しく感じたのは劇に用うる鳴物で、その賑かなことと言ったら、成程支那では劇を聞くと言うが、それ

は理《ことわり》であると点頭かれるので。それから、劇場の構造、凭《よ》って見ておる卓の上には、番付と茶碗むしのような蓋のある茶碗に茶を点れたのが載せられてあって、おりおり男がそれに茶を酌ぎに来るし、点心として西瓜の種を持って来る。西瓜の種を噛みながら劇を見るというのは、ちょっと支那的で面白いと自分は思った。

劇の終《はね》たのは、夜十一時。

（六月四・五日記載なし）

六月六日（月曜日）曇、後晴

今日の午前十一時、転角房の西北林家屯に来て、漸く軍指令部に合することが出来たので、わが写真班一行の諸君の顔を見た時には、実に蘇生したような心地がした。

青泥窪《ダルニー》の写真店で別れてからもう三日。自分は前革鎮堡《ぜんかくちんほ》に第一師団司令部を訪ねたが、常だに淋しい一人旅、軍との間二十三四里を隔てて、暗い、汚い、知己の無い宿舎にぽつねんと蝋燭も無く眠った時は、実は心細さの限りであった。四日の朝六時に青泥窪を発って、彼方《あっち》に迷い此方《こっち》に迷いながら、十一時頃に前革鎮堡に着き、第一師団司令部に星野参謀長（大佐、謹吾）を訪ね、種々《いろいろ》南山の詳しい戦況を聞き得たが、連隊のことは其処に行って聞かなければ解らんと言うので、午後から第一線に出ておる各連隊を訪問した。この山を越れば敵！　と言うあたりに、宿舎のテントを張っている、第三連隊、第二連隊、第一連隊。途中で第三連隊の士官手塚中尉に邂逅《かいこう》して、涼しい柳の樹の陰に、この附近第一という冷たい旨い水の御馳走になり、それから第三連隊長牛島大佐を訪いて戦況を聞き、毛頭子峠の麓に行って、第二連隊長渡辺大佐を訪問した。

　大佐は涼しい柳の陰に、テントを張って、野営しておられたが、今少し前、峠の上で味方の騎兵が二名捕虜とされたとかで、「どうも困ったナア、捕虜にされると、どうしても幾らか味方の情況が先方に知れるからナア」と言っておられた。大佐の元気なのは、十三里台子の戦以来わが知れるところ、殊に、胸襟の洒々落々として、人に対して些の城府を設けざるは、わが最も欽慕して措かざるところであるが、この日も「遠方をよく遣って来た！」と喜んで迎えてくれて、種々おもしろい戦況を語られた。「実に、南山の戦は御話にも何にもなりません。連隊長と言っても、まるで指揮が取れんのだから、大隊くらいしか指揮が取れんのだからナ」などと語らるる傍、副官の尉官に、

「どうだ、野砲は上げられるか」

「え、それは上げられますけれど……」

「峠の上に、野砲を二三門上げて、撃ち放して遣らんけりゃ、どうしてもいかん。上げてくれたまえ」

「え……」

と副官の難色あるのを、

「いかんよ、そんなに逡巡《ぐずぐず》していては好かんよ。上げたまえ、上げたまえ」

「それじゃ路を拵えなけりゃならんですナ」

「それア、そうさ、工兵に命じて拵えさせるサ。けれど、何もそんなに立派にせんでも好い、砲車が通りさえすりゃ……」

　副官の去りたる後、大佐はなお縷々《るる》としてその戦況を語ったが、健康を祝して、暇を告げたのは、もう夕陽《せきよう》の西山に傾き始めた頃。其処から暑い暑い木影の無い平原を越して、王家屯に第一連隊を訪い、此処

にても寺田連隊長の激戦談を聞き、日暮れて後、師団司令部に帰って一宿。

翌日は全速力を出して歩いて見ようと言うので、朝の六時に前革鎮堡を発ったが、三十里堡、難関嶺を過ぎて、金州城外の劉家屯に来たのが、午前十一時。写真班一行の諸君と昨日別れる時、とにかく以前の宿舎に行って、進路の方針を決するから寄って見たまえと約束してあるので、行って尋ねてみると、昨日午後に来ることは来たが、すぐ金州に行ったとのことで、亘君の名刺の裏に、一行は金州の軍政署に行って、今夜は一泊すると記されてあるのを渡した。急いで、金州に軍政署を訪ねて訊くと、それはもう今朝早く発ってしまったとのこと。仕方が無いから、例の料理店に寄って昼飯を済まして、そしてまた急いで発足した。

一度通った路であるから、さして不安を覚えぬけれど、その日の暑さと言ったら、それは実に非常で、内地の盛暑でもこれ以上にはならぬと思わるるくらい。生水を飲んでは、体に好くないと知りつつも、村に到着すれば先ず第一に井《いど》を訪ねるという始末。砂塵《すな》の立つ暑い路をうんうん言って曳いて来る輜重車《しちょうしゃ》の輸卒などは、堪え兼ねて、路傍の溜水に水筒《すいづつ》を入れているのを幾度か見た。鐘家屯《しょうかとん》、関家店《かんかてん》、劉家店《りゅうかてん》などの村落を通るにつけても、一週間以前の活動が座《そぞ》ろに想像されるので、旅順へ旅順へと志した身が、更に引返して、荒涼広漠たる北地に向おうとは夢にも知らなかったものを……。目ざす処は遼陽、奉天、此処からまだ七八十里もあると聞くに、軍は果して幾何《いくばく》の戦争、幾何の日子《にっし》を経て、その地に達することが出来るであろうと思うと、何となく心細い心細い気がして、旅順に向う第一師団の人々を羨しく思った。

劉家店から衣家屯の山を越すと、もう午後四時。老虎山に懸った一刷毛の雲はおりから霎時《ゆうだち》の雨を齎し来って、路は涼しくはなったが、雨具持たぬ身はそのままずぶ濡れになってしまった。亮甲店に来て、例の第一師団倉庫のあった処に泊めてもらおうと思って行くと、もうそれは何時か変って、今は第五師団の衛生隊支部が置かれてある。

聞くと第五師団は一週間程前から絶えず塩大澳《えんたいおう》に上陸して、その前進隊は既に普蘭店方面に向ったとのことである。その夜はその村落に兵站《へいたん》司令部が置かれてあるのを幸い、無理に頼んで泊めて貰って、翌日早く出発して、転角房へと向って行く途中、とある路の角に、『軍司令部はこれより以北二千米林家屯にあり』と鉛筆で記した管理部の大越副官の名刺が楊樹の枝に挿まれてあったので、自分は喜ぶこと一方ならず、そのまま村を一つ向うに越すと……。

例の副馬、例の衛兵、例の哨兵、例の腕に纏った白布。——これを見て自分の蘇生の思いをしたのも無理ではあるまい。

自分等の真個に盛暑を覚えたのは、この宿舎で、軍では皆な夏服になってしまうと、自分等も室内では汗紗《シャツ》一つになっていなければ凌げぬので、堪らんナア、かう一時に暑くなっては！　この呟《つぶや》きが到る処に聞えた。懐中日記を繙《ひもと》くと、この日の処に暑気漸《ようや》く迫の四字が記されてある。

六月七日（火曜日）快晴

自分は今、軍の状況を少しく説明しなければならぬ場合に達した。初め第二軍として塩大澳から上陸したのは、第一師団、第三師団、続いて第四師団、都合この三個師団であったが、第一師団は金州南山攻陥後旅順方面に前進して、第二軍と相離れ、その代りに第五師団は続々その時分塩大換から上陸しておったのである。軍が金州を攻めるに就いて躊躇逡巡したのは、前に記した通りであるが、いざ攻撃と覚悟して前進した時には、普蘭店方面に敵の南下軍防御のため第十七旅団（児玉少将）の一個連隊（第三十四連隊）を止めて、そしてその後から何ぞの事があった時にと第五師団を上陸増援せしめておったので、奥司令官が多大の犠牲を払いながらも一挙して南山の敵塁を抜いたのも実に後を慮ったからである。実際、その当時は秘密秘密で更にそんな状況を知らなかったけれど、第二軍の遼東上陸は随分危険極まった軍略で、もし敵が上陸地点に多くの軍兵を集めて我を待つとか、金州南山に大兵を置いて我軍を撃退するとかしたならば、それこそどんな目に邂逅《でっくわ》したか知れぬのであつた。否、金州城外から北進した頃も随分危機が到着しておったので、林家屯の一村落、此処こそは実に軍司令官が最も肝胆を砕かれた地であるのだ。

わが軍は敵軍南下の報を聞くや否、各師団皆強行軍を起こしてこれに向ったので、一日五里、六里、七里位まで歩いたことがあったそうだ。で、一時は占領してわが糧餉部《りょうしょうぶ》まで置いた普蘭店、それをも防御上の軍略から一時引き上げて、それから二里ばかり下った一帯の山脈にわが防御陣地を施し、右翼は第三師団、中央に第五師団、左翼は第四師団という順序に備《そなえ》を構えて、以て敵の大兵の南下するのを待っていた。かの李家屯の騎兵衝突、これはその両軍の前衛と前衛との相触れたもの、大衝突は早晩免かれざるところとなっていたのである。

自分等は管理部の将校から薄々その形勢を聞いて知っていたし、此処でもし敗績《はいせき》するような事でもあったなら、それこそ新上陸地は敵に奪われてしまって、どんな目に遭うかも知れぬなどと内々不安の念を抱いておらぬでも無かったが、それでも概して暢気なもので、鶏を徴発して来ては雑炊を作る、管理部の炊事場の飯が拙いから、自炊を遣ると言うことになって、比較的経験のある自分が毎朝煙たい思いをして、ぶつぶつ言いながら飯を炊くという始末。未だに忘れぬのは、前の河原に井を掘って、（井を掘ると言っても手で一二尺砂を掻き出すと、清い水が出るのである）その周囲に柳の枝を挿して、従軍写真班使用水という紙札をぴらつかせて、よく夕暮などに米を炊ぎに行った光景である。

（六月八・九日記載なし）

六月十日（金曜日）曇、後晴

七日から今日で三日間、寺崎君の室に行って観戦記を書いた。鷗外先生の許にも二三度出掛けて行って面白い物語をした。けれどこれと言って記すべき事が無い。

せめて手帖の歌でも記そう。

うみにけり野こえ山越え行けとなほ同し柳の村のみにして
あら海のあら山の上に嬉しくも先みとめたる天津《あまつ》日の旗
心あてにとひ来しものを此村の柳の蔭の水も濁れり
柳暮れ家暮れ暮れし夕くれに猶進み行くもののふあはれ
かかるけしきありとも知らで柳のみ多きところと思ひける哉
今はただ何をか言はんみいくさの上安かれと唯祈るのみ
すさましきこの人の世のあらそひを余所《よそ》になしてもすめる月哉
きひからの上の一夜も何かあらんみいくさ勝てり今日のみいくさ
あなうれしみなみの山に沈む日の上にかがやく天津日の旗
たたかひの後のあしたの雨しめり袖をぬらさぬ人はあらしな

柳暮れ家暮れ暮れしの歌は楊家屯村後の丘陵の上にての作、うみにけりは転角房附近の口吟、南山の什《しゅう》はいずれもその実景にて、露営、月明、戦後の朝とも題すべきものである。けれど皆平々凡々。

（六月十一日記載なし）

六月十二日（日曜日）雨

待っていても敵は来ない。もう愈々前進するなどとの噂が昨日から立って、人々皆何となく騒いでいたが、果して！　明日前進の命令。

ああ、彼我《ひが》の大勢は一転して、我軍は大胆にも攻勢を取ったのである。愉快愉快。

六月十三日（月曜日）快晴

この日の暑かったこと、まるで天地が大火炉に化してしまったと疑わるるばかり。一行は朝の七時に出発して、軍の右翼を進んで行ったが、途中、砲車、弾薬車の陸続と連なって、砂塵の高く揚がる間を背嚢を着け銃剣を荷いつつ進み行くわが兵士を見ると、祖国《くに》のために かかる困難を事ともせざるそのいじらしさがすぐ胸を襲って来て、同情の念が簇々《むらむら》と起るのであった。呉家屯《ごかとん》という処に行ったのは、午前十一時、初めて味方の経営した防御陣地なるものを見たが、その要害たる、山に拠り川に臨み、前にはやや開けたる平野を展げて、引寄せて撃つにはこの上もない好陣地。それに、鉄条網、掩濠、掩蓋など中々巧みに出来ておって、此処でこそ南山のごとく思うさま敵を酷めて遣ることが出来たに……と思った。台《たい》山寺《さんじ》、核頭房《かくとうぼう》、西山咀《せいざんそ》などという楊樹の多い水の清い丘陵に添うた処を過ぎて、段々北へ北へと進んで行ったが、途中の暑さと言ったら、御話にも何にもならんくらいで、楊の樹を見つけて休憩したが最後、照り渡る日に舞う黄色い砂塵を見ると、もうどうしても前に進む気は出ぬのであった。何でも西山咀の少し先で、一時間程昼寝をしたが、そう何時までもまごまごしている訳にも行かぬので、先ず、今朝聞いて来た杏花村《きょうかそん》、軍の今夜宿営する筈の村落へと志した。

午後三時頃、辛うじて其処まで行ったが、どうしてか其処には軍らしい影も無い。彼方此方《あちこち》聞いて見たが、一人も知っている者はおらん。一行は既に暑熱に疲れ切っているので、殆ど困った。ことに寺崎君などは一方ならざる凹みよう、もうとても歩けぬという。けれど仕方が無い、行こうと言うので、一歩歩いては一歩休み、一歩進んでは一歩止まるといふ有様で進んで行ったが、路は段々高原に懸って、ただ輜重《しじょう》、衛生隊などが砂煙を立てて前に進んで行くのが見えるばかり、とある凹地の二三株の楊樹の下に休んだ時などはどうなることかと思ったのである。ところが、幸いに此処にやって来たのが、軍の副馬に属いておる馬卒。聞くと、軍は杏花村に宿営する筈であったが、敵の殿軍が味方の前衛と絶えず接触しているから、じっとしてはいられぬので前進されたとのこと。なるほどそう聞けば、先程砲声が聞こえたようだ。

それじゃ今一奮発と勇気を鼓して向うに出ると、ああ其処に如何に広濶なる平原が展げられたであろうか。小河山に連れる山脈は既に背後に、北方には鋸の歯を立てたる如き山脈、暗紫色《あんししょく》を呈してはるばると靡き渡り、その間を縫って、東清鉄道の電柱の規則正しく立っているのが明らかに指点せられる。地平線上には白い雲、その向うには遠雷のごとき砲声。

蓋平！　蓋平！

軍のみならず、わが心もまた北へ北へと向うのである。で、その夜は東清鉄道の線路を向うに越えた丑家山咀《ちゅうかさんそ》という村に泊ったが、軍司令官は日の暮れ暮れまで背後の山上で前方の景況を観望せられたので。明日は屹度《きっと》大会戦！

夢に、戦場に臨んだのである。

六月十四日（火曜日）快晴

黎明から砲声がドロドロと聞えて、軍司令官は午前六時に既に前進し、自分等は例の通り少し後れて出発したが、行く先々、砲兵、歩兵の前進すること夥しく、背嚢と銃剣とは前後相望み、砲車の丘陵を全速力で駆って登って行くさまは実に凄まじい。誰の胸にも大戦が今日か明日と言うことが刻まれてあるので、何となくそわそわとして、何処か落ちつかぬところがある。大凡《おおよそ》二里ほど行くと、忽ちにして前方がつかえた。見ると、今朝早く出発した軍司令官の一行は前なる路傍に列を留めて、頻りに前方の形勢を展望しておらるる。伝騎は右から左から飛ぶがごとく集って来て、頻りに種々の報告を齎《もたら》し、軍の掩護隊は戦闘準備で、勇ましくその向うに銃剣を構えている。で、この待つ間を自分等は近所の村落に入って、鶏卵をうでさせ、ヒンクザ（麺麭《パン》）を焼かせ、冷水《リャンスイ》を汲ませなどして、なるべく疲れぬように注意しておった。約一時間ばかりすると、出発！今回は遅れぬように、急いでその後について行った。今朝はやや曇り勝の、霧が深く四近を籠めて、涼しくって好いと思ったが、午前十時頃になると、そろそろはげ出して、又例の暑さ、暑さ。水筒《すいづつ》の水が忽ちにして無くなってしまうという始末。その暑い平野の間を二里ほど歩いて、拉子山《らっしざん》附近に来てまた一休憩《やすみ》。

拉子山と言うのは左程高い山では無いが、街道の傍に蜿蜒として連亙《れんこう》しているので、鳥渡《ちょっと》人の眼を惹く。その東麓の村落、とある大きな豪農の家屋の中庭、梨、桃、柳などの茂れる涼しい陰にアンペラを敷いて、軍司令官は昼餐《ひるめし》を済ませられたが、その中庭の土壁《かべ》の崩壊せる間から外に出ると、土壁の外、日影の堪え難く照り渡る処に、背嚢を卸し、銃剣を組んで、続々と休憩しておる軍掩護隊の兵士。中には暑い日に正面《まとも》に照されながら、なお午睡を貪っているものも沢山ある。彼等の困難疲労また想像すべきである。

午後三時出発、拉子山の西麓を過ぎて、一路髪《ろはつ》の如くなる鉄道線路を北に進むと、二里ばかりで、楊柳影濃かなる風情ある村があって、それから路は次第に開けたる高原の上へと通じ、その高原を登り尽すと、前には日影の閃爍《せんしゃく》たる、黄塵の漠々たる間に、露人の経営した大きい洋館がさながら廃都の荒涼たるさまを見るがごとく、巍々《ぎぎ》として顕れ渡る。

これ即ち南瓦房店《みなみがぼうてん》の停車場で、敵の前衛は何でも五六日前に此処まで進んでおったそうだが、昨日から続々退却してしまったとのこと、この地は東清鉄道の大駅とて、近づいて見ると、車輌製造所らしきもの、倉庫らしきもの、役員の邸宅らしきもの、陸続として相連なり、石炭、砂糖、黒麺麭、氷などが膨しく棄て去られた。

この停車場の前には、一帯の平野。これを貫きて一道の砂川がちょろちょろと流れているが、その附近には支那家屋とも露国家屋ともつかぬ細長い、軒の低い家屋が長く長く連なって、露営した跡——塼片《せんぺん》を集めた竈《かまど》、高粱殻《きびがら》を積み上げた寝床、焼火《たきび》をした灰などが歴々《ありあり》と残っている。農民に聞くと、露の大兵の退いたのは、何でも一昨日《おとつい》の夜あたりであるという。

それにしても敵は如何にしようとするのであろうか。わが大兵の到るを見て、一支えもせず、その重大なる旅順救援の責務《せめ》を尽そうとせず、このまま、繰引《くりびき》に引いてしまうのであろうか。願わくは、一戦あれかしと自分ばかりでは無い、誰も彼も。

この夜は軍司令部に従って、その前の確か楊家屯とか言う村に宿営したが、その夜の光景と言ったら、それは見事なもので、自分は終生忘るることが有るまい。わが宿せし家は村の盡頭《はずれ》、窓を開くれば忽ち前に展開せらるる河原の雑踏。昼の中は、兵士の川に臨みて水汲み汗紗《シャツ》洗い、或いは焼火を為し、或いはテントを張り、一意露営の準備に忙しいのを見たが、午後六時頃から夜に懸けて、続々として入って来たわが大兵。いざと言う時に、腹が空いてはと言うので、皆なその河原に集って飯を炊き始めた。彼是《かれこれ》している中に、日が暮れる、サア夜になると、それが実に壮観。戸外の真暗な空に、河原一面の火が美しく映じて、その間に隠見するテントの影、テントを透《とお》して往来する兵士の黒き影、人の叫喚《さけび》、馬の嘶き、実に勇ましいと言って好いか、凄まじいと言って好いか、ちょっと形容するに苦しむくらい。昔の戦記にはよく篝火の盛んなことが書いてあるが、今日文明の戦にこの壮観を見得ようとは夢にも思わぬ。それにしても、敵が近いのに、こんなに火を燃して構わないのか知らんなど、自分等は語り合いながら、矢張《やはり》翌日早朝出発の準備に忙《せわ》しく、飯を炊く、弁当をつめる。写真機械を片寄せる――それに、林家屯から連れて来て、これから先、何処まででもついて行くという鄒習子《スウシイザシ》なる青年苦力《クリー》に命じて、明日の人足を雇わせるなど、寝《しん》に就いたのは何でも十一時前後。どうです、もうその頃には、その兵、その大兵がすっかり何時の間にか前進してしまって、河原は真の闇！

午前一時には司令官が出発されたので。

後に聞いたが、この夜は危機一髪と言う晩であったそうで、今日の午後三時頃から既に前方温家屯附近に砲戦を交え、敵は得利寺の本陣から、わが右翼なる第三師団に一個旅団の夜襲を試みる策略であった。我軍司令部では、愈々敵は得利寺の隘路に拠ってわれを防ぐと方針を決して、復州街道を進めるわが第四師団に、一個旅団を分ちて翌朝得利寺の敵の右側背に迂回することを命じたので、その使者に行ったのは、松岡大尉（保太郎）石光大尉。

石光大尉は自分に語った。「宿舎を出たのが、夜の十一時。それから西の、四里ばかりの村落に第四師団がいるということは解ってはいるが、支那の夜路は実に危険で、犬には吠えられるし、まごまごするとどんな山中に陥ってしまうか解らんので、それは随分心配した。けれど、なまじ支那の路を辿らずに地図によって磁針を案じて進んだ、それが却って好かったので、午前の三時頃に辛うじてその村落に着くと、第四師団は今しも発つばかりの戦闘準備を整えて、これから復州街道に向って前進する処であった。師団長に軍の命令を伝えると、ヤアこれアちょうど好かったと言う具合で、直ちに安東少将（貞美《さだよし》）の率ゆる第十九旅団（伏見）をその方面へと前進せしめた。それが丁度黎明に目的地附近に達して、それで敵を包囲するようになったので、実にあの味方の策戦は図に中《あた》ったのだ」

忘れ難いのは、南瓦房店《みなみがほうてん》のこの一夜である。

六月十五日（水曜日）晴

軍司令官の前進を夢現《ゆめうつつ》に知ってはおったが、連日の行軍で身体は疲れているし、昨日も一昨日も敵が繰引に引いて行くので、大したこともあるまいと高を括って、そのまま、とろとろと寝てしまった。何か音がすると思って眼を覚ますと、夜は既に明けて、前方には砲声！　その音であったのがすぐ解った。急いで支度をして、柴田君と亘君と堀君と小笠原君と五人して出掛けた。

深く霧が籠って、これではとても写真が撮れぬなどと柴田君はしばらく躊躇したが、砲声が中々盛んなので、それに催されて急いで出掛けた。けれど一つ村落を過ぎた頃には、それもやや絶え絶えになつて、大きな戦争になりそうにはどうしても無い。早まり過ぎたナなどと駆け出した足を緩やかにして、段々進んで行くと、祝家屯《しゅくかとん》という村落があって、その村はずれには弾薬車、糧食車が覆るような騒ぎをして進んで行く。前には復州河の支流、それに対して八十米ばかりの小山が聳えているが、その上には将校らしい一群が圏《わ》を為して登っているのが見える。士官、文官、副馬、馬卒など一目で軍司令部であるということは解った。彼処《かしこ》に登ろうかと言う人もあったが、どうも其処では余り戦場が遠過ぎるように思われたので、今少し先に出て見ようじゃないかと、そのまま復州河の支流を徒渉《かちわたり》して、鉄道線路に沿うて向うに出ると

――忽ち前に対す戦闘の大局面、敵の砲、味方の砲、どれがどれだかまだ更に解らんけれど、山と山との間、村と村との陰、楊樹の簇々《むらむら》と茂っておる向うに、砲弾の炸裂する煙が幾つとなく揚がって、山際の路を弾薬車は飛ぶように走って行く。かと思うと、野戦病院の旗の立っている前の村から、伝騎が一人、二人、三人まで走って来る。聞くと敵は退却どころか、大戦になりそうであるとのこと。距離はもう半里くらい、向うの村を通り抜けると、もうすぐであると教えてくれた。サア、こうなると胸はどきつくが、面白さも又百倍して来る。ままよ、どうなるものかと呼吸《いき》を切らして走って行くと、その次の村の混雑、なるほど戦争とはこういうものかと点頭《うなず》かれるのであった。

弾薬車の織るように進んで行く間には、歩兵が戦争準備で勇ましく縫って行く。伝騎、伝騎、その向うから負傷《ておい》兵を載せた担架が一つ、二つ、三つまで来る。実に凄まじい光景となって来た。現に、その村外れで、ある中隊長が将に戦闘に加わらんとするその中隊に向って頻りに壮烈なる戦闘心得を演説しているのを見た。

草も木も一つとして動かぬものは無い。

けれど得利寺附近は、公報にもあった通り、実に隘路《あいろ》で、山と山と、丘と丘とが重り合っているから、盛んなる砲声は聞えておりながら、その全景を見ることが出来ぬ。仕方が無いから、自分は一人で右に聳えている小さな岩山へと駆け上った。この岩山には疎らに松樹《まつのき》が生えておって、大きな岩も処々に聳えて立っておる。自分は大胆に登っては見たが、見るとすぐ下に砲兵陣地があって、それが敵のであるか、味方のであるかよく解らぬ。そしてその砲兵陣地が撃つにも撃つにも、殆ど間断ないくらいに撃つ。後に、これは味方の砲兵第三連隊であるということを知ったが、知らん中は何だかこう恐ろしいようで、自分は岩山の松の蔭に小さくなって見ておった。自分の左方に大きい高い岩山が聳えて、その下に斜面を為した丘があって、その肩の処に龍王廟らしい一箇の宮祠《ぐうし》が認められておるが、砲の戦場はその丘附近らしいので、この狭隘なる谷地には、砲煙の交叉爆裂することと夥しく、わが砲兵陣地に敵弾の集まることと言ったら、さながら蜂の巣口を見るかのよう。敵の歩兵は確かにその丘の背面に拠って、その砲兵陣地を保護しておるらしく思われる。で、その地形の彼に利にして我に不利なる、よくあれであaして対抗しておられると思わるるのであつた。かと思うと、右の高い山際から懸けて、向うの方面にも凄まじい烈しい小銃の音がばりばり聞える。又自分の登っている山の左の低い丘にも、味方の砲兵陣地があって、頻りに左翼方面を撃っておったが、これは見ておる間に陣地を進めて、山の向う側に見えなくなってしまった。さア景況が更に解らん、何《いず》れが味方の主力で、何れが敵の主力であるか、また、戦局はどういう風に展開せられて、どういう風に戦われているのか、もしやこんな処にいて危険ではあるまいかと考えたら、いっそこの山を下りて様子を探ろうと自分は思った。この時である、非常に大きな音がしたので、吃驚《びっくり》して向うを見ると、中央の丘陵の上に、黄い黒い煙が凄まじく天に沖している。即ちわが砲弾のために敵の弾薬車が破裂せられたので。

山を下って温家屯へと走ったが、砲声が中々盛んで、無闇に出ると、危険の恐があるので、そのましばらくその形勢を見ておった。で、凡《およ》そ一時間ばかりも、軍の予備隊の急行進を取って勇ましく前進するのや、その大隊のその方面に展開して行くのやを見ておったが、敵砲次第に沈黙して、丘陵の上なるわが一砲兵陣地は漸く位置転換運動を開始したので、もう大丈夫と温家屯の村落に入ると、歩兵の前進、弾列の前進、騎兵の前進、人も馬も皆先へ先へと出て、その活躍の光景は、まるで画にでも描いたよう。

敵砲のやや沈黙した隙を窺って、龐家屯《ほうかとん》の高地に上ると、わが砲兵陣地は既に数歩の間に近づいて、斜めに右方丘陵上の敵と相対しつつ、鉄道線路から僅かに曲家屯東方高地に及んでいるのを認めた。龐家屯に傍《そ》える高地には、砲兵旅団第十三連隊第二大隊が砲列を布き、鉄道線路東方一帯の地には第三師団の砲兵第三連隊が敵と相対している。

戦況を聞くと、この方面は中々敵の砲弾を受けたそうで、殊に、昨十四日午後四時より七時に亙《わた》りたる砲戦最も烈しく、第十三連隊第二大隊第四中隊のごときは、中隊長今川六三氏先ず斃《たお》れ、中尉蓮岡清次郎氏続きて戦死し、僅かに新参の少尉清水出美氏がこれを指揮したということである。殊に、第三連隊のごときは、しばしば敵の榴散弾を被り、遠く望めば、砲煙迷濛《めいもう》、その陣地の所在をも弁ぜぬようなことがあったという。しかく激戦なりしにも拘らず、至極元気なもので、「弾薬車を遣付《やっつ》けて実に愉快だ」とか、「到頭、龍王廟の陣地が遣付られた」とか、極めて愉快そうに話し合っている。更に、昨日から今日の位置を聞くと、昨日衝突したのはこれから五百米ばかり東で、三時間激戦して、日が暮れたので、彼我互に交綏《こうすい》したが、夜間に乗じて今朝までに今の地位に進み、今朝はまた六時から砲を交え、三回弾薬の補給をしたとのことである。

この砲兵陣地で、自分等は大分戦況を聞くことが出来たので、敵の歩兵の大集団は確かに右翼に集まっている様子で、中央には砲兵援護隊くらいであるそうな。そして右には名古屋が昨日午後七時頃から行ったが、今朝は早朝から始めていて、どうだ、今でもあの通り聞えると彼等は小銃の盛んに聞ゆる右の山陰を指さすのであった。けれど左翼もまた頗る見るべきものがあるに相違ないと思ったから、自分等は龐家屯の北方高地の肩の処を越えて、左の方面へと出掛けて行った。

時計を見ると、ちょうど十一時。

腹がへったので、兎に角飯を食って行こうと、その山の半腹の岩陰に腰を据え、背負った繻子の袋から柳行李を出して、饅頭を二つに割るように蓋を取ってみると、福神漬の少許《すこしばかり》が飯を黄く彩っていて、如何にも拙そうである。けれどこれは軍の慣習《ならわし》と、辛うじて食っていると、果して左翼方面も中々面白い。山嶺波濤の如く連なり亙って、日影が美しく白雲に映じているが、その中央に柳の村、その村を少し離れて、右と左と、二ケ所ばかり味方の砲兵陣地があるが、その附近に、敵弾の来ること来ること、着発弾は黄く、曳火弾は白く、よくあの中で戦闘がしていられると思われるばかりである。否、それより面白いのは、味方はまだずっと左に出ていて、砲兵陣地も五六ケ所認められる。

　おりおり敵の重砲が凄まじい音をして来る。自分等は勇んでその方面に向ったが、山を越え、畑を横ぎり、谷を径りつつ進んで行くと、ある山の上に人馬が黒く集っている。急いで行って見ると、これは砲兵旅団司令部のあるところで、内山砲兵旅団長（少将）は副官を従えつつ、今しも将に山を下らんとしつつある処であった。山に上ると、其処には砲兵第十三連隊長佐野大佐（勝次郎）がいて、われ等のために詳しく眼前に展げられたる戦況を説いてくれた。

　聞くと、向うの山の半腹に一ところ平たい処がある。其処に砲列を布いて居るのは、第五師団砲兵第五連隊第一大隊で、その歩兵の大集団は今少し前、復州河に添える街道をまっしぐらに砂煙を立てて進んで行ったそうだ。砲兵第十三連隊第一大隊はすぐ其処に布かれてある陣地で、「先程は実によく来た、実に冷々するほどえらく敵の弾が来たが、少し早く砲兵を下げたので、大した損害は無かったようだ。それから左にずっと、――そら今撃った、――其処に見えるのが砲兵第十五連隊だ」こう指点《してん》して語られたが、不意に、「見たまえ、見たまえ」という。

　この壮観を何に譬えよう。前を遮れる小山の陰から、今しも第五師団の歩兵の大集団は、全力を挙げて展開しつつ、復州河の左方五百米ばかりの地点を、或いは畑を横切り、或いは林を掠め、或いは谷に添いて、まっしぐらに前へ前へと進んで行くのが手に取るよう。

「進む、進む」

「あ、向うにも真黒になって行く」

双眼鏡を手から離さぬ砲兵中尉は、急に、

「ああ、遠くの向うの山も皆な味方だ、あれ進む、進む、実に盛んだ」

「どれ、何処に」

と連隊長も双眼鏡を手に。

「それ、その一番高い山の、その下に黒い森があるでしょう、あの下の処に真黒になって……」

「あ、見える、見える」

と連隊長は点頭《うなず》いて、「実に愉快々々」

「けれど連隊長殿、まだ油断がならんですぜ」と他の一人の砲兵少尉は口を開いて、「先刻、向うの山から見ると、蝋樹溝《ろうじゅこう》、山嘴《さんし》、東龍口《ひがしりゅうこう》などの村に敵兵が一面に黒くなっていたですから、余程あの間に隠れておるに相違ないです。まごまごすると不意討ちを食うかも知れません、それにあの重砲が……」

　少尉は龍潭山《りゅうたんさん》方面から絶えず遣って来る敵の重砲を気に懸けたのである。

「何アに、大丈夫、大丈夫、それよりも得利寺の停車場を見なさい。どうだ、砂煙を挙げて逃げて行くじゃないか。いや、敵は汽車で運んでおる。贅沢極まる奴等だ。一つ撃って遣りたいがナア」

忽ち走り来る一人の伝騎。

「連隊長殿、敵は既に二千米以外に退却してしまいました。従って右側の砲は何等の効をも敵に与えてはおりません」

「進めろと大隊長に申せ」

伝騎は承って走り去った。

「○○中尉、山砲中隊は何処に居るか」

「今その下の村におりました」

「すぐ出せ」

中尉もまた走り去った。

見ると、得利寺停車場の混雑は実に非常なもので、砂塵は高く天に揚り、機関車の煤煙は古綿をちぎりたるかのごとく、鳥渡《ちょっと》考えると、旋風《つむじ》でも起ったかと思われるのであった。

自分等は愉快愉快とただ見惚れていた。

殊に、愉快なのは敵の龍王廟の砲は、わが右翼のために殆ど全滅の厄難に遭い、前進せる歩兵は続々復州河を渉り始めて、わが軍を二分したる山嶺の険全くわれに帰したるばかりではなく、ちょうどその時分、敵の最右翼に廻って、遂に敵の右側背を衝いた、安東少将の率ゆる第十九旅団の兵が、漸くその適当な所に達したと見えて、龍潭山方面の山から山へと、烈しい小銃の音がさながら豆を煎るように聞え出した。

「愉快愉快」

と佐野連隊長も覚えず手を拍たれた。

想像して御覧なさい、実にその大景は一場のパノラマである。金州南山陥落前後の光景、それも中々見事ではあったが、それにも譲らぬのはこの時の光景《さま》であると自分は思った。ことにこの戦は敵にも味方にもこれという防備の無い純粋の野戦で、兵力も同じく、砲門も相若《し》き、双方共に執《いず》れ劣らぬ攻勢を取っているから面白い。敵はわが右翼に突撃奮闘し、我は又敵の右翼に背面攻撃を試み、ちょうど双方の大軍が連山の翠微《すいび》を挟《さしはさ》んで、北西から東南へと長蛇の蟠《わだかま》るがごとく斜めに偏って戦っているのである。それに、この四面の山の翠微と復州河の帯のような流れとはどんなにこの戦に趣を添えたことか。思いも懸けぬ山と山との間に砲弾が白く簇々と破裂するのや、高山の陰から重々しい敵の重砲の響いて来るのや、兵は見えずして終日山陰に聞ゆる小銃の音や、執れも自分の胸に言い知らぬ面白い感を与えたのであった。で、こういう風にして、約二時間ばかりその山の上で見ておったが、午後二時頃には、味方が段々優勢となって、龍王廟高地にも味方の兵が縦隊を作って進んで行くのを見たので、そのまま向うの高い丘を越して復州河の畔へと下りて行った。暑い、暑い日で、蔭の無い河原の砂はまるで火のように焼けておる。自分等はその間を辛うじて進んだが、五六町も行くと、美《うるわ》しい楊樹の林がこんもりとして茂っておる。砲声は依然として盛ん、小銃の音も随分聞えているけれど、兎に角その木陰が余り涼しいので、思わず知らず休む気になって、その下に身を横えたのである。と見ると、傍に美しい撫子の花が一本咲いているではないか。それを見て、自分は何んな感に打たれたであろう、この修羅の巷にこの美しい平和の色！

これが人生ではあるまいかと思った。

紀念のため摘採って、手帖に入れて持って帰った。

いつか詩に歌いたいと思う。

楊の陰がいかにも涼しいので、其処には一時間近く休んでいた。さア行こうと柴田君から促されて、余義なくその林を向うに出ようとすると、前にはまた面白い光景が眼に映じた。味方の占領した龍王廟高地、そこには砲兵第三連隊が砲門を進めているのであるが、その背後の空は今しも一面の凄まじい黒雲に蔽われて、それに敵の砲弾が白く簇々と破裂している。余り配合が面白い。「一枚撮れ」などと言って、まごまごしている中に、凄まじき雲は駛ること急に、時の間に山を包み、村を包み、柳を包み、川を包み、あなやと言う程もあらず、沛然たる驟雨、この驟雨の凄まじさは、戦後ならでは見るを得られぬ光景であろう。今まで人間の修羅の巷であった地は、自然の猛烈なる力によって、更に一層偉大なる壮観を呈するに至ったのである。雨具持たぬ身は、それを避くる暇なく、濡れ鼠となって、雹のような烈しい雨粒に打ちつけられながら、岩陰に小さくなって立っていた。けれどそれしきが何か。この壮大なる光景に逢ったのに比べたなら……。

で、この車軸をも流すばかりの雨には、彼我《ひが》の砲声もしばらくは圧せられて、天地ただ黒雲の渦まき走れると雨の白箭《はくせん》を射たる如くなるのとを見たばかりであったが、一時間程経つと、西北の山際次第に明るくなり出して、阿修羅王を載せたような黒雲は、急ぎ東へ東へと走り、急に射し渡れる夕日の明らかなる光！　見よ、空は再び碧に、川には濁流凄まじく振り渡り、雨に湿《うるお》った楊柳の美しさと言ったら、ああ砲煙に燻《くす》ぼった天地は、この一雨のために全く一洗せられたのである。

再び烈しく起る右翼の銃声！

復州河の支流を辛うじて渡って、東清鉄道の線路に出ると、山を隔てた向うには、相変わらず盛んなる小銃の一斉射撃。山の上には二三人の支那人が立って見惚れているのが黒く小さく見える。「どうだ、あの山の上に登って見ようか」などと言っていると、その線路を向うから遣って来た一人の砲兵曹長。

「まだ、やってるですナ」

と声を懸けると、

「今朝からあの通り、」

「まだ勝敗は決せんのですか」

「いや、もう追撃戦です。雨の降る前に、此処から、向うに見える鞍部を越して、第六連隊が出て行ったが、三時頃には、敵はもう総崩れになり懸っていたそうです。けれど今朝は酷かったようです。何でも敵がその方面に主力を集めたとかで、児玉さん（注・第三師団第十七旅団長・児玉恕忠少将）の隊は実に一時は危なかった。けれど児玉さんは、防御に懸けては有名な将官、危険に際しても、この方面は私が引受けるッて言って、屹《きっ》として決心しておられたそうですが、何でも九時、十時頃は随分危なかった」

「もう、勝ったですか」

「第四の伏見旅団（注・第四師団第十九旅団）が左に出て、敵の右翼背《はい》を衝いたので、敵はすっかり参って仕舞ったそうです」

「行っても面白く無いでしょうか」

「もう、終結《おしまい》でしょう」

と向うに去った。

　では、得利寺停車場方面まで行ってみようかと、行き懸けたが、もう一二時間も経つと日が暮れるし、軍司令部の位置が解らんので、どうせ明日は軍はこの方面に進むのであろうから……と、そのまま線路を引返すことにした。さて、司令部の所在地を彼方此方《あちこち》と聞き廻ったが、誰も知っている者は無い。兎に角温家屯、王家店あたりま行ったら解るであろうと覚束なく辿って行くと、幸いにして軍の副官田原大尉の向うから来るのに邂逅し、初めて司令部の今宵祝家屯に宿営するということを知り得た。

　祝家屯とは軍司令部が観戦地点として選んだ山下の一村落。復州河の支流を渉る頃には、もう日が暮れ懸って、自分等の宿営では、明日が早いからと言うので、下村、中両君が頻りに飯を炊いているのを見た。

　これで行軍が四日続く――実に、実に強行軍！

六月十六日（木曜日）晴

軍は得利寺方面に進むものとばかり思っていたのに、今朝聞くと、復州街道を尖山子《せんざんし》という村落まで進むのであるとのこと。そしてその里程は七里強。この炎天に、この連日の行軍に、更に又七里前進とは！

一行の中には、「もうとても身体が続かん、管理部の御厄介になろう」と言って、秋月中尉に頼んで、荷車の上に乗せて貰う人々もあった。自分は得利寺の戦後のさまを充分に探り得なかったのを非常に遺憾に思ったけれど、七里も離れるのを余所《よそ》にして、一人で出掛けて行く訳にも行かず、余義なくその後に従ってその方面に向った。

この路は山と山、嶺と嶺との、至極隘路《あいろ》で、渓流の畔に二三の民家、画のようだと思った処もあった。この途中で記憶しているのは、とある村落の、楊柳の非常に多い山陰に、露の騎兵の乗り捨てたらしい馬が一疋いて、それを捕えようと曹長兵士などが頻りに大騒ぎをして追い廻していたことと、面白い山の絶嶺《いただき》に一本松の生えていたことと、その附近に怪しい支那人が二人ほどうろうろ逍遥しておったことと、それから、材木を組立てたような岩山の下の涼しい処で、秋月中尉の号令の下に昼飯を食ったのと、鶏卵を売りに支那人が来たのを、十銭に四個にまけぬと言って怒って、中尉が悉皆《しっかい》叩きつけて破《わ》ってしまったのと、今一つ忘れられぬのは、もう午後四時過、木蔭の無い暑い暑い砂塵の路を通って、何処か井が無いかと喘ぎながら行くと、妙義山の小さいような、奇岩の面白く聳えている山があって、その下に、葡萄棚を釣った、非常に風情のある民家が一軒。扉が堅く閉ざされて、内には人気のありとも覚えられぬのを、二三遍烈しく叩くと、漸く中から出て来たのは四十五六の中老漢《ちゅうおやじ》。「冷水《リャンスイ》、冷水《リャンスイ》、俺要冷水《オーリョーリャンスイ》」と怒鳴ると、すぐ心得て、前から水を汲んで来る、腰掛けろと言って、アンペラを持って来る、中々忠実な欵待振《もてなしぶり》。水が非常に冷たいのと、葡萄棚の蔭が涼しいのとで、しばらく、其処に休んで居ると、ふと聞こえたのは、嬰児《あかご》の啼声。それもまだ二三日前この世に出たというばかりの声なので、爺さんの児だナなど、一行笑いながら、「禰《ニー》、小咳《ショウハイ》、好々的《ハウハウデ》」と片語交りに冷かすと、中老漢も同じく笑って、「不好《フハウ》、不好《フハウ》」と言葉を合わせた。この山陰、この僻地、なお人生ありという感がこの時何故か知らぬが自分の胸に上って来て、一種面白い詩情を覚えたのである。

尖山子はその家から清里八里、一つ村落を越すと、もうその村は見えるのである。沢田大尉（今少佐、常次郎）は日清の役この村に宿営した事があるそうで、復州城へはここから三里、その時は支那服を着て、自ら中国の遺民と称し、清民には大分懇親者を有しているとのことであった。村は我々が上陸して以来初めて見たと言う程の風情ある山里で、後には瘤のような山、材木を組み合せたような岩山などが幾個《いくつ》となく聳えて、村を帯のように取り巻いて流るる清い渓流。人家も比較的に大きく清潔で、畠などは中々よく耕されている。自分等一行のその村に入った時には、司令官始め参謀諸将校がまだ宿舎が決まらずに、村の入口の涼しい水蔭に草を籍《し》いて休んでられたが、六時頃になると、それも決って、我々も皆な宿舎に就いた。

宿舎は村尽れの西の隅で、ちょっと小奇麗な、支那には珍らしい家であったが、自分等は腹が減ったと言うので、すぐ晩餐の準備に取懸った、久し振りの鶏の煮汁《しる》を作ろうと、下村君は刀《とう》を振るう、亘君は葱を挑発に出掛けて行く、堀君は手製の竈に湯を沸かす、自分は米を炊《かし》いて飯を焼くという始末。夕暮の煙はこの家の軒端に充ち渡って、清苦力《チャンクリー》の大甕に幾杯となく水を汲んでいるさまなどが夕日の光の覚束なく画き出されていた。もう旨い鶏の汁も出来、飯も炊け、寺崎君などは黄酒《ファンチュー》の買って置いたのを水筒《すいづつ》から金椀に注いで、そろそろ飲み始めた時。

慌てて駆けて入つて来た清苦力は

「俄兵来《ウォーピンライ》、俄兵来《ウォーピンライ》」

と絶叫した。

驚いて飛出すと、畠、楊樹などを透した向うに、斜に靡いた丘陵があって、その丘陵の夕日の路を砂煙をまっしぐらに挙げつつ、輜重車《しちょうしゃ》や騾車《らしゃ》がばらばらばらと走って来る。続いて、小銃の一斉射撃の音がばりばりと聞えた。愈々慌ててどうしようとかと躊躇していると、「敵襲！　敵襲！」という叫び彼方此方《あちこち》に聞えて、尖山子の村落からは、これに当るべき戦闘員（軍司令部には騎兵若干、歩兵若干の掩護隊あるばかり、多数の敵襲を防ぐべき充分の兵力を有してはおらぬ）が一目散にその方面に向って前進する。その混雑、狼狽は実に非常である。後に、自分は思った、この敵襲当時のわれ等の宿営前、これは実に絶好の画題になると。前には夕日、砂塵《すなぼこり》、騾車の列、それから清民の宿舎の前には、慌てて叫ぶ支那土民の姿、その扉の前には、半ば夕飯を食い懸けて飛び出したるわれ等二三名、これをそのまま額縁にはめて、敵襲！　という題目をつけて、絵画展覧会にでも出したなら、それこそいかに喝采を博するであろうか、と。けれどその時はそれどころではない。敵の兵力の多少如何、その後の状勢の如何の解るまでは、誰も彼も皆な気が気で無いので、誰の胸にももし敵の兵力が多かったらどうしようという必死の考えがひしと浮んだ。先ず逃げるにしても飯を食わんければいかん、弁当に詰めなければいかん、第一に飢餓の問題が勢力を占めて、自分を始め二三の人々がこれから食おうとして炊いてあった熱い飯を、一生懸命に柳行李の中にと詰め、それから手早い人は背嚢をつける、ゲイトルをつける、靴を穿くという始末――自分などは臆病者の、さて逃げるにしても何処をどう逃げたら、味方の兵に合し得るかとまで考えたのである。それに、この恐怖の時間は割合に長かったので、幾度となく戸外に出て形勢を聞いても、どうも思わしい報道は来ぬ。丘陵の上を見ると、夕日の影に、憲兵馬卒などまでが、皆な散兵線を張って、敵来らばいざとばかり折り敷いている。どうしたら好いだろうとそわそわしていたが、ふと、万歳！　と言う声が崩るるばかり前に聞えた。さア、首尾よく敵を撃退したかとはっと胸を撫で下していると、やがて敵は悉く西方に向って退却したとの報があった。三浦北峡君はこの間司令部の前に行っていたが、その門前には参謀が二人ほど出ていて、伝騎が織るように遣って来て、種々の報告を齎《もたら》したそうである。「命令により西方村落を偵察しに、敵無し」とか、「西北方の一村落に至りしに、敵、騎兵一名あり、北方に向って快駛《かいし》す。これを追うて西方に進みしに、また二名の敵兵に会せり」とか、その他種々《いろいろ》の報告が来たがそれを綜合して考えると、別に大したことではなく、得利寺の敗兵が五六十騎、わが糧餉部の車輛に邂逅して、一斉射撃を行《や》ったに過ぎぬので、一時間ばかり経って、その五六十騎も大抵は西に向かって走ったということが解った。さて、これで恐怖の念も去って、夕飯の段になって、わが班中に一大衝突が勃興した。この大衝突は寧ろ敵襲よりも騒がしいと後に笑ったことであるが、それは他でも無い、先刻手早い連中が大方飯を弁当に詰めてしまって、後には食うべき飯が無いので、その飯に有り附かぬ連中が、「如何に狼狽《あわ》てるたッて、余り酷い、他の人のためにも取って置いて詰めて遣るのが人情じゃないか」と言ったのが始まりで、「何の、馬鹿を言え、こういう危険の場合に際して、人も糞もあるものか、自分の分さえじっとしていれば取れぬのだ」と一方で言い返すと、さア、個人主義だとか、薄情だとか、量見が見えすくとか、狼狽て過ぎるとか、まるで鼎の沸くように騒ぎ立てて、双方の舌戦はしばらくは静まろうとも見えなかった。ことに、堀君の江戸弁と中村君の大阪弁との立合は、それは見事なもので、奇観実に極まりなかった。

その夜は電光閃めき、何となく気味の悪い夜であった。

六月十七日（金曜日）雨

昨日の敵襲、昨夜の電光、今朝はまた大迅雷急雹《だいじんらいきゅうひょう》。天地の凄まじさと言ったら実に譬えようが無い。殊に、その雹の大きさは指頭ほどで、内地ではついぞこんな大きな雹に邂逅したことが無い。その附近に哨兵の任務を執れる熊本弁の兵士は、あまりにその雹の烈しいので、あたふた自分の宿営の前に逃げ込んだが、「ああ、実に戦争は堪らんナア、弾丸には撃たれる、雨には降られる、雹には叩かれる……」などと反復《こぼ》していた。

終日の雨――懐中日記には『晩に、親子飯《おやこめし》を食う、旨味《しみ》甚し』と書いてある。親子飯！　実にそれは旨かった。

（六月十八日～二十日記載なし）

六月二十一日（火曜日）晴

十八日から今日までは別に変わった事も無かった。この間、石光《いわみつ》副官から得利寺の戦役に就いて少しく聞いた事がある。我軍の進路は第三師団が右翼、第五師団が中央、第四師団が左に遠く復州街道を進んでおったのだが、右翼が一番激戦で、敵もこの方面に全力を注いだとの話。捕虜の言《ことば》であるそうだが、前夜、即ち十四日の夜に、敵将スタケルベルヒ（注・シタケリベルグ中将）は、参謀官を集めて謀議を凝《こら》し、その結果として一個旅団を以て我が児玉旅団を夜襲することとなった。さて、その進路に就いて、色々説が出て、容易に一決しなかったが、遂に岩子溝を経て周家荘に至るの議を決し、一個連隊ずつに分れて、その目的地へと前進した。さて、その中の一個連隊は早く周家荘に到着したが、李家屯を経過した一個連隊は、路に迷ってどうしても遣って来ない。まさか一個連隊で突撃する訳にもいかずまごまごしていると、やがて夏の夜は短く明けてしまった。わが第三師団の第十七旅団は道明寺糒《どうみょうじほしい》を噛みながら、高地にあって夜を徹していたが、夜が明けて見ると、眼下の凹地《おうち》に敵兵がいる。ござんなれと忽ち小銃の射撃を加えたので、敵は下、味方は上であるから、打ち縮《すく》められて、敵は非常な困難な地位に陥り、一時は周家荘の村落に小さくなっていたそうだ。この時の接戦は中々盛んで、兵と言わず将校と言わず、一時弾丸の尽きたるため、手に手に大石小石を投じ、敵に至大の損傷を与えた。で、敵はしばし楊柳の村落の中に潜んでおったが、後援至らず、進退きわまりて、今は詮方なしと覚悟したとみえ、その中から決死隊らしきものをつくり将校先頭に立って勇ましく前進して来た。けれどいずれも功を奏せぬので、奮激して、自から味方の兵を斬殺して、そして前進して、自殺した勇敢なる将校もあったという。十一時頃、この方面に敵の大軍続至《ぞくし》し、一時危急を告げたけれど、正午に至ると、わが兵既に曲家屯《きょくかとん》、龐家屯《ほうかとん》の敵の砲兵陣地を占領し、進んで龍王廟の敵の陣地を全滅せしめ、第六連隊の前衛の一部は左方山地の激しき銃声を聞き、直ちに百五十米以上の龍王廟東方高地に駆け上り、張家溝から敵の右側背に銃丸を雨霰と浴びせ懸けたので、敵も一方ならず辟易したのに、時も時、第四師団の第十九旅団は、龍潭山から柯家屯《かかとん》に出で、その形勢がちょうど敵の右側背を包囲するようになったので、此処に始めて総崩れとなり、花江《か》上溝《こうじょうこう》、城子屯《じょうしとん》の二路を求めて潮のごとく退却した。敵はいかにもしてこの敗兵を完全に収容しようと、復州河の一支流を隔てたる上崔家屯《じょうさいかとん》、初家屯《しょかとん》、戸家屯《こかとん》等一帯の高地に収容陣地を布き、援護隊を置いて、しばしわが猛烈なる追撃に当らせたが、潰敗せる大軍は怒濤のごとく、一二時間の後、遂に共崩れとなってしまったので、実に大々的勝利であった。

従ってその敗兵の遁路も一定せず、復州街道に走りたるものは、多くはわが第四師団の先進隊の捕虜となり、その一部は復州方面に奔りて、尖山子敵襲の喜劇を演じ、なおその他、この附近の山々から憲兵及び村民の収容し来れる敵兵の捕虜は実に多数であったのである。

尖山子《せんさんし》に留れること既に五日、軍は明日を以て前進せんとすの噂。否、午後四時頃には既にその命令に接手したのである。寺崎君は林家屯附近から、帰国のことを頻りに言っておられたが、「此処で帰っては詰まらぬ、せめては営口まで行きたまえ、そして其処から外国船なり何なりに乗って帰りたまえ」と自分等は引留めて置いたが、どうしても此処から帰ると言うので、到頭、参謀部に行って、許可を得て、旅行免状を貰って来た。この夜は月明らかに、麦棚に樹の影濃く、自分等はどんなに氏と別れを惜んだであろうか。

殊に、軍の各部の将校から国への贈品、それを頼む人が遅くまで自分等の宿舎に遣って来て、「東京も好いナア」「羨ましいナ」などとの声が絶えず聞える。

自分も非常に帰りたく思った。けれど――けれど――

この尖山子の月夜、実に忘れ難い。ましてこの村の西の丘陵を少し登ると、得利寺附近隘路《あいろ》の山は遥かに尽きて、前に広げられたる渺茫《びょうぼう》たる平原。その平原に近く、一縷《る》銀《しろがね》の帯を曳けるは復州河。自分等は寺崎君とその丘陵の上に散歩して、幾度夕陽《せきよう》の紅のごとく赤く沈むのを賞したであろうか。その紀念多い村を別れて、自分等は北に、寺崎君は東へと明日は別れて行くのである。遅くまで、自分は樹の影の濃い月夜の中に逍遥して物を思った。

（六月二十二日〜七月一日記載なし）

得利寺附近の戦死者の弔祭（『日露戦役回顧写真帖』）

七月二日（土曜日）晴

先月二十二日に尖山子を発って、この北大崗寨《ほくだいこうさい》に来てから、今日でもう十一日目になる。この間、軍の発展に就いては、ただ、熊岳城《ゆうがくじょう》がわが手に入ったことと、二三の斥候の衝突のあったことくらいで、別段大したことはない。けれど前進すれば前進するほど、輸送の困難は加わるので、この村で一日六合であった米を四合に減らされたばかりでなく、前進隊などは米三分に粟七分の飯を食っているということを聞いた。輸送の困難はよく諸人の口に上《のぼ》って、中には兵站監《へいたんかん》の技量の如何などを説いたものすらあった。

十日間！　この間われ等は雨に降り籠められて、いかに無聊に堪えなかったであろうか。遼東の雨！　内地の人はこの雨のいかに侘しく、いかに淋しく、またいかに不潔であるかを想像することが出来まい。家の周囲には汚い豚小屋、その前にはあらゆる汚れたるものを投げ棄てたる肥料溜などがあって、馬、牛の糞の雨のために家の中庭に溢れ出るなど、その臭気と湿気とは実に堪え得られるものでは無い。ことに、清民の家屋は不完全なる土煉瓦を積んだばかり、窓には破れたる紙障子の他雨を防ぐべき扉が無いので、風を帯びたる雨は容赦なく室内に降り込んで来て、窓際に置いた新聞雑誌、写真の種板などは皆なびしょ濡れに濡れそぼつのであった。否、暁に見ると、被《き》て寝た毛布の裾さえ濡れて、窓の紙の大方に破れ果てたる、実に佗しい。土民は皆な純粋の農夫、履物被り物などには頓着せぬので、跣足《はだし》のまま、頭髪《かみ》の濡るるまま、雨を衝いて、平気で野に、村にと出掛けて行く。自分等の宿舎の前には、泥濘の路を隔てて、食われるものは皆な徴発してしまった畑があって、枯枝を手にしたさざけ豆、胡瓜、茄子の早、花も咲きそうに生長したのもその中に交っている。その向うには俄かに丈高くなつた高粱畑《きびばたけ》青く、その尽きたる所に数株の楊樹、雨は終日煙るがごとくその上にと降り懸かるのであった。

けれどこの村は四面皆な美しき翠微、微かながらも渓流の行方も白く、上陸後自分等の宿った村では、先ずすぐれたるものの一つであろう。それに、この附近は金州辺とは違って、地味次第に豊饒に、耕された畑、茂り合った林などもあるので、種々《いろいろ》変った色彩も眼に映ずる。自分等の此処に来る時は、右に鋸の歯を立てたような紫色の岩山の連山を仰ぎ、丘陵を越え、渓流を渉り、或いは楊樹の緑陰を穿ち、或は田舎籬落《りらく》の間を過ぎ、漸く達したのは南大崗寨の邑。夕陽の路は其処から騎兵の走り行く跡に砂塵を立て、丘陵と丘陵との間を渓流の帯のような川原砂原へと縫って、次第に北大崗寨の邑《むら》へと通じ行くのであるが、南大崗寨には、素焼の陶器を製する家二三軒、高粱殻は幾所となく堆《うずたか》く積まれて、家の前にも土もて築いたる大いなる竈。中を覗くと、火は盛んに燃えて、土民二三頻りに瓶類の陶器を焼いていた。

北大崗寨はそれから五六町、ちょうどその時は夕陽が射し渡って、珍らしくない楊樹も、四面の翠微のために、一種他と異れる趣を生じ、その下に群がれる馬、馬卒、皆面白い一幅画中の光景であったのに……。

翌日からは、雨、雨、雨。

自分は降り頻る風雨の中から、幾度前に連なれる山脈に、雲の懸りては晴れ、晴れては懸るさまを望んだであろうか。晴れたなら、其処等の山をも逍遙しよう、近きあたりの師団に行きて、得利寺の戦況をも聞こうなどと思いながら、汚き土民の室内に侘しき幾日を送ったであろうか。侘しかりしよ、その雨。淋しかりしよ、その晴れやらぬ連日の雨。

殊に、その雨にしょぼぬれて立てる哨兵の姿。更に同情に堪えぬのは、この雨の中を全身泥濘に塗みれながら、牛車騾車を鞭って、強いて進ましむる糧食輸送の列。

その長雨の晴れたのは、昨日。

自分等の宿舎の四面からは、水蒸気が盛んに昇って、連日湿った土はたちまちにして乾いた。けれど肥料溜の臭気の一層烈しく鼻を衝くのには殆ど閉口せざるを得ぬので。庭には連日の湿気を乾かすための毛布《けっと》、外套、洋服などを長く引いた細引が地に着くばかりに低く張られて、肥料溜の前には、門の扉を横たえたる上に、二三の素焼の瓶を並べて、積日の汚れを洗うための行水をわれ等は為しつつあるのである。

戸内に入ると、清民特有の大釜に、湯は盛んに沸いて、薄青い煙は暗い四壁へと靡き渡った。この大釜は自分等の常に飯焼き、鶏料理する処であるが、この炊事場の光景はまた頗る異彩に富んでいる。先ず眼に入るのは水を満せる大甕で、傍らには菜漬の甕、物を洗う瓶など順序なく並んでいるが、卓の上には、支那焼の安茶碗、空けて久しき月日を経た麦酒の罎、牛罐、福神漬罐、金椀、鍋等一杯に置き散らされて、後の黒く汚い壁には、ナイフ、庖丁、水筒などが一面に懸け連ねられてある。ことに人は、その上に紫色の瀬戸引の洗面器があって、それに白木綿の半《なかば》は茶色に穢れたるものを覆ったのを見るであろう。これこそは、自分等の自ら炊ぎ、自から焚ける一日の食である。

所謂御馳走のつくられるのは多くは午後で、四時頃になると、鶏の毛を毟《むし》る者、茶を沸かすもの、鶏肉の料理に刀を執る者、水を汲むもの、麁朶《そだ》を折りくぶる者など、その混雑は実に一通りではない。そしていつも出来る御馳走は、鶏と葱との汁、ささげ、甘藷、馬鈴薯と豚、豚のフライ、ささげの精進揚等であるが、最も成功したのは親子飯、塩鯖の酢で、最も不成功であったのは、道明寺糒を支那アヅキで作った牡丹餅《ぼたもち》であった。

昨日は薄い雲なお山を蔽って、夕暮の空に、星の影も稀であったが、今日は拭うがごとく晴れ渡って、空には一点の陰翳だに留めず、野も山も皆美しき緑の色にかがやき、林の中の兵士のテントにも晴れがましい気が名残なく満ち渡った。

正午少し前、和崎曹長来る。これは、今回隊附を命ぜられ、翌朝を以て騎兵第三連隊に赴くので、その別れにとて遣って来たのだ。曹長の言うのには、「戦闘線に出るのは唯一の目的、国を出る時、既に生還を期しておらぬのであるから、戦死したと聞いたら、必ず一廉《かど》の働きをして斃《たお》れたと思ってくれたまえ」と。その辞甚だ勇敢であるけれど、しかもその中には無限の涙を含んでおる。自分等は八幡丸以来の知己、この勇ましき門出に一杯の餞《はなむけ》なからずやはと、麦酒の空罎に昨日買わせて置いた黄酒《ファンチュー》を把《と》り、彼のために万歳！　を唱えた。

午後四時——森林黒猿氏が来て、新聞縦覧所が出来たことを告げてくれた。新聞！　自分等の新聞に渇するのは、実に飯よりも甚だしい。新しいのがあったかと訊くと、先月の十七日の東京日々があるという。十七日！　それア豪気だ！　と、自分は昼寝の眼を摩《こす》りながら出て行く。

新聞縦覧所は野戦郵便局の前に、テントを張って、中に一個の卓を据え、上に諸種の新聞雑誌を載せてあるので、新聞は二六、中央、日本、都、東京日々、雑誌は六月八日発行の写真画報と五月下旬発行の戦時画報との二部。新聞の日付は皆十日十一日で、なかに十七日、十四日の東京日々があるばかり。テントの中には、兵士が一杯に詰まっていて、新聞一葉見るにも、一方ならぬ労力。

十七日の新聞で漸く知った運送船沈没の一伍十什《いちぶしじゅう》。同じ紙上に、得利寺戦捷《せんしょう》の広報も載っていた。

この一憂一喜の報を得たる東京市内の光景、号外売りの喧しき声などを想像しつつ、その新聞縦覧所を出たのは、それから一時間程経ってからのことであつた。司令部の彼方に連なれる石壁に添うて阪を下ると、前にはどうしても足を停めずにはおられぬような天然の大景が横たわっていた。何等の色彩。わが前に当れる大空には、夏でなければ見られぬような簇々《ぞくぞく》たる白い雲が靡き渡って、その影は尖鋭なる岩山の処々に揺曳し、日の当れる処は白鼠色、影を帯べるあたりは薄黒き暗緑色、その色彩の複雑せる、実に譬えんに物が無い。そればかりか、その下には低き山壁《やまへき》のごとく聳え、それから平かなる斜阪を起こして、直ちにわが脚下の緑色の野に及んでおる。——そして、その間には兵士の白いテント、糧食運送の騾車、牛車、夏服着て立てる哨兵。戦地でなくては見られぬ天然の活画であろう。

夕暮——

前に、百米の山、それに添うて一大高山が聳えておる。その上からは、海が見えると言うので、自分は二三の人と相伴って登った。柳の下の渓流に馬をあしらいたる画のごとき村を過ぎ、高粱の二尺以上に及んだ畑を横ぎり、急峻削るがごとくなる傾斜を登って行くと、自分等の宿っている村は一歩毎に眼下に尽きて、先日来の雨に漲れる川は、山神の解きて流した帯のように、右から左へと柳を穿《うが》ち、村を貫いて長く長く流れておる。百米の前山の絶嶺、既に甚だ眺望に富んでいたが、我等は勇を鼓して、遂にその高山の上へと登った。

海！

と先に到着した一人は叫んだ。

走って絶巓《いただき》に着くと、果して、海が見える。波濤のごとく連れる山嶺の彼方、大なる赤き日は将に落ちようとして、その向うには染むるがごとき海！

山にのみ悩んだこの身、どうして打たれずにおられよう。自分はただじっとそれに見入ってしまった。

「蓋平は何方の方角に当ってるだろう？」

と一人は不意に問うた。

他の一人は彼方を指して、「ちょうどあの山の向うあたりになっているでしょう。敵は熊岳城《ゆうがくじょう》から二三里の処にいるそうですが、もう追付け始まるでしょうナア」

「もう始まるでしょう」

「それにしても」と他の一人は口を挿れて、「蓋平にはいつ入れるでしょうねえ？」

「そう、もう直きだろう」

「敵は随分いるか知らん」

「三四個師団いるそうだ。それに、今回はクロパトキンも出て来るだろうから、面白い幕が見られるだろう」

「早く始めてくれれば好いナ、もう比処にいるのも飽き飽きした」

「本当にさ」

われ等一行ばかりではない、熊岳城を中心として、四方七八里の間に集まれるわが貔貅《ひきゅう》数万の胸にも、実にこの希望が描かれているのである。

村に帰ったのは、日が暮れてから。

七月三日（日曜日）晴

此処に少しく前面の形勢を記そう。

わが軍の先鋒の熊岳城を占領したのは六月の二十一日、即ち自分等のこの北大崗寨に来た前の日であるが、その後着々として歩武を進め、新たに加わりし第六師団は中央なる第三師団と左翼なる第四師団との間にその地位を占め、第五師団は右なる山地の間を進み、騎兵旅団、砲兵旅団又その間に前進して、その勢の盛んなる、いかなる大軍も忽ちにして粉砕し尽してしまうかと思わるるばかりであった。敵は熊岳城以北一二里の処を前哨線と為し、沙崗台より蓋平、蓋平よりその背後なる重要なる高地に拠りて、以てわれを防がんとするものの如く、その兵力は充分に明らかでないが、得利寺の敗兵に二三万を加えたかと言える説が一番信に近い。

記事が無いから、又歌でも記そう。

麦畑に木の影おちてふるさとの月夜に似たりあはれこの村
はるばると越えて来つれどふるさとの山の姿に似る山もなし
たたかひのちりにけがれし天地をきよむとばかり降れる雨かな
勇しきわが日の本のもののふと言ひて涙をぬぐふ今日かな
家にあらば月にわぎもが薄けはひ草花見にとそひて行かましを

麦畑の歌は尖山子《せんざんし》で寺崎君帰国の前の夜の吟。戦の塵は得利寺の雨。勇ましきわが日の本は戦死者を見ての感。ことに、最後の家にあらばの歌、これは実景実情で、七月のやや暑くなった夜、月の明らかなのを見て、ああ今時分は神楽坂の草花が盛りであろうと思って、詠んだのであるが、これが軍中に非常に評判がよく、司令部、管理部の将校下士のために、恤兵品の赤い日章旗の扇に、幾度この歌を揮毫《きごう》したか知れぬ。

（七月四・五日記載なし）

七月六日（水曜日）曇、後晴

北大崗寨には随分長く滞在して、数えると今日でもう十四日目になるが、愈々《いよいよ》軍は今日前進を始めたので、その勢いは疾風の枯葉を捲くがごとく、鋭刀の相触るるがごとく、野も山もただそれ一押し。

われ等の前に展げられたる道路三つ。一つは海岸に添って第四師団これを進み、それよりやや右、東清鉄道の線路と前後左右せる蓋平本街道には、第六師団と第三師団とが相並んで進んで行き、それから東の方面には、連山波濤のごとく重り合って、路と言う路も無いのであるが、しかも第五師団はその間を分けて北へ北へと志しているので、軍司令部はこれ等三道の大軍を指揮しつつ、中央道路より少しく右に偏った山間の路を伝って行くのであった。

北大崗寨を発ったのは午前五時。やや曇りたる空には、朝の風涼しく衣を襲って、細き渓流を幾度となく徒渉しつつ進み行く心地、実に譬うるにものが無い。ことにこの山間の風景が中々卓《す》ぐれているので、楊柳の幾簇《いくむら》は楊柳の幾簇と相連なり、その間を銀蛇《ぎんだ》の走るがごとく流るる渓、一嶺《れい》尽きれば一嶺出で、一村過ぐれば一村顕わるという風で、自分等は砲車、弾薬車の連なれる間を縫うようにして幾度山を繞《めぐ》り渓を渉ったであろうか。三里ばかり行くと、路は漸く両山の相開けた処へと出て、前には幅四五十間ばかりの渓流が南より北へ、北より東へと流るるのを認め、更にその流れに添うて、東清鉄道の線路の蜿蜒《えんえん》として北を指すのを見た。龍口を過ぐる頃、少しく雨が降り出したが、それも瞬く間に止んで、駱駝嶺《らくだれい》に行くと、もうすっかり空は深碧《しんぺき》。自分等は副官部の下士傭人等と捷路《ちかみち》を鉄道線路に取って、そのまま真直に進んで行ったが、ふと、線路に、一個のトロッコ車の棄てられて横たわっているのを発見した。無論、敵が敗走の際、倉皇《そうこう》これを棄て去ったのであるが、「どうだ、これを一つ利用して、清苦力《チャンクリー》に押させて見ようではないか」と評議一決して、総勢懸って、これを線路の上に嵌《は》めると、その進行の快いこと、まるで真物《ほんもの》の汽車のようである。で、自分等は荷物をその上に満載し、自らも乗って、清苦力三人にこれを押させた。早い、早い、実に早い、殊にこの辺は勾配が少し下り阪になっているので、まごまごすると留めることが出来なくなってしまうという始末。従って一時間ばかりの間に、三里以上も駛って、先ず達したのは達子営の村落、今日目的にして来た正白旗《せいはくき》の村落は、ここから東北に当っていると言うので、そのまま、其処にトロッコを捨てて急いでその方向へと向った。

達子営から正白旗に至るの路を東北に伝うと、正午の日影は赫々《かくかく》として照り輝き、東方の山脈には夏の晴れたる日ならでは見ることを得ぬ美しい深紫《しんし》の色がかがやき渡って、上に羊毛のような純白の雲。まるで新派の洋画そのままである。

天然の示せるこの美しい色彩を賞しながら、漸く熊岳河《ゆうがくがわ》の流るる赤く焼けた砂原へと下りて行ったが、ふとその河原に二三の小屋の建てられてあるのを見つけて、何気なく行って見ると、どうです、それは温泉。玲瓏玉のごとき温泉は溢るるばかりその中に湧き出しているのである。この炎天に、この温泉！　自分等はどんなに喜んで、急いで服を脱してその槽に浴したであろうか。殊に自分等は上陸以来風呂らしき風呂にも入ったことの無い身、一時間、二時間、三時間ほどその中に出たり入ったりして、なお去ることを敢てしなかったのも、決して無理ではあるまいと思う。

河を渡ると、正白旗の村落。

自分等一行が蝿に苦しみ始めたのは、実にこの村からである。柴田君は北清戦役の経験があるので、蝿が酷い酷いと言っておったが、北大崗寨までは、少しは遣って来たぜなど、言っておりながらも、まだ左程烈しい苦痛を感じなかった。ところがこの村の宿舎に着くと、もう盛暑が近くなったのと、附近が思い切って不潔であったのとで、その蝿の多いことと言ったら、まるで室内が真黒になっていると言っても好いくらい。追うと、ワンと声を立てて逃げて行くので、初めは気にしてこれを打ったが、打てば打つ程多く遣って来るので、果ては根気負けがして止めてしまった。これと言うのも、畢竟不潔であるからと、一行総懸りで、室内を掃除するやら、不潔物を除《の》けさせるやら、殊に、家の前の不潔の大甕は、直ちに他に移させてしまったが、それでも蝿は真っ黒に集まって来て、煩くって煩くって、昼寝も満足に出来ぬので、大いに困った。

温泉の近いこの村に、せめては二三日滞留したいなど、言っていたが、軍は既に総行進を起しているので、留っておることなどはせず、午後七時頃、明日午前五時出発の命令を受け取った。で、明日の弁当の準備や何や彼やで忙《せわ》しかったが、しかも今一度温泉に行って来よう、またあんなものはありはせぬからと、一行二三人して出掛けて行った。闇の中を辛うじて辿って河原に出ると、対岸、即ち温泉のある河原には、篝火が盛んに燃やされて、黒い人の影の彼方此方《あちこち》に往来するさまが闇を透《とお》して微かに見える。川には、同じく温泉にと志して行く者であろう、裸蝋燭を手にしたるもの、支那提灯を携えたるものなどが幾個《いくつ》となく渡っていて、燈火を携えぬものの闇に呼び合う声も、川に響いて高く聞こえる。温泉に行ってみると、雑踏、雑踏、浴することなどは容易に出来ぬ。

それを無理に、割り込むようにして、一浴して帰って来た。

熊岳城はこの正白旗の村から約半里。城壁、城門なども明らかに指点せらるるのであるが、自分等は明日直ちに出発するので、其処に行って見る暇は無かった。

七月七日（木曜日）晴

今朝はわが前衛必ず敵と衝突するであろうと想像して、行けども行けども砲声は聞こえず、午前七時頃、歪子山《わいしさん》と言う全山岩石を以て成立てる麓へと行った。瞳を凝らして眺望すると、右方連山の麓から、左方海岸に至るまで、わが大軍は陸続として相接し、処々《ところどころ》に集れる銃剣の光は、美しく日に映じて閃めき渡る。軍司令部は敵状を偵《うかが》いつつ、八家子の村落に至り、その南方高地に相久しくその馬を繋いだが、其処で、各方面から集り来る形勢を聞くのであった。

伝騎、伝騎、伝騎。

午後一時に至りて前進。

聞くと、敵は沙崗台一帯の地を棄てて蓋平《がいへい》方面に退却したそうで、蓋平には相応の防備が施してあるとのこと。この日も暑い日で、処々の楊柳の陰を求めては休憩したが、とある村落の、豪農らしい土壁の崩壊《ついじ》から、妙齢の支那婦人が、白い小さい顔を出して、頻りに物珍らしげに、且つ恐々《こわごわ》そうに、自分等の行進するのを見ているのを認めた。一里にして、前安平の村落。今宵は此処に宿することになった。

（七月八日記載なし）

七月九日（土曜日）晴

昨日は雨で、終日滞在。夕暮から愈々明日蓋平攻撃と言う噂は高くなったが、夜に入って、管理部長から命令があった。部長の言うには、明日は愈々攻撃を開始するので、司令官は午前一時に此処を出発される、君達も行く積りならば、なるべく軽装して、携帯口糧を充分に携えて、一緒に出掛けて行っても宜《よろ》しいとのこと。得利寺以来、久しく宿営の単調に倦んでいるので、自分等は雀躍《じゃくやく》して、その準備に取り懸り、弁当、携帯口糧などをも各々充分に携え、いざすっかり仕度が出来たと言うと、もう夜の十二時。眠る隙《ひま》も無いのでそのまま予め集合地点と定《き》められたる村の北端へと出掛けて行った。見ると其処には盛んなる篝火が暗黒なる夜の空を照らして、その附近に集れる憲兵の馬、副馬、馬卒などの黒い影が闇を透《とお》して微かに見える。空には星が降るように閃めいて、さながら今日の我軍の勝利を語るもののように、夜気は冷やかに衣を襲って、一種の快感は強くわが胸に簇《むら》がって来た。この時、ふと傍なる闇の路を衝いて、靴の音が陸続と……。

軍の掩護隊の進むのである。

しばらくして、その篝火の焔の明らかに空を焦がした辺りに、馬上の人の影が陸続と重り合って進むのを微かに見たが、やがて騎兵、馬、副馬等はこれに続いて、わが軍司令部は遂に蓋平攻撃の最初の一歩を動かしたのである。砂原を行くこと一二町、顧みると捨て篝火の火影なおひとり燃えて、その辺りの柳の葉の明らかに見えるなど頗る面白い。けれどこれも時の間に消えて、消えて、軍は山の動くように、暗黒なる夜を北へ北へと勇ましく進むのであった。

それにしても勇ましいのは夜の進軍。歩兵は歩兵と相接し、馬は馬と相嘶《いなな》き、その間を前へ出よう出ようとする砲車、弾薬車、その度毎に自分等は路傍に佇《たたず》んで、以てこれの過ぎ行くを待たなければならぬので、全軍みな枚を含み、靴の音、馬蹄の響の他、寂として一語も聞えぬ。

今少しく地形を記して見ようなら、蓋平に通ずる三路は既に前にこれを言ったが、今自分等の過ぎ行く路は、さびしい山の間に通じて、右を見ても左を見ても、皆な小さな山や丘陵《おか》ばかり。一里にして安平、二里にして北領、それから老爺廟の一村落は直ちに蓋平の平野へと臨んでいるのである。で、自分等は兵士と相前後して、或いは進み或いは止《とどま》りつつ、わずかに二里の間を行くのに、殆んど三時間以上をも費したが、北領の山脈漸く迫り、蓋州河の一支流の蜿蜒《えんえん》として渓間を縫えるあたりに達した時、ゆくりなく見ると、二十五日の残月は淋しく前の山に昇って、その佗しい光は斜《ななめ》にわが大軍の行進を照し、そこに描き出したる一場の大活画。

なお一里ほど行った。

想像して御覧なさい、自分等の今歩く山峡は、次第に狭く隘《せま》くなって、下には一道の渓流白く、路は渓谷上数十尺の絶壁を渡り、透蛇《るい》屈曲、重山複水、更に窮まるところを知らぬのであるのに、この峡路に当れるわが大軍は、路と言わず、渓と言わず、丘陵と言わず、絶壁と言わず、ただ一直線に進んで行くので、現にその一部は山の半腹を縫いつつ前進しているのを自分は薄明き月の光に認めたのであった。まして、この山峡を半ばにして、黎明の光は早く東の空にほのめき、暗紫色なせる山の彼方には、オレンジ色の空亮《さわ》やかに美《うるわ》しう見渡されるではないか。

山峡のやや開けた処、夜は全く明けた。

「もう始まりそうなものだナ」

「もう遣るだらう」

などとの声が彼方此方《あちこち》に聞こえる。

「どうしたんだろう、敵は遁《に》げてしまったのかしらん。もう始めん訳は無いがナア」

「遁げたかも知れんよ、そうでなくってさえ得利寺でもう恐気が附いているのに、この大軍が押し寄せたのだからナ」

「それにしても余り意気地が無いじゃないか。二三万の兵を控えていて、一発も撃たずに退却するとは、余り酷い」

「まるっきり遣らんことは無かろう」

前には楊柳の村。東の山際はオレンジ色より次第に紅色に変って行ったが、大空は流るるばかりの深碧、薄く白い靄はさながら沈むがごとく山峡のところどころに靡き渡っているのが見られる。

不意に砲声一発！

続きて二発、三発、四発。

「そら始めた」

と全軍皆活気を帯びたのである。時計を見ると五時二十分。

砲声陸続と聞える間を、わが軍は如何に俄に活動し始めたであろうか。歩兵の一個中隊、二個中隊は俄かに疾走し、弾薬を載せたる馬列もまたこれにつづきて走り、前なる村に駐屯する兵士も俄かに出発準備にと取り懸った。前を見ると、わが軍司令官一行は、山に添える路を意気揚々として進んで行く。

右に二百米の山、それから百米ほどの山脈が連り亙《わた》って、その下には老爺廟の村落、それを通って右方の小山の麓を向うに出ると、前には蓋平の盆地。

その右方の高地の一角がわが軍司令官の観戦地である。

その高地の最高地にわれ等の駆け登ったのは、それから三十分ほど後のことであった。下なる盆地には楊樹と人家、その向うには蓋平の城壁屹と聳えて、後には西双頂山・尖山等の高峰屏風のごとく聳立《しょうりつ》し、今しも放った敵の砲は平野の中央に白く簇々《むらむら》と破裂しておる。けれど今朝はその一帯の平地に朝霧が沈むように懸っておりて、蓋洲河や、村落や、楊樹や、城壁やはどうやらこうやら見えるけれど、わが軍の散兵線、わが砲兵陣地の所在などは、双眼鏡を以てしても、なお明らかに弁ずることが出来ぬのであった。けれど敵は主力を蓋平背後の諸山に置いているらしく、その連山の処々に閃《きらめ》ける光から推すと、その砲の数も少なくはない。見ると、中央に向った第六師団の一部はこの時既に蓋平城を占領したと覚しく、前面には一斉射撃の音、続いて敵の機関砲の厭な響。

海山寨方面に向った第四師団は？　とその方を見渡したが、その方面にも小銃の音ばかりで、未だ砲の煙も少ない。海にはもしや海軍が来ておりはせんかと思ったが、そんな様子も見えぬ。

十分、二十分、こはいかに、砲声は次第に止みて、遂に聞こえるのは、小銃の豆を煎るような響ばかりとなった。

一時間程すると、平野に沈んだ霧は次第に晴れて、今は高梁《きび》畑を越えて進んで行くわが歩兵の列も見え、更に瞳を凝らすとわが砲兵旅団が山下左方の村尽《むらはず》れに一ところ、河の右岸に一ところ、砲兵陣地を構えて、頻りに敵の拠っている山に向って砲撃しているのが認められる。

で、各方面から又一しきり撃ち始めたが、その砲はよく敵の拠れる山腹に命中破裂し、その度毎に砂煙は黄く高く凄くあがる。敵は高地脈によって、機関砲を以てわが歩兵の突撃を防ぐと覚しく、その響はばたばたと煤払のように絶えず聞こえる。けれど砲声の盛んであったのは、僅かに二時間ばかり、七時頃からその響次第に微弱となつて、果ては、山塊に簇《むらが》れる砲煙一つをも留めなくなってしまった。わが兵は前進、前進、九時頃には既にその砲車の蓋平河を徒渉して進むのを見た。

蓋平の敵は自分等の予想したとは違って、あまりに頑強なる抵抗を為さず、成るべく味方を損傷させずに、漸次北方へと退却に及んだのである。

自分等の観戦地から前進したのは、午後三時。砲声は既に全く止んで、その時には、西双頂山にも既に些《さ》の敵兵の影をもとどめなかった。否、わが軍の先鋒は既に西双頂山を越えて、海山寨《かいざんさい》、石門等の諸村落を圧し、敵は鉄路に沿うて青石嶺舗《せいせきれいぽ》から大石橋《たいせききょう》へと退走してしまったのである、観戦地から、蓋平の盆地に出ると、高粱畑、玉蜀黍畑、麻畑など一面に乱れ伏して、この朝わが兵が進んだ痕が歴々《ありあり》と指点せられる。村落に入ると、土民の眼を刮《かっ》してわが軍の行進を観るもの夥しく、その間を一里程行くと、蓋平城の城壁城門は直ちに眼前に聳え、蓋平河の溶々として流れているのが眼に入る。一二三町下に浅瀬をもとめて、そして自分等は蓋平に入った。

前はすぐ蓋平の南門。市民の集り観るものさながら蟻のごとく、商家は皆門を閉じ、扉を塞いでいるにも拘らず、城外には鶏卵、煙草、麺麭《パン》などを鬻《ひさ》ぐもの陸続として相接し、不潔なる壕には、おりからの夏の雲が面白く映っていた。自分等は城内に入りたいと思ったが、哨兵がもう既に出入者を誰何《すいか》しているので、余義なく蓋平県税務局の前を通って、そのまま東門の方面へと向った。城壁の上、清国人民の相集まり観るもの堵《と》のごとく、下にはまたわが糧食車、わが弾薬車、わが予備隊などは続々と行進して、その雑踏は実に一通りではない。否、それから城壁に添うて、東門前に行くと、その雑踏は更に一層を加うるので、殆ど肩摩轂撃《けんまこくげき》の光景である。自分等は軍が今日東門外に宿営を定めると聞いておったので、その附近に行って彼方此方と聞き糺《ただ》したが、誰も知っておる者が無い。現に、今少し以前軍司令官の一行が此処を通ったと言い聞かせても、それすら知っておるものは無い。仕方が無いので、その雑踏せる、暑い、不潔な街の一隅に小さくなって、もしや知ってる軍の伝騎でも通り合せぬかと佇んでいると、今日の戦争に傷ついた下士兵卒が、惨憺たるさまで担架に荷われて行くのが幾個となく通る。中には重傷らしく、絶望の捻声《うめき》を発しているものもある。殊に、一人の敵兵が頭部に血汐を流しながら、苦しげに悲鳴を揚げつつ担われ

蓋平の東関門外（『日露戦役回顧写真帖』）

て行くなどは、どうしても戦後を色彩する唯一の活画である。

ふと、眼に附いたのは管理部の傭人。呼び懸けて聞くと、自分もよくは知らぬが、今其処で聞いて来たには、何でもこの少し奥に入ったところであるとのこと。一所に、第六師団の野戦病院の土壁をぐるりと廻って、泥濘の中を右に左に縫うようにして行くと、其処には電信隊、衛生隊、予備隊が路も歩けぬほど一杯に塞っていて、その彼方の大きな家屋の門前に、大越副官の姿がちらと見えた。で、宿舎が解って、ジウグンシヤシンハンと白墨で記した家屋に入ると、万更《まんざら》土民ではない少しく紳士風の支那人が、頻りにちやほやと愛嬌を降り撒いて自分等を迎えた。

上陸以来の語は、自分等が常に旨き物、よき物、又た喜ばしきことに接した時、誇張して用ゆる言葉であるが、この時もその語が忽ちわれ等の口に上った。上陸以来！　実に上陸以来の好宿舎。

荒磯でなければ山里、軍司令部の通過して来た路は、強いて淋しい処、不潔なる処をと選んで遣って来たそうな形跡があるので、金州でも城内には宿舎を取らずに、わざと劉家屯の汚ない処に司令部を置いたが、蓋平ではその慣例に洩れて、兎に角整頓した室《へや》に眠ることが出来た。
蓋平、蓋平、自分等は如何に久しくこの地に達するのを望んだであろうか。蓋平に達すれば、先ずこの軍の第一期作戦は終結するのであるから、其処では充分休養することも出来るし、種々《いろいろ》の不便も供給し得ることと思っておったのである。この夜、自分等はこの地につつがなく到着したのを祝して、黄酒《ファンチュー》の杯を挙げた。

（七月十日・十一日記載なし）

七月十二日（火曜日）晴

折角好い宿舎に有り附いたと思ったのに、参謀官の中に苦情があるとかで、今日宿舎を古家子《こかし》と言う処に移した。古家子と言うところは、蓋州河の南岸で、蓋平市街を一里程後に戻った地位にあるのであるが、豪農多く、楊柳繁く、軍司令部を置いた家などは、それは中々立派なものであった。けれど自分等の宿営は、その村からは高粱《きび》畑を一つ越した小さな村落で、家屋もまた甚だ清潔ではなかった。この宿舎の特色は、家屋の裏に五六坪の空地があつて、其処に楊樹《やなぎ》やら梨樹《なし》やらが涼しい蔭をつくっているので、自分等は扉を外して寝台を作り、好く其処に行っては昼寝を遣ったので。それからその空地の一隅には、柴田君が北大崗寨《きただいこうさい》で買った驢馬が終日長く草やら豆糟《まめかす》やらを食っていて、時々けだだましい啼声を立てるのであるが、其処から裏口の扉の中に入ろうとする処に、例の塼片《せんへん》を集めた私製竈があって、上にはダルニーで買った大きな湯沸に湯が盛んに沸いていて、薪を添える青年苦力《クリー》の黒い夏服を着けた姿が今でも眼に附く。蝿には矢張《やっぱり》酷められたが、此処には長く滞在すると言うので、大々的清潔法を行った結果、後には大分その数が減った。もうそろそろ盛暑に近いので、十時頃からは、殆ど凌ぎ切れぬ程の暑さを感じる。それに、困ったことには、自分等一行は夏服を準備《ようい》して来なかったので、もう追送品で送って来そうなものと待っていても中々遣って来ぬ、代赭色《たいしゃ》の夏服の中に、わが班の人々ばかり、依然として烏のように黒い冬服を纏っていたのであった。

蓋平の市街には、蓋平に入った翌日出掛けて行ったが、東門を入った処は、なかなか奇麗に掃除してあった、家屋の構造なども金州よりは立派に、商売も頗る繁盛の趣を呈しているようであった。けれど裏町に入ると、随分不潔な処が多く、肥料溜《こやしだめ》の悪臭い臭は大通りを通っていても、おりおり堪え難く鼻を劈《つんざ》く。自分等は東門から南門へと、意味もなくぶらぶらと歩き廻ったが、城内には別に大した見るものもなく、支那料理も皆な腸を害しているので金州のように入って食おうともせず、ただ、物好きに支那服を拵えると言うので、中君と下村君とが、とある呉服店で白麻を少し購《か》った。麻はこの地の名産、質もよく、値《あたえ》も低く、内地に土産に持って行っても好いなどと語り合った。それから黄酒《ファンチュー》を一瓶、砂糖を五斤、茉梨花の入った茶を三斤、その他菓子、ミルク鑵などを沢山買入れて来たので、久し振りに少し旨いものを食った。

この村に滞在したのは今日から二十二日まで十一日間。この間、懐中日記を繰ると、鷗外先生を軍医部に訪問したことや，夕陽の光をおうてよく近郊に散歩したことや、色々さまざまのことが記されているが、とにかくこの古家子は長く滞在しただけによく記憶に存している。先月中の雨に輸送の米俵は全く濡れて、俵の周囲の米が腐敗したため、黴の生えた黄いのがしたたか炊事場の米に交り始めたのも此処、一行皆な腸を害して、雨の降り頻きる中を急拵えの高粱殻の厠に赴いたのも此処、長い滞陣の徒然《つれづれ》に堪え兼ねて、騎兵、馬卒などの素人相撲を始めたのを、毎夜毎夜ピーコツクの幾箱を賞品に携えながら、見物に出掛けたのも此処、隣の郵便局に手簡《てがみ》が来てはおらんかとよく出掛けて行ったのも此処、その他数え来れば、随分種々《いろいろ》な事があった。夕暮など散歩すると、村の盡頭《はずれ》、高粱畑の人の肩程高くなった向うに、蓋平盆地が色彩の美しい夕の雲を浮べて、見えぬけれど海が近いということがよく解る。村外れの路の四角には、遼東特有の道祖神の小さい宮が立っていて、その前に、終日長く立っている哨兵の姿。自分はいかにその附近の兵士とさまざまのことを語り合ったであろうか。

「帰りたいだろうナ」

「それゃ帰りたいですア。早く戦争が済んで郷国に帰れたら、どんなに愉快だろうと思うです。けれどまだ、前途は遠いです。まだ、始めたばかりですからナア」

「そうサ」と言って、更に、

「一番不自由な事は何だね？」

「不自由だらけで、何一つ思うままのものは無いですナ。けども、私の困ったのは、煙草が無いのには一番困った。今では、蓋平に行って買えばいくらかはありますが、この間中は全て三日三夜吸わんかったことが有るですからナ」

「戦闘線へ出たことがあるか」

「え、この間の蓋平の戦に鳥渡《ちょっと》出たですア。私等はこの六月の十七日に上陸したですが、戦闘に出たのは、この間が始めで、弾丸の音がシユッ、シユッと来るのを聞いた時は変な気がしたですよ。どうも進もうと思っても、恐ろしいようで、脚が出ん。けども……」

「馴れればそうでも無かろう」

「勢いがついて、ワアーと押して行く時は、それは愉快です。この時などはもう恐ろしいのを通り越して、敵の弾丸《たま》が遣って来て、すぐ傍の同僚が倒れても、平気で先へ先へと出て行くです……。けども、この間の戦争《いくさ》はすぐ敵が引いてしまったから、どうも面白い幕は見られなかったです」

「この間は何処等から始まったね」

「つい、其処、この村の向う側に敵がいたです。朝の霧にまぎれて、高梁畑の間を出ると、五十米ばかりの処に敵がいる。と思うと、ばらばらと弾丸が遣って来た。折り敷けッと言う声が懸ったので、匍匐《はらばい》になって、一生懸命に撃った。よく覚えてはおらんが、何でも七八発、十発も撃ったろう。と、急に進めッとの小隊長の号令、夢中になつて、背を丸くして進んで行った。今でも覚えているが、そのすぐ向う、そら其処に（と指し）土民の壁が長く黒く横たわっているでしょう。其処に十五人ほど敵兵が固まっていたが。味方が進むと、それがばらばらと逃げて行くのが分明《はっきり》見える。一目散に追っかけて行くと、走るわ、走るわ、走るわ、先生方も怖いと見えて、高梁畑の中を一生懸命に遁《に》げて行く、小隊はそれから右に展開して、この古家子《こかし》の村の右側に出たが、その時は敵はもう蓋平河を渉って遁げてしまっていたので、忽ちこの方面が取れてしまった」

「それから、どうした」

「二三十分して川を渉ったが、敵は遠く退いてしまって、弾丸も来ない。蓋平城の東側を通ると、その方面でも小銃の音は盛んに聞えている。これからだ！　しっかりしろ！　と小隊長は幾度となく号令したですが、この方面の敵は到頭そのまま抵抗せずに去ってしまったので、正面の機関砲の処までは行かずにしまった」

「正面は？」

「よく知らんですけれど、機関砲を撃ち懸けられて大分困ったそうです。けれど正午《ひる》頃、砲兵旅団の第十四が来て砲列を布くと、敵わぬと思ったか、一戦も交えずにすぐ退却してしまったとのことです」

その他種々な事を語り合った。

また、この村に滞在中、わが第二軍が大孤山上陸軍の東條支隊（注・第十師団第八旅団、東條英教少将〈東條英機首相の父〉指揮）と連絡を取って、羽翼《うよく》並び進むというような形勢になったということを聞いた。現に、その方面の酒保が山を越えて、右翼の第五師団から段々此方《こっち》に遣って来たものがあった。

軍の形勢を聞くと、大石橋では可成《かなり》の戦争がありそうに思われる。敵は蓋平退却の兵に二万の兵を加えて、その防御陣地は数里にわたり、クロパトキンも自ら出馬して指揮しているという噂も耳に聞えた。大戦！　大戦！　自分等は実にそれを待ちこがれているのである。

（七月十三日〜二十一日記載なし）

七月二十二日（金曜日）雨、後晴

昨日出発の噂を聞いていたが、何かの都合で延びたと見えて、命令は遂に来なかった、宿営も十日以上になると、実に倦き倦きしてしまうので、一刻も早く出発したいとの念は誰れの胸にも蟠《わだかま》っているのである。朝、雨が降って、厭に薄暗い佗しい日であったが、正午頃から、すっかり上って、雲はいつ何処に行ったかと思うほどの快晴となった。午後一時頃、大本営写真班の小倉倹司君が来て、「愈々出発は明日、御頼のことは参謀に話して許可を得て来た」という。御頼のこととは、今回の戦争には師団司令部に属《つ》けてもらうことで、君方は最右翼の第五師団に行くように決めて来たとのことである。第五師団と聞いて自分等は首を捻《ひね》った。何故と言うと、その師団は右翼も右翼の、此処から五里もあるところにいるので、それに行くには中々容易では無い。けれどもうそう決めて来たと言うものを、今更改める訳にも行かず、一行の中には、随分不承知を唱えたものがあったが、しかもその議決を翻すには至らなかった。さて、愈々行くとして、第五師団の位置を聞くと、蓋州河の上流の于家屯《うかとん》という処にいるそうで、五里とは言うが、何アに三里に少し遠いくらいなものだ……と小倉君は二十万一の図を示してわれ等に語られた。けれど第五師団司令部も明日は午前四時に出発するそうであるから、それまでに行って合するようにしなければならぬ。こうして居られぬと、急いで例の出発準備に取り懸った。どうもこの出発準備ということが非常に手数の懸るもので、写真機械とか活動写真機械とかが無ければ、何の訳が無いのであるけれど、これが種板箱《たねいたばこ》やら重い脚やらと、苦力《クリー》を雇うにしても三人はどうして要る。それに一行は孰れも不精者ばかりであるので、この準備をするにつけて、堀君がいつでも一人で非常に骨を折るのであつた。それに、この時、確か中君だと覚えているが、「どうも午《ひる》の中《うち》は暑くて好かん。今夜は月があるから、日が暮れて涼しくなってから出掛けよう。夜の十時に出るとしても、三里や四里はじき行着いてしまうから」と言い出した。ところが、これを賛成する人が非常にあって、それでは夜になってから出掛けようと言うことに一決した。

出発したのが、夜の十時。月が美しく四面を照らして、鳥渡《ちょっと》面白い晩であった。それに出発して行く一行の光景、これがまた中々趣味があるので、今想像して見ても、そのさまがありありと目に附く。常用の清国苦力《チャンクリー》の他に、なお三名の苦力を雇って、これに、四ツ切、カビネ機械、種板などを荷はせ、前に一疋の驢馬を鞭《むち》ちつつ進んだ。この驢馬は柴田君が好奇心《ものずき》に高い銭を出して、自分が乗るために買ったものであるが、一日二日乗り廻す中に、四五度酷く落されて、それで懲りて、今度は自分等一行の毛布外套《けっと》などを附けることになった履歴附きの可笑い馬で、その他にも色々面白い材料を我々に供給してくれた。ああ、その驢馬、その小さい、丈の低い鼠色の馬が、いかなる困難の時にも、疲れたとも、餓えたとも言わず、てくてくと歩いて進んで行くさまを想像すると、従軍中の種々《いろいろ》の光景が今更のように明らかに眼に映る。

月が美しいので、たどって行く高梁畑の広葉《ひろば》の露が閃々《きらきら》と輝き渡る。天地はしんとして、只遠くに蛙の鳴声――これは内地の蛙と違って、やや家鴨《あひる》に近い鳴声である――が聞えるばかり、その静けさと言ったら、無い。泥濘の深い路を彼方此方に辿りながら、蓋州河の畔に出ると、昨日から今朝の雨で、水嵩が非常に増して、昼間見たとは違って、非常に大きい広い川のように思われる。そしてその上には薄白い霧がぼうッと包むように懸って、遠くで水の瀬鳴りの音が微かに聞える。豆畑の間を分けて行くと、おりおり岸から獣でも飛び込んだようなけたたましい音がするので、何だろうと不思議に思ったが、やがてそれは岸の土の崩れて川に落ちるのであるということが解った。熊工橋、井上橋など、これは皆なわが工兵の架設したものであるが、それを渡って、段々東北の方向を志して進んだ。高梁が高く茂っているので、方向も兎角失い勝ち、路も兎角迷い勝ちであって、先ず辛うじて取り附いたのが、第三師団司令部のあった何とかいう村落。其処の角に行くと、哨兵が立っていて、止まれ！　と一喝された。「軍から来た従軍写真班」と大声に名のって、(この返答が後れると酷い目に逢うので、三度聞いて答えぬと発砲しても差支えないことになっている。旅団長でも、師団長でも、軍司令官でも、凡そ夜通れば必ずこの一喝を食うので、この哨兵には中々重大な権力が授けられてある) さていろいろ路を聞いた。明日の出発なので、師団でも誰一人寝た者は無い様子、どの家の窓にも燈火が明るく点いて、炊事場らしい村外れの一角の地点には、まだ飯を炊いている焚火の影が赤く赤く天を焦している。路傍には、牛車馬車が一杯に並んで、その傍には兵やら、清国の苦力やらが、翌晩までの一睡を貪らんがために、地上にごろごろと横になっていて、容易にその傍を横ぎることが出来ぬ。それに、昨日今日降った雨に、満洲の悪い路は、深い泥濘の波を挙げ漂わせているので、早く進みたいと思っても、中々思う通りに行かぬので非常に困った。

この第三師団司令部の村から、小さい村落がちょいちょい連なっていたが、其処には多くの歩兵やら砲兵やらが露営していて、そのさまは頗る壮観であった。それにしても明日は戦争、どういう戦争が開かれるのか、この中には戦死するものもあろうと思うと、自分は実に一種言うに言われぬ悲哀を総身に覚ゆるので。

さて、この村々にわが日本兵の露営していてくれたのは好かったが、兵士などは村の名も他の部隊の所在点をも知っているものなどは一人もなく、私等の進むべき方向の解らぬのには大いに困った。第五師団司令部と聞いても解らず、干家屯《うかとん》と言っても解らず、甚しいのは、広島の師団がこの方面にいますかと反問されたのさえあった。

それに、路の泥濘なのに、更に一層の困難を感じたのは、その村々に宿営している早出発《はやだち》の分が、そろそろ出発し始めたことで、歩兵の一個大隊も出ると、細い路は全くこれに占領し尽されて、自分等の歩く路が無くなってしまう。と言って、その通り過ぎるのを待っている訳にも行かんから、その間、その間を求めては先へ先へ出ようとする。すると又歩兵は歩兵で、進んで行く列を乱されるのを非常に厭がって、何の彼のと難かしいことをいう。従ってその間を先へ出る困難は、実に一通りでは無い。

で、何でも村を五ツばかり通り越したであろう。両側の山は段々近くなって、勾配は少しく急になって来た。それに、泥濘だの、歩兵の間だのを行くので、身体も非常に疲れるし、月も漸く西に傾き始めようとしたので、もう時間から推しても、第五師団司令部のある村に行き着きそうなものと、ある処で一人の将校に出逢ったのを幸い、聞くと、

小巴嶺《しょうはれい》。

干家屯はその村から何でも二里半ほど先の筈。まだ、それしか来ないかと思うと、一行皆ながっかりして、そんな訳が無いが、地図が間違っているのでは無いかと言うものもあるし、どう近く見積っても、も

う四里は来た筈だがなどと言うものもあって、絶望の声は一行の中に充ち渡ったのであった。殊に、沈み懸けた月の微明《うすあかり》に時計を見ると、

午前二時十五分。

剰《あま》すところ二時間しか無い。この二時間に二里半の泥濘の路を行き着くことはとても出来ぬと思うと、絶望は愈々《いよいよ》加って、疲労も俄かに出て来た。

けれど仕方が無いから、まア、一同勇気を鼓することにして、今は連れて来た清国苦力の曾てその村に行ったことのあると言うのをたよりに、ひた進みに進んで行った。ところが、困難は愈々困難、関家屯《かんかとん》と云う村に達する頃には、月は既に山の端近く沈み懸けて、四辺《あたり》は暗くなって来るという始末。けれど仕方が無い、幸い蝋燭は五六本持っているから、愈々月が沈んだ場合には、これを点《とも》してなりと、進む処までは進もうと、一行意を決して、清国苦力の案内する道を真直に辿って行った。

この関家屯には、歩兵が一個大隊ばかり宿営していたので、前方に危険が横たわっているなどとは夢にも知らず、この先々の村にもわが兵が充満していることであろうと安心して、自分等は進んだのである。

あれは何でも関家屯から一里ばかりも行ったであろうか。山と山との間が極く近く狭くなって、水の無い沙河が二條三條縦横に貫いている所であったが、今までたよりにした月は全く影を隠してしまって、あたりが真の闇！　さア、一寸先も路が解らん、蝋燭を点けようと言うので、とある岩陰に、一行額を鳩《あつ》めて、マッチを擦った。風はあると言う程ではなかったが、広い野原のこととて、どうもうまくつかんので、何でも七八本無駄にして、漸く火を蝋燭に移すことが出来た。さて、岩角に腰を掛けながら、一行さびしそうにすぱすぱと煙草を吸ったが——ふと、誰であったか、

「こんなに無闇に進んで危険は無いのかしらん」

と言った者がある。

　ところが、誰にもその考えはあったと見えて、

「そうだ、僕も先刻《さっき》からそう思っていた」

「第一、あの村から此方《こっち》は一人も兵が宿営しておらんじゃないか」

「一体、清国苦力の案内をたよりに行くということが危険だ。奴等は何も知らんから、近い道、近い道をと選んで行くのに相違ない。まごまごして敵の中へでも飛び込んでは大変だからナア」

　一大事！　もし、これが事実なら、これ程真面目な問題は無いので、一行皆なそれと気が附いて、ぞッと肌に戦慄を覚えたのである。なるほど考えて見ると、関家屯以北、わが兵がいない。

「どうせ、四時に干家屯に行き着くことが出来んのだから、あの関家屯の兵のいたところまで戻って、夜が明けてから進もうじゃないか。実際、盲進して、捕虜にでもなっては詰まらんからナア」

　こう言ったのは、平生勇敢を以て自ら任じている某《なにがし》氏で、その声の調子には至極真面目な容易ならざる響が籠っていた。

「そうだ、そうしよう」

「それが好い」

「そうと極ったなら、一刻も早く」

など、既に臆病神に取り附かれている者すらあった。

　この時である、自分等の驚いたのは！

　前に、何か音がしたと、思うと、疾風の如く走った来たのは、騎兵一騎。

「誰だ、とまれ！」

と一喝。

「従軍写真班！」

と異口同音に自分等は叫んだ。

　騎兵は返答をしなかったなら、一発の下に撃ちもし、突きも懸ろうとしたそうで、後で聞くと、岩陰に点せる蝋燭の火影に映った自分等の顔はまるでロスキー（注・ロシア兵）のように見えたとのことである。それもその筈、聞けば、此処はもう第一線で、関家屯に宿営している第六連隊の第三大隊は、絶えず敵と接触を保っているばかりでなく、現に、今朝も向うの山の陰に、敵の騎兵五六十騎も顕れたとのこと。そしてこの味方の騎兵は第三連隊の某中隊の太田某という上等兵で、夕暮から斥候に出た帰途《かえり》であるということを確めた。

「それでは、干家屯の広島師団へは、この道では危険ですか」

「危険も危険、大危険です。貴下方の考えではただ、地図の上から、この本街道を行きさえすれば好いとお思いでしょうが、第五師団と第三師団との連絡は、この街道上で取れているのでは無くって、向うの山の陰の間道で取れているのですからナア。実にそれだから知らん者は危険《けんのん》ですよ。僕に逢ったから好いようなものの、これで今半里も進んで御覧なさい。それこそもう捕虜になってしまう……いや」と馬の足掻《あがき》を早めて、「今でもまごまごしていると、どんな目に遭うか知れんですよ。早く、全速力で、関家屯まで御帰んなさい」

　こう言い放ったが、かれも恐ろしいと見えて、一散に馬をその方向に走らせ去った。

　俄かに附いた臆病神！自分等は泥濘の深い間を、進まぬ驢馬を鞭ちながら、どんなに慌てて引返したであろうか。一歩、一歩退く間にも、もしや敵兵が背後から遣って来はせんか、寄薩克《コサック》兵が追蒐《おっか》けて来はせんかと、それは実に気が気で無かった。だから、行く時は遠いと思った路も案外に早く、先ず目に見えたのが、関家屯のわが兵宿営地に於ける灯火！

その時の嬉しさ！

早速第三大隊の将校の家を訪ねてこれこれと話すと、皆な大いに笑われて、だから非戦闘員は先に出るものじゃないと散々冷やかされた。

で、三大隊の将校の言われるには、「では今少し待ちたまえ、四時には、吾輩の隊も出発するから、それに附いて来れば心配が無い。それに、第五師団だつて、明日そんなに先に進む訳のものでは無いから、充分追い附くことが出来る」とのことである。自分等はもう臆病神に取り附かれているので、それでは左様しようと意義なく決して、その民舎の中で、地図など見せて貰って待っていた。

待ったのも、わずか一時間くらい。将校達は寝ずに準備をしておられたから、すぐ出発！ということになった。自分等も苦力を一ところに集め、写真機械などを調べて、戸外に出て待っていたが、やがて兵士の隊を成し列を作って集って来たことと言ったら、今迄何処にこの大兵が隠れていたかと思わるるばかり。

闇の中の、泥濘の中を進んで行くこの兵。銃剣の鳴る音、靴の音、腰の金椀の水筒に触るる音、闇に透して見ると、黒い人影がそれからそれへと肩摩轂撃《けんまこくげき》のさまを呈して、おりおり騎馬の高い影がその間を縫って進んで行く。これは大隊長、連隊長等の一行である。自分等は苦力に離れぬよう、一行を見失わぬようにと骨を折って、その暗い、泥濘深い、雑踏した間を縫うようにして進んで行ったが、十町ばかり行った処で、砲兵第三連隊の砲車に邂逅《でっくわ》した。夜の行軍に砲兵と邂逅すと、歩兵はいつもこれを避けて遣るのが例で、なるたけ砲を前に出すようにと勉めて遣る。で、路傍の高粱《こうりょう》の畑中に、歩兵が整列してそれを避けて遣ると、砲車を牽いた砲兵は闇に動《ゆる》ぎ出た小山のごとく、勇ましくその泥濘の中をこね廻しながら、一つ一つ進んで行く。これを見ればいかに戦争の難しいものであるかがすぐ解る。

で、砲兵がつつがなく先に出ると、中隊長小隊長の簡単な号令が懸って、自分等の附いたその三大隊は前のごとく盛んに動き始めるのであった。なるほど騎兵の斥候の言った如く、わが軍の連絡を取っている線は、全く本街道とは別になっていると見えて、その路は一度南西に向い、更に東北に偏し、それから一山脈の陰を北へ北へと向うのであった。その東北に偏した辺から、路は俄かに細くなって、その多い歩兵の群について行くことが非常に困難になったが、自分等はなおその後へ後へとついて行った。

今、此処にわが軍の敵に対する作戦計画を考えて見るのに、わが軍は大体に於て次第に右方に偏ったものの如く、海山塞《かいざんさい》附近にいた第四師団は大石橋蓋平の中央街道を進み、蓋平城附近にいた第六師団は、それより少しく左に偏りて進み、中央隊の第三師団は更にその右方の山間の路を高家屯、禿老婆店《とくろうばてん》、二道房《にどうぼう》へと向って志して行くので、軍司令部は何でもその後部《うしろ》について戦場に向うとの話である。第五師団はそれより更に右、殆ど大孤山上陸軍の左翼と相接するばかりの処を進んで、敵の太平嶺《たいへいれい》、湯池《とうち》の陣地に突撃するのであった。敵の陣地は、湯池《とうち》、太平嶺、迎鳳塞《げいほうさい》から懸けて、青石山、望馬台《ぼうばだい》、牛心山《ぎゅうしんざん》とその長さは殆ど五六里に亙《わた》り、兵力は何でも五個師団、砲は三百門余を有しているとの噂であった。

山を越えると夜が明けた。

七月二十三日（土曜日）晴

蓋平河を渡ると、砲声。

それ始まったと言うので、急いで向うに出ると、小嶺丘陵が幾個《いくつ》となく連った間に、砲煙が簇々《むらむら》と破裂して、前の山の背から向うに展開して行くわが歩兵の列が明らかに眼に入る。後に聞くと、これは第三連隊の砲兵が高家屯西北の畑地に砲列を布いて、以て虞家屯《ぐかとん》北方高地の敵を砲撃したので、その時、敵の部隊は花児山の西南約千米の地と花児山附近の二ケ所に陣地を占めておったそうだ。味方は先ず騎兵第三連隊の浮巣中尉に若干の騎兵を率いてこれに向わしめたが、敵は忽ち背後の山に隠れてしまった。そこで、後を追って百六十米の附近に行くと、敵は其処に踏み留まって、頻りに頑強なる抵抗をわれに試みた。この時、第三師団長は二道房にいたが、これを見ると、すぐ砲兵二連隊に命じてこれが撃攘に尽力せしめた。

これが即ちその朝の戦闘である。

自分等はこの砲戦を見ながら、蓋平河に添った路を次第に右へ右へと出た。第五師団はもうとうに于家屯を出発して、右の道を進んだと知れているので、自分等は兎に角その方面には向ったものの、第三師団方面の砲戦を見棄てて行くのは如何にも惜しいような気がしてならぬ。それに、何だか今日すぐこれから大戦になるように思われたので、一行の中には、どうだ、これから三師団の後について行こうではないかと言ったものさえあった。否、第五師団行は最初から多少の苦情があって、参謀官連中が殊更に悪い、遠い方面を自分等写真班に宛《あて》がったというような不平も交っていたから、眼前この砲戦を見ては、その方へと心惹かるるのも理《ことわり》である。けれど、今更仕方が無い、食糧を沢山持っていれば、何処に出掛けて行っても差支えは無いけれど、それを師団なり連隊なりに仰ぐには、軍司令部の紹介状が無くってはどうしても駄目だ。飢えても行くかと言うとそれは困るとのこと。自分等一行は、その砲戦の面白い舞台を見捨てて、右に連なれる山嶺の中に分けて入るのをいかに残念に思ったであろうか。殊に、蓋州河はうねうねと蛇のうねるように流れているので、同じ流を幾度も徒渉《かちわた》りせねばならぬ。始めは靴が湿《ぬ》れると足が重くなって疲れると言うので、丁寧に靴下まで脱いで渉ったが、終には、面倒になって、靴でそのまま渉るという始末。それに、昨夜一夜、泥濘の歩き難《にく》い路を一睡もせずに遣って来たので、身体はへとへとに疲れてしまって、少し休憩すれば、すぐ睡魔が襲って来るという有様なので、不平は益々募って来るばかり、自分等は路傍に佇んで、幾度第五師団行を呪咀《のろ》ったか知れぬ。

忘れもせぬ、蓋平河を三度目に渉った処に、こんもりと楊樹の林が茂っていて、その陰が如何にも涼しいので、先ず一息みと腰を据えたが、忽ち起ったのは第五師団行の問題。中君などは非常に弱って、「なあに、態々《わざわざ》辛い思いをして、遠く五師団まで出掛けて行く必要はない。それに戦争を見るのには師団よりも軍司令部についている方が、全局が解ってどれだけ好いか知れん。折角附いてもその師団が戦争をしてくれんければ何の役にも立ぬ。聞けば、軍司令部は高家屯（此処より一里ほど後）に来ているそうであるから、第五師団行はやめにして、此処から引き返そうではないか」とのこと。下村君などは忽ち賛成したが、自分と小笠原君とは断乎としてこれに反対して、「そんな馬鹿なことは無い、折角師団行を運動して、参謀に許可まで請うて、遠いから行かれぬなどは、余りと言えば無定見。帰って対《あ》わせる顔が無いじゃないか。それに、今帰ってしまえば、昨夜からの尽力がまるで水の泡になってしまう。師団に附いても戦争《いくさ》をなしくれんければ駄目だと言うが、これは軍にいても同じ事、十三里台子のように師団単独の戦争を遣る時には矢張《やはり》見ることが出来ぬのだ！」と説破して、とにかく第五師団まではどんな困難を侵しても行こうと決した。

第五師団司令部の所在地を聞くと、今朝、現家玉という村《むら》落に向って前進したとのこと。その村には何でも此処から三里、ちょうど前に連なる山の陰に当っている……と、その方面から遣って来た伝騎が丁寧に教えてくれた。

この炎天に、この疲れた脚に、三里。自分等一行は実にうんざりしてしまったのであった。それに、その方面には一発の砲声も聞えず、三師団方面にはまた意地悪く盛んに聞えるので、自分も果ては参謀官が知っていて態々この遠い師団に向けたのかと怨むようになった。

大杉馬嶺《たいさんばれい》を過ぎて、直に北に向うと、蓋平河がまた流れている。川原、石原の暑い、焼けるような処を辛うじて過ぎて、小杉馬嶺《しょうさんばれい》、干家河子《かんかかし》などの村を過ぎると、右には大孤山上陸軍の通過した七盤嶺《しちばんれい》、新開嶺《れい》などの翠微が美しく夏の日に輝いて、風景の美しさはこの遼東地方に稀に見る所であった。けれど干家河子あたりを通過する頃には、もう如何にしても歩かれぬという程の足の疲労《つかれ》、身体の困憊《つかれ》。ことに、師団司令部は現家玉《げんかぎょく》よりまだ先に出たということを聞いた時には、一行皆絶望して、如何にしようとの考えすら急には胸に浮ばなかった。

今一度川を渉ると、現家玉《げんかぎょく》の村落。もうどうしても堪らぬと言うので、自分等はその入口の広場の楊樹《やなぎ》の陰に、高粱を編んだ敷物を民家から徴発して来て、そのままごろごろとその上に倒れて、寝込んでしまった。この時は世界がどうなろうか、身体がどうなろうか、もうそんな慾は無かったので、ただ一睡、それさえ得れば満足であったのである。で、その大道に大の字になったまま、自分等は幾時間眠ったであろうか。ふと、眼が覚めると、夕日がもう楊の樹の陰に低くなって、諸君の寝ている顔に満面の光を浴せている。自分は先ず起ち上ったが、兎に角どうしても師団司令部に合せんければならん。弁当の食はもうすっかり空虚《から》になったので、師団司令部に就いて給養を受けなければ、今晩のばかりか、明日の分も貰うことが出来ぬ、まごまごしていると、乾干《ひぼし》にされてしまう恐れがある。で自分はまだ眠り足らぬ諸君を起して、相談をすると、中君などは足の掌《ひら》に大きな豆を三つまで踏み出して、もうとても一歩も歩けぬといふ。それでは、比較的疲れない自分と小笠原君とが先に行って、その談判をして、宿営が決ったら、迎いに来ようと、ややその相談が決り懸けた時、ふと、其処に遣って来たのは、かねて識れる五師団の布教師。ヤアと言うような訳で、師団司令部の所在地を聞くと、もうすぐそこ、此処から十町もありませんとのこと。

村の名は馬家溝《ばかこう》。

戦争の模様は？と聞くと、午前の中は少し撃ち合ったが、午後からはもうすっかり止めてしまった。けれど師団司令部はまだ山の上に観ておられるだろう。明日は何でも大戦争が始まりそうであると、意気頗る軒昂。

十町、そのくらいなら行こうと、一行の諸君はこの言に漸く元気を出して、そのまま準備して馬家溝へと向った。成程、布教師の言った通り、重り合った丘陵の、瘤のような形をしたのを、麓に沿って向うに出ると、高粱、楊樹の深く茂った間から、ちらちらと家屋が隠見して、歩兵の出入する影が多く多く認められる。高粱の畑、その中に通ずる電話線、それに沿うて向うに出ると、山間の一村落、山により谷に架した人家の附近には、驚くべき活動の幕が広げられてあって、歩兵、砲兵、衛生隊などが処狭げに集中している。そして、その谷から向うの山に通ずる処には、一間毎に、砲弾が一つ一つ並べられて、其処には一人ずつの砲兵が立って、命令のある度に、逓伝して、砲弾を先へ先へと送っている。その砲弾の行方は？と仰ぐと、斜坂《スロープ》の上に、砲兵援護隊の歩兵の組み合せた銃剣が閃々と日に光って、その向うの山の平らな処には、十門ばかりの山砲陣地。麓の砲弾の逓伝が急になったと思うと、忽ち絶大なる響は天地に轟き渡るのであった。

渓の畔、谷の間、歩兵の集れること実に堵《と》の如く、或いは火を焼きて飯盒の飯を炊くもの、或いは新たに掘りたる浅き井を濁さぬように水を汲むもの、或いは銃剣を立てて背嚢を下すもの、その混雑は実に一方ではない。ある下士に、「戦争を遣っているのですか」と聞くと、「いや、戦争と言う程のことは無いが、騎兵や監視兵が随分いたので、今それを追攘《おっぱら》っているのである」とのこと。「明日はどうです、大戦がありそうですか」と重ねて問うと、「無論ある段ではない。今、視察する処に拠れば、敵は非常なる防備をこの方面に施しているらしく、湯池《とうち》から太平嶺に亙《わた》って、少くとも一個師団の兵がいる。明日は兎に角激戦に相違ない」と語った。

師団司令部の所在を彼方此方《あっちこっち》と尋ね廻ったけれど、何でも前方に出ていられる、今、この山の上に師団長が見えられたが……などと言うばかりで、中々要領を得ぬ。それを、疲れ脚で、彼方に訪ね、此方に問《たず》ねして、漸く探し出したのは、とある山の麓、楊樹の影の重なり合った峡間で、上田第五師団長（有沢、中将）仁田原《にたはら》参謀長（董行、大佐）などが地図を繙《ひもと》きながら、頻りに軍議に鞅掌《おうしょう》しておられるのを見た。

前には、一人の伝騎、今、参謀からある命令を受けたので、

「よく解ったろう、西へ西へと行きさえすれば好いのだ。路などをあてにすると、却って間違うぞ」

こう言ったのは、肩章を帯びた参謀。

「今一度、地図を拝見したいですが」

「よし」

と参謀は傍の高粱殻の上に展げられてある一枚の地図を取り、これを将に出発せんとする伝騎に示し、

「そら、これが此処の村、その向うの山、これを越えて、真直に行きさえすれゃ好いのだ。少しでも北に行くと、敵がいるぞ」

伝騎は仔細に地図を見ておったが、やがて、その道路を呑み込んだらしく、そのまま礼を施して、傍の柳の蔭に乗り捨てた馬にひらりと乗って、勢好く彼方に走った。

さて自分等は軍から紹介された手簡《てがみ》を示して、その指揮を乞うと、やがて管理部の曹長が出て来て、それでは宿舎を取って上げるからついて来いという。自分等はこれでほっと呼吸《いき》を吐《つ》いたのである。で、その兵士の群集している間を、馬家溝の村へと志したが、曹長はとある家の裏口に廻って、頻りにその閉さ

れたる扉を叩いた。けれど、どうしても容易に開けない。開門《カイメン》、開門の十五六遍も絶叫して、扉の外れるほど手でも叩き、靴でも蹴ったが、漸く恐々ながら扉を開けたのが四十ばかりの中老漢《ちゅうおやじ》。どうされると思ったか、先生ぶるぶる戦慄《ふるえ》ている。日本大人今天睡場《イーペンターヤンキンテンスイジョウ》と無理遣りに左の室に入って行くと、先生慌てて、どうかこればかりは堪忍してくれ、家に病人があるから……と額を地につける真似をして謝絶する。こんな事は幾度もある例、殊に一行の中でも、中龍児君は清語に少し達しているので、我々はそんなに恐るべき者でも無ければ、乱暴を働くものでも無い、ただ一晩泊めて寝かして貰いさえすれば好いから……と言葉を優しくして諄々《じゅんじゅん》として説くと、先生も少しは安心したと見えて、そのまま承知して彼方に去った。さて、汚い宿舎を、戸を外すやら、瓶を他に移させるやらして、毛布をアンペラの上へと敷いたが、ふと、給養問題が自分の頭脳《あたま》に上ったので、先ず第一に曹長に訊いた。ところが、曹長が言うには、「諸君にはなるたけ早く給養して上げたいけれど、まだ、釜が川向うにいて、遣って来ない。だから、今夜は十時頃でなければ上げられまいと思う」とのこと。自分等は腹はへってはいるが、どうも戦場の事で、仕方が無いので、それではそれ迄待つことにして、靴を脱いで、ゲートルを取って、そして毛布の上に横に倒れた。

ああ倒れたが最後、自分等は一人残らず忽ちにして睡魔の襲うところとなってしまったのである。一夜一睡もせずに歩いての翌日が、また五里六里の強行軍であったので、自分等は殆ど何も彼も忘れてぐっすり眠込んでしまったのである。

何時間眠ったか、ふと自分は眼が覚めた。見ると外したままの戸からは、美しい十一日の月が流るるように射し込んで、昼間の混雑にも似ず、あたりがしんとしている。すぐ、胸に上ったのが、飯の問題《こと》。今夜貰って来ておかなければ、今夜ばかりか、明日の夜までは一粒の米をすら得ることが出来ぬのである。慌てて飛び起きて時計を見ると、十時を過ぐること既に二十分、まず、傍に寝ている諸君を呼び覚ましたが、孰れもよく疲れて寝込んでいて、容易に起きようともせぬ。それを、いろいろにして、漸く亘君だけ起して、苦力二名と共に出掛けた。

昼間聞きて置いた管理部の炊事場。それは峡間の低い地で、其処には新たに掘った井に楊《やなぎ》の枝がぐるりに挿してあるのを見たが、其処に行って見ると、飯を炊いているような様子も無く、二三の兵士がごろごろ転がって眠ているばかり、あたりがひっそりとしている。もう炊事の分配が済んだのか知らんと思って、先程の曹長の其処にいたのを幸い、聞くと、「いや、諸君に言って遣ろうと思ったが、忙しいので、ついそのままにして置いた。実は、まだ河向うから釜が来んので、飯を炊きたいにもどうすることも出来ぬ。甚だ御気の毒だが、米を二日分だけ諸君に上げるように糧餉部《りょうしょうぶ》の主計に話して置いたから、行って取って来てくれたまえ。それから、それを炊くなら、此処に小さい釜があるから」という。自分は落胆してしまった。この深夜、この疲れた身で、また飯を炊かなければならんとは何等の困難、何等の辛苦、自分は殆ど泣きたくなったのであるが、さりとて今の場合、泣いていたとて仕方が無い。で、自分等はその教えられた糧餉部《りょうしょうぶ》（これがまた鳥渡《ちょっと》二三町の距離があるばかりか、そのテントが解らぬので、随分探し廻った）に行って、その主計に逢って、これこれと請求すると、そんな話は知らんという。また、戻って、また行って、漸く拝むようにして得て来た米二升。

さてそれを傍らの楊の枝で囲った水溜の水で研いで、釜に入れて仕懸けて見ると、釜が小さいので、一升二三合しかどうしても炊けぬ。余義なく一度研いで濡れた米を風呂敷にあけて、さて火を燃す段になって、また困った。それは、竈が、急製の、浅く掘ってあるので、高粱を幾らくべても、火が周囲にばかり出て、肝心の奥の方が暗黒になっている。自分は南山の前の夜のようなめっこ飯（注・北海道方言で、うまく炊けず、芯が残っている飯のこと）はどうかしてつくりたく無いと、どんなに苦心して燃やしたであろうか。三十分ばかりで首尾よく出来たが、柳行李だけでは三食分は詰め切れない。余義なく諸君に此処まで来て食って貰うことにして、亘君の名刺の裏に、その旨記して、苦力に持たせて遣ると、その苦力がまた容易に帰って来ない。管理部ではその釜が空いたなら、なるたけ早く寄越してくれ、もう荷拵えをしなければならぬからとの催促。やきもき思って、諦々《ぶつぶつ》言っていると、やがて中君と小笠原君とが来て、他の諸君は棄権するとのことを伝えた。これを見ても諸君がいかに疲れていたかを想像することが出来るので、止むを得ず、管理部に頼んで、その釜を十五分間程借りて、宿舎に持って行って、辛うじて夜食を食い、翌日の午餐までの分をも柳行李に詰めたのである。

七月二十四日（日曜日）

午前六時、師団司令部から出発の命令を受け取ったので、準備もそこそこに出て行くと、師団司令部は山を越えて既に前進せられたとのことである。今、この附近の地形を記そうなら、右には七盤嶺、新開嶺の山脈が高く険しく聳えていて、われ等の前進する道路は、低い丘陵の上から上へと通り、その左右には二三の村落と数簇《すうぞく》の楊樹とを有する小盆地が幾個《いくつ》となく指点せられる。既に前進せるわが兵士の禿げた丘陵の路を黒くなって通過して行くのも明らかに、敵の拠れる線はあの山と言う処には、一片の白い雲の朝日に輝いて血汐のように染まっているのも見える。丘陵から丘陵へと伝って、前に展げられたる谷地に下ると、その附近には、衛生隊、電信隊が陸続と列を作って、その間を縫って進むのが中々困難であるくらいの雑踏である。

羊草溝《ようそうこう》という村はその谷地のこれから再び丘陵に懸ろうとする処に位していて、前には長く連れる丘陵、右には高さ百二三十米の独立山があつた。師団司令部は初めこの山に観戦地点を定めようとしたが、ゆくりなく敵の陣地の余りに近く、危険の恐れがあるのを発見したので、直ちにその地点を羊草溝西方高地標高八十米の地に移した。自分等の羊草溝に入ったのは、午前八時、ちょうど師団司令部がその観戦地点に馬を進めらるる時で、その半腹の松林の盡頭《はずれ》に、上田師団長が馬を下ろうとしておらるるのを見た。各師団共、砲声は未だ聞えず、どうしたのだらう、もう始めそうなものだなど、我々は頻りにそれを待っていた。

最初の一発は午前八時二十分。

それは、わが第五師団の左に連なれる第三師団の砲で、続いて敵の陣地から続々として遣って来た。否、十五分も経つと、敵味方の砲声が非常に烈しくなって、愈々大戦の序幕は開かれたのである。自分等はわれ等の附随せる第五師団が如何に戦争を開くかと頻りに刮目《かつもく》して見ておったが、前なる不二形の山に山砲隊が登って、敵から撃ち付けられて、遁げ戻った後は、更に幾何《いくばく》の発展をも呈せず、ただ、敵の砲弾の折々思い出したように空中に鳴って来て、羊草溝の前後に黄い黒い砂煙を立てるのを見るばかりであった。日影がやや暑く、赤土の畑のじりじりと堪え難きに、自分等は山の半腹の疎《まばら》な松林の比較的蔭の濃い処を選んで、しばしその形勢を観ておった。左方の第三師団方面では、砲声が愈々盛んで、果てはそれに連なれる第六師団、第四師団、孰れも全力を挙げたような砲の轟声、余り盛んだ！と小笠原君が山をぐるりと廻って向うに出て行ったが、すぐ帰って来て、「来たまえ、来たまえ、実に壮観！」

自分は走ってその方面へと行った。一目寓《よ》せた自分は思わず手を拍《う》ったので、その山から向うに連なれる低い丘陵、その丘陵の向うには楊樹と村落とを以て成り立っている広い広い平野がパノラマのように展げられて、その上には一面に炸裂する砲弾の簇々《ぞくぞく》、一列に連なりて起こる砲の轟きは、殆ど片時も絶ゆることなく、遠いのは、音響が一つになって、何の事は無い、ちょうど遠雷の響でも聞くかのよう。大部の歩兵はその烈しい凄じい砲煙を浴びながら、或いは家屋の陰、或いは楊柳の裡、或いは断層の凹地などに隠れて、その突撃の時機の来るのを待っているのであろうと想像しつつ、自分はただただそれに見惚れた。

ところが、この際にも我々が第五師団に附せられた苦情が起って来たので、軍司令部に附いておりさえすれば、今少し明らかに、今少し広く軍全体の状況が指点せらるるであろうに、この師団に附けられたばかりに、それも充分に見ることが出来ず、そうかと言って、師団単独の面白い幕も開いてくれず、いっそ軍に帰ろうかなど、言う人すらあった。自分も実際、盛んに活劇を演じている他の師団が羨ましかったので、どうかして向うの山に出て見たい、あの山の上に行けば、味方の砲弾の敵の陣地に炸裂する盛んなるさまも見えるであろうと、参謀に行って許可を請うと、

「馬鹿を御言いなさい、あそこに出れば、すぐ撃たれる！」

と一喝されてしまった。

そればかりではない、この山の上から身体を出してはならん、師団司令部を敵に暁《さと》られる恐れがあるから……との厳かなる命令をさえ頂戴したので、仕方が無いから、前の平野の砲煙のよく見える山の一角、師団司令部のテントを張った処から五十間ほど下の、楊樹の蔭の涼しい凹地に毛布を敷いて、其処に腰を休めていた。

で、其処におったのは、彼是《かれこれ》二三時間くらいであったろう。敵はこの方面にもおりおり砲弾を寄越して、村の人家の一角、丘陵の輜重車の傍ら、又は東の高い山の半腹などに黄色い黒い砂煙を揚げているのであるが、しかも如何《どう》したのか、わが第五師団では、更に砲戦を開始せぬので、参謀などは頻りに双眼鏡を凝して見ているにも拘らず、形勢は依然として旧のまま。

「この方面にこうしてじっとしていては、とても好い写真は撮れぬ。どうだ、柴田君、少し先に出て見ようではないか。そして場合によったら、三師団の砲兵陣地まで行って見ようではないか」と自分が誘う

大石橋における野戦砲兵第三連隊（『日露戦役回顧写真帖』）

と、柴田君も賛成して、それでは出掛けて見ようという。で、自分等は活動写真の機械をいつでも撮れるように組んで、その他、カビネの機械を亘君が撮すことにして、苦力三人を連れて、観戦山の麓を大廻りに、こっそりと前に出たのが、午前十一時。

羊草溝の村に下ると、この地の一角には、既に野戦病院が開始せられて、赤十字旗と国旗と交叉した旗竿が高く高く掲げられてある。聞くと、負傷兵はもう余程やって来たそうで、現に、担架に荷はれて、血に染みたる兵士の運ばれて来るのを見た。

病院の傍に、非常に清冷な水があるので、自分等は先ず其処に寄って、各々水筒《すいづつ》に一杯ずつ充たしたが、この時、山砲隊が砲身車輻を馬に積みながら、陸続として通って行くのに邂逅《でっくわ》した。

写真に撮っていると、

「写真屋も中々えらい処に出て来ているナ」

と笑って言葉を懸けて行った将校があった。

中々えらい処と賞められた。それでは此処等は危険か知らんと、これでいくらか自分等の頭脳《あたま》にも不安の念が簇《きざ》したと見えて、砲声の盛んに聞える方面に向いながらも、絶えず兵士に向って、危険ではないか、危険ではないかと聞きながら進んだ。

両山の相仄《あいそく》した間、自分等の伝って行く路は高粱畑を過ぎ、楊樹の村落を過ぎて、次第に右に松樹の簇生《ぞくせい》せる山へと近づきつつあるので、砲声は依然として盛ん――見ると、その松山の西の突角には、今しも砲を進めると覚しく、人の影が小さく黒く蟻のように集って見える。

「此処等は危険は無いですかナ」

と、とある楊樹の陰に休んでいる一群の兵士に向かって自分等は尋ねた。

「いや、この辺は危険は無いでしょう」

他の一人は、

「先刻は少し砲弾《たま》が来たが、もうすっかり来なくなつた、大丈夫ですよ」

「大丈夫、大丈夫」

と皆言うので、自分等は先程萌《きざ》した不安の念をもすっかり忘れて、そのまま前へ前へと進んだ。三十分ほど行くと、遠かった松山も近く、山の突角に布き始めた砲兵陣地も明らかに見える。今でも忘れぬが、その附近は一帯の大豆畑、渓流の痕の赤い砂原をも越えて、楊樹の列を為して並んだ間を向うに出ると、其処には兵士が二個中隊ばかり、戦闘準備で集中していた。

もしこれが戦闘員であったなら、否、少しでも軍事智識があったなら、この地位の如何に危険であるかがすぐ解ったであろうけれど、自分等はまるで盲蛇《めくらへび》の物に恐じざるばかりではなく、途中聞いて来た兵士が、皆な大丈夫大丈夫と言うので、まさかにそんな危険な地に突入しつつあるのであるとは夢にも知らず、寧ろ平気で、三師団方面の砲兵陣地へと向って行ったので。

後で考えて見ると、なるほど危険。自分等は味方の砲兵陣地と敵の砲兵陣地との中央に位する山の上へと平気でのぼり懸けたのであるものを。これも後で五師団の参謀から聞いたのであるが、その時、双眼鏡で見ているると、その赤はげの山の上に、兵士ともつかず、将校ともつかず、不思議な奴が登って行く。見ておれ！　今、撃たれるからと言っていたそうである。自分等はそれとは露知らず、ただ一意に三師団の砲兵陣地に行くつもりで、段々その丘陵の上に登って行った。凡その頂上に達した頃から、味方の砲兵陣地の方を望むと、小さい円い谷を隔てて、向うの丘陵《おか》の扁平《たいら》な地に、十門ばかりの砲が布かれてあって、……それが撃った！　と、思うと、すぐ自分等の頭の上を凄まじい響で鳴って通って行く。その凄じい響！距離が何でも五十米位しか無いので、それが鳴って通る時には、総身に空気の圧迫を感じて、自から首が下がるのであった。一発、二発、三発、四発、いかにもそれが凄まじいけれど、味方の砲であるので、左程とも思はず、益々歩を前へ進めると、

突然、敵の砲弾が遣って来た。

右にも左にも前にも後ろにも……

ひゅー、ひゅーと空を鳴って来て、そしてそれが頭上で幾個となく炸裂する。その凄まじさは！　自分等ははッと思ったが、それよりも一層仰天したのは、清苦力《チャンクリー》。慌てて一散に阪を遁げ出した。否それればかりではない、一人の苦力は活動写真の重い脚、（長さ六尺丸さ三寸角位の太いもの）これを持っては遁げられぬので、投り出したまま、頓着なく走り去るのであった。俄かに附いた臆病神、いや、あの時ばかりは如何に勇者も逃げずにはおられまいと思う、自分等も慌てて元来た路を走り出しので。

亘君は余義なく清苦力の投って行った活動写真の重脚を担ったが、さるにても自分等は砲弾の縦横無尽に飛び違う間をいかに恐れ戦《おのの》きつつ走ったであろうか。ひゅーと鳴って来る砲弾、それが頭上を通り越せ

ば、先ずほっと呼吸《いきつ》を吐くので、その時の心地は、何の事は無い急電急雷に襲われた時と一つである。それに、その曳火弾の炸裂するのは、凄まじい勢のもので、前後に無数に落下して白い煙を揚げるさまはちょっと何とも名状し難い。それでも人間というものは、余裕のあるもので、始めの中は、自分ながら自分の一生懸命に走るさまが可笑しく、吾からわれを客観して、独り微笑みつつ走っておったが、敵の弾道(弾道と言って自から砲弾の来る道が定まってある)の下、約一町ほどの間を過ぐる時は、幾度となく頭上で破裂する弾丸の破片をばらばらと浴びせ懸けられて、心から痛切に危険を感じ、その時のみは流石にわれを忘れて、無茶苦茶に駆けった。否、亘君の石に躓いて転んだのを、遣られたかと思って、ひやりとしたくらいであつた。この時殊に自分が悲壮に感じたのは、行く時、戦闘準備で休んでいた二三個中隊の兵士が、この砲弾の簇々《ぞくぞく》と炸裂する間を、山砲陣地を援護すべく前の松山へと進んで行く光景で、甘んじて死地に就く彼等の勇敢なる態度は、実に自分の胸に不朽のあるものを刻んだのである。で、自分等のほっと呼吸を吐いたのは、何でもそれから十二町も走った処で、その高粱畑の一角には、五六名の兵士が休憩しておったのを記憶している。そして亘君が肩がめり込みそうだと言って、その活動の重い脚を一本自分に渡したが、この附近から一層恐気が附いて、一つ砲弾が来てもすぐ首を縮《すく》めるといふ有様、自分等は元の司令部の観戦山の麓までは、殆ど遁走の足を留めなかった。

観戦山に至るに及んで、また驚いた。この方面にも敵の弾が多く来たと見えて、今迄前の松原に集っていた管理部の士官、傭人、その他馬卒、副馬等は影も形も無く、山の陰の師団司令部の位置にも、参謀がただ一人立っているばかり、師団長参謀長の姿は何処に行ったか見えない。意想外の思をして、自分等は写真班の占めた楊樹の陰に行ったが、其処にも中君、下村君、小笠原君がおらぬので、更に驚いた。どうしたのであろう、何か変事でもあったのかしらん。あれほど此処に待っていると言ったのに……。もしやその附近にその理由を記した紙片でも結んでありはせぬかと四辺《あたり》を見廻したが、無い。心配になるので、亘君は山上に立っている参謀のところに聞きに行った。

参謀の立姿と亘君の立姿とは相並んで二三分ほど動かなかったが、やがて亘君は別れて下りて来た。

「どうだッた？」

と訊くと、

「どうだったどころでは無い。えらく小言を言われた。『写真班は？』と聞くと、『そんなものを知るものか、今、それどころでは無い、君達はすっこんで小さくなっておりさえすれや好いのだ！　まごまごして撃たれたって知らんぞ』とのえらい権幕。よほど形勢が必迫したような様子だナ」

「形勢が？」

自分等は一層驚いた。

兎に角、此処にいても仕方が無い。少し麓に下りようじゃないかと、評議一決して、そのまま、山を背後に下ると、その凹地には、午前まで山の前にいた馬卒、副馬などが混雑《ごたごた》と集っている。その傍らに行って聞くと、今少し前、味方が山砲陣地を向うの小山脈に布き始めたので、敵の撃ったの撃たぬのと言ったら、それは御話にならぬ程であったそうな。そして、師団司令部の位置にも非常に砲弾が遣って来るので、師団長は既に両三度位置を変えられたとのことである。軍から来た写真班の人々を知らぬかと訊くと、昨日宿営の世話になった曹長が、「君方の伴侶《つれ》は、さっき、向うの方に退いてしまった」という。

向うの方では解らぬが、対談《はなし》から推すと、わが写真班の人々は、既に山を越えて、遠く彼方に退却してしまったらしい。昨夜宿った馬家溝よりもっと後に退却してしまったらしい。これで見ると、形勢が余程危険なのか知らん。我々はこんな処にまごまごしている幕では無いのかしらんと、もう先程《さっき》ので、すっかり恐気が附いてしまって、不安で不安でどうも仕方が無い。

けれどこうして管理部の人達もいるのだから……と、先ずこの山陰に小さくなっていることにした。それにしてもその山陰の光景はいかに趣に富んでいたであろうか。麓には高粱の畑、其処には馬卒やら従卒やらが沢山入って、頻りに高粱の幹、葉を折っている。これは、今日の炎天の如何にも暑いのを蔽うためで、麓に偏った凹地には、その高粱で編んだ急製《きゅうごしらえ》の屋根、低い細い楊の枝から枝へと吊ったテント、その陰には五六人の兵士馬卒が一杯入っている。それから通じた路の附近には、鞍を置いて乗るばかりにした副馬が三々伍々高粱の葉や楊樹の葉を噛んでいる。まともに照す日影の下、兵士傭人の暑熱に喘ぎつつ、恤兵品《じっぺいひん》の日章旗《ひのまる》の扇をはためかしている地から、一道の路は細く細く、観戦山の上へとうねっているので、麓から上を仰ぐと、その路の中央に楊樹の低い簇《むら》。その少し上に二三の伝騎、頂上に立って熱心に戦況を視ている参謀の姿はちょうど空に浮いているように見えるので。

敵の砲は依然として来る、大いに来る。観戦山の左右、殊に羊草溝の村後の高地に墜落するのが最も多く、その度毎に砂煙が高く高粱畑の上に揚がる。自分等は管理部の将校等と種々《いろいろ》のことを語り合いながら、二時間ほどその凹地に小さくなっていたが、どうも不安で不安で仕方が無い。先程、見た時にも、第三師団、第六師団、第四師団皆凄まじく敵の砲弾を被って、その陣地の上は朝見た時と同じく真白になっているし、気の故《せい》か、午後から味方の砲が一体にいくらか沈黙させられているようにも思われるので、いっそ一行の他の諸君のように少し後に退却しようかという問題が幾度となく起った。

あれは何でも午後三時頃でもあったろうか。とにかく、一度山に登って、形勢を見ようじゃないかと、柴田君と亘君と三人して出掛けた。山の道を楊樹の涼しく茂っているところまで行くと、

「やア」

と声を懸ける者がある。

見ると、見覚えある軍司令部の騎兵二名。

「いつ来たのだ?」

「今」

「何か命令でも持って来たのか」

「いや、鈴木参謀の護衛をして来た」

「鈴木参謀は来てるのか」

「来てる、そら、山の上に」

と指した。

なるほど、師団参謀と並んで立つて居るのは鈴木参謀である。

「どうだね、戦は?」

「なアに、もうじき遣付《やっつ》けてしまうさ」

「そううまく行けば好いが、……どうも中々苦戦じゃないか」

「何アに、大丈夫だよ」

「他の師団の方はどうだ。今朝から一歩も前へ出られんようだが」

「第六が少し出た。大分成績が好いそうだ」

「この方面はどうだね、僕等にはちっとも解らんが、何だか、大分やられているようじゃないかね」

「なアに、大丈夫だ」

と、先生等は必勝を確信せるものの如く至極呑気である。

「軍司令部の地位は？」

「そら、向うに」と後の山の重り合えるあたりを指《ゆび》さし、「二つ三つ重った山の盡頭《はずれ》に、松の黒く生えてる山があるだろう。あの山のすぐ傍だ」

「二里くらいあるかね」

「ナアに、一里もありはせん。僕等は三十分ばかり前に出て来たんだ」

自分等は軍司令部の位置の近いのを聞いて、いっそ今から帰ろうかと思った。否、五師団附不賛成の中君、下村君がもし此処にあったなら、直ちに帰途に就いたに相違ないのである。軍にさえいれば、昨夜のような餓《ひも》じい目にも逢わず、又先程のような危険の場所にも邂逅さなくっても好いのであるから。

凄まじい砲声がすると思ったが、先に行った柴田君が下りて来て、実に壮観だ！　早く来て見たまえという。慌てて山の半腹から向うに出て見ると、なるほど壮観！　自分等の走って帰った谷の向うの山脈、其処には右に不二形のやや高い山があつて、それからわが布ける山砲陣地、それに続いて、松樹《しょうじゅ》の簇生《ぞくせい》せる山々が長く一線に続いているのであるが、今しもその山砲陣地から松山に懸けて、一面の砲声、一面の炸煙。黄い、黒い影は凄まじくその附近に充ち渡って、敵の太平嶺の陣地から撃ち出す砲の閃めきはまるで急なる電光かとばかり、絶えざる砲声は盛んに天地に鳴り轟いて、よくあの中で戦闘《いくさ》が続けられると思うのであった。

柴田君はカビネの機械を立てて、頻りにそれを撮しておったが、それの済むか済まぬのに、たちまち起る小銃の響。

不思議と思ったが――

敵の突撃！　わが山砲陣地への突撃、人々の慌て騒ぐ声が、それとなくこの山上に充ち渡った。

想像して御覧なさい、この刹那に於けるわが山砲陣地の混雑を。さらぬだに黄く黒い炸煙《さくえん》がその陣地を包んでいるのに、更にそれに加ったのは、十丈、百丈の砂煙。あなやと見ると、今迄不二形の山に添って絶えず砲弾を運んでいた馬の群が、ばらばらと走って逃げて下りて来るのが手に取るように見える。そうかと思うと、東の山隈からは、砲兵陣地の援護兵が約二個中隊ばかり、急いでその援護に赴くのがありありと。

混雑、混雑——実に状するに言葉が無い。

自分等はこれを観てはおったが、どうも不安で不安で、じっとしていられない。もしあの砲兵陣地が敵に奪われたとすると、此処と其処との距離は約千五百米、敵は忽ち嵐のようにこの附近に乱入して来るに相違ない。と思うと、金州南山の敵の敗兵をわが砲で撃ったさまが簇々と思い出されて、退却するならば、今の中に、後の山を向うに越えなければ危険《けんのん》だとすら考えたのであった。

兎に角一行諸君に合しようと言うので、自分等はその酣戦《かんせん》の光景を後にして山を下り、清苦力を促し立て、羊草溝《ようそうこう》の村へと志した。実際、この時は山の向うに遠く退却してしまう積りであったので、今日の戦争は到底われの勝利に帰することは難しいと独断したのである。で、羊草溝の村へと入ると、先に行った柴田君が、「ヤア」と声を懸けた。

見ると、一里も後に退却したと聞いた写真班一行の諸君が、其処の家屋の土壁の陰に高粱殻を敷いて休んでいるのを発見した。その喜悦《よろこび》はどんなであったか。「君方《きみがた》は一里も後に退却したと言うからどうしたかと思って心配した」と我々が言うと、「それよりも君方のことをそれは心配したぜ、あの砲弾《たま》だろう、あの砲弾の中で誰か一人怪我をしても大変だが……と、それはどのくらい気を揉んだか知れぬ」と中君がいう。続いて、小笠原君が、「僕は又今田山君がすこし後れて、影が見えなかったから、もし、変事でもあったのではないかとひやりとした」とのこと。我等の間には、忽ちその冒険談やら何や彼やが話し出されたので、その凄まじかったことは繰返し繰返しわれ等の口に上るのであった。聞くと、自分等の砲弾を食ったと同時に、師団司令部方面にも非常に来たそうで、三君があの柳の陰で寝反べって休んでいると、砲弾が二間、三間、五間位の処に来て、どんどん炸裂する。これは堪らんと思つて逃仕度をして来ると、山の上の司令部のテントの近所にも二個《ふたつ》ばかり炸裂して、師団長や参謀長は位置を変えるという騒ぎ。三君も慌てて山を下に降りたが、その間にも幾度ひゅーひゅーを食ったか知れぬ。

「実際、えらかった」

と中君は言ったが、すぐ後を続いで、「何しろ、余り暑いので、裸体になって涼んでいると、続けさまに砲弾が遣って来たものだから、慌てて遁げ出す、凹地があったので、先ず其処に入って、じっと小さくなっていた。実際あの頭上でのひゅーひゅーは気味が悪いよ」

「本当だ」

「で、どうした？　形勢は」

「今、敵が突撃して来たが、その結果を見ずに下りて来てしまった。どうも、大丈夫とは言えんぜ」

折からの管理部の傭人が通ったので、

「おい、君、敵の逆襲はどうした？」

「どうしたか、知りません」

「退却なッて言うことはありやしまいな」

「大丈夫、大丈夫」

で、自分等はその土壁の陰、此処ならばいくら砲弾が来ても大丈夫と言うので其処に小さくなって、形勢の如何を待つことにした。砲声はなお盛ん、砲弾もおりおりこの方面に遣って来るが、もう先程のように烈しいことは無く、通行する人に聞くと、大分味方が地歩《ちほ》を占めて来たという。で、自分等はその土壁の陰に、大凡四時間ほどいたが、もう日がやがて暮れる、今夜はどうせ露営だろうから、今の中昨夜残した五合の米を粥になりと炊いて餓を凌ごうじゃないかということになった。

自分と下村君とはそれにも関せず、鳥渡《ちょっと》形勢を見て来ようではないかと、夕日の射し渡れる前の山へと登った。もう七時近いので、空気の影は濃く、高梁の影は我等の影と共に長く後に指されるのであった。山の上に登ったが、此処では完全に前面の形勢を窺うことが出来ぬ。矢張《やっぱり》、以前の観戦山に行かなければと言うので、高梁畑をがさがさと横ぎって低い谷地へと下りた。

谷地にも同じく高梁畑が人肩《じんけん》を没するばかりに生い茂っているが、ふとその畑の中に話声がするので、自分等は思わず知らず足を留めた。

「ああ、そうですか、よろしい。私等の方でもそのつもりでおります。今夜十時頃、〇〇連隊（この前の二字聞えず）が先に夜襲を試みることになっていますから……」

夜襲！　夜襲！

自分等は耳を欹《そばだ》てた。

「よろしい、御命令の通り、必ず成功を期します」

話し懸けている人の声ばかり、話し懸けられて居る人の声は聞えぬので、不思議に思ったが、やがてそれは師団から軍司令部へと通じている電話であるということを知って、自分等ははっとした。その畑中に電話所が設けられてあるらしい。

「無論、成効を……」

あとはひっそり、続いて、がさがさと向うに分けて出て行く師団参謀の肩章の閃々《きらきら》と夕日にかがやくのを見た。自分等はそのまま畑の中に行ったが、其処には哨兵が一人立っている。電話所と言っても極めて簡単、ただ、聴音器が一つ其処に備えられてあるばかり、他に何等の設備も無かった。

今夜夜襲を遣るのだなと自分等は胸を躍らしながら、急いで、観戦山の上へと駆け登った。山の頂には先刻とは違って、十五六人も黒く圏《わ》をなして集っているが、近づくと、それは皆な管理部の将校下士であるのが解った。自分は先ず、第三、第六、第四の方面を望んだが、その方面は依然として砲弾簇々《ぞくぞく》、わが砲兵陣地は未だ一歩をも進めておらぬ。けれどその展開せられたる光景は如何に壮大であったであろうか。その最右翼より第四師団の最左翼に至るまで里数約五六里、想像せよ、この長き距離の平野は、簇々たる楊樹の上に無数の砲弾を炸裂せしめながら、夕日の濃き影の下に美しく横たわっているのではないか。

わが右翼方面は？　と見ると、この方面は困難の中に処して着々効を奏したと覚しく、前なる一帯の小山脈は既に全くわが有に帰し、その脈に布けるわが山砲陣地よりは、敵の太平嶺陣地に向って頻りに猛烈なる砲撃を加えているのを認めた。夕陽は既に舂《うすづ》き、山々の影深碧《しんぺき》より深紫《しんし》に変じ、ところどころに靡ける羊毛の如き雲の一端には、残照のなお微かに名残を留めているのを認めたが、顧みると、空には、十二日の月一輪、既に微かなる光を放っていた。

「司令部は？」

と管理部の曹長に訊くと、

「もう、先刻、前進された」

「今、何処です」

「あの松山の近所だ」

と指して教えてくれた。

「もう、大分形勢が好いのですか」

「もう大丈夫」

「夜襲を遣るって言うじゃありませんか」

「誰に聞いた」

　畑中の電話を語ると、

「ふうん、それじゃ本当かな。先刻、そんな話を鳥渡聞いたが」

「どうも本当らしい」

　瞳を凝らすと、敵の太平嶺陣地から撃つさまがよく見える。ぴかぴかぴかと光ると思うと、ド、ド、ドンと味方の前の山の陣地に来て凄まじく炸裂する。と思うと、味方の右の陣地からも盛んに撃ちだして、敵の陣地の上が炸煙で真白になる。

　砲戦なお一時間。

　もう日がとっぷり暮れてしまった。砲身からは火光が美しく見え出して、砲弾の破裂するさまはまるで花火のよう。もう、照準が解るまいがナアなどと言って見惚れていると、第三師団方面に、小銃の音が豆を煎るように凄まじく聞え出した。

「ヤア、小銃戦が始まったぞ！」

「もう此方《こっち》のものだ」

などという声が、この山上に充ち渡ったのである。

　日が暮れたので、以前の地点に戻ると、一行の影は無く、その傍の名刺を月の微明《うすあかり》に読むと、その側の民家に宿営すると言うことが書いてあった。で、その民家に入ると、一行の諸君は、今しも月の照り渡る中庭に、頻りに清苦力と談判している。何かと訊くと、とても明日苦力が得られぬから、今日の苦力をこのまま留めて連れて行こうとするのを、苦力は今日の砲弾ですっかり懲りてしまって、賃銀は要らんから、どうか帰してくれと、大地に頭をつけて頼むのであった。自分等は昨日の残りの五合の粥、それの各一椀ほどなのをすすって、「どうだ、勇気があるなら、夜襲を見に行こうか」など、言い合ったが、しかも、皆な疲れ切っているので、そのまま、炕の上に倒れるや否や、ぐっすり熟睡。

七月二十五日（月曜日）晴、後雨

何等の無謀、何等の大胆。

敵味方雌雄を決すべき夜を、自分等は鼾声《かんせい》雷のごとく、朝日の光が窓間に遍く射し渡るのをも知らなかった。

驚いて飛び起きたが、光景は昨日と少しも違わぬ。門の前には電信隊がいるし、後には輜重車が陸続として、一つとして我等の胸を驚かすものは無い。状況を聞くと、敵は退いたそうで、師団司令部は今、その前の山脈の不二形の山に登っているとのこと。

愈々敵は退却！

愉快愉快とそこそこに準備を整えて、自分等は出掛けた。丘陵を越えて、昨日山砲隊に邂逅《でっくわ》した村に行くと、野戦病院には、重傷、軽傷の士官兵士が陸続と担架で送られて来て、苦悶の声などもその間に交って聞える。それを通り抜けて、向うに出ると、昨日砲煙の黄く黒く炸裂した山の上には、朝日の光がのどかに照り渡って、師団司令部の将校の一団がその頂に立って四方を展望しているさまが黒く浮き出るように見える。自分等は朝飯が無いのだから、早く管理部に追い附いて、昨日約束しておいた道明寺糒なりと貰わなければと、急いでその山へと走り登った。で、兎に角追い附いて、管理部の曹長から二日分の道明寺糒を貰ったが、それを下の村に下りて、湯に浸けたり何かしている間に、司令部はその山を向うへと前進してしまった。自分等は一時間ほどしてから、その不二形の山を越えて、向うに出たが、かの昨日敵兵が突撃して来たわが砲兵陣地の傍を過ぎた時には、流石に身の毛の戦慄するのを覚えたので、高梁畑の縦横に折れ伏したるところどころ、砲車を据えたる肩牆《けんしょう》の山なお残りて、その周囲には真鍮の砲弾殻山の如く朝日に閃めき、敵の砲の炸裂せし弾殻の多き、これを見てもいかにその苦戦であったかが明らかに想像せられる。ことに、前にうねうねと靡き下れる道路、この路を、敵の騎兵、歩兵がまっしぐらに押し寄せて来たかと思うと、その時の混雑狼狽が眼に見えるように覚えられて、自分は暫し其処を立ち去るに忍びなかった。まして、此処は砲兵科の秀才石川少佐が勇ましい血汐《しし》を灑《そそ》いだところであるものを……。

阪を下ると、その附近には、昨日突撃の犠牲になった露兵の死屍が五六十も横たわって、わが兵は頻りにこれを埋葬していた。最初の村は萬千口子《ばんせんこうし》、村にはわが前進せる兵士が幾隊となく休憩して、その混雑を分けつつ先に出るのも中々困難であるくらいであったが、昨日敵が奮戦した太平嶺の陣地、それはもう此処から近いので、目を仰《あ》げると、その丸い山には国旗が勇ましく翻って、将校兵士が真黒になって登っている。

自分等は萬千口子の村で一休みしてから、先ず、その山へと登った。今日も暑い日で、木陰の無い、赭《あか》はげの路は実に実に堪え難い。太平嶺の陣地と言うのは、独立せる山塊の頂上に悉く防備を施してあるのであるが、鹿柴《ろくさい》は、此処で初めて見たので、ただ、楊樹《やなぎ》の幹、枝を順序次第もなく並べ立てたに過ぎなかった。頂上を三段位に取巻いた掩堡、掩濠、これも中々巧には出来ておったが、南山のに比べるとさして驚くべきものではない。自分等はその頂上の掩堡の上に立って、初めて、昨日敵がよく砲弾を放射した所以《よこ》を察し得たので、此処から見ると、羊草溝西方高地などはまるで手に取るように指さされる。されば師団司令部の位置も無論敵に解ったのに相違ないので、松山に多く来たのも、敵が多分其処に予備隊でもいたと思ったに相違ない。

昨夜の夜襲に就いて聞く所を総合すると、前進の各連隊皆なそれを準備して、某隊のごときは、敵のこの陣地を前にして、頻りに夜営の準備をした。敵の歩兵はこの山の麓からずっと東北にその線を画いて守備しておったのであるが、午後九時頃、某隊第三大隊の十二中隊から選んだ十四名の決死隊が、鹿島少尉の指揮の下に、突如この掩堡に突撃を試みたので、敵も中々頑強に抵抗したが、後にわが連隊の大部隊が続々として進撃するのを見て、二時間の後、ついに全くこの山を退却したとのことである。

戦争の当時も面白いが、更に愉快なのは、戦後敵の陣地を巡見して歩くことであろう。昨日までは、否昨夜までは、敵がこの附近に宿営して、わが軍の雲のごとく至るのを見、それに対して猛烈なる砲火を浴せたのであるが、今は皆わが有、その絶頂《いただき》には勇ましいわが国旗が風に翻っているではないか。

実に愉快。

さてこれでこの方面の敵は退いたが、第三、第六、第四の方面はどうであろう。朝来砲声の聞えぬところを見ると、矢張同じく敵は退却してしまったので、もう大石橋《だいせききょう》は首尾よくわが手に入ったのであろうなどと語り合いながら、頂上から少し下ると、山と山との間から、長い平野の一端がちらりと見えて、その盡頭《はずれ》には、巍々《ぎぎ》たる洋館——そこには白い黄い煙がさながら渦紋《うず》を為して凄まじく揚がっているのである。

「あれは何処だ?」

「そうさナ、大石橋じゃないかしらん」

「どうもその方向に当る」

などと言っていると、傍を通ったある将校が、それは大石橋の停車場であることを教えてくれた。

「もう取れたのですか」

「敵は昨夜から退却を始めて、あの火は停車場の糧秣《りょうまつ》に放って去ったのですが、もうすっかり取れたそうな話です」

「昨日はあれ程頑強に戦いながら、どうして退却したでしょう」

「ナアに、昨夜まで頑強に遣ったのは、敵の最後屁さ！」

と笑って去った。

　大石橋の停車場からは、双眼鏡で見ると、物の燃ゆる煙が二ところ三ところ盛んに昇っている。軍司令部に附いていれば、その光景も完全に見られるものを……など、又例の苦情が始まった。

　何だと言って呪《の》咀《ろ》われるのは第五師団司令部附。

　ことに、今一つ大々的に呪咀わるべきことがこの夜起った。

　午後二時頃から山を越して太平嶺の村落へと司令部に随って前進したのであるが、司令部はその村で久しく久しく休憩していたばかりでなく、今夜はどうしてもその村落に宿営するとの声さえ聞えたので、自分等は安心して、とある路傍の民家に入り、中君の清語でその主人《ザングイデ》を説いて貰い、兎に角臭くっても大地《じべた》よりはと、その炕のアンペラの上に席を取った。ことに、この日は四時頃から大雨になって、中々急には霽《は》れそうにも無いので、自分等は司令部は今夜どうしてもこの村に宿泊するに相違ないと独断してしまった。いや、軍馬や兵士が絶えず自分等の占領した民家にも入って来るので、この雨の中を他方面に進むなどとは夢にも思わず、夕暮になって腹が減ったので、湯を苦力に沸かさせて、道明寺糒を浸し、これでその飢えを充すと、諺にある通り、すぐ眼の皮がたるんで来て、自分等は雨滴の音を音楽のように聞きながら、いつとも知らず寝込んでしまった。

何時間眠ったか、ふと「おいおい大変だ！」と呼び起すものがあるので、慌てて飛び起きると、それは小笠原君で、司令部はもう何処に行ったか解らん、この村には一人も兵士はおりはしないとのこと。すぐ胸に上ったのは、敵の状況によって司令部は後に退却したのではあるまいかとの懸念。さア、大変、まごまごしていると、捕虜になるかも知れんと、一同皆な騒ぎ出した。時計を見ると、午後十一時。戸外には雨が車軸を流すばかり、ざんざ降っている。

「一体、諸君が余り個人主義で無責任だからいかん」などとの議論も出たが、「まア、そんな事はどうでも、一刻もこうしてはおられん、戸外へ出て、どうかして様子を聞いて来よう」と言うので、小笠原君と、下村君とは強雨を衝いて出て行った。しばらくして帰って来て、ちょうど好い具合に、今、旅団から師団に行く副官に邂逅《でっくわ》して、師団司令部の位置を聞いて来たとの話。蘇生したような気がして、その村名を聞くと、三元井《さんげんせい》という村であるそうな。この家の主人に糺すと、その村までは清里四里（注・約一・三キロメートル、清里一里は五七六メートル）あるという。これでまアいくらか心を安じたが、それではすぐこれから行こうと、苦力を起すやら、この主人を案内に立てるやらして、あたふた出掛けた。

この深夜の強雨を衝いて、その村へと志した時のことは竟《つい》に竟に忘れられぬ。支那の道路は一日の雨で、沼にもなり、沢にも変ずるのであるが、六七時間の土砂降りに、一時の川は彼方の凹地、此方の谷地へと流れ出して、ある処などはまるで滝つ瀬のような音をしている。泥《ど》濘《ろ》の深いことと言ったら、脚を没すとはこれかとばかり、一歩を移すにすら一通りの困難ではなかった。で、この泥濘の路を彼方《あっち》にこね廻し、此方《こっち》にこね廻しつつ、大凡《おおよそ》二時間も逍遙《さまよ》ったであろうか、漸くその三元井の村に着くと、今度は司令部の位置が容易に解らぬ。村の入口の哨兵はそれでも知っていて教えてくれたけれど、それから先と言うものは、誰一人聞くべき者なく、おりおり兵士がいると思えば、それは電信隊がこの泥濘に車を曳き入れて困っているくらい。それをどうやらこうやらさがし当てて、管理部の曹長に泣くように頼んで、布教師の一室に割込ませて貰った時は、ほっと呼吸《いき》を吐《つ》いたのである。

濡れたまま、泥のまま、靴も脱がずに、横になったが、ああ実にその夜の侘しさ、――五師団附の苦情すら、もう口に上らなかったのである。

従軍の困難――想像したまえ。

七月二十六日（火曜日）雨、後晴

戦争が一段落附いたから、一刻も早く軍司令部に合したいと思ったけれど、昨夜の雨が霽《は》れぬので、止むなく滞在することとなった。管理部から初めてくれた米を飯に炊いて、久し振りで暖かいのを食ったが、十時頃戦況を聞きにと参謀に出掛けて行った中君が帰って来て言うには、この師団はこれから第四軍（大孤山上陸軍）に合併するとかで、今日は午後から張官屯という所に向けて出発するそうだ。それに参謀も自分等の第二軍に復帰することを希望しておられたばかりでなく、軍の所在地から途中の危険の無い路まで詳しく説明してくれた。どうだ、これから帰ろうじゃないかと脚下から鳥が起ったような話。

しかも一行軍司令部を憧れているので、雨の霽れたのを幸い、直ちに出発することに一決した。

雨が晴れて碧空《あおぞら》になったのは、午後二時、一行が迎鳳塞《げいほうさい》という村に来た頃であった。ああそれにしても自分等は幸福と言わなければならぬ。自分等の今過ぎて行く路がちょうど敵が拠った山脈の背面になっているので、到る処、敵の防御陣地、背面計画などのさまが明らかに眼に入って、大部隊の露営した跡などはまだ灰の中に火が残っておりはせぬかと思わるる程新しい。ことに、敵の防御工事に力を尽したのは、その背面の幾筋となき新しき道路を見ても解るので、いかに高い山の上にも必ず砲車を曳き上ぐることの出来る程の立派な路が通している。それに、展望に不便なる楊樹は切倒してあるし、高梁畑は根元から折り敷いて、一種簡便な鹿柴《ろくさい》に組み立てているし、この防御をどうして一朝に棄て去ったかと怪しまるるくらいであった。ことに、迎鳳塞の村外れは、ちょうど第三師団の苦戦した勉汗溝《べんかんこう》北方高地の陰に当っていて、敵が主力を置いたところらしく、その丘陵《おか》の高さと言い、その附近の地勢といい、これほど好い防御地点は又とありとも覚えられぬ程である。

白塞子《はくさいし》、江塔寺《こうとうじ》など皆な敵の敗走した跡を印《とど》めぬは無い。それにしても敵の敗走する光景はどうであったろう、砲車は畑とも言わず、野とも言わず、ただ、まっしぐらに走り走って、後を顧るの暇もなく、歩兵は列を乱し隊を乱して、混雑、狼狽、さぞ大騒を遣ったであろう。此処にいてそれを見たならば、さぞ面白いであったろうに……。

鉄嶺屯《てつれいとん》に行くと、わが砲兵隊、歩兵隊陸続として充満し、この一帯の地、既に全くわれに帰してしまった。大石橋《だいせっきょう》の市街はもうそれからすぐ、一田畝《たんぼ》越すと、直にその石橋のある清国、露国、日本の掲示のごたごたと一緒に張られてある四辻へと出る。

大石橋の市街は今迄過ぎて来た都市の中ではやや特色を呈し、ちょうど日本では東海道筋の長い駅亭のやうな趣がある。何々客桟《かくさん》、何々客房《かくぼう》などと大きな字を白い壁に書いているところなどは、まさに支那駅站《しなえきたん》の特色である。露国はこの地の四通八達、交通上頗る枢要の地点にあることを看破し、駅外に頗る壮大なる露国市街を建設した。自分等の入った時には、わが将校兵士の往来さながら織るがごとく、その雑踏、実に状すべからざるもののあるのを覚えた。ああこの要地既に一度び潰《つい》ゆ、海城、遼陽ただそれ一弾指《だんし》の中。

軍司令部の位置の橋台舗《きょうだいほ》にあるということを聞いて、自分等はそのまま蓋平街道を一里ばかり南に下った。附近皆な広濶《こうかつ》なる野、渺々《びょうびょう》たる高粱畑、此処等は皆昨日第六・第四（注・師団）の激戦した処で、敵の大部隊の倉皇捨てて退却した有様が歴々《ありあり》と想像せられる。夕日近き野の明らかなる空に、簇々《むらむら》と黒き楊樹の聳え、あれこそ橋台舗なれと指しつつ進むと、果してなつかしいわが第二軍司令部はその村に宿営していた。久しい馴染の士官下士、「ヤア無事で帰って来たか」「どうしたかと思って心配していた」「君、どうだ、ひどかったナア」などと彼方此方《あっちこっち》から慰籍《なぐさめ》の言葉を浴びせ懸けらるるさえ嬉しきに、秋月中尉はコーヒー水の金椀に満されたのを自分等に渡して、

「君等の健康を祝す、飲み廻したまえ」

と言った。

その暖かき情――実際、自分等は故郷《ふるさと》に帰ったような心地がした。乃村曹長はまた、「君等の宿営をもうちゃんと取っておいた」と言って、態々《わざわざ》遠くまで導いてくれた。宿舎が汚いたッて、蝿が多いたッて、これを第五師団の不安危険飢餓に比べると、実に極楽浄土である。今宵は夢が初めて安かった。

七月二十七日（水曜日）晴

大石橋《たいせききょう》の大戦、まだその状況が完全には解らぬが、兎に角彼方此方の士官やら兵士やらの言《ことば》を総合して考えてみると、執れの師団も皆な非常なる苦戦を嘗め、某師団のごときは、その砲が全く沈黙させせられてしまったような形跡さえあった。就中《なかんずく》、平野だけに、第六、第四などは最も烈しく、歩兵は終日その砲弾

を浴びせ懸けられながら、しかも遂にその突撃の機を得なかったのである。各士官を通じての言に、今回の苦戦に陥ったのは、どうも敵の砲兵陣地の位置が完全に解らなかったからで、敵は望馬台《ぼうばたい》、青石山《せいせきさん》、牛心山《ぎゅうしんさん》、太平嶺などに掩堡、掩濠を築造して置きながら、実はその砲を山背に布いておった。それがため、味方の砲は撃っても撃ってもその効がなく、果ては一時中止の命令さえ下るようになったので、今少し、味方の砲兵陣地を先に出したなら、或いは存外上手く行ったかも知れぬとのこと。

とにかく、大戦、激戦、苦戦であった。

この日は終日蝿に苦しめられて、殆ど午睡《ひるね》すら満足に出来なかった。午後、参謀部から呼びに来たので、出掛けて行くと、山梨参謀は紹介状を自分等に渡して、第五師団と第三師団とに手分けして戦況を聞きに行けとのことであった。

で、森林黒猿氏は第五に、自分は第三に行くことになつた。

七月二十八日（木曜日）晴

第三師団司令部の所在地は大石橋を東北に距る二里、青花峪《せいかよく》という村落にあるとのことで、自分は午前九時頃中君と一緒に其処に出掛けた。大石橋の停車場附近には、露国の建築家屋大小無数相連なり、一見して以て敵がいかにこの地の経営に力を致したかを察することが出来る。然るに、今はその大小家屋、皆なわが兵の占領するところとなってしまって、中に国旗を高く掲げた大きな家屋はわが野戦病院であるのが一目で解る。

大石橋の露国市街の盡頭《はずれ》に、朝陽寺北方の山脈がその最後の一山を突出せしめて、その角に、遼陽街道は髪《はつ》のごとく通し、倉皇棄て去った敵の輜重車《しじょうしゃ》、病院車などの無残に破壊されたものが陸続として落ちている。馬匹の斃《たお》れて死したるものまた夥しく、中には露兵の死屍《しし》の土中よりその半身を顕しつつ、堪えがたき悪臭を四辺《あたり》に放った者などもあった。それ故でもあろう、この附近蝿の集まること夥しく、営要子《インスアーサ》（蝿を払う払子《ほっす》のごときもの）を振いて、絶えずこれを追い払いつつ行くのであるけれど、しかも先に進み行く中君の軍服には、実に隙間なきほど無数の蝿が集って、これを追うと、ワンと言う声を発てて飛び発《さ》るのであった。

日射堪え難き街道を、高粱畑に沿いて右に折れ、なお行くこと二三町、ふと見ると、向うから一人の将校が副官を連れて、騎馬で進んで来るのを認めた。何処か見たようなと思ったのも理《ことわり》、近づくまま、それは得利寺の戦場で懇意になった佐野砲兵第十三連隊長であるのが解った。

自分が会釈すると、

「ヤア」と連隊長も馬をとどめて、「まだ、いるね、健全《たっしゃ》かね」

「ありがとう……どうでした、今回《こんど》の戦は」

「中々盛んだッた」

「貴下は何方《どちら》の方面で」

「私は六の後にいたが、それア、実に盛んなことがあるのだ。砲四門で、敵の砲十二門に当って、その七門を沈黙せしめ、三門をもう遣《つか》えぬくらいに破壊して遣った。勿論味方でも一門駄目にしたけれど……」

「中々大きな戦争《いくさ》でしたナ」

「うむ、随分盛んだッた。ちと遣って来たまえ」

「今何処です」

「鉄岑屯《てつれいとん》」

「あ、鉄岑屯にいらっしゃいますか。是非一つ上って、勇ましい戦況を伺いましょう」

「それでは……」

と別れた。

青花峪《せいかよく》はここからもうすぐ、楊柳《やなぎの》村を一つ越えると、その向うの村には、師団司令部の騎兵隊が列を為して集っているのが見える。参謀部に行って、唐橋《からはし》参謀を訪い、其処から廻状を貰って、当日激戦に参与した各隊を廻ることにした。

当時、自分が各隊から聞いて綴った通信の一部、これは『日露戦争実記』に載せたのであるが、第三師団方面の戦況を知るには、甚だ必要であろうと思うから、そのまま此処に転載しよう。


第三師団は二十三日午前四時、北門家峡、劉家屯、関家屯、劉家屯の線を出発し、第十七旅団は左翼、第五旅団は右翼を前進し、砲兵連隊はその中央を通過して甫甸《ほてん》高家屯に向う。沈家屯、石仏寺を経て、直《ただち》に正北の山路を取り、二道房に達せしは、午前七時頃なりき。而して砲声は六時二十分を以て開始せられ、花児山《かじざん》の敵を漸次追撃退却せしめしことは既に述ぶる所のごとし。かくて全く花児山を占領せしは正午十二時にして、その砲兵連隊長は直ちに其の東方的五百米の高地に向いて進みしに、敵は孫家屯の北方高地にありて、その絶巓《ぜってん》にはさながら鉢巻を為せるがごとく、頻りに散兵寮を布けるを認む。また、山西頭の北方高地にも、盛に散兵線を布きつつあり。而して敵の砲兵は白家塞《はっかさい》の南方高地に約二三箇中隊あることを認め得たり。是に於て、砲兵第三聯隊は前に出でたる将校斥候を収容せんがため、禿老婆店《とくろうばてん》より劉家店に通ずる道路の中、花児山の東方約千三百米の鞍部（峠）に二門、その西方の山地を越えてなお西方の鞍部に四門を置き、放列を布きて以て敵の散兵線を射撃せしに、敵は蛛の子を散らすがごとく、忽ち退却し了《おわ》りてその影をも見せずなりぬ。午後五時に至りて、敵始めて其砲をわれに向く。されど其間の距離九千米にして、弾は皆わが陣地の前方三千米のところに落ちて、些《さ》の効なし。かくて其夜は花児山附近、禿老婆店附近に露営。

その夜、砲兵連隊は第六中隊の森大尉（勝太）をして、翌日わが占むべき陣地を偵察せしめたり。この偵察の危険たるや実に名状すべからざるものありて、大尉が敵中にありながら、大胆にしかも沈着に、よくその陣地を偵察し得しはその功実に偉なりと称すべし。その偵察の結果により、砲兵連隊は翌朝二時禿老婆店を出発、劉家屯を経て、唐家屯の東北約六百米の高地に至る。陣地（夜中偵察し置きたる）は約百米の高地にありて、附近皆高粱畑を以てこれを蔽えり。わが軍巧にこれを利用し、夜の全く明けざるに、その高地及びその欝たる畑地に一箇大隊残らずの放列を布き、いざよしとてその附近の高粱畑を刈りしに、豈驚かざるを得んや、敵の先鋒兵とは緩かに千五百米を隔てたるに過ぎずして、敵は全くわれの此地に放列を布きたるを知らざりしもののごとし。

見れば前村に敵の騎兵若干あり。また北方千米の高地に少許《しょうきょ》の監視兵あり。歩兵の前進を掩護しつつ、これに向って砲戦を開始せしは、午前六時三十分。されど敵忽に退却し了りたれば、少時砲を中止して以てその機の熟するを待てり。午前九時、左翼なる第十七旅団はその率ゆる第三十四連隊をして、進んで敵の北方高地に向わしむ。砲兵は即ちこれを掩護すべしとの命を受く。かくて砲声連続、わが歩兵は彼我《ひが》砲火の間を冒して、辛うじてその麓に至りしに、此時、敵はその山上に二箇中隊ばかりを出して、折り敷きてわが歩兵を瞰射《かんしゃ》せり。わが歩兵密集せるがため、危険甚しく、倒るるもの相踵《あいつ》ぐ。わが砲兵はこれを見て忽ち砲弾を敵の中に集沖《しゅうちゅう》せしに、敵の倒るるもの又無数、望遠鏡を以てこれを窺えば、構え筒の姿勢にてわが砲弾に倒れたるもののあるを見たり。かくて敵は屍《し》二十を残して退却、第十七旅団は進んでその左方一帯の高地及び畑地を占領せり。

午前十時半、右翼に連繋せる第五師団と合して、敵の主力を砲撃せんがため、砲兵第二大隊中の二箇中隊を東北百六十米の高地に進ましむ。この時、敵の砲兵は北部白塞子の東五百米の高地より太平岺《たいへいれい》の南側に亙《わた》れる線によりて全砲列を布き、その砲撃の盛なる、実に未曾有の光景を呈せり。されど敵砲の照準甚だ遠く、多くは後方五六百米のところに落つ。且、其砲射弾遠く乱れたるは呆るるばかりにて、得利寺にて手際を顕はしたる同じ砲兵とは如何にしても思はれぬばかりなりと島川連隊長は語りぬ。

されどこの高地に進みたる砲兵二箇中隊の困難は実に名状すべからざるものありき。其の山急斜面にして登攀《とうはん》已に一方ならざる困難なるに、その一面敵の砲兵陣地に暴露せるを以て、砲を受くること移しく、陣地を占め得たる後も、馬躍りて砲を運ぶ能はず。止むなく砲兵自から担いてこれを山上に運べり，されば弾薬艇列もまた近く来る能はず、下士兵士逓次伝達して以て至急の用を弁せり，この間に処して、わが下士、兵士が勇敢に弾丸を運びしは実に特筆大書すべきことなりとす。

勉汗溝北方に当りて、敵の一砲兵陣地最も有功に、わが軍のその砲を受くること甚だ多し。如何にもしてこれに向わんと心を尽したれど、斜面峻峻にして其志を遂ぐる能はず。午後二時に至りて、東方百六十米突の鞍部に辛うじて砲二門を上ぐることを得て、以てこれと対抗せり。

砲兵隊の死傷は戦死長岡軍曹（槻若）、負傷両角《もろずみ》中尉、その他兵即死一名負傷十二名。

砲戦の間、歩兵は絶えず敵の歩兵と小銃火を交えたれど、しかも未だ大決戦を試むるの機に達せず。頻りにその機の熟するを待ちつつありしも、敵の砲兵頑強にして、午後四時に至るも、両軍の対戦未だ決せず、高粱畑に折り敷ける兵等はいかになりゆくことかと心も心ならざりしという。

四時半に至り、砲戦の効果漸く明らかに、敵兵次第に沈黙の境《きょう》に陥り、掩濠の上にその頭を出すものも漸く少なくなりたれば、歩兵は即ち総前進を起し、勉汗溝南方高地に至りてとどまる。此時既に暮色蒼然。

これより展げられたる第三師団の活劇は実に第六連隊の第三大隊にあり。突撃、接戦、肉薄——大格闘は実にこの隊によりて山西頭北方高地に於て行われたるなり。

第六連隊は午後二時頃、勉汗溝を占領すべき軍命令に接手し、直ちに前進を開始し、午後五時頃東部勉汗溝の北方高地及び山西頭に亙れる線に散吏線を布き了れり。この時、敵は東部勉汗溝の西方及び北方高地にありて、頻りにわれに小銃火を浴びせ懸けたり。わが六連隊は、列は少時《しばし》これと小銃戦を交えつつありたれど、これにてはいつ果つべしとも覚えざるに、第三大隊は高島少佐の指揮の下に、午後七時半頃、勉汗溝西方高地を占領せんがため、山西頭東方畑地に展開し、以てその攻撃準備に移れり。

第十一中隊は右翼となり、第九中隊は左翼となり、第十三中隊は中央を固め、麓に第十中隊を予備隊として残留し置き、直ちにこれに向って前進を始む。山上にある敵は約二箇中隊ばかりなりしが、わが兵の進むを見るや、即居塞《そくきょさい》東北高地より、敵は猛烈なる側面射撃をわれに加え、その小銃弾の飛ぶこと恰《あたか》も霞のごとし。わが兵これに屈せず、いかにもして日没迄にこの山を占領せんと覚悟しつつ進む。この時わが第三十四連隊の第一大隊は左辺後方よりわが第三大隊の進行を掩護するために射撃を開始し、砲兵連隊もまた力をこの方面に注ぎたるを以て、敵は漸く動揺し始め、一挙これを陥るるまた難《かた》きにあらざるを覚ゆ。

わが兵猛進、八時四十分に至りて、第十一中隊は勉汗溝西方高地の南方斜面の東部の一角に、第十二中隊はその南方側面の中央山腹に、第九中隊は同高地の南部側面に達し、盛なる突撃はこれより始まりぬ。日全く暮れて、人顔已に弁ぜず、——想像せよ、十二日の月は既に美しき光を放ちて、この一場の修羅場を照らせるなり。

今、その高地の地形を叙せんに、絶巓平坦にして東西に平たく、高さは僅かに八十米を数うるに過ぎず。山上一面の高粱畑にしてただ一ところ綿畑あるを見るのみ。

第一回の突撃を試みしは横山大尉の率いし第十一中隊なるが、大尉は平生最も勇敢無比の性質なりしことにて、自から率先して陣頭に進み、日章旗を高くかかげつつ且つ戦いかつ進み、遂にその高地の絶巓に達せり。この時、敵と相距《あいさ》る、僅かに三四間、両軍の銃剣互に相接し、その尖頭はおりから光を放ち始めし月光に閃めきて凄じかりき。大尉自から刀を振ひて敵を斃《たお》すこと数名、その勢韋駄天の走るがごとく、その四面自から披けて見えたりしが、この時遅くかの時早し、月光をたよりに狙撃せし敵の銃弾大尉に当りて、そのまま名誉なる戦死を遂げ、近藤少尉もまた敵の盛なる射撃に遭いて遂に斃れぬ。中央及び左翼を進みし第十二、第九の二中隊はこの時また高地の絶巓に達し、この方面の接戦格闘また烈しくなりまさりぬ。何等の活劇ぞ。敵味方既に近くこと二三間、敵は銃槍銃剣を提《ひっさ》げて進み、われ又これに向いて突撃し、その光景の凄じき、実に状するに言葉なかりしという。

接戦は此に留まらず、両軍互に手当次第に石を投げ付け、敵のごときはマサカリ、十字嘴《じし》、丸太等を投ぐるに至れり。突然、敵より光る物を投げ来れり。それこそかねて噂に聞きし爆裂弾なれと一同驚くこと一方ならざりしも、別段爆発するやうなる有様もなきに、近寄りて仔細に見れば、こは敵の有せし石鹸箱なりき。

紀念として携へ帰りしと大隊長は語りぬ。

かくて敵味方は死傷者を絶えず後に送り還しながら、一度戦いては一度憩い、一度突撃しては一度止《とど》まり、互にこの戦場を失わじと尽力せしも、午後九時頃に至りて、敵の援兵到着せしを以て、困難更に一層の困難を来し、死傷者を生ずること実に夥し。高島大隊長は此間三回突撃を試みたり。

両軍はかく山を挟みつつ、数時間を過ぎしが、十二時、一時頃より、敵は一名二名ずつ退却を始め、午後四時第六連隊を挙げて突撃せし時は、山上已に敵の隻影をだに留《とどめ》ざりき。

戦死者は大尉横山富三郎氏、中尉吉元朝吉氏、少尉坪内鋭雄氏、同近藤信次氏、負傷中尉豊永信次郎氏、少尉池田監之助氏、同川本常磐氏にして、下士以下戦死五十名負傷百二十五名合計百七十二《(ママ)》(注・五の誤りか)名の多きに達せり。一箇大隊にしてかくのごとき多数の死傷者を出す、以てその月夜の格闘のいかに激烈なりしかを推するに足るべし。

而して、この措闘の結果、敵は遂に大石橋附近の要地を拋棄《ほうき》し、わが軍潮のごとくその地に入ることを得たるを思えば、諸氏の功また偉なりと言わざるべからず。

翌二十五日、午後一時を以て、第三師団は前進し、第十七旅団、第五旅団共に青花峪《せいかよく》、丁家溝《ていかこう》、何家屯《かかとん》の線を占領せり。

それからこの日自分が非常に深い感に打たれたことがある。

それは丁家溝に第五旅団本部を訪問した時のことであるが、旅団副官加納中尉（重之）にいろいろ詳しい戦況を聞いて、さて当日の死傷者将校下士の姓名を問うに及んで、自分は愕然《ぎょっ》とした。少尉坪内鋭雄……と副官は平気で語ったが、ふと坪内孤景《こけい》君がこの第三師団にいる筈と思った自分の胸には、すぐ戦死されたかという感が烈しく浮んだ。「坪内博士（注・坪内逍遙）の甥に当る人ではありませんか」と聞くと、「何でもそんなことに聞いております」との話。

孤景君には自分は二三度逢ったばかり、別に深い交情もあるのではないが、氏の友人からその性行の一部をも聞いており、その著述の二三をも繙《ひもと》いて、わが明治の文壇、氏の為すあるの士であるのを知っているので、自分は一方ならず胸を撼《うご》かしたのである。聞くと、君は当夜接戦の第三大隊第九中隊に属し、中隊長・森大尉指揮の下に、奮戦突撃、勇ましい戦死を遂げられたのであるという。

丁家溝から青花峪へと通ずる路、これは今でも思うと、ありありと眼前に浮んで来るので、低い丘の四面、高粱畑はざわざわと風に靡いて、右にも左にも高い岩山、日は早四時過の、空気の影は濃く、山の色も冴え冴えした深い紫色を帯びて、北を劃《かぎ》れる山の彼方には、わが守備せる第一線におりおり敵が遣って来るなどという、何となくさびしい悲しい感じのする処であった。その高粱畑の風に靡く間に通ぜる一筋の電話線、それに沿うて路とも言えぬ路が自然に丘から丘へと越えているのであるが、自分はその路をたどりながら、どんなに孤景君のことを思ったであろうか。自分等があの羊草溝の民家で、五合の米を粥にのばして、辛うじて餓えを医《いや》して居た頃、君はかの明らかなる月の下に、人生悲劇の極点を嘗め尽して、さびしく静かにその異境の山谷の中に横たわったのであると思うと、涙がはげしく胸を衝いて溢れて来た。

せめてはその戦死の情況なりと聞こうと思って、自分はそのまま路を第三大隊の宿営せるところへと取った。高粱畑の丘を下りて、右へ谷地へ曲ろうとする処に、一人の哨兵が立っていたので、その隊の宿営せるところを聞くと、

「向うの丘を越えると、谷がある。その谷を通り抜けると、向うに白壁が見える、その村がそうだ」

と教えてくれた。

山を越えると果して谷。其処には第六連隊の兵士が充満して、柳の陰には馬嘶《いなな》き、人語りて、活動の気はそことなくあたりに満ち渡った。井には兵士が必ず隊を組んで洗濯している。

谷を過ぎて丘にかかり、その半腹の高粱畑を向うに越えると、二三軒の白壁が夕日の光に輝いて見える。これ、かの名誉ある第三大隊が戦後の余勇を養うところであるので。

村に入ると、二三の兵士は自分の服装を見て、

「ヤア、新聞記者が来た、新聞記者！」

自分はぬからず、

「君等は遣ったそうですナ」

「遣ったですとも」と意気昂然として、「実にあんなことは今回《こんど》が初めて、お話にも何にもなりゃせん」

「君等は健在で結構でした」

「いや、僕等はよくあれで生きていたと思うくらいです。まるで敵と三間しか隔たっておらんのですからなア」

「実に盛んでした」

「いや」

われ等は語りつつ歩いた。で、一歩一歩その村へと進み入ったが、先の日の悲惨なる戦闘の影がなおこの附近に満ち渡っているのを見て、自分はどんなに烈しく胸を躍らしたであろうか。逢う兵士、皆な面に一種険しい面影をとどめて、一度死生の間に出入りしたかれ等の胸には、もはや人の世に対する平和などは全く喪い尽したかと思わるるのであった。これも理《ことわり》である、手を取りし友は半ば戦死し、机を同じゅうせし同僚もまた多を失ったのであるものを……。誰か人として平生の沈着なる態度を保つことが出来ようぞ。

これが戦争の悲劇である。

第三大隊長・高島少佐の宿営へと入って行った自分は、先ず烈しく胸を打たれたのである。ああその家の入口の大釜の上には、吉本朝吉（戦死者、中尉）の名の白く記された軍用カバンが、さながら主を喪い

たるをかこつもののごとくさびしく閑却されてあるではないか。ああこの軍用カバン、やがて内地の遺族へと送られて、親なる人、妻なる人のあつき涙を注ぐ種となるのであると思うと、涙が胸に堰き上げて来て、急にはその宿舎の中に入ることを得なかった。

死は人間にありて、或時はその生命でありその権利であることがある。死は人間の当然甘受せねばならぬこともまた明々白々のことである。けれど……精神上何等の衝動、何等の煩悶を受くることなしに、一銃丸、一銃槍のために頃刻にして死し了《りょう》す。この不自然なる死、なお悲しむに足らぬであろうか。

否、否、否——

高島大隊長に就き、戦況の二三を聞こうとした時、「ヤア……」と声を懸けられて傍らを見ると、かの古家子出発の夜、関家屯で地図を見せて貰った中尉の姿。「ヤア、第三大隊と言うのは君方の隊ですか」と自分も迂闊ではあったが、初めてこの隊のかの夜世話になった三大隊なりしことに思い付いたので、それではあの時よく聞き糺せば、坪内君にも逢えたものを……と遺憾の情が名残なく胸を衝いてきた。

「僕と一所に、地図を見せて上げた大尉ね、あれは横山大尉と言うんだが、遂々《とうとう》戦死してしまった」

自分は愈々打たれた。

「それから、此処に居た吉本といふ中尉も知ってる筈だ。顔の丸い……」

「『非戦闘員はだから駄目だ』と言って笑った——」

「そう、そう、——あれも戦死した」

「実に、どうも」

この時、一名の上等兵は倉皇入って来たが、小さい紙包を紐で括ったものを大隊長に渡した。大隊長は暫くこれを見ておったが、

「大男であったが、こんな小包になってしまった」

とさも悲しそうに。

悲惨悲惨、これは某軍曹の遺骨を公用小包として郷国《くに》に送るのである。

「それで宜しゅう御座いますか」

上等兵は直立したまま問うた。

「よし」

大隊長はかくて戦況を自分に語り続けたので。

坪内少尉戦死の状況を聞かんがために、その属せし第九中隊へと自分の行ったのは、それから三十分程経った後のことであった。中隊長・森大尉は、長身痩軀、精悍の気眉間《びかん》に溢るという風の人であったが、自分のために詳しく月夜の大格闘の状況を語ってくれた、「実に、その格闘の状《さま》は盛んでありました。坪内君は南山の時にも随分激戦をなさるし、今回も中々勇ましい御働きで、小隊を率いて最先にその山に突撃されたです。詳しく御話すると、大隊の麓の陣地を発したのは、夕暮の七時、十一、十二、それと私の隊のその山の側面に取り附いたのは何でも八時頃で御座いましたか。兎に角、山上には敵が二個中隊ばかりおりまするし、左と右との山からは、わが隊の進むのを見て、雨霰と撃ち懸けまするし、容易に山の側面に取り附くことが出来ませんでした。で、この三個中隊がどうやらこうやら山に取り附くと、第一に突撃したのが横山大尉の第十一、私の隊もこれを見て、遅れまいと勇んで突撃しました。山は八十米ばかりの極《ごく》低い山で、上が平扁《ひらた》く、一面に玉蜀黍畑が茂っていましたが、坪内君の討《や》られたのは八分目ばかり上ったところにどうしてか一ところ綿畑がある、その綿畑の中頃で、敵の銃丸を腹部に受けられて、指揮の姿勢のままで、どっと前に倒れられました。兵等が驚いて介抱すると、弾丸は腹部に留ったと見えて、その後五分と経たぬ中に絶命されました。軍医の診察では盲管銃創がその致命傷であったということで、実に惜しい将校をとこの上なく残念に思っております。遺骸はそのまま兵が麓に運び、翌日勉汗溝《べんかんこう》西方の高地に火葬しました。で、格闘の始まりましたのは、少尉が戦死されてからで、それは実に盛んでありました。敵も中々勇敢に防戦し、初めは銃を撃っていたが、距離が近く、それが役に立たなくなったので、銃剣をつけて突撃して来る、味方も負けずに進む。果ては、剣などでは間に合わず、手頃の石、丸太などを取って投げるという光景《ありさま》で、その凄まじさと言ったら、実に何とも形容することが出来んです。で、こういう風で、敵も味方も互に三回ほど突撃を試みましたが、一度突撃を行うと、中々疲れます上に、多く死傷者が出来まするので、それの運搬に、どうしても少しは休憩せんければならん。昔の戦記に接戦十一合などとよく書いてありますが、あれは休んでは戦い、戦っては休むのを申すのであるのを、今回初めて覚《さと》りました。で最後の突撃は九時過ぎでもありましたろう、もうその頃には、敵も味方も疲れに疲れて、ただ、山の背と背とにくっついたまま、死傷者運搬のことにのみ尽力しておりました。それと申すも味方の忠勇の士の死骸を敵の手に渡してはならんという考えからで、これには随分力を致しました。で、十二時頃から敵はそろそろ一人去り、二人去りして、午前四時、他の大隊が総がかりで押し寄せた頃には、もはや敵は山の附近に残ってはおりませんでした。兎に角、意外の激戦で、味方の有為《ゆうい》の士を多く失ったのは実に遺憾で堪りません。私の隊は南山で既に随分酷く敵から酷められておりますから、どうかして仇を取って遣りたいと、それをのみ願っておりましたのに、又、多数を失いまして、実に残念の至りです……」

森中隊長はこう長々語って、さも無念に堪えざるもののような顔色《おももち》をした。

「けれど、敵の陣地を棄てたのも、この一格闘の功績ですから、これをせめてもの心遣りとなされんければなりませんな」

と自分が言うと、

「左様です、私等格闘の功績ばかりでも有りますまいが、まあ、左様思っているような訳です」

と中隊長は答えた。

で、この紀念ある三大隊を辞し去ったのは、夕の六時。樹の影、高梁の影、山の影既に路頭に長く、漸く傾き始めた日は、彼方の山の白い雲の上に、やや赤い色を帯びておった。ああこのさびしい山路、自分はいかに深く人生を思いつつ辿ったであろうか。

大石橋に来ると、日はもうとうに暮れた。

七月二十九日（金曜日）

昨日、小笠原君が第六師団の方面に出掛けて戦況を聞いて来たのを、今日氏の手帖から写し取った。第六師団の戦報は左の如し。


廿三日午前二時、第六師団は二縦隊となりて蓋平を出発し、八時三十分、腰岑子《ようれいし》の東方より対家山《たいかさん》（標高二百六十米）の高地まで前進し、敵の歩兵騎兵を追撃してこれを占領したり。敵は太平社及び五台山附近にありて頻りに砲撃をわれに加へたり。

師団は漸次敵を撃退して前進し、馬家屯附近より本街道にわたれる線を占領し、夜に入りてその地点に露営せり。

廿四日、前日の如く両縦隊となり、黎明より孫家屯の北方高地に向って運動を開始し、盛に前進す。敵は一時激しく抵抗し、ことに望馬台よりは尤も猛烈なる攻撃を為せり。

わが砲兵は胡家屯附近に放列を布き、この敵に対して接戦数時間にわたり、わが兵大いに苦戦せるも、遂に敵の一部を撃退して、午前九時、敵の一陣地を占領し了《おわ》れり。

前方敵状を偵察するに、敵は青石山《せいせきさん》及び望馬台《ぼうばだい》に亙《わた》る高地に数層の工事を施し、堅牢に防備するを認めたり。而して敵の最大部隊の砲兵は、その後方の平地にありて、頻りにわれと砲火を交へたり。この時わが他の砲兵もまたわが砲兵と相連絡して、敵と烈しく交戦したり。

わが歩兵は砲火の成果を待ちて、攻勢を取らんと焦心苦慮したけれども、敵兵容易に退却せず、止むなく砲火を交ゆるのみにて夜に至れり。

孫家屯北方にある歩兵は、青石山南方の敵に対して小銃火を交へ、漸次時機の熟するに従ひ、砲兵は午後四時より日没迄に胡家屯東方砲兵陣地より更に前進を起し、孫家屯北方の歩兵線上に達し、猛烈に敵の砲兵を砲撃せり。今や時機の熟するを見て、我兵は青石山と望馬台との中間の地区に向って攻撃前進せるに、時恰《あたか》も日没に際せるを以て、敵も味方も戦闘陣形のまま彼我《ひが》互に相対して夜営せり。翌二十五日未明より戦闘を開始し、先ず砲戦を開き、次で歩丘公別進せるに、この時敵は已に退却を始め、さしたる抵抗もなく、漸次北方に向って退却せり。

師団は攻撃前進を継続して、午前九時青石山より灰庄屯《かいしょうとん》北方高地を占領せり。前方の敵状を偵察するに、敵は大石橋附近を続々北方に退却中なるを以て、わが師団は砲兵をして猛烈なる急射撃を為さしめ、なお一部隊を放つて敵の側面を追撃して、大石橋東方の高地を占領せり。敵は小部隊の抵抗のみにして、他の大部隊は急濾《きゅうきょ》北方へ退却せり。

師団は何家屯《かかとん》より金家屯《きんかとん》に至る線を占領して戦闘を停止せり。

第四師団は遠く左翼に離れているので、遂にその戦報を得ることが出来なかった。兎に角今回の戦は、南山、得利寺に比して、更に純野戦の性質を発揮し、敵味方砲を有すること無慮五百門、その戦線は実に五里の長さに亙ったのであるから、その壮観たる、殆ど譬うるに言葉が無い。けれどこの戦争の存外早く効果を収めたのは、無論第五、第三の夜襲に因るのであるが、第四軍が急行進を起して、敵の左側背なる析木城《たくぼくじょう》附近に近づいたのも、その士気を動揺せしむるに於て、非常なる効力が有ったので、敵の公報にもそのことが明白に載っていた。つまりこの戦は作戦上の勝利と言ってよかろうと思う。

七月三十日（土曜日）晴

自分等はこの日大本営写真班の小倉倹司君と共に営口に赴いたので、この行は青泥窪《ダルニー》行と共にわが日記に特筆大書すべき性質を有っている。

わが兵の営口に入ったのは、二十五日の午後、第六師団第四十五連隊第三大隊及び騎兵約一個小隊がこれに向ったので、指揮官は少佐・堤真人氏であった。大石橋と営口との間に、老爺廟《ろうやびょう》と言う村落があって、そこにはこの附近に珍しい立派な廟があるのであるが、この村落を発したのが、午後四時二十分、此処で隊を二手に分かち、一は藤田大尉の率ゆる第十一中隊を以て、牛家屯（停車場所在地）に向わしめ、本隊は営口市街に向って前進した。停車場を占領したのが午後六時二十分、市街には午後九時に至って初めて入ったが、外人の来たり視るもの夥しく、或いはハンカチーフを投じ、或いは汚れたる兵士の手を握るなど、その歓迎は実に一通りでは無かった。その夜はその附近を守備し、占領すべき停車場、兵営などを残る処なく占領したが、露国の領事館には仏国旗が掲げてあるがために、これに手をつけることが出来ず、そのまま一夜を明かしてしまった。

翌二十六日午後、軍政委員・高山少佐は、属官及び通訳を率いてその地に至り、先ず日本領事館に軍政署を開き、直ちに各国領事に通牒を発し、今からこの地に軍政を布くことを発布した。外国人居留地のあるこの地であるから、施政上、非常に困難があるであろうと思ったにかかわらず、各国領事――ことに英米両国領事が懇情を寄せてくれたため、思わぬ好都合を得たとのことであった。更に記憶すべきは米国領事ミラー氏で、種々外交上有益なる注意を与えてくれたばかりではなく、わが通訳の人々が行くと、深夜寝床《ベッド》に入った後でも態々《わざわざ》起きて来て逢ってくれるという有様で、仏国領事に対するわが軍政署の態度も、氏の忠言に負う所が多かったという。

自分等は前に記した通り、この日大本営写真班の人々と出掛けたのであるが、管理部から借してくれた騾車一輛、七名は代わる代わるこれに乗って、一路広濶なる平原を西へ西へと志した。

大石橋を去って、次第に西に進むと、日露の新戦場たる青石山、太平嶺、七盤嶺《はんれい》、新開嶺、分水嶺の諸山次第に遠く、渺々《びょうびょう》たる平野、顧みれば夏の奇雲の美しく日に閃めける、翠嵐《すいらん》の刷毛もて撫でたるごとく揺曳《ようえい》せる、狭隘《きょうあい》なる山地を出でて、初めて自由に呼吸するを得るような心地がするのであった。けれど炎天の照射午《しょうしゃご》に及ぶと、旅客は憩うべき一樹の蔭、掬《きく》すべき一滴の水を得られぬのに懊悩しなければならぬであろう。この附近の良水に乏しいことと言ったら、殆ど上陸以来と称しても好いので、土人は塩からき水、泥色なせる溜まり水、でなければ久しく貯蓄した天水の腐敗したのを用ゆるのである。

この日は殊に暑い日で、騾車の上に坐しておっても、照り附けられる顔は焼くがごとく、流汗《あせ》はだぢだぢと全身に滲んで、老爺廟の古楊樹の陰で昼餐《ひるめし》を開いた時などは、殆ど咽喉が乾附《ひっ》くばかりであつた。けれど沸して飲んで見ようという水さえ無いので、わずかに残れる一行の水筒《すいづつ》を尋ね廻って、辛うじてその咽喉の渇きを医《いや》すのであった。であるから、老爺廟を十町ほど行ったところの畑に、甜瓜《まくわうり》の黄く熟しているのを発見した時には、唾が自ずから走るように覚えて、皮を剥くの暇もなく、いきなりに噛んだ歯の香ばしさ、咽喉は未だ曾つて覚えたことの無いある旨味《しみ》を感じたのである。ことに、この村の中央なる楊《やなぎ》の大樹の蔭には、内地で休茶屋とも称すべき屋台店が展げられてあつて、（けれど何処にもある訳ではない、これが上陸以来初めて見た支那の休茶屋である）其処には、西瓜、甜瓜などが並べられてあって、傍らの榻《こしかけ》には午睡の夢を結んでいる支那人もあった。けれど此処を離れると、路は再び乾燥せる高粱畑の中を通じて、その炎熱の酷烈なることと言ったら、路傍に瀦溜せる小溝も、殆ど沸き返えるばかりに白い泡を吹いていた。

けれどこれも一里、二里。

三里にして、旅客はその前に明らかに煙突の煤煙の渦き上るのを認むるであろう。否、やがては、楊樹の間、高粱畑の絶間絶間から、繁華なる市街の、或いは甍を顕し、或いは屋尖を顕し、或いは煙突を顕し、或いは国旗立てたる旗竿を顕すのを指点するであろう。これを見たる旅客の喜びは如何。ことに自分等は深山黒夜の敗屋、田舎《でんしゃく》荒涼の露営の中にあって、幾度か営口！　営口！　と叫んだ身であるものを……。

流れは見えずして、支那ジャンクの黒い筵帆ばかり高粱畑の上に往来する遼河の畔に来た時は、自分はどんなに嬉しかったであろう。泥沢《でいたく》のごとくなる道路の間を右に縫い左に縫って、半ばは西洋、半ばは支那の、異彩ある市街に来た時には、自分はどんなに心を動かしたであろう。ことに、わが戦勝の効果として、この市街の住民は、外人と言わず支那人と言わず、皆自分等を歓迎して、領事館、税関等の旗竿、皆なわが国旗の翻っているのを見た時は、自分は喜極って殆ど涙の双頬を伝うのを知らなかった。

英、米、仏各国の国旗の翻れる中に、高く高く掲げられたるわが日章旗！　領事館の向うには守備隊本部が置かれてあるのであるが、自分等は取敢えず、営口軍政署と大きく記されたる門を入りて、軍政署長・

与倉少佐に、軍からの紹介状を示した。

洋館の廊下に二三枚の畳を布いて、其処に露探の嫌疑ある清人二名、後手に縛《いまし》められつつ、憲兵に護衛されて坐っておったが、自分等もその傍に腰を息めて、炎熱に苦しめられたる胸をおりからの涼風にと披《ひら》いた。見ると、中庭には、西洋種の草花が紅、白、紫、黄などの色彩を眩ゆく展げて、そのところには、藤製の安楽椅子が二個《ふたつ》三個《みっつ》置かれてある。竿上の国旗をも撤し、培養せし園中の草花をも捨てて、この建物を悉く敵の手中に委した人々の心の悩みはどんなであったろう。すぐ自分の胸に浮んだのは、この春の二月、この家屋を捨てて去った人々の心《い》であった。わが領事館の人は既に去り、室内の畳は敵兵の蹂躪《じゅうりん》するに任せ、椅子、卓《テーブル》、寝台など、またかれ等の占領するままになって、かくて過ぎし月日は五ケ月余、草花は乱れながらも主なき家屋の庭園に咲き、楊柳の叢《むれ》また依然として濃き影をつくりつつあったのに、再び来ったのはその祖国の民、再び高く掲げられたのは、光威遠く四表に遍ねき祖国の御旗！

何たる好詩題であろう。

で、やがて自分等の宿舎にとて貸されたのは、ちょうどその中庭に面した一室で、隣の室には同じく軍から来た田中君（遜）西川君（光太郎）佐竹君（準）などがおられて、互にその奇遇を喜んだ。諸氏は外交上の補助員として、四五日前から此処に来ておらるるのである。

領事館の門を出ると、広小路。居留地から市街に通ずる路に当っていて、左を見ると、わが守備隊本部、英国領事館、米国領事館、仏国領事館、露国領事館には仏国の国旗が翻っているが、右を見ると、柳の並樹の陰に、裾を長う、水色の派手な蝙蝠傘を差し翳して、何事をか語り合って行く西洋婦人の群、その少し先に、一個《ひとつ》の風情ある門があって、それを入ると、露国の経営した小公園。中央に潮入りの池があって、其処には遊泳場が設けられてある。園内には庇短き麦藁帽にリンネルの白き服着けたる若き紳士、マニラを燻らしゆく商館の手代風の男、それに交って、頭部に赤き黄き布を蛇の蟠《わだか》まるように巻き附けた印度兵、奇声を放って氷を売り歩く支那の小童、附近を逍遙警戒せる清国巡邏兵、ことに汗、泥にまみれた茶色の服を着けたわが戦闘軍人を加えて、その配合の妙なる、かのドオデエが筆でもあったならばと思わるるのであった。ましてその公園の楊樹、榻、遊泳場を隔てて、その後景には赤く濁りたる溶々たる遼河の流。

河幅はわが利根川の河口の半ばにだも及ばぬけれど、その濁った溶々とした水は、明らかに大陸的特色を備えて、彼方を見渡すと、山もなき広濶たる遼西の平原には、おりから白く簇《むらが》れる面白き雲を浮べて、日の光の閃々とかがやき渡れる下流には、上海通いの汽船、支那ジャンクの黒き帆檣、わが思いはこの画のごとき風光にいかに深く誘われたであろうか。

遼河の河岸を西南に伝うと、支那ジャンクの夥しく碇泊せる埠頭《はとば》に近く、俄かに展げられたる一場の熱閙市《ねっとうし》。支那人は狭い狭い一隅の地に、さまざまなる市廛《してん》を開いているので、楊桃《もも》、西瓜などの菓物を売る店、麺麭を山のごとく重ねたる店、或いは生肉に蠅の群れる、或いは生魚の悪臭き臭気を放てる、さらぬだに人をして胸悪しじゅう思わしむるに、ましてその附近の混雑雑踏、あやしげなる男の声立ててわめけるなど、さながら修羅の巷の俄かに此処に開かれたるようなのを覚ゆるのであった。

物珍らしさに、炎暑をも恐れて、自分等は彼方此方と写真機械を運び歩いたが、日の暮れる頃、遼河の河畔なるマンチユリアスハウスと言う旗亭《ホテル》に行って、久し振りで旨い西洋料理を食うことにした。

午後七時半が定めの夕食の時刻であるそうであるが、緯度の相違上、この地の時間は自分等の時計《ウォッチ》とは一時間近く遅れているので、自分等はその家の附近に逍遙して、いかに久しく待ったであろうか。ああそれにしてもその一室の光景が眼に見える。汗と泥とに塗《まみ》れたる茶色の服、それが晴れがましい燦熱灯の下の卓に寄集って、小綺麗に粧った支那人のボーイの運んで来るスープの皿、燈光にかがやいた麦酒のコップを、呼吸もつかず、話もせずに、自分等はただそれにのみ心を奪わるるのであったが、傍らなる席に就ける白いリンネルや、赤いネクタイは孰も驚愕《おどろき》の眼を睜《みは》っていた。

実に、われ等はこの室《へや》、この卓、この夕餐、この熾熱灯に面白い反映《コントラスト》をつくったに相違ない。

三皿目くらいから、そろそろ二語三語互に言葉を交わし始めたが、第一に上るのは、旨いということ、豪気、素敵などとの言葉は幾度となく繰り返されて、ただもう愉快という考えより他には何事も胸に上らぬのであった。ことに、麦酒の罎の紙標《ペーパー》を見ると、独逸《ドイツ》ミュンヘンの製造。

「素敵だねえ」

と異口同音。

これも理《ことわり》ではないか。自分等は宇品を発って以来、四ケ月と言うものは、福神漬に牛罐、飯はいつも半熟の拙いもの、酒と言っては臭い支那焼酒か、甘く酸い黄酒《ファンチュー》ばかり、日本の清酒すら一月に一たくらいしか飲めぬ身であるのに、このカツレツ、このビフテーキ、このコロツケー、ことに、この泡立てる麦酒。

最後のアイスクリムがまた喝采《やんや》の声を上げさせたので、湯、水をさえ完全に飲めぬ身の、「今時分氷があったらナア」、「ラムネがあったらナア」、「いや、アイスクリムが有ったらどうだ。一円でも好い、いや、五円でも好い」など、とても望めぬことを徒らに叫びつつあったのであるが、それが今此処に、その薄白い鶏卵色のアイスクリムが今この卓の上に。

「素敵、素敵だナア」

と歓呼したものがある。

この趣味ある夕餐を畢えて、旗亭のバルコンに出でたのは、それから三十分ほど経ってからのことであった。椅子に凭りながら、それとなく前を見た自分の眼には、いかに美しい夕暮の景が映じたであろうか。

遼河の濁りたる水は全く暮れて、今は暗碧の色を呈し、汽船、帆檣、煙突、ジャンクなどを黒く印した地平線上には夕陽《せきよう》の余影をとどめたる雲流るるごとくなびきて、その色彩の美しさ、殆ど目も眩惑するばかり。自分は微酔の身を椅子に凭りながら、深くこの美しい夕暮の色に見入ったので。

その時胸に浮んだ歌一首、

海近き遼河の岸に酔を買ひて夕の雲の消え行くを見し

この夜は遅くまで街頭を逍遥し、十九日の月影を踏んで宿舎に帰った。

七月三十一日（日曜日）晴

朝、柴田君、堀君と市中撮影に出掛けた。営口の市街は金州、蓋平などと違って、港らしい発達を為している。即ち、遼河に沿うて長く市街が建設されてあるので、その長さは約一里半ばかりもあろうか。豪商も随分多いらしく、豆糟《まめかす》問屋なども大きいのが五ツ六ツ目に附いた。居留地は青泥窪《ダルニー》などに比しては、規模も小さく、大なる建物も無いけれど、支那街の繁華なることは、今迄通過した中にもこれ程の者は無く、物資の多いことは実に内地と少しも違わぬ。麦酒、ラムネなどは無論のこと、汗紗《シャツ》、ズボン下、小刀《ナイフ》、水筒《すいづつ》なども好きなのがあって、日本軍人の着るやうな代赭色の洋服がちゃんと揃って、店頭に並べてあるのには、驚いた。自分等は久しく不便不自由を嘗めた身の、どんなに喜んでこれを買おうとしたであろうか。先ず、買ったのは支那扇。

老爺廟《ろうやびょう》の聳えている辺りが最も繁華なるところで、此処の大通りは殆ど肩摩轂撃《けんまこくげき》の趣を呈しているが、それから河口までには、なお細い路を彼方《あっち》に廻り此方《こっち》に廻りして、二十五六町も辿らなければならぬ。河口に行くと、砂山が幾つとなく連なり渡っていて、海の髣髴を見ることは出来ぬけれど、遼河の溶々として海に入らんとする光景は明らかに見えて、対岸には支那関外鉄道の停車場の洋館が巍々《ぎぎ》として屹立しているのを認めた。

おりから岸に彷徨っていた一般の端舟《はしけ》を雇って、自分等はそこから遼河を上流へと遡った。ジャンクの黒い帆檣の林立せる間、わが日章旗を翻した小蒸汽、ストンホッチは縦横に行き違って、とある岸には、国旗を交叉したところもあった。暑い日で、風のある川の上もじりじりと上から照り附けられて、殆ど凌ぎ難き程であったが、午前十一時頃に例のマンヂユリアスハウスの前に来て岸に上った。

午餐《ひるめし》も同じ処で。

その附近の河岸に、七八個の水雷の揚げられてあるのを見たが、これに就いて、自分は少しく耳にしたことがある。日本軍が入って来ると、露国の将校官吏はそれ！　と言うので、慌てて遁げ去ってしまったので、水雷の敷設されてあることだけ解っていても、その場所が解らぬので、引揚方に就いて一方ならず困ったのである。米国領事に行って聞いても分らず、領事があの男なら知ってるであろうと思って連れて来た支那人も、皆な「不知道《ふちどう》、不知道」と言うばかりで要領を得ぬ。これがため、軍政署でも一方ならざる苦心をしたそうであったが、幸いに港務司のなにがし、営口の市民のためにこれを除かんという理ある言に服し、自からその敷設地点を知れる支那人二名を伴い来り、以てその引揚に着手したとのことである。

水雷は遼河の将に海に入らんとする処に敷設されてあって、三条の鉄線は右岸から左岸へと通じ、一線毎に六個の水雷を沈設してあったそうな。けれどその種類は電気を以て爆発せしむるもので、水中にあるも、さして危険は無かったという。

営口には税関が二つ。一つは公園の南、遼河の畔に、一つは遼河の河口にある。前者は本税関で、主に外国船その他重要なるものを検し、後者は支那ジャンク及びその他小なるものを検することになっておる。

その収入は双方を合せて、毎年六十五万円から七十万円の高額に上り、爾来《じらい》益々増加の模様があったとの話。露国がこの税関を事実上わがものにしたのは、千九百年の北清戦役からで、当時この附近にも義和団勃起し、人心動揺、清国の官人皆逃亡し去って、一時市中が無政府の有様となったので、時の極東太守アレキシーフ（注・アレクセーエフ、なお極東大守とは沿海州・黒龍州・ザバイカル州・サハリン島および関東州に於ける行政権・外交権・ロシア軍の指揮権を持つ皇帝直属のポストで旅順に駐在）は、各国の領事に通牒して、自から軍政を布き、それから続いて行政の制を発布し、遂に今日に及んだのである。そして露国は遼河々口の小税関の収入を以て営口市政の費用に充て、本税関の収入額は他日清国政府に清算すると称して、自から露清銀行に貯金し、東清鉄道やその他の遼東経営に費ったとのことである。今、この屋頭、高く日章旗の翻れるを見る、当局者よろしく三思しなければならぬ。

この日、わが軍艦及び水雷艇入港の報があったが、日暮までそのような様子もなかった。自分は今朝から少しく発熱を感じたので、独り宿舎に帰って、寝に就いた。

八月一日（月曜日）晴

昨日の熱が大分取れて、気分もややすがすがしくなつた。今朝聞くと、軍司令部は昨日橋台舗《きょうたいほ》を前進して、今日は他山浦《たさんほ》と言う所に進むとのこと。「海城《かいじょう》にも戦争があらうが、それを見ぬのは実に遺憾だ」「いや、どうしても朝の中帰らなければならぬ」と、大本営の小倉君は買い集めた種板やら麦酒やら種々なるものを騾車につけて、ずんずん先に出発してしまった。自分等もそれと一緒に出発したかったが、今日活動写真に撮るために営口占領の型を守備隊の士官兵卒に遣って貰う約束であったので、少しく跡に残ることになった。

午前十一時頃、暑い日影の下で、兎に角その写真を撮ることは撮ったが、昨日からやや発熱した柴田君は、段々様子が悪くなって、どうも気分が悪くって仕方が無いという。それを守備隊の軍医に見せるやら何やら彼やらしている間に、思いの外に時間が経って、漸く準備《したく》の出来たのは午後四時過ぎ。

自分等の買い集めたものは、種板十ダース、麦酒三ダース、ラムネ二ダース、蝿取紙五十枚、その他陶器、洗面器、営要子《インスアサ》、汗紗《シャツ》、ズボン下、書籍等であったが、それを幌のある馬車三台につけて、そして出掛けた。大石橋《だいせききょう》まで行け、いや、他山浦《たさんほ》まで行けなどと言うと、馬車苦力《マアチャークリー》は慌てて遁げ出してしまうから、ごく近い処に行くような風をして、まア、老爺廟《ろうやびょう》までの約束で出発した。

行々柴田君の病気が悪い。老爺廟近くに行く頃には、三町くらい行くと必ず馬車を下りて、烈しい吐瀉を始めるので、もしや虎拉刺《コレラ》病にでもなりはせぬかとの懸念が甚しく一行を悩ました。それに、夕暮ではあり、軍は七里も先に出ているし、路はまた非常に悪いので、どうしようかとの相談が幾度となく一行の口に上った。けれどどうなっては、どうすることも出来んので、老爺廟から先は、馬車苦力がぶつぶついうのをも鞭つようにして、ただ前へ前へと進んだ。

間も無く日が暮れた。

心細さは愈々加って来た。

それに、この日は第四軍が析木城《たくぼくじょう》攻撃の日で、午後にはおりおり砲声も聞えて、何だか大きな戦争になりそうに思われたから、自分等は一層心を悩ました。この病人をかかへて戦場に臨んだとて仕方が無い、また事実大戦が始まるなら、軍司令部の位置に行った処でどうすることも出来ん。いっそこれならば営口に留まっていた方が好かったものを……など返らぬことを繰り返したが、兎に角大石橋まで行こう、其処に行けば兵站司令部もあるであろうし、今朝発った大本営の写真班も其処に宿っている筈と、とある村から路しるべの支那人を雇い、提灯に路を照らしつつ進んだ。

大石橋に着いたのはあれは何でも十二時過であったろうか。この附近、夕立があったと見えて、路はまるで泥沢のようになっている。それに二十日の明らかなる月は太平山の麓を過ぐる頃から煌々と照り渡って夜露の深いことと言うたら、まるで秋のようである。泥濘の中を辛うじて大石橋に着き、兵站司令部に辿って行くと、部員はもう皆な寝てしまって、飯どころか宿舎さえ無い。仕方が無い、今夜は馬車の中で眠ろうと決して、とある洋館の前に馬車三台を留め、自分は小笠原君、下村君とその階段の上に登り、月の昼のごとく照る下に、買って来た麺麭を食い、麦酒を飲んだ。

柴田君は同じく悪い。

八月二日（火曜日）晴

朝、起きると大目玉を頂戴した。

どうです、昨夜、自分等が遅く到着して、麺麭を食い、麦酒を飲んだその家屋は、運悪く大石橋兵站司令官の寝室に当っておったので、朝起きると、司令官（名は逸した）は自身出掛けて来て、「貴様等は何者だ、夜一夜騒ぎ立てて少しも眠られなかったじゃないか」と怒鳴った。これこれしかじかの者で、途中から病人が出来て、止むを得ずこの前を拝借したと言うと、「病人も糞もあるものか、すぐ行け！」との一大喝。今朝は兵站部に行って、暖かい飯でも貰おうと思ったのに、いきなりその司令官からこう大目玉を頂戴しては、もうその希望も遂げられないと、余義なく、飯も食わずに其処を出発した。

柴田君は相変わらず悪いので、兎に角野戦病院に行って診て貰おうと、三町ほど跡戻りをして診断を受けた。看護長が怪しげなる薬をくれたが、戦地ではそう贅沢を言うことも出来ず、まア、そろそろ出掛けても好いだろうと言うのを力に、二歩三歩、馬車を鞭ち始めると、折よく其処を通ったのは、軍司令部の井島軍医。

聞くと、昨日軍は他山浦まで行く筈であったが、前方の状況で、まだ関屯《かんとん》にとどまっているとの話。

実に蘇生したような気がした。

関屯は大石橋から一里半、先の日行った青花峪《せいかよく》からは半里位しか無い。行き着いたのは午前十時頃、諸君もつつがなく、自分等が営口仕入の土産を出すと、これは実に豪気だ！と、立ちどころに麦酒三本、ラムネ五本を平げられたのには驚いた。けれど諸君も自分等が腹を空《へ》らして、一日分の食を大方空虚《から》にしたのにも吃驚したであろう。

第四軍は柝木城を占領したそうで、明日は海城附近で二個軍連合の大戦を演ずるかも知れぬ様子。愉快愉快。

殊に、新聞記者不日到来の噂は初めて此処で聞いたので、「君の博文館からは坪谷善四郎という人が来るぜ」と管理部の乃村曹長は語った。

水哉《すいさい》兄に逢われるのかと自分は実に嬉しかった。それに、営口不在中、手紙が五六本来てると言うので、その夕暮、態々《わざわざ》村後の平野に集っている輜重車に就いて、自分の行李の中からそれを取り出した。弟の台湾にあるもの（注・田山富弥中尉、台湾守備歩兵第八大隊副官）から一本、家兄から一本、家妻から一本、いずれも無事。

この日は寒暖計百度（注・華氏温度、摂氏に換算すると約三十七・七度）以上、実に御話にならん程暑かった。

八月三日（水曜日）晴

午前六時出発、一里ばかり行くと、東清鉄道の線路で、田家屯《でんかとん》、金山嶺《きんざんれい》などと言う所がある。梨本宮守正王殿下《なしもとみやもりまさおう》は大石橋から軍司令部附として御従軍遊ばされたが、連日の炎暑に中《あ》てさせられたと見えて、桃色の紗《しゃ》で包んだ吊台《つりだい》に御身を横たえられて、兵士に担われつつ行くのを見た。竹の園生に生い立ち給いし至重《しちょう》の身にして、かく軍国のために励精《れいせい》せらるるのを見ると、実に暗涙の胸に上るのを禁じ得ぬので、沿道の兵士皆な一種の感を抱いてこれを見送ったのである。他山浦に着いたのは、午前十一時。前衛がもう敵と衝突しそうなものと思いながら進んで行っても、更にそのような様子が見えぬ。鄧家台《とうかだい》の村外れの林の中で、軍司令官は馬を駐めて、頻りに前方の消息を聞かれた。けれど伝騎の齎《もたら》し来るのは、皆敵の退却を報ずるものばかり、敵は第四軍から受けた析木城の大打撃に恐れて、意気地なく海城を捨てて去ったような模様であった。

この夜は鄧家台に一宿。

八月四日（木曜日）晴

後に、第三師団第十八連隊の特務曹長・横山宗熊君から聞いたが、昨日、敵の海城を捨てて北方に退却した光景はそれは奇観であったとのこと。ちょうど十八連隊が海城に入ろうとする時であったそうだ、とある高い山の上に登ると、海城の城壁、城門は手に取るように見えて、その西の平地には、およそ何万と数の知れぬ敵兵が、歩兵、砲兵相混じて、縦隊を為して退却して行く。ちょうど午後三時過ぎの、日影はまともにその上に射し渡って、双眼鏡で見ると、連隊長大隊長が馬に乗って号令して行くのも明らかに指点せらるる。「砲があると、撃ってくれるのだがナアと私等は見ておったのですが、屹度《きっと》この大兵は析木城方面から、野津軍（注・第四軍、司令官は野津道貫大将）に追われて、第二軍の出ぬ前にと慌てて逃げ去ったに相違ないです」

実際、大石橋から析木城、海城と前進して行く時は、わが作戦着々として成功し、野津軍の敵の左翼を圧迫した具合などは、素人眼から見ても、実に小気味が好かった。敵は初めからこの大孤山上陸軍を非常に大きく見ていたそうで、それの出られるのを、実に頭痛に病んでいた。大石橋を戦争半途で退却したのも、海城の堅固なる防備を捨てて去ったのも、全くこれがためである。

で、軍司令官はこの朝の午前四時に鄧家台を出発して、八時には軍馬粛々として、既に海城の城壁へと臨まれていた。前進隊は大石橋戦争当時の位置のまま、既に海城以北に突進し、第四師団の一部は急行進を起して、牛荘城《にゅうちゃんじょう》の方向へと進んだので、その勢の盛んなる、実に破竹もただならぬ光景であった。で、軍司令官は約二時間ほど、海城城壁を隔てた沙河の河岸に形勢を見ておられたが、やがてその河岸を五町ほど東南に下った箭楼子《せんろうし》と言う村落に宿営をすることに決して、午前十一時頃、その方面に向った。敵は海城では無論一戦争《いくさ》する積りであったらしく、唐王山、亮甲山を始めとして、羅家堡子《らかほうし》、張家元子《ちょうかげんし》あたりの村には一面に掩堡を築き、鉄条網を張ったまま捨てられてある。自分等はこの防備を見て、「どうも実に敵の気が知れん、これ程力を尽して防備を施しておきながら一支えもせずして退却とは、一体どうしたんだ。味方の兵などならぼ、これ程力を尽したからには、隊長が退却すると言っても承知しまいがナア」などと語りながら、箭楼子《せんろうし》という村落へと入った。

この村は狭いので、自分等はその隣村の張家元子《ちょうかげんし》に宿営することとなった。

（八月五日〜九日記載なし）

八月十日（水曜日）晴

この地に来てから今日でもう七日目、この間、大石橋の観戦記を六十枚ほど書いたことと、中、下村両君が営口に出て帰朝の途に就かれたこと、、それより他には別に書く程のことも無い。我軍は煙台《えんだい》、蛇龍寨《だりょうさい》、耿家庄子《こうかしょうし》の線に拠って、主力を鞍山站《あんざんてん》、騰鰲堡《とうこうほ》附近に置ける敵軍と相対し、日々多少の衝突を見るばかり、両軍とも孜々《しし》として次で来るべき戦闘の準備に忙しい。

海城は日清の役に、わが大軍の冬営したところ、住民皆我兵を記憶し、日本語をうろ覚えに覚えているものも多く、「玄海灘月清し」の唱歌などを唱えているものも尠《すくな》くは無かった。自分等の宿営の子息《むすこ》などは、殊によく日本語に通じておって、いろいろ麦酒や、鶏卵や、砂糖などを買って来てくれた。忘れられぬのは、この家の主婦。他の支那婦人の大方避難し去ったにも拘らず、この家の主婦のみは頑として家に留り、前の畠の茄子、ささげなどを兵士の徴発しに来るのを、終日鎌を携えて見張っているという権幕。毎日、幾回となく凄まじい声を立てて、わが兵士と衝突するばかりではなく、おりおりは夫婦喧嘩をも始めて、それは頗る異彩に富んでいた。

自分は蓋平古家子《がいへいこかし》の寓に来る迄は、至極元気で、戦場には何時も最先に飛び出すという方であったが、其処で腸を害してから、どうも身体がだるくッて、折々は熱なども出て、よく軍医部の井島・小島の両軍医の世話になった。大石橋の戦争中は、幸いにそれが全治して、この具合ではもう大丈夫と思ったが、営口に行って、暑熱に中《あ》てられてからは、どうも絶えず心熱があるような気がして、腸の具合も甚しく好くなかった。けれども遼陽までは十五里、鞍山站《あんざんてん》に敵はいるようなものの、前進運動を起こしさえすれば、もうただ一押しである。遼陽からは自分等は帰国の途に就く筈、どうかそれまではどっと寝るようなことが無ければ好いがと絶えず心中に念じていた。この村に来てからも、どうも身体が本当ではないので、よく軍医部に行って診察を乞うた。

二三日前、営口で買って来たハインツ・タアフオテの『死骸マリー』という短篇集とアナトオル・フランス（注・アナトール・フランス＝フランスの小説家〈一八四四〜一九二四〉、一九二一年にノーベル文学賞受賞）の『蜂姫』というのを鷗外先生に御目に懸けた。先生の評では、短篇集中の『鬼沼《ドユヘルムール》』と言うのが一番面白かったそうで、この作者のモオパッサン（注・モーパッサン＝フランスの小説家〈一八五〇〜一八九三〉）に私淑している点は余り敬服が出来ぬと言われた。『蜂姫』は鳥渡《ちょっと》した御伽噺で、文章が絢爛《けんらん》であるばかり、他に取るべき所が無い。

八月十一日（木曜日）晴

午後十一時半頃でもあったか、例の暑いので、半ば裸体になって涼んでいると、家の前の高粱畑の陰から、先ず見えたのは、管理部の乃村曹長。

「君、好い人を連れて来たぜ！」

と叫んだと思うと、その後から、代赭色の制服を着て、後に日蔽の布の下った帽子を冠った、背の低い人の姿、――それがわが社の坪谷水哉兄《すいさいけい》であったのを認めた時には、思わず自分は飛び上って喜んだ。

坪谷君はいたく憔悴した風で、「僕はもうやっと遣って来た。昨日、大石橋で既のこと病院に入院しようとした」という。聞くと、北瓦房店《きたがぼうてん》で、この連日の炎暑に侵されて、それからは同行の新聞記者、殊に松林伯鶴氏、岡田雄一郎氏に助けられて、飯も碌々食わずに遣って来たとの話。「まア、ゆっくりしたまえ、此処まで来ればもう大丈夫だ」と自分は柴田君、堀君、亘君などといろいろ世話をして、おりから畑から採ったささげ、茄子等の煮たのを御馳走すると、「実に、これは旨い、今迄兵站部の福神漬、牛罐に比べると、大牢の珍味もただならぬ」と舌鼓を鳴らして食われた。処へ、新愛知の新田静湾君が来られた。君にも、自分は久し振りで、こんな処で逢おうとは思いも懸けなかった。で、東京の話やら、何から彼やらしたが、まア、兎に角身体が第一と自分が水哉兄を案内して軍医部に診察を請い、午後から共に参謀部に行って、その配属の定まるのを待った。

箭楼子の楊樹の蔭、新聞記者諸君が騾車数台に軍用行李やら柳行李やらを積んで、腕に各新聞雑誌社の名を記した白布を巻いて、一団を為して集まっておられたさまはすぐ思い出される。軍司令官の宿舎の前、やがて副官が出て来て、従軍者心得を一人一人に渡し畢《おわ》り、さて一々姓名を呼び上げて、その配属を定められたが、水哉兄は幸いに軍司令部附となり、これから偕に一室に起臥《きが》する身となったその嬉しさ！

この日はなお一つ記すべき事がある。それはその日の午後、軍管理部長・橘少佐が第三師団の第三十四連隊第一大隊に更任される廻状が廻って来たことで、自分等はこれを見て、どんなに遺憾に思ったか知れぬ。少佐には上陸以来非常に世話になって、殆どわが写真班は少佐のお蔭で餓えも凍えもせずに此処まで来ることが出来たと言っても好いのである。で、自分等は早速少佐を管理部に訪問した。

その夜の送別会、これも従軍中忘られぬ紀念と為った。管理部の中庭、空には星が降るようなのに、卓の上には蝋燭の火が明るく点いて、周囲には少佐を始め、管理部の部員、下士、書記、傭人等が居並んで、一芸あるものは皆それを演じて少佐を送るといふ光景。自転車屋の長唄、馬卒の浄瑠璃、最後に森林黒猿氏の講談、自分はそれを聞きながら、深く物を思ったので。

午後に面会した時、

「それでは随分御健全で」

と自分が言って別れを告げると、

「いや、鞍山站で第一に戦死するものがあったら、僕だと思いたまえ」

と言われた。

その言葉、その悲壮なる言葉が、長唄、浄瑠璃、講談を聞いておっても、絶えず自分の胸に思い出されるので、そのようなことは無い、無論無いと確信しておりながら、もしや野戦隊に出て、このまま戦死さるるようなことはありはせぬか、少佐の勇ましい戦死を聞いて袖を濡らすようなことはありはせぬかと、絶えず胸が躍るのであった。仰ぐと、空には運命の星が閃々《きらきら》と。

帰途、高粱畑の夜風に戦《そよ》ぐ間を、西川通訳官と辿って来ると、

「橘さんも、あれでほっくり戦死するようなことはありはせんか」

と西川君が突然言つた。

「そうサ、僕もそう思ってるんだが」

二人は黙して歩いた。

人の世には、ある時、ある場合、明らかに運命の急奔するのを感ずることがある。人の智慧の最も鋭く明らかになった時、人の感情の最も純なる境に達した時――ああその夜の光景は確かに自分等をしてある不可思議に触れしめたのである。

噫《ああ》………。


（八月十二日～十九日記載なし）

八月二十日（土曜日）曇

坪谷君の到着した翌日、自分は海城の市街を見物に出掛けたが、どうも身体の具合が思わしく無いので、諸君が支那料理を食いに行こうと言うのを断って、帰って来て、横に倒れたが、さア、その時から自分の熱病は始まったので、十四日には、まだ無理をして、観戦記を十二三枚ほど書いたが、十五日からは烈しい熱。三十九度内外を上下して、なおそれより烈しくなろうとする勢いを示したので、自分は幾度となく軍医部に行っては診察を請うた。それに十五日からは雨、雨、雨、附近の低地は皆な川になって、司令部のある隣村にも行けぬという有様なので、その雨を衝いて、自分は幾度厠に赴いたであろうか。十七日には、もうとても軍医部には行けぬので、井島軍医に来て診て貰うと、熱が三十九度七分、どうもまだ分明《はっきり》と解らんが、ことによると、窒扶斯《ちぶす》になるかも知れぬとのこと。

軍中で腸窒扶斯！　自分は死を覚悟しなければならぬ場合に達したのである。内地ならば腸窒扶斯は左程難治の病ではなく、ある一定の時期を経過しさえすれば、当然快癒するのであるけれど、牛乳という必要物の無い軍中では、とても全快は覚束ない。自分は宿舎の長持の上に横たわって、実にさまざまのことを思った。

この時、自分に限りなき恩恵を賜ったのは、鷗外先生である。先生は自分の病状を聞いて、いろいろ懇切に世話をして下されたばかりではなく、「離れていては、病状がよく解らぬから、軍医部に来て寝ておれ」と言って下された。忙しい軍医部に、いかに重い病人と言え、余り我ままと、控えていると、「いや決して構わんから来ていたら好かろう」と度々言って下されるので、自分も遂にその好意に甘えて、十八日の午後から、軍医部の一室に行って寝ていることとなった。熱は相変わらず盛んで、三十九度五分を如何にしても下らぬ。それに、十九日からは連日の霖雨《りんう》が晴れて、軍が活動しようという噂が頻々《ひんぴん》として聞えるので、自分はむしろ兵站病院に入院したいということを申し出た。

遼陽、遼陽、これはわが金州にいる頃から夢みつつあったところである。それが、今になって、この始末で、その大戦を見ることが出来ぬとは！

実に無念。

けれどどうする事も出来ん。

鷗外先生は、どうかして病院に行かず、全快するようにと頻りに心を痛めて下すった。けれど、どうも熱が下らぬので、今日午前九時に担架に乗って、海城の兵站病院へと行った。

一行の中、亘君は殊に親切に世話をしてくれて、この日も担架について、兵站病院まで行ってくれた。空は半晴半曇で、揺られながら白布の間から見ると、もう秋になった碧落《そら》が聡しげに彼方此方から覗って、淋しい風が路傍の柳の葉を渡っている。自分は仰向けになつたまま、さまざまなる思に胸を悩ましたので。

腸窒扶斯――死――父の日記――自分の日記――寡婦――孤児

海城の兵站病院は、東清鉄道の鉄橋を渡って、二三町行った処にある。本部に行って、少し待つと、やがて看護長が出て来て、自分はそのまま病室へと導かれるのであった。一町ほど後に戻った処に、敵の棄て去った洋館、その前に自分の担架は下ろされたが、目を上げると、海城兵站病院伝染室の数字。伝染室！自分は自分の身の地下に陥るがごとき烈しき聳動《しょうどう》を総身に感じたので、此処に入れられるからには、もう自分はどうしても腸窒扶斯、此処で死なねばならぬとの考えが矢のごとく衝いてきた。

けれど仕方が無い。

室内に入ると、浅黄の蚊帳が釣ってあって、赤い毛布にくるまった患者が二人寝ている。先ず嬉しく感じたのは、看護卒が赤十字の徽號《きごう》の附いた白衣を汚れた洋服と着替えさせてくれたことで、蚊帳の中に入ると、藁蒲団に二枚の毛布《けっと》。病院だけに、その設備の完全していることは、戦地とは思われぬ程で、熱ある頭を枕に着けながら、此処でならば死んでも遺憾が無いと思った。

看護卒が土瓶を持って来る、湯を持って来る、鶏卵を持って来る、ミルクを溶いたのを持って来る、何でも用事のあった時には、呼んでくれとの親切。ことに、すぐ診察してくれた神戸一等軍医（精次郎）の懇情は、自分が終生忘るることが出来ぬもので、氏は丁寧に診察してくれて後、「ナアに、今の処では大したことは無い、腸窒扶斯などには無論為ることは無い。第一、チブスの舌とは舌が違う。私は台湾にいた頃、自分でチブスは遣ったが、こんなものじゃ無い」と力をつけてくれた。実に嬉しかった。

同じ蚊帳の中に臥ていたのは、一人は第十八連隊の特務曹長・横山宗熊氏、一人は満州軍総予備隊第十二連隊（注・後備歩兵第十一旅団隷下の後備歩兵第十二連隊〈丸亀〉）の歩兵少尉・田中徳太郎氏、横山氏は赤痢を病み、田中氏は自分と同じく熱を病んでおられたのである。その室の隣は事務室、其処には看護長一名、看護卒二名、赤十字の看護人一名これだけでこの伝染室将校病室を受け持っているのであるが、患者はなおその次の大きな室に七八名詰まっていて、いずれも熱やら、赤痢やらに呻吟しているのであった。それにしても自分は幸いにして将校病室に収容されたので、浅黄の蚊帳に蝿の煩いのを防ぐことも出来たし、柔らかい藁蒲団に体の痩せて痛い思いもせずに済んだが、下士兵卒の病室と言ったら、それは酷いもので、八畳の狭い間に、この蒸し暑い日を、五六人も折り重って寝ているばかりではなく、多い蝿は無遠慮に遣って来て、その煩さは譬え難い。ことに、伝染室の重病室——看護卒が話すのには「実に、チブスの重いのには閉口してしまう。三人ほど重いのが有るのですが、昨夜などは一人は夢中で飛び出して、海城の北門の近所まで半分裸体《はだか》で行くじゃありませんか。それに、チブス患者は馬鹿に力があって、本当に仕末につきはしません。昨日も二人死んで、今日今少し経つと焼く筈です」

戦地の病者、実にこれ程惨憺なあわれむべき者は無いのである。

患者に供されたる食料は、粥、鶏卵、ミルク等で、それを看護卒は病室の入口に、分捕の露国製の瓦炉を据えて、終日長くその世話をしているのであるが、自分は熱があるので、ミルクと、湯粥《おもゆ》と、鶏卵と、その他は供されなかった。「梅干を一粒くれたまえ」と言っても、無い。「食塩を少し貰ってくれたまえ」と言っても、無い。幸い、横山特務曹長は隊から携えて来たのだと言って、梅干を牛鑵の中に交ぜて入れて持っておられたので、自分は度々その恩恵にあずかった。

それから、自分のいた室《へや》、それを少し詳しく書いてみよう。露国の監視兵の家屋らしいので、その構造も至極粗雑に、窓はただ一つ西に向いて開けられてあるばかり、日影の他へそれた時には、実に暗澹として穴蔵の裡かと疑われる。それに、硝子が破れて、其処に白い紗の布を張ったので、時には開けて戸外も見たいと思うことがあっても――夜のカンテラの油煙が心地悪しゅう一室に籠った時でも、それを開けて、新鮮なる空気を入れることが出来ぬ。そしてその窓の処には、蝿が数限りなく群集して、少しでも蚊帳を動かすと、ワンと飛び立つ。ことに、赤痢患者は厠が近く、半日に二十五六度も通うので、その度に捲き上ぐる蚊帳には、いつとなく蝿が入って、毎日二たくらい払わなければどうしても煩さくって堪らぬのである。

自分も腸を害しているので、よくその厠には通ったものだ。室の扉を排して、入口の石段、其処には看護手が湯を沸かし、粥を煮る炉を据えているのであるが、それを熱ある身のふらふらと足元危く、家屋に就いて左に曲ると、ブリキの屋根の、周囲をアンペラで囲んだ急製の厠があって、石灰の白いのが地も見えぬばかりに撒布されてある。その厠のすぐ前が鉄道線路で、朝に夕に無数の清苦力が「開路開路」と言う声の下に、糧食弾薬を満載した貨車を推して行くのが明らかに見える。向うを見ると、洋館の幾個となく立っている彼方に、海城兵站司令部の国旗が勇ましく風に飄《ひるがえ》っている。自分はこの日から八月三十一日まで、十一日間、この一室に呻吟しておったが、時には雨降り、風吹き、雷鳴の夜などもあって、厠のブリキ屋根が飛び、周囲のアンペラが離れたりして、随分困ったことがあった。忘られぬのは月の夜、晴れたる満州の空には遠山の影も明らかに、地に落ちたる家屋の影黒く、そぞろ寒き衣の袖を合せつつ見ると、彼方此方に点々として明らけき燈火の光。

兵士の隊を為して進んで行くのもあった。

それから第四師団の砲兵第四連隊の某特務曹長にも此処で懇意になったが、氏は余程快癒に近いので、色々なことを語っては、よく我々を慰めてくれた。中でも大石橋の戦、これは最も特色ある物語であった。氏が語らるるには、「実に、大石橋の砲戦は烈しかった。先ず、我等の砲隊、それに砲兵旅団の一個連隊、確か第十四だと思ったが、それが合して、とある丘陵の上に陣地を布いて、敵と相対した。実に、敵の砲弾がよく来る。まるで砲煙で味方の陣地が埋められてしまうくらいであった。それに、敵は陣地を山の背に置いたので、味方の砲は撃っても撃っても何の効が無い。午後からは味方は砲の撃ち方を止めてまるで敵の砲弾の下にひそんでいるという始末さ。歩兵などには随分えらい眼に逢わされたのがある。現に、一人の歩兵があまりに砲弾が来るので、傍の石塔みたようなものを楯に取って、小さくなって屈んでおったそうだ。けれどそれが終日なので、終には疲れて、右の足をぐっと伸ばした。すると、其処に砲弾が遣って来て、忽ち撃ち貫かれてしまった。又、現に、僕が見ておったのだが、味方の陣地の肩牆《けんしょう》の処に一つ敵弾が炸裂して、その肩牆の土砂が後にいる二砲兵を頭から埋めてしまった。先生、遣られたなと思って見ていると、やがてその土砂の中から、『ヤア、これア酷い』と言って、顔を払いながら起き上った。これなどは実に話のようさね。で、終日こういう風に、敵弾を浴びつづけで日が暮れる、まア好いと思うと、退却という命令が来た。で、敵に知られると大変だから、こっそりと準備をして、一里ほど後の、あれは何とか言う小さい村に退却した。まア、これで、今夜は此処に宿営するのであろう。終日、飯も碌々食わんから、米でも炊いて食おうと思っていると、また、『元へ！』との命令が来た。仕方が無いので、重い砲車を引き摺って、元の丘陵の上に行くと、もう夜の一時過。明日また一日今日のように撃ち付けられると思って、うんざりしていると、敵は退却！　という報告が来た。実にあの時は嬉しかった」

その苦戦のさまが想像される。

この日、午後、坪谷君が見舞に来てくれた。ついでに届けてくれた手簡二通。一つは島崎藤村君、一つは蒲原有明《かんばらありあけ》君（注・詩人〈一八七六〜一九五二〉、日本象徴詩の創始者）、島崎君のには、君がかの露艦出没の際、津軽海峡を渡って函館に赴かれたこと（注・藤村は七月二十七日、函館で網問屋を営む義父に執筆中の『破戒』出版のための資金四百円の出資を頼みに行き承諾された）が書いてあったし、有明君のには、東京の雷鳴、市中の倉皇せるさまなどが詳しく書いてあった。熱ある病床に、幾度繰返して読んだであろうか。

（八月二十一日〜二十四日記載なし）

八月二十五日（木曜日）晴

熱はまだ依然として除《と》れぬが、大抵三十八度五六分の処を往来して、病名も流行性腸胃熱と言うことに昨日初めて一定したので、自分は少なからず愁眉を開いた。けれど今朝からは遼陽攻撃出発の噂が非常に高くなって、明日はどうしても出掛けるらしい。ああ、自分は愈々遼陽の戦争に取り残されるのである、と思うと、無念で無念で実に堪らぬ。病気がやや好いので、その反比例にその念が益々高まるので、南山以来自分はどんなに遼陽遼陽と胸に画いて、楽しんでおったかと思うと、いても立ってもいられぬような気がする。

午後、柴田君、坪谷君、松林伯鶴君、亘君、小笠原君、新田静湾君などが遣って来て、愈々明日出発の命令を受取ったから、と暇を告げた。

「まア、好いサ、君は南山から幾度も戦争は見たのだから」

「まア、気を遣わずに、ゆっくり療養したまえ」

「僕等がよく見て話してあげるよ」

「本当にゆっくり療養したまえ」

と諸君は口々に言って去った。

絶望！絶望！

夜になると、附近に宿営していた兵士が皆な前進運動を起しているのが明らかに聞えて、幾隊幾隊と続いて行く靴の音、その絶間には腰のアルミニユームの金椀のかたかたと鳴る音、それが終夜《よもすがら》、熱にうかされたるわが耳に触った。

絶望！絶望！

ああ、わが大軍は進むのである。

八月二十六日（金曜日）晴

暁に見ると、四近既にわが兵の隻影をも留めず、秋高く晴れ渡った空には、白き雲消ゆるかとばかり漂って、停車場に添った兵站司令部の洋館の上の日章旗、それが独り淋しそうに朝風に翻っているのが見られる。それにしても、我軍は如何にしたであろうか。今度は敵も大兵を掌裏に収めて、甘泉堡《かんせんほ》、鞍山站《あんざんたん》、首山堡《しゅざんほ》、その防備も中々一通りではないと聞いている。であるから、今回こそは勇武絶倫なるわが軍も、流石に少しは手剛い抵抗に遭うことであろう。否、或いは絶大なる未曾有の戦争がその一帯の平野に展げられるかも知れぬのである。こう思うと、座《そぞ》ろに胸が轟いて、ただただ彼方の空ばかり望まるるのであった。

時に、砲声二三、遠く……遠く……。

愈々鞍山站の戦端は開かれたのか知らんと思ったが、それはそうでなくって、その後は砲声絶え、静かなる空には一片の雲もなくなってしまった。

午後、看護卒が来て語るには、「甘泉堡には大した戦争は無かったそうです。今少し前、砲声が少ししたが、もう鞍山站を遣り懸けているかも知れません。今も向うの山に、沢山将校らしい人が登っていから、何かと思ったら、マンシュウ軍(注・満州軍、総司令官は大山巌元帥)総司令部が観戦のために上ったのだそうです」

「マンシュウ軍も出発したのか」

「え、、今朝……」

「到頭、置いて行かれてしまった。残念だナアーー」こう叫んだのは田中少尉である。

「南山以来、得利寺でも、大石橋でも、予備隊だの、後方隊だのに残れて、充分に敵兵の顔を見んかったから、今回こそ一つ!　と思っていたのに、武運が拙《つたな》くって、この始末、実に情け無い」

これは横山特務曹長。

軍籍に身を置く人々のこの懊悩を聞くにつけても、愈々この大戦に取り残されたのが口惜しく、自分ながら、重ね重ねこの熱病を呪咀《のろ》うのであった。

八卦溝北方を進撃する歩兵三十三連隊（『日露戦役回顧写真帖』）

（八月二十七日・二十八日記載なし）

八月二十九日（月曜日）晴

昨日も一昨日も今日も砲声聞こえず。衝突《ぶつか》るならば、もう衝突りそうなもの、どうしたのか知らんと、自分等はいろいろに軍の行方を想像したが、更にその飛信の一片をも得なかった。熱が出ると、キニイネを服《の》むので、後は頭痛がして、どうも気分が悪くって仕方が無いのであるが、熱の方は日増に低くなって、体温表の線が三十七度五六分のところを往来している。午後、神戸一等軍医が診察に来て語るには、「鞍山站は存外抵抗なくて占領し、今は第一軍、第四軍と三方から遼陽を包囲しようとしつつあるそうだ。ことに、敵は既に退却の準備をしているから、大した戦争にもなるまい」と。

八月三十日（火曜日）曇、雨

未明より絶えざる砲声。

その響はちょうど遠雷の地平線上に轟くようで、或いは高く、或いは低く、静かな朝の空気に振動して聞えたが、厠に行った帰途《かえり》に、ふと見ると、其処には面白い一場の景。前なる兵站司令部では今朝鞍山站まで馬糧弾薬を満載した貨車を出すそうで、傍らなる広場には、清苦力幾百人となく密集し、牛車、騾車、輜重車の縦横に乱れ合った上には、静かに静かに晴れ渡った空、旆《はた》のように斜に靡いた白い雲、それから右に少し偏って、深碧なる空に鼠色した山脈が長く靡いているのであるが——その山の左に当って、砲声は崩るるように聞えるので。

この日終日砲声が止まなかった。

九月一日（木曜日）晴

昨日も終日砲声

今日も砲声、砲声。

「実に盛んですね」

「殆ど毎日ですナ」

「それにしても一体どうしたんでしょう。まだ取れんのですか知らん」

「どうもそうらしいですナ」

「それでも退くやうなことはありますまい」

「それア、日本兵ですから、そんなことはありますまい。けれど、敵も中々頑強に遣ると見えますナ」

と、田中少尉は、二三日前から熱が取れて、大分元気が好いので。「実に残念だ、あの砲声を聞いて、こうして臥ていられるものだかどうだか、君考えて見たまえ、実に千秋の遺憾だ」

「御同感ですナ」

と自分も言葉を合わせた。

自分は三十日に、熱が漸く分離し、三十一日の夜には全く平熱平脈に復したので、今日午前に、平病室に移されたのである。自分は如何に喜んだであろうか。いかに本多軍医正、神戸一等軍医にその恩を感謝したであろうか。

（九月二日記載なし）

九月三日（土曜日）晴

昨日も今日も盛んなる砲声。

自分は漸く熱が取れたばかり、十七日間も湯粥を啜っていたので、殆ど数歩をも満足には歩けぬのであるけれど、この連日の砲声、気に懸る凄まじい音を聞いては、どうもじっとしてはおられぬので、これを田中少尉に謀ると、「君が行く気なら、僕も遅れはせん」とのこと。兎に角病院長に聞こうと、その旨申し出ると、田中氏はもう好いが、田山氏はまだ少し無理だという。けれどそれをたって頼んで、どうせ貨車に便乗するのだからとか何とか言って、漸くに貰った退院券。それを兵站司令官・白井少佐の処に持って行って、明日鞍山站までの貨車の便乗を請うと、司令官の言わるるには、「田中少尉は将校だから異議が無いが、今一人の方（即ち自分）は海城北門内の兵站監部支部に行って、岡野参謀に許可を得て来なければ、自分独断で便乗を許可することが出来ぬ」という。で、自分は田中少尉に伴われて、海城北門内まで出掛けて行ったが、この五町ばかりの間の路、それがいかに辛く大儀であったであろうか。路傍に佇立《たたず》んでもう動けぬと言ったことは幾度だか知れぬ。幸いに、岡野参謀は情状を酌んで快く諾して許可してくれたけれど、病院に帰った時には、呼吸《いき》が切れて、とても明日の退院は覚束ないと思ったのであった。

けれど、砲声、砲声。

断じて明日退院と決した。

九月四日（日曜日）晴

田中少尉は後備旅団十二連隊（注・後備歩兵第十一旅団後備歩兵第十二連隊〈丸亀〉）の小隊長で、日清の戦役に出征した後備の古武者であるが、年は大凡《おおよそ》三十七八、元気はまだ頗る旺盛で、病気のため、今回の大戦に従うことが出来なかったことを悔むこと一方ではなく、戦後おめおめと帰隊せば、何の面目あつて、長官に見《まみ》えんとの語気が絶えずその言語に顕るるのであった。

海城から貨車に便乗したのは午前九時。けれどこの綱曳の汽車の遅いのにはいかに心を焦立《いらだた》しめたであろうか。一貨車の両側に二十五名の清苦力、その貨車が四十二三ほど連って、「開路開路」の声の下に、一歩々々鞍山站へと向って進むのではあるけれど、ちょうどこの附近の勾配がやや上り坂になっているので、その晩いことと言ったら、二時間経っても、なお海城の城門が明らかに後に指されるのであった。それればかりでは無い、今朝は前面の砲声全く止んで、聞くと、昨日を以て首尾よく遼陽を占領したとのこと。不運極るのはわれ等。東煙台に着くと、もう午後三時。

此処ですれ違う貨車は、遼陽の負傷者を満載してくる筈と聞いたが、着くとその貨車は既に早く到着しておって、惨憺たる光景は人をして戦慄せしむるばかりであった。田中少尉は戦況を聞きにと出掛けて行ったが、しばらくして帰って来て語るのには、遼陽——ことに首山の戦は実に激烈で、到底今までに類が無いそうだ。一番激戦したのは第三師団と第六師団で、第三師団の第三十四連隊などは辛うじて連隊旗を携えて帰ったくらいであるそうな。今、運んで来た負傷兵は、皆な第六師団の下士と兵士とで、三十一日午後の首山の激烈なことと言ったら、全く敵の主力を正面に受けたこととて、その損傷夥しく、ことに敵は鉄条網の後に機関砲を据えて、味方の進むのを近くに引き寄せて、狙い撃ちに遭ったものだから、味方は幾度となく退却の非運に遭遇し、一時は占領はとても覚束ないと思った程であるとのこと。少尉は語り終って、

「実に遺憾極まる」と叫んだ。

その顔は甚しく曇った。

やがて語《ことば》を続《つ》いで、「それによくは解らんですけれど、実に遺憾なことは、私の連隊が非常に遭ったそうです。第三（注・第三師団）の三十四（注・歩兵第三十四連隊）が酷く遣られたので、第六と第三との間に間隙《すき》が出来た。そしてそれを埋めるために、マンシュウ軍の総予備隊なる私の連隊がその間に繰り出されて、首山の東南方高地をその隊のみを以て占領せよとの命令に接して、それア、酷く遣ったそうです。実際、私などは面が出せんですナ」と少し考えて、

「これというのも、連隊の屁鉾《へっぽこ》医者の御蔭だ。何んの、少し熱の出たくらいを腸窒扶斯《ちぶす》だとか、何んとか

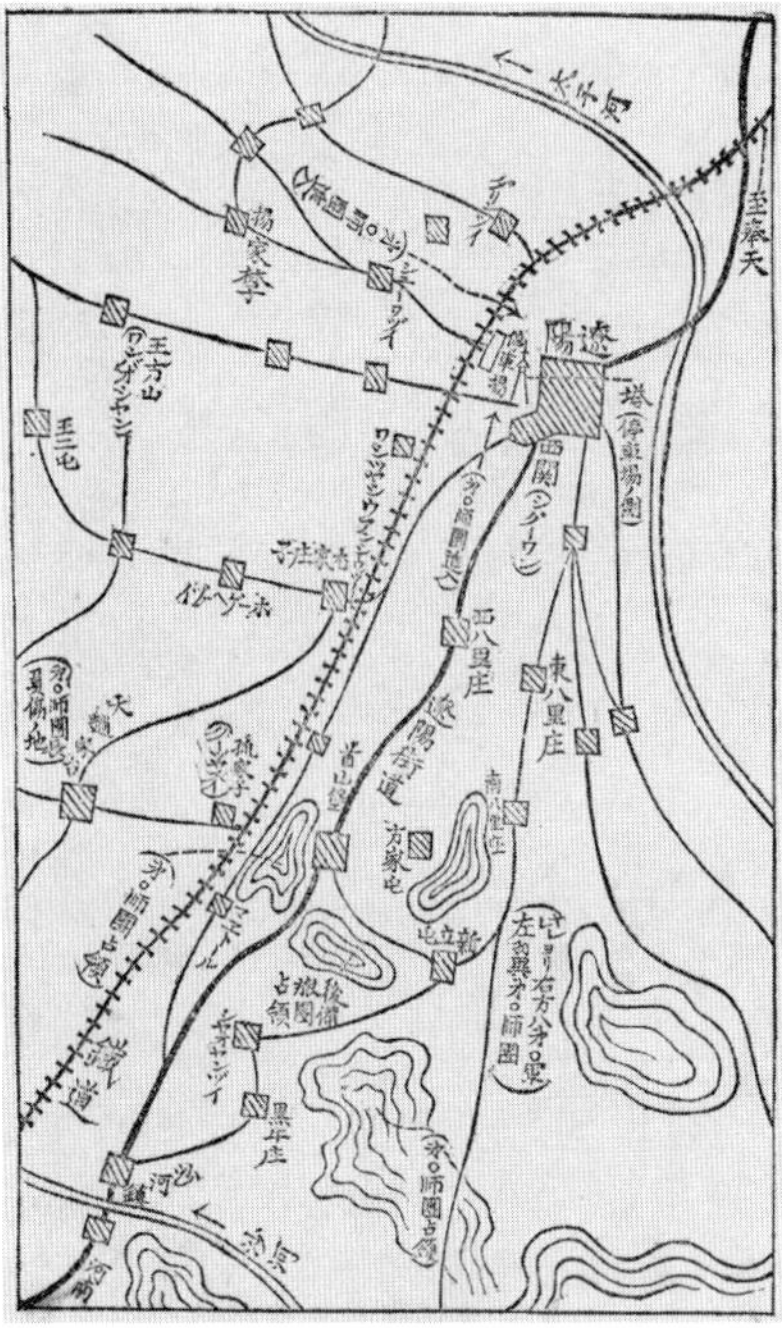

遼陽附近略図
（『日露戦争実記・第三十三編』）

大業に言い立てて、病院に来て見りゃ、何んの大したことも無いものを……。実に屁鉾医者のために誤られて了って、合わせる顔はありゃせん。それに、よくは解らんけれど、大分、戦死者が多いそうですから」

この時、停っている貨車の前を一人の上等兵が過ぎて行ったが、ふと、少尉を見て、

「田中少尉殿ではありませんか」

「やあ、貴様は此処にいるか」

「え、後方勤務に残されて、……もう、少尉殿、御病気は好いのですか」

「ム、もう治った。連隊は遣ったそうだが、本当か」

「え」と上等兵は得々として、「昨日、彼方から帰って来たものに聞いたですが、連隊は酷く遣られたですよ。渡辺連隊長は重傷を負われるし、貴方の隊の市川大隊長殿は戦死なされるし……」

「え、大隊長が戦死？」

少尉の胸には今ぞ無念と悲哀と羞恥との情が交々《こもごも》集って、殆ど堪え難くなったのであろう。黙してただ歯を喰いしばるのであった。

自分も烈しく感ぜずにはいられない。

「連隊長殿の負傷も、大隊長殿の戦死も実に勇ましかったそうです」と上等兵は言葉を続いで語った。

「旅団長閣下の命令が中々勇ましかったですから……『後備は役に立たぬと他から思われているから、その名誉を回復するのは今じゃ。首山の東南方高地はその連隊で占領せよ』との命令でしたから、それは中々勇ましい働きをしたそうです」

「それで占領したか」

「占領したそうです」

首山堡西方高地で休憩中の歩兵第六連隊（『日露戦役回顧写真帖』）

「実に残念だナア！」

その一句には実に血が躍っていた。

この時、貨車は動き出したので、上等兵は礼を施して彼方に去り、少尉は自分の傍なる行李の上に腰を休めた。

二人とも遼陽の戦を思っているのである。

二人とも黙した。

それから二里ほど進むと、勾配が下り坂になって、その間の貨車の早さと言ったら、まるで本物の汽車と少しも違わぬ。甘泉堡《かんせんほ》あたりを通る頃は、殊にその速力が増して、山も、野も、村もただ一走りに走るのであった。新台子に着いたのは、もう日の暮るる頃、向うを見ると、線路に添うた敵の監視兵の小さい洋館がしょんぼり立っていて、その屋頭には日章旗が夕風に翻っている。線路の沿道には、馬糧のかますや糧食の俵やらが山のように積まれてあって、彼方の面白い形をした山には暮色が既に蒼然として至っておった。

日章旗の翻っている家屋は兵站司令部。其処に行って、「今夜鞍山站に向って発する貨車があるか」と聞くと、「夜の三時頃にあるけれど、これは重要なる弾薬を運ぶのであるから、便乗は許されぬ」とのこと。余義なく此処に一宿することに決して、退院券を示して、食事伝票を請求した。ところが、遅く着いた補充の兵士やら何やらが一杯に集って、待っていると中々容易なことでは無い。傍には、炊事場の大釜が三つまで据えられて、盛んに飯を焼《た》いている。そしてその周囲には、もう伝票を貰った兵士が飯盒を出して、我れ勝にそこに集って分配を焦っている。

趣味ある夕暮の駅亭のことが思い出された。

辛うじて飯を得て、さて導かれた宿舎は、五町ばかり隔った、同じく線路に添うた、監視兵の建物で、其処に行った時は、もう日が暮れて真闇になっていたが、その入口の処に、酒保が大釜に火を燃して、頻りにしるこを兵士に売っているのを見た。

自分等の寝た室は、酒保の店と脊中合わせになっていて、幸い其処に日本酒《イイベンチュー》があったため、田中少尉は麦酒の空罎に一杯詰めさせて、自分にも飲めと言って勧めてくれた。日中は暑くって堪らぬのであるが、夜は秋の中頃でもあるかのように冷やりとして、野にはさびしい秋の風、壁間にはこおろぎの声が言い知らずあわれを催して、病後の身の、自分はさまざまのことを思ったので。

夜半、厠に野外に出ると、二十五日の月が遅く山の端に上って、空には、天の河が白く靡き渡っていた。露が深く、虫の音が野面一面。

九月五日（月曜日）晴

朝、非常に黒い雲が前山から大空を蔽って、恐ろしい驟雨が今にも遣って来そうに思ったが、ぽっつりぽっつり顔に当ったくらいで、貨車に乗る時分には、もうすっかり快晴になっていた。

鉄道線路の右の野に見ゆる二三の洋館、あれが湯崗子《とうこうし》の温泉だなどと聞いたが、態々そこに行って見る程の元気も無かった。次第に登り坂になれる一小山嶺《しょうざんれい》を越えると、一里ばかり彼方にはちょうど駱駝の背のような岩山が突兀《とっこつ》として聳えている、その鞍部には一道の渓流。これがいわゆる鞍山站の険、満州には珍しい美しい渓流の屈曲、それを右に見て、その山嶺の鞍部を向うに越えると、渓流には立派な鉄橋が架せられてあって、鞍山站の停車場はそれから五町ほど北にある。兵站司令部はその附近の重なる家屋を以てこれに充て、日章旗は翩々《へんぺん》としてその屋上に翻っていた。

刺を杉江司令官に通じて、戸外の休憩場に出て休んでいると、しばらくして、司令官は傍らに来て、「君、それア、実に三日の日などは烈しかったよ、そら向うに」と前に連なれる長い丘陵《おか》を指し、「丘陵が見えるだろう、あの丘陵の上へ幾つとなく真白に炸裂して、それア、此処で見ていても、冷々するようだッた……」こう言って、笑いながら自分の肩を叩いて、「歌人はいながらにして名所を知ると言うが、君なぞもその方だろうナ。うんと見たようなことを書くんだろうナ」と言った。

でなくってさえ、遺憾なのに……。

見渡すと、鉄道線路は一直線にその前に通じて、次第に高くなり行く長丘《ちょうきゅう》の上には、日に閃めいた雲が美しく靡き渡っていた。これ皆な四五日前にわが軍の勇ましく行進したところで、陶官屯《とうかんとん》、八卦溝《はっけこう》、立山屯《りつざんとん》などの部落は皆この間にあるのである。

遺憾、実に遺憾。

首山の激戦に奮戦して重傷を負った、後備第十二連隊長渡辺大佐（勝重）が、ちょうどこの地の野戦病院に収容されているのを聞いて、倉皇訪問に赴いた田中少尉は、待っても待っても帰って来なかったが、四十分ばかり経ってから、漸く悄然として彼方から。

近寄って、

「どうでした！」と訊くと、

「いや、実に私の訪問したのを非常に喜んでくれて、殆ど泣かぬばかりの有様でした。連隊長は後備で、年を老っておりますので、大隊長や私などでもよく気が合う方であったですから市川大隊長の戦死を非常に口惜しがって、自分の負傷よりも却ってその事を繰り返しておられたです。傷所《きず》ですか、傷は右の肩から左の肩へ撃ち貫かれて随分重い方だそうですけれど、中々元気で、『日露戦争実記』などを繙いておられたです。私は『今更面目なくて連隊に帰れない』と申したら、『いやそんな事があるものか、それよりも、君の病気は悪い重い症と聞いたが、もうそんなに歩いて来て好いのか』と言われた。私は、その時は涙がこぼれて、実に何とも返答をすることが出来んでした」

と言ったが、さまざまな感が胸も狭しと集まって来たと見えて、低頭《うつむ》いたその眼には、既に涙が閃いていた。これも理《そのはず》である、戦友皆な多く死傷して、自己一人取り残されつつ、徒らにこの新戦場を過ぎ行く身であるものを。

汽車の線路を二里、陶官屯以北の長丘近く行くと、その斜面の草野《そうや》に美しく日に光った二三のテント、其処にはわが兵士の点々として歩いて行くのが見える。近づくと、それはわが砲工兵の作業場で、其処には四五日前の戦に鹵獲《ろくわく》した敵砲八門が並んで据えられてある。これは敵の公報に、泥濘の中に陥りて引き去る能わざりしと言うもので、直せばまた使えるなどと言っていた。日陰なく、暑くって堪え難かったが、幸いに、傍に酒保が店を開いておったので、その積み重ねた荷の蔭に行って暫く休んだ。そして、源氏豆、堅パン、佃煮の小罐などを買った。

陶官屯から八卦溝へと赴く路は、蜿蜒《えんえん》たる長丘、緩かなる傾斜を為して、ところどころに美しい楊の樹が涼しい蔭をつくっている。その蔭には、昨日営口から上陸したという第三十四、第十八連隊の後備兵が幾簇《いくむれ》となく休憩していて、「どうも昨夜一晩寝ずに歩いたので、眠くって仕方がない」などと言っているのもあった。ことに、この附近からは、鉄道線路を歩いて辿って来る遼陽の負傷兵次第に多く、或いは繃帯した腕を右肩から釣った者、或いは頭部に全く繃帯を施した者、或いは杖を力に片足を引き摺る者等、多くは赤十字の赤い徽號《しるし》の着いた白衣を着て、（中には血に染んだ代赭色の軍服そままなのもある）とぼとぼと辿って来るが、その惨憺たるさまは実に眼も当てられぬばかりである。まして、この間を縫って、おり貨車が進んで来るのであるが、——その中には重傷者が群を為して、その苦痛の声は絶えず野外に洩れて聞えるではないか。

悲観せずに誰がおられようぞ。

八卦溝の高地をやや下ると、立山屯《りつざんとん》の一村落は、直ちに沙河《さか》一帯の平地を開き、その中央には、暗紫色をした一小嶺が突兀として聳えている。この小山脈こそ敵が拠って頑強に戦った首山《しゅざん》であろうなど、少尉と語り合いながら歩いたが、なおそれを確めるために負傷兵に問うと、果して首山！

一兵士が語って言うには、「実に、あんな無茶苦茶な戦争はありゃしません。死ぬと覚悟して進む、そうすると、屹度《きっと》死ぬのですからナア、敵は中々頑強で、首山の東南方高地などの防戦、それは見事でありました。私は六師団ですが、首山の下ではえらく遣られましたぜ。鉄条網、狼穽の間々に、敵は機関砲を据えて、バリバリ撃ち付けるのですから、それは実に堪らんです。けれど、こうなるともう無茶ですから、死ぬなどは何とも思っておりはしません。弾丸はちょうど雨か霰が顔を打ち付けるくらいに考えているですからナア」

斜阪を少し下ると、沙河兵站司令部。其処にも同じく糧食弾薬が山のように積まれて、兵士の集まること実に堵《と》のごとくである。これは皆な第十八連隊後備の、前進途中食を乞える者で、兵站部はこの上なく雑踏を極めている。

此処から遼陽まで三里、平生ならば、まだ日は高いし、行けぬことは無いのであるが、病後羸弱《るいじゃく》の身、ことに此処まで来ても、まだ軍司令部の位置が分明と解らぬので、田中少尉を強いて頼んで、今宵は此処に一緒に泊って貰うことにした。

兵站司令部で聞くと、「宿営は無い、将校でも何でも露営して貰わなければならぬ」とのこと。それを病人であるの、何のと頼んで、漸く宿舎掛の曹長に就いて聞くと、「それでは御気の毒ですけれど河南まで行って下さい、（河南とは沙河鎮の河南屯で、其処からその村の楊樹は見えているけれど、距離は大凡《おおよそ》十町くらいあろう）その村には、兵站部で特に将校の宿舎用にと取って置いた家屋があって、それはこれこれしかじかの処にあると教えてくれた。

自分等はそれを信じて、そのまま河南屯《かなんとん》へと志した。沙河の鉄橋の手前を右に下り、野原の間を五六町辿ると、遼陽街道は泥濘の波を漲らして、其処には衛生隊、電信隊、輜重車などが泥まみれになって進んで行く。村に入って、二つ目の路を左に入った四軒目の家屋と教えられたので、其処に行ってみると、将校の宿舎用どころか、孰れの家屋も皆な遼陽の負傷者を以て充たされてある。非常に困ってまごまごしていると、ちょうど街道に沿うた大きな家屋に田中少尉の部下の兵士がいたので、漸くそれに頼んで、その一隅《かたすみ》に寝かして貰うことにした。

夜、疾風雷雨、扉の無い室には烈しく降り込んで、終夜穏かに夢を結ぶことが出来なかった。

九月六日（火曜日）晴

朝、寝起きに、田中少尉は沙河兵站《さかへいたん》司令部に、朝餐《あさめし》と苦力とを得に行ったが、折悪しく苦力がおらぬとかで、八時半頃、漸く帰って来た。さて、昨日と同じ線路を伝って遼陽へと向ったが、線路を辿る負傷兵は愈《いよいよ》多く、路は殆どこれがために塞げらるると言っても好いくらい。三十日、三十一日の首山の激戦に全砲兵を布いたという沙河の大鉄橋を渡り、一路坦々たる線を北に進むと、首山に連れる丘陵は漸く明らかに、敵の拠った陣地もそれと指点せらるるのであった。田中少尉は兵士に逢う毎に、その所属の連隊の名を問い、且つ厭かずに、その連日の戦況を聞くので。

行けば行く程、首山の影は近くなって、乱れたる高梁畑、踏み躙《にじ》られたる鉄条網、敵の砲弾殻《たまがら》の処々に散乱せるなど、一つとして先の日の激戦を語らぬものはない。平野の中央、高梁畑の上高く、二三株の老松のさながら傘を張ったようなのを、一兵士は指して、彼処《かしこ》は関谷第三十四連隊長（銘次郎）の戦死したところであると自分に語った。第三十四連隊は第三師団の静岡連隊、この連隊には、かの橘少佐が第一大隊長を勤めておられる筈、連隊長が戦死したくらいでは、もしや……もしや……と思ったので。

「橘大隊長は？」

と自分は問うた。

「橘大隊長殿……」と兵士は口籠りて、「大隊長殿も勇ましい名誉の戦死を」

「戦死」

自分の胸は俄かに波立った。

すぐ思い出されたのは、送別の夜、別離の言葉。

なお詳しく聞こうとしたけれど、その兵士はあまり深く知っておらぬので、自分は余義なく別れて、線路を伝った。ああその線路、負傷兵と後援兵との旁午《ぼうこ》相往来するその長き線路を自分はいかに深く少佐のことを思いつつ辿ったであろうか。少佐には宇品以来実に一方ならざる恩恵を受けているので、自分等写真班は実に少佐のためにつつがなくこの軍に従っていると言っても好いくらいである。であるのに、今、此処で、その悲しい戦死を聞こうとは！

送別の夜の光景、悲壮なる別れの言葉、今更に思い出されるのは、運命の明らかに徂徠《そらい》したさまで、自分は思えば思う程、涙に袖を絞るのであった。

首山の麓近く行くと、マエトーレの村落。その前には半ば建築し懸けた兵舎の柱が人間の骸骨のように高粱畑の中に突っ立っていて、その向うに鉄条網が長く広く敷設されているのが眼に入る。首山の標高九十九米、丘陵小嶺はそれから長く東南に延びて、わが左翼軍に対せし頑強なる敵の陣地は実に一眸《ぼう》の中に集まるのである。ことに、その丘陵の幾層々、塹壕掩堡のちょうど鉢巻をしたように連なっているのを見ると、その当時の苦戦の状況も思い遣らるるので、この一帯の地に炸裂した砲煙の凄まじさも、殆んど眼前に見えるような心地がする。――この大戦、これを見るを得なかったわが身の遺憾は？

マエトーレの村を掠めて、第六師団、後備十二連隊の戦死者のそのまま葬られた惨憺たる戦後の光景を見ながら進むと、線路の上に、哨兵が立っていて、軍司令部はその傍らの孤家子《こかし》に滞在しているということを教えてくれた。喜んで、田中少尉に別れて、その村に行くと、軍司令部は今将に遼陽停車場にその宿舎を移そうとしつつある処で、わが写真班の諸君は既に早く出発していた。

余義なく大本営写真班に行って、小倉君を訪ねた。

「橘さんは戦死なすッたって」

「実にどうも」と小倉君も悲哀に堪えざるもののごとく、「御気の毒で、何とも言えん。僕などもそれと聞いた時は、実に驚いたです」

「詳しいことを御存じありませんか」

「イヤ、まだそれ処では無い」

なお色々語り合ったが、「今、出発するから、一緒に行きたまえ」と言うので、そのままその一行に従って、自分も遼陽へと向った。

首山の麓から遼陽まで約一里半、その間の平野は高粱畑《きびばた》、でなければ粟畑で、鉄道線路に添った辺には、敵味方の掩壕が縦横無尽に掘ってあって、小銃の弾莢《だんきょう》、弾殻、外套などが其処等一面に散らばっている。そしてその間には味方、敵の区別なく埋めたらしい戦死者の新墳が高く低く築かれてある。一望すると、遼陽の城壁はもう眼の前に画のように見えて、西門と南門とが殊に眼に立つ。停車場附近には、戦後混雑のさまがなお明らかに、糧秣の兵燹《へいせん》は天を焦して、その黄い、薄黒い畑の間からは、かの有名なる遼陽の仏塔が高く高く顕われている。

行く行く大本営写真班の人は自分に語った。

「実に、今度の戦争は酷かったです。毎日毎日朝から晩まで砲を撃って撃って撃ち尽して、そして又翌日もその通りなのだからナア。我々、見ておってもどうなることかと思うくらいでした。それにしても、強いのは味方の兵。どうもよくあのくらいまで忍耐すると思われるです。例えてみれば、突撃を遣る、占領する、又逆襲されて追い返される、又すぐ後から他の隊が続くと言う具合で、流石の敵もあれには驚いたに相違ないです。我々は命令ですから出来るだけ第一線に出て、上手く行けば、敵の混乱する光景、味方の突撃するさまなども撮りたいと思うですから、随分危険なところまで出掛けて行ったですが、それは実に危かったです。一体、生死の境に、写真の機械を据えるなどとは随分暢気な沙汰で、機械を据えると、よく敵から目標にされて、撃ち付けられるので困ったです。ことに、四ツ切は大きいものですから機関砲とでも間違えられると見えて、殊に烈しく撃ち付けられるです。砲戦、え、砲戦の光景ですか。それは中々盛んで、三十日、三十一日の二日、つまりこの首山の攻撃ですナ、これが実に見事でした。まア、大石橋

の戦、あれとやや似寄っていて、あれの長く幾日も続いた奴ですナア、御覧の通り」と首山一帯の山脈を指しながら、

「敵の砲兵陣地を布いた山脈が、高さこそ低いが、ちょうど、大石橋の青石山、望馬台、太平岺などの陣地とよく似ておりましたから、まア、あれの幾日も続いたものと見れば好いです。それから、砲戦の中で、一番見事でしたのは、三十一日夕暮の味方の砲撃で、ちょうど、その夜は電光《いなびかり》……。何でも、七時頃から、明日は首山の敵塁を陥れるのだから、砲弾を惜むナとの声懸りであったそうで、撃ったにも撃ったにも、それは実に撃ったです。先ず、私達は沙河鎮の河南の傍の三十米ばかりの山で見ておったと御想像なさい。敵の拠っている陣地の後景《バック》は、まるで夕立の時のような黒い、凄まじい雲で一面に包まれておって、それに、電光が盛んに閃めく。否、盛んなくらいでは中々形容が出来んので、殆ど一瞬間もその電光の閃めきが絶えないと言った方が好いでしょう。その電光の山、それに味方の砲弾が、黒く白く――いやもう日が暮れておったですから、破裂する度に火が見える、それが雨霰と敵の陣地に注ぐのですから実に面白い。私はあんな壮大な光景を見たのは初めてです」

「雷鳴はしたですか」自分は問うた。

「いや、電光ばかり、雷鳴は少しもしませんでした」

「それは壮観でしたろう」

「実に壮観!」

遼陽の高塔は次第に近く、停車場附近の家屋もやや明らかに弁ぜらるるようになった。所々の村落にはわが兵士充満し、その野には戦死者を火葬する荼毘の煙。これを見ては誰か涙を注がずにおられようぞ。ましで時は既に秋。野には白き薄の穂。

「それから、その翌日」と写真班の一人は言葉を続いで、「兎に角首山が取れて、是から遼陽は平押し、と高を括っておった処を、敵の第二線は尚遼陽の前面の平地に一面に連なっておって、右翼の第三師団が新立屯まで行って、酷く撃ち付けられたそうです。で、その日は、敵味方兵も疲れたので、午後からは大した砲戦もなく、互に交綏《こうすい》するという有様でしたが、翌日は又大々的砲戦。遼陽附近はまるで砲煙に埋ずめられてしまったです。殊に、私の見ておって、愉快でしたのは、その首山のすぐ下の処に、味方は南山で分捕った臼砲四門を据えて、盛んに敵の停車場を砲撃したです。御存知の通り、敵の汽車、これは実に癪に触る、得利寺にしろ、蓋平にしろ、大石橋にしろ、いざ退却となると、いつでも、ピーと、逃げてしまう。どうか、あれを後へでもこっそり廻って、思うさま撃って遣りたいとは私ばかりではない、誰も思っていたでしょうが、今度分捕砲でうんと酷《いじ》めて遣ったのは、実に愉快でした。首山の麓から停車場まで八千か九千米突ありましたが、重砲ですから弾が楽に届く。翻って、敵の速射砲は六千位しか届かんのですから、安心して笑いながら撃って酷めて遣れる。私はその光景を撮影しましたが、それは愉快の極でした」

「それで敵はどうでした?」

「撃たれると、停車場に集っている兵士等が蜘蛛の子のように散って行くさまがよく見える。何でも貨車列車にも五六発は中《あた》ったでしょう。黄い、白い、黒い煙が一簇になって高く揚がったのが見えたです。そしてそれから、汽車を余程背後《うしろ》につけるようになったです」

「それは愉快でしたな」

「そして、その日は終日撃ったが、矢張《やはり》、遼陽の敵陣が陥ちない。余義なくその夜は今日までいた村に泊って、翌日また五時半頃から始めた。私は、首山の半腹の処に登って、その光景を見ていたが、敵の砲は中々盛んで、右翼の第三師団の方には実によく来ておったです。あれはいつごろでしたか、何しろ午前の中でした、私等の登っている山腹の向いに第六師団司令部の将校達が黒くなって観戦しておられたですが、後から満州軍司令部が遣って来る、第二軍司令部が登って来る、忽ち其処が人馬で一杯となってしまったが、私等はそれを撮りながら、なお其処を下りずに見ておった」

「兵燹の挙ったのは何時頃です」

「左様、十一時頃から、敵は糧株に火を点け始めたので、時の間に、それが大きく、各所に黒く凄い煙が揚がって、あの塔などは隠れて見えなくなるくらいでした。すると、その前後の光景、それが又忘れられない、追撃！　追撃！　敵は退却！　などの声が到る処に満ち渡ると思うと、今まで何処に隠れて小さくなっていたかと思われるばかり、味方の歩兵は彼方《あちら》からも此方《こちら》からも集って来て、いかにも嬉しそう、いかにも元気の満ちたように真黒になった先へ先へと進んで行く。実際、その光景は勇ましかったです。けれど敵の頑強に防いだのも、また争われぬ事実で、その時分出て行った兵が、敵の砲が烈しいので、出は出たが、その日はどうしても遼陽に入ることが出来なかったですからナア」

「なるほど………」

　自分はただ聞き惚るるばかりであった。

「今少し先に行くと解るですが」と、停車場近くなった線路を指しながら、「この線路の右と左にいた敵の砲が非常に頑強で、撃ったとも、撃ったとも、それは実に撃ったです。砲数は二個中隊、敵の砲兵組織は一中隊八門ですから、都合十六門ですけれど、それが実に四角八面、左から右へと懸けて滅茶苦茶に撃った。つまり敵の大兵退却のため、犠牲になって残ったのでしょう。それ、御覧なさい、その弾殻……」

　指されて、見ると、線路の左右、敵の撃った砲弾の殻は実に小山のごとく堆《うずたか》く散乱して、その真鍮の黄なる色は閃々と日の光に閃めきわたるのであった。傍には、弾丸を入れたる黄塗の箱、幾百幾千となく重り合っている。

「なるほど撃った！」自分も驚かざるを得なかったので。

「こういう風ですから、味方の歩兵の出られなかったのも無理はないです。そして、敵は日の暮れるまで撃って、夜になると、その犠牲に残した砲をも安全に引っ張って、つつがなく退却してしまったです。敵も中々味を遣りますよ」

「左様ですナ」

線路は既に停車場に入って、敵将クロパトキンが一二日前までその本拠とした一帯の地は明らかにわが眼に映じて来た。わが重砲弾に破壊されたる家屋、敵が火を放ちて去った兵舎の棟木など、その混乱の光景は実に想像に余りあるので、破壊せられたまま線路に横たわっている貨車二三輌、その附近に立てる家屋の檐《のき》、屋根の壁など、一つとしてわが砲弾の痕を留めぬものは無い。

糧株の小山はなお盛んに焼けつつあるので。

遼陽は敵が本拠として盛んに経営した地、ことにその停車場は大石橋と共に一等停車場の要衝であったから、その設備は頗る壮大で、宿舎兵舎なども、随分立派なのが多い。

軍司令部はこの停車場附近の家屋を以てこれに充てたので、自分等は直ちにその予め定められた宿舎にと入った。けれどわが従軍写真班の諸兄、新聞記者の諸君は、戦場撮影戦況視察に忙しいと見えて、まだ一人も其処には来ておられなかった。漸く柴田君、亘君の帰って来たのは午後三時頃、自分を見て驚くこと一通りではなく、

「どうして、こう早く」

と問うのであった。

「だッて、砲声を聞いて、じっとしていられるものか」

こう自分が答えると、

「それア、実に惜しかったよ、君。それア実に大戦で、激戦で、苦戦で、君に見せたらどんなに喜ぶだろう……と言い言い僕等は見ておった」と亘君は言う。

「もう言ってくれたまうナ、それでなくってさえ、口惜しくって堪らんのだ」自分はただかく言った。

夕暮、坪谷君も戦況視察から帰って来て、幾重にも自分の病気全快を喜んでくれたが、聞くと、一行はもう帰る準備をしているのであるそうで、「なるべくは明後日あたり帰国の途に就きたい」とのことである。「けれど、撮影やら視察やらで、そうとても急には帰れぬ」と言うので、「それでは一日延ばして九日に出発するから、その積りで」と坪谷君は言う。小笠原君の語られるには、「今回の戦争は、まア、譬えてみれば、南山に大石橋を交ぜて、そしてそれが幾日も続いたようなもの。私は河南の右手の観戦山で見ていたが、毎日毎日撃っては取れずに日が暮れる、実にどうなることかと心細い程でした。ですから首山一帯の山の取れた時は、それは実際欣喜雀躍で、私などは第一に飛び出して、先ず、その戦場へと出掛けて行った。行って見ると、首山一帯の敵の陣地の中でも、三十四連隊、左様橘さんの戦死した隊です。その連隊の向った山が一番堅固な防備が施されてあって、いつも御極《おきま》りの鉄条網、それに狼穽があったですが、それが今迄見たのとは違って、深いことも深いし、その穽の底に落ちたら刺されるように鋭利な鉄棒が立てられてある。実に、それは行き届いたものだ。君も来る時、見て来られたでしょうが、首山の麓の、線路に添うたところに、一つの村落があって、その前に鉄条網、それから少し前に、兵舎の半ば建築しかけた柱が何かの防備か知らんと思われるように立っているのを見たでしょう。あの附近が実に激戦の区《ちまた》だったので、第三十四連隊は右を行く、第六師団の一部は左を行く、敵は又この村落に拠って頑強に抵抗し、その後の、小さな池のある、その向うの小高い処に、二三門の機関砲を据えて、滅茶滅茶に撃ち懸けるという有様、味方はその附近でえらく遣られたです。私は、先ず、三十四連隊の突撃した丘から登って見たが、敵の掩堡が二段に築かれてあって、その長い掩堡はまるで死骸！　まるで味方の死骸で埋められていると言っても好い。それは実に見るに忍びんでした。南山の戦でも、随分死骸を見ることは見ましたが、あれは多くは敵の死骸であったので、まだ少しは好かったですが、今度は皆わが同胞……」

語り懸けて、言葉を留《と》めた。その時の惨状が胸に簇《むら》がって来たのであろう。やがて言葉を続いで、「それに、一番残念なのは橘少佐です。お互いに宇品出発以来、どんなに御世話になったか知れんですからナア。君も知ってるが、実際人格の大きかった人で、あのくらいしっかりした人は軍人にも珍らしい。私は、その翌日だったかしらん、柴田君と一緒に、池のある村落の方へ写真を撮りに行っていたですが、其所でゆくりなく邂逅《でっくわ》したのが、橘さんの馬卒。あの時ばかりは私も泣かずにはいられなかった。どうです、君、馬卒は橘さんの遺骨と、その奮闘した軍刀とを持って、此方へ来る処でしたので。先生、僕等を見ると、すぐ泣き出してしまった。それもその筈でしょう、私等は軍管理部長としての橘さんにはよく御世話になって、その馬卒の顔をよく知っておりましたから、私等もこれを見ると意気地なくも胸が塞がって、どうしても言葉が出ない。遂々《とうとう》、名誉ある御戦死をなすったそうですねと言おうとしてもそれが出ない。馬卒はまた馬卒で、涙を拭いながら黙って、その軍刀を私等に見せるので、その軍刀には実に少佐の勇ましい最期の程が明らかに残っていたです。先ず、切先から二三寸ばかりは、まるで鋸の歯のように滅茶々々につぶれて、血が夥しく黒く乾いて貼いていたが、鍔の処には弾丸が透した痕が穴になって残っている。少佐はその時、屹度《きっと》手に一弾痕を受けたに相違ないです。実に、あれを見た時にはいろいろ厚い世話になったことや、よく私等の宿舎に来て、何も不便なものは無いかと言ってくれたことや、その威厳ある中に一種小児をも懐かしむるようなやさしい容貌や、何や彼やが潮のように集まって来て、傍を向いて泣かずにはおられなかった。馬卒の話すのには、『実に残念でした、私の漸く探して参った頃には、もう瞑目《なく》なっていらしって、いくら動かしてももう動かない。その朝、いよいよ突撃で、御発《おたち》になるという時、私を呼んで、正午までにはどんな事があってもあの山を占領するから、占領したことが解ったら、馬と昼飯とを持って来いとの御命令。さて、どうなることかと見ていました。始めはもう取れそうなもの、もう味方の国旗が立ちそうなものと思って見ておりました。けれど中々そんな様子がありません、十時十一時になってもまだその山に敵がいて、盛んに味方を撃っている。これはどうしたのか知らん、旦那の御身の上に何か異変がありやせんかと思いながらも、十二時近いから、昼飯の準備をして、いざと言って来たら、すぐ行こうと、馬にも充分の糧秣を遣っておきました。一時、二時、何とも言って参りません。三時になると、段々味方が遣られたことが解って、旦那も御負傷なされたのを内田軍曹殿が介抱しておられるのを見たと言って知らせてくれたものがありましたので、それから、私は騒ぎ出したです。馬も弁当も投り出して、彼方此方と探して廻ったです。けれど敵がすぐ上の山にいて、身を顕すと撃たれますからどうすることも出来ません。到底六時過ぎ迄まごまごして漸く探し出した頃には、もう御瞑目、実に残念で残念で堪りません……………』と言って、おいおい泣くので、私等も見るに忍びんかった。本当に、橘さんは人望のあった人で、誰でもその精神のしっかりしているのと慈愛心の深いのとに、崇拝の念を起さぬものは無かったそうです。現に、第三十四連隊に赴任したのも、ついこの間、まだ一月と経たんのですけれど、その隊の士気は全く振ったと言うことですからナア」

橘少佐が厳粛なる容貌が眼前に見えるような心地がした。

「それに、平生教育家を以て自ら任じ、躬行実践《きゅうこうじっせん》を以てその第一の主義と為し、その思想の高潔なる、実に、古武士の風があったということです。その廉《かど》で、選抜されて一時東宮殿下に御剣術を御指南申し上げたことがあったそうですが、それを一生の得易《えやす》からざる栄誉と信じ、戦死する時にも、その日は恰も東宮殿下の御誕生日であることを記して忘れず、『御誕生日に戦死するのは、実に軍人としての本望であるが、この目出たい日に多くの味方の兵を殺し、しかも一度占領した丘陵を敵に奪い回さるるのは、いかにも残念である』と、死ぬまでそれを言っておったそうです。」

「戦死した光景を詳しく話してくれたまえ」

「戦死した光景？　これはその、最後まで世話した軍曹の内田清一という人から聞いたのですが、三十四連隊の突撃を始めたのは、この一日の午前五時で、橘さんは第一大隊を率いて山に向い、第三大隊は遼陽街道の左を行ったとのことです。山は前にも言った通り、二段の配備を為してあって、麓及び頂上に立派な掩堡が築かれてあった。橘さんの隊は、鉄条網、狼穽などの間を辛うじて入って、漸くその山へ取り附いたそうですが、これが何でも六時頃で、まだ漸く夜が明け放たれたというばかり、霧が薄くあたりをこめておったという事です。橘さんは勇闘奮戦、難なく第一の掩堡を取って、続いて敵の頑強に抵抗するのを追い払って、愈々山の上へと登った。山の上に登った時には、ある必要から、日章旗を建てたり、万歳を唱えたりしたそうですが、山の頂が生憎く狭かった上に、敵の予備隊がすぐその下の谷に沢山集っておったものですから、暫くすると、それが盛んに盛り返して来た。橘さんは、剣術の達人で有名な人でありますから、攻め上る時にも、随分先に進んで敵の一人二人を手ずから斬ったそうですが、いざ敵が盛り返して来るというのを見て、ござんなれ、眼に物見せてくれんという勢いで、その軍刀を振り翳して、頻りに敵と格闘した。けれど、四面からその一点に向けて撃ち懸る敵の砲がいかにも烈しい。橘さんは最初に、刀の鍔から手に抜ける小銃丸を受け、間もなく、下腸《かちょう》に一丸を被ったが、更にこれに屈せずして、いかにもしてこの山の占領を確実にしたいと、頻りに自ら指揮をなされていたそうです。けれど、敵の逆襲がいかにも烈しいので味方は段々追い返される、果ては山上が保ち切れぬという有様になった。この時、橘さんは臀部《でんぶ》に弾丸を受けられたそうですが、この傷痍《しょうい》が重かったので、遂に其処に倒れられてしまった。それから後は、内田軍曹が百方これを介抱し、兎に角掩濠の中へと引き入れて、何彼と力を尽したが、何分にも、敵の逆襲が烈しいので、味方はどしどし退却してしまう。少佐は又少佐で、『どうしても引くな、死ぬなら、この占領した山の上で死ぬ』と言うので、この取扱いに一方ならず苦心したと言うことです。けれどどうしても此処にはおられぬので、『これはこの山を棄てて退くのではない、貴下は重傷を負われているから……』と色々なだめ賺《すか》して、抱いて山を下りる途中、また一つ弾丸が来て、少佐の胸を貫き、更に軍曹の胸部を貫いたので、二人は其処に斃れたまましばしは気絶して何をも知らなかったということです。その中に気が附くと、味方は既に大方退却してしまったし、傍には味方の死骸が累々と山を築くばかりになっているし、敵の砲は依然として烈しいので、余義なく這うようにして少しく低く凹地に入り、其処でしばし介抱していたそうです。少佐はこの間にも絶えず『占領したところを捨てるな、皇太子殿下の誕生日にこう多くの兵を殺して申し訳が無い』と言いづめに言っておられたそうですが、午後四時頃になると、目はうるんで動かなくなって、自分でももうとてもいけぬと覚悟したらしく、六時頃になって、遂に瞑目されてしまったということで、それから日の暮るるのを待て、傷者の比較的軽傷なるものを集め、急造の担架を作って、それに載せて陣営地に帰って来た、という話です」

自分は黙してこれを聞いたが、しかもかの海城の夜の送別の宴を思い出さずにはいられなかった。実際、考えると、宇品から上陸地点、南山から得利寺、大石橋と少佐が時に由り、折に触れて、さまざまの紀念を明らかに自分等の頭脳に刻んだのは、竟《つい》に忘るることが出来ぬので、少佐の徳は死してなお自分等の胸に絶大なる感化を与えるのであった。

涙の中に得たる歌四首。

さまざまに受けしめぐみも今ははや酬ひんよしも無くなりにけり
かの夜半《よわ》に人とつどひてにぎはしく別れしだにも悲しかりしを
砲の煙しろくただよふあら野辺に逝きつる君は悲しかりけむ
まごころの底より出でしこの涙ああこの涙君ようけませ

この夜は遅く迄眠られなかった。

九月七日（水曜日）晴

明後日は愈々帰国の途に就くと言うので、せめては遼陽附近のさまでも少し探って見ようと、病余《びょうよ》羸弱《るいじゃく》、五六町も容易には歩けぬ身の勇を鼓して、小笠原君と一緒に出掛けた。停車場附近はわが軍の砲弾を蒙りて、破壊甚しく、壁、扉にその痕を留めぬものは無いくらい。敵将クロパトキンの本営は線路の東北に位して、無数の洋館の、ちょうど中通りの右側になっているのであるが、その構造は頗る意を用い、檐《のき》の破風造を為せる、扉に矢形の模様を置きたる、庭に西洋草花を満植したる、流石に敵の大将の住宅であると点頭《うなず》かるるのであった。それに、鉄道線路は直ちにその家屋の前に達し、いつにても出陣なし得らるるようになっている。

殊に、自分の勇ましく感じたのは、その前にはわが哨兵既に銃剣を携えて立ち、その扉にはマンシユウグンシレイブ（注・満州軍司令部、防諜のためカタカナを使用した）の白布の風に翻るのを見たことであった。

糧株のまだぷすぷすと燻っている間を向うに出ると、線路には貨車客車の鹵獲《ろくわく》せられたるもの多く、一台二等客車の横たわるを、日本のより美しいなどと評している兵士があった。遼陽に敵の本営を置いた処だけあって、その設備も盛んに、兵舎家屋の陸続として相連なれる、敵の容易にこれを棄て去るを肯んじなかったので道理であると思った。それから二三町前に出ると、かの名高い仏塔は、さながら連日の修羅の巷を知らざるもののように独り高く大空に聳えている。近づくと、高さは浅草の十二層塔の三倍くらい、露人はその周囲に小さく公園を開いている。遼陽城はこれを距《さ》る、わずかに七八町、厳然たる城壁は四方を囲み、西の一門屹としてその前に聳えている。海城、蓋平などに比べると余程広くも大きくもあるが、その構造や、位置は同じことで、ただ、道路が廿字形を為しているのが異なっているばかり。市民はわが軍の入城を歓迎して、檐頭《たんとう》には必ず国旗を掲げているのではあるが、実は露国に同情を寄せたものが多く、わが軍の占領を憂うる色はその面にありありと顕れている。聞くと、露国はこの支那住民の歓心を得ることに力をつとめ、兵士などは決して城中に入れなかったそうである。

西門外の第三師団司令部に、新愛知の記者新田静湾君を訪ね、午後一時過、宿舎に帰った。

遼陽城の東北を流るる太子河、その流れ頗る大に、深さまた人肩を没するばかりであるという。その流れを渉って来た東京日々新聞記者黒田甲子郎氏。氏の語る所を聞いて、自分はわずかに第一軍方面の戦況を知ることとを得たので。今回の戦、第一軍はその左翼隊をして第四軍と連絡を保たしめ、右翼隊をして太子河の上流を徒渉して、敵の退路を扼せしめんとしたのであるが、謀略半ばにして、敵が退路に大兵を派したるがため、充分なる効果を呈する能わず、右翼大部隊は煙台の炭坑を占領しながら、進んで、敵の退路を絶つの挙に出ずることが出来なかったので、敵は奉天街道に五縦列をつくって、悠々退却し、その隊伍の乱れざる頗る見るべきものあつたと黒田特派員は語った。且言うのには、第一軍のこの遼陽の平野に出ずる困難はそれはそれは容易に名状すべからざるもので、山は皆剣抜矗立《けんばつちくりつ》、路は多くはその絶巓へと通じ、一上一下、その輸送の困難、行軍の困難、到底口これを言い、筆これを状することが出来ぬとのこと。宿舎の東北に連なり合い重なり合える千山万岳《ざんばんがく》、まことに、第一軍の来るや一方ならざる困苦を嘗めたのであろう。

柴田君、亘君は撮影のため城内城外の各地に奔走し、帰り来りて自分のために状況を説いてくれるので、太子河の架橋既に半ば成らんとし、わが軍の砲塁また漸く完《まった》く、軍容の盛んなる、実に天下を圧するの概があるという。ことに、その河の対岸には、赤帽を被った近衛師団の兵が既に三々伍々相往来し、第一軍、第二軍が漸く此処で完全に連絡が取れたかと、何となく愉快で堪らぬと語った。自分も身に病なく、脚また昔のごとくならば、第一軍にある知人をも訪わん、各師団に行って、詳しい戦況をも聞こうものをなど思い煩ったが、今は到底それも出来ぬ身の、終日宿営舎の中に籠って暮した。

遼陽の宿舎は、自分等が上陸以来初めて入った露国の洋館で、その室は広く清潔に、支那土民の炕の上にばかり眠りつけた身には、実に都会にでも行ったような心地がせらるるのであった。けれど支那土民の平偏《ひら》たき釜がなく、各自米を炊くことの出来ぬのは一方ならぬ不便で、これがため各部の人々、皆飯を炊事場に仰ぎ、炊事掛の忙しさと言ったら非常で、自分等もまた半熟の飯を食はなければならぬことに立ち至った。

宿営舎前の低き階段――自分はつれづれなるまま一人その上の扉に寄っ懸って、病余の人のするように恍惚としてただ意味もなくあたりのさまを見るを例とした。満州の濶《ひろ》い野には、楊樹の黒くこんもりとしたる村落晨星《そんらくしんせい》のごとく散在して、他は皆一望涯《かぎり》なき高粱畑の上に、白い羊毛のような雲ふわふわと漂いわたって、その間々に見渡さるるわが歩兵の行進、砲車の整列、それを指揮する将校の軍剣の鞘、それがおりおり日に閃めいて眩ゆく光る。自分の立っている階段の下には、壁に添って、兵士が俄かに築いた小さな竈幾つとなく連って、清苦力二三名何事をか語り合いながら、頻りにその竈に細き煙を立てている。最も階段に近き一つの薬罐には、湯すでに沸きて、湯気盛んに立ち昇っているのを見た。前なる兵舎には、兵、馬卒等の互に罵り合う声喧《かまびす》しく聞えた。

今聞く、その地には、雪ふりたりと。満州地方気候の激変せる、われ等が苦しんだ熱い日影は、既にその温かさをも失いて、その階段、その宿舎、その扉――今は遠征の人々風の寒さを詫ぶるのであろう。ああその宿営の光景今も眼の前に………。

自分は遼陽に入ったとは、名のみ。病余羸弱《びょうよるいじゃく》の身のその附近の状況――敵が頑強に抵抗した設塁陣の光景をすら仔細に視察する事が出来なかった。況んや戦況をや。

夕暮になると、自分等の明後日の出発を聞いて、管理部から、葡萄を山の如く積みたるものを一箱、敵の棄て去った角砂糖を五六百個、酒二升を贈って別離を盛んにしてくれた。管理部の各将校には、自分等写真班が宇品出帆以来どんなに厚情を荷ったか知れぬので、その恩はわれ等の終生忘るることが出来ぬものである。けれどああ人事の転変の速やかなる、曾て部長であった橘少佐は戦死し、大越副官は野戦隊の大隊長に赴任し、沢田副官また遠からずして戦線に出でようとし、乃村曹長は既に騎兵旅団附の命令を受取ったとのこと。跡に残れるは、秋月中尉、飯塚主計等の諸氏に過ぎぬのである。

で、その夜遅くまで、自分等は諸君のために健康の盃を挙げたので。

九月八日（木曜日）半晴

明日は愈々お別れとなった。

取り残した写真やら、聞き残した戦況やらで、坪谷君、柴田君は頻りに此方彼方と奔走していたが、午後からは好い加減に切り上げて、さて出発の準備にと取り懸った。

小笠原君は一人踏み留ると言うので、器具万般は皆な同君に残して置くことにしたが、林家屯から雇って来た忠実なる青年苦力も此処から軍に別れて帰るとのことで、自分等はさまざまなる物品を彼に恵贈した。ことに、柴田君の驢馬、これも彼が低価に売って貰ったので、この上もなく喜んで、頻りに別離を惜んでいた。

参謀部、砲兵部、経理部、憲兵部等の諸将校に暇を告ぐるに時間を潰して、軍医部を訪ねたのは、もう全く日が暮れ渡った後であった。先ず、井島、小島の両軍医にも厚く礼を述べ、森軍医部長の室に音信《おとな》うと、鷗外先生は、闇の中に蝋燭も点さず、一人孑燃《ぽつねん》としておられるのである。わが従軍中は、さまざまの教えをも受け、ことに、海城で病を得た時は一方ならぬ厚意を辱《かたじけの》うしたのに、今は別れて遠く都に帰らんとせる身、御用事あらばなど言うのも何となく佗しい。東京も悪くはないな……など言われたる中にも、そぞろ懐郷の情が顕れて、軍国のために、かかるところに冬を過ごしたまう傷ましさなど思い遣られずにはいられなかつた。夜、更くる迄物語して、いざとて暇を告げると、「君は風邪引いてるナ、ヘブリンを二三包貰って行きたまえ。病後は注意せんければいかんよ」とて、軍医に命じて、薬を賜わった。この厚情、自分は何の日か忘れられよう？

われ等従軍写真班――六カ月雨に風にさまざまの恩恵を受けたわれ等は、明日を以て愈々このなつかしい軍にわかれ行かんとするのである。

健在なれ、わが第二軍。

九月九日（金曜日）晴

特に管理部から給せられた荷馬車二輌。それに写真機械一切を満載し、病余の身のわれはその上に跨りながら、愈々出発したのは、午前の九時。「愈々御帰国ですか、羨ましいナ」など、行き逢う馬卒、傭人等に声懸けらるるも何となく名残惜しく、晴れたる秋の日影の下に、自分等は一種状し難き情を抱いて、この第二軍にわかれ行く……。

鉄道線路を離れると、路は逶迤《えい》として高粱の人肩を没するばかりなる間に通じ、その間に、粟畑、大豆畑、秋風は既に蕎麦の花に遍く、思いも懸けぬ路のところどころに白く霜を敷いて顕れたのなど、そぞろに自分の興を催した。おりおり過ぎ行く村落の角には龍神土神を祭った小さな祠があって、四五株連なり生じたる楊樹の一簇。砲車、弾薬車の幾列はその根元に斜めに並べられて、砲身の燻れるを掃除しながら兵士の三々伍々何事をか相語れる、一つとして軍中の景ならぬはない。

高粱畑の間の幾屈曲、楊樹の簇れる幾村落、深き泥濘は車の幅を没して、人も車も共に転覆せんかと思わるる悪い道路の陥落をも幾個所か過ぎて、首山の突兀たる岩石の麓を、孤家子よりマエトーレに向かいて進みしは、早や十一時近い頃であった。満州の乾燥した空気は、日の影を透明ならしめ、物の影を濃かならしめ、見渡す限りの碧落、ただ、所々に羊毛のごとき白き雲を漂わせるばかり、新戦場を弔《とむら》うには、余りに美しく晴れた日であった。

美しく晴れたる日の新戦場、けれどこの明らかな日の光の中にも、なお悲しむべく哭《こく》すべき影の籠らぬであろうか。否、晴れた日の影にただよえる思、却りて曇り果てたる空に勝りて多いのはいかに。曇ったならば――秋風新墳の上を吹きて陰雲時雨を送ろうとする時ならば、我は声を挙げて、哭して以てこの悲哀を遣ることも出来たであろう。わが悲哀の琴線は無限の秋風に触れて、この国家のために個人の満足を捨てて顧みなかった勇ましい武士の墳の上に微かなる響を伝うることを得たであろう。けれど……。

　自分は美しい日の影の下に涙を揮《ふる》って、一人荷馬車の上に揺られつつ行ったのである。敵が機関砲を据えた小丘《しょうきゅう》、わが六師団の兵の進めなかつた村落、見よ、敵の鉄条網、狼穽の棄てられたのと相対して、わが勇敢なる武士の墳墓は、幾個となく、其処に土饅頭の列をつくって、その上には小さき低き墓標の影、前なる牛鍵の空きたる花立には、野の薄の穂、いと殊勝にも手向けられつつあるではないか。ことに、その附近の丘地の上の彼方此方《かなたこなた》、二三の兵士の彷徨せるは、もしやその親しき友の戦死の跡、慈愛深き兄弟の墓を訪なえるのではあるまいか。

　涙はしとどに征衣を湿《うるお》した。

　この時、背後の車上から

「橘さんの戦死した山はその山！」

と亘君は教えてくれた。

　その山！　と見ると、高さ大凡四十五六米ばかり、赤色に灰色を加えたる斜阪の長く連れる間には敵の掩濠、鉢巻のごとく二重三重に取り巻きて、折から砲煙の揚がれるごとき白き雲は、幾簇となくその平扁なる丘陵の上の空に漂い渡った。少佐が身に五個所の創《きず》を負いて、勇猛なおその占領せし陣地を棄つるのを肯んじなかった時の光景は如何であったろうか。砲弾蜂の巣のごとく爆発せる掩濠の中に勇ましき穏かなる最期を取りし時の心は如何であったろうか。自分は殆ど想像するに堪えずして、眼を塞いだ。

　その時の悲哀――砲煙の野に、血に染みて横たわりつつ、なお国家のために、個人の満足を捨てて顧みざるその時の悲哀、これ、なお、人生であるか、これなお、人の世の悲哀なるか。

自分は今これを記するに力がない。

路はその悲惨なる丘陵の麓を横ぎり、敵が施した十重二十重《とえはたえ》の鉄条網、狼穽の傍らを過ぎて、漸くマエトーレの村へと下って行く。高粱の縦横に踏み躙られたる、楊柳の大樹の幹より二つに折られたる、銃眼を穿ちて敵が頑強に防ぎたる農家の壁、わが砲弾の微塵に小屋の壁を破壊せる光景など、その日の激戦を想像せしむるには充分である。村の左方に添いてなお下ると、避難者の牛車馬車陸続として帰来し、主婦の小児を負えるもの、小娘のなお恐ろしげに四辺《あたり》を見るもの等、また一場の活画図である。

マエトーレから頭台子に至る、約一里半。その間ただ高粱畑ばかり、路には馬糧、糧食を満載した荷馬車の列が泥濘の波を挙げて頻りに鞭を振っている。

頭台子は大なる村落で、農家またすぐれたるものが多い。村の盡頭には砲兵部隊戦死者の新墳があって、兵士が二三これに詣でてもいた。これから、沙河鎮までは、里程一里余、同じく高粱畑の間ばかりであるが、ただ、騾車の一転進毎に、顧ると、首山の翠微漸く遠く、それに連なれる紀念ある丘陵も、次第に樹にかくれ、村にかくれて、遂に見えず見えずなるので。

沙河鎮の中央を流るる沙河。河南は自分が来る時にこれに一夜を過ごしが、河北を過ぎるのは今が初めてである。遼陽街道中（遼陽海城間）鞍山站と共に二大駅の称がある程あって、家並もすぐれて美に、商賈らしき家も頗る多い。ことに、川に添ったあたりには、麺麭売る肆《みせ》、菓物売る店など相並んで、清苦力の車をとどめ、馬車をとどめてこれを買うもの夥しく、喧争の声この河畔一帯の地に充ち渡った。

河を渡ると、日影涼しき楊樹の陰。

自分等一行は、此処に馬車をとどめて、おくれた午餐を喫した。

炊事場の飯とて、半熟の舌触り悪しきに、菜は福神漬の罐、牛罐、鮭罐、どれを見ても食い厭《あ》きしものばかり。此処等に酒保の肆《みせ》はないかと、彼方此方探したけれども、無い。詮方なく、有合せの菜で、通らぬ飯を辛じて咽喉に通し、水筒の水を仰ぎ飲みながら、見るともなく見ると、此方の岸には、避難者の群、幾簇となく集まって、婦を負いつつ川を渡る夫のいかにも可笑しいので、いずれも皆な興を催してそれに見入った。

「どうだ、そらまた背負った！」

今しも群の中の一人の男は、二十前後の新婦らしい妻をひょいと背負いて、小さい脚を両腕の間にかい込みつつ、さながら子供でもあるかのように、平気で川を越して行く。

「習慣と言いながら、実に滑稽だね、日本で、あれを遣ったら、どうだ」

こう言ったのは、某新聞記者。

「君等はその手合じゃないか」

「馬鹿を言え」

「縁日に、目白の押合のように、くっ附いて歩いてるのも、あの手合と幾らも違わんぜ」

「いつくっ附いて歩いた」

「君の縁日は有名なものじゃないか」

「馬鹿言え」

こう言つた某氏は、言葉をとどめた儀、なお飽かずその徒渉せる夫妻に見入るのであつた。

「ああしていつ迄も見てる処を見ると、先生、思出したナ」と傍らから冷評を加えた者がある。

「沢山《たんと》言え、沢山言え……」と某氏はなお見入った。

先に渉ったもの、漸く川の中央に及んだと思った頃、後から、一組、二組、三組、四組まで続々と繰り出し、その形、その姿の可笑しさ、さながら棒に縋《すが》れる弾猿《はじきざる》のように。

「どうだ、あのざまは！」

「実に滑稽だ！」

「愉快愉快、一枚撮ろう」と、某君は傍離さぬコダックを引出して、頻りに光線の度合をはかり始めた。

この面白き光景を点綴した沙河の濁った流れには、この時秋の烈しい日の影閃々と煌めきて、われ等の頭上なる楊樹の葉に美しくかがやき渡った。対岸には、露肆の喧争のさま明らかな空気を透して、まるで画のように見える。

あれが三十日、三十一日の司令部の観戦山だという小丘陵を右に見つつ、河南の村に入ると、わが来れる時、一夜を剣鞘雑遝《けんそうざっとう》の中に過した家屋には闃《げき》として一兵の影だになく、砲車、弾薬車の縦横に馳せちがった街路にも、今はおりおり糧秣を載せたる馬車牛車のいと徐《しず》かに過ぎ行くばかりである。ただ、この間の家屋、野戦病院患者収容所に充てられたので、ゆくゆく赤十字の徽號服《きごうふく》を着けたる負傷兵多く、或いは扉に倚りて野を眺め、或いは垣の外に出でてわれ等の過ぎ行くを目送りするなど、そぞろに心を惹いたのである。

ことに、わが詩思を誘ったのは、沙河鎮河南屯を少し行ったところに、柳の多い一つの村があって、その村の盡頭に、一軒の家屋。その家屋に収容された負傷兵のさまは、何故かしらぬがいたく自分の思いを誘った。こは、何故であろう、あたりの光景の悲惨なりしためか。否。重傷患者の傷しきもののあったためか。否。思うに自分の心は、その野外の離れ家なることと、屋後の秋の日影の美しかったことと、その家屋の開放されて明らかにその中に集まれる負傷兵を見得たるとに由るのであらう。

その野外の家、後景には秋の日の影、前には楊の樹の影疎らに、やや薄暗い家屋の中に、負傷兵の或いは臥し、或いは凭《よ》り、或いは語れるさま、いかに趣に富んでいたろうか。彼等は家郷を距《さ》ること千里、万里、その思いは常に東に馳せたる身、われ等帰国の車を見て、いかに心を動かしたであろうか。

アルフォンス・ドオテエが集中、普仏戦争の役、負傷して、近隣の村舎に傷痍を養える一人の軍曹が、その家の若い美しい少女に恋するという短篇のあったことを、この時、ゆくりなく思い出した。けれどこの野外の家には、さるやさしみの相応しきものあるべき謂れがないのである。否、満州のごとき塞外に戦える将校兵士は、さる美しきもの、やさしきものの、髣髴をだに得ること能わぬのである。

で、自分は久しく負傷兵のことを思った。

しばし行ってから、せめてはかの野外の家、野菊山菊の花だにあったなら……と思った。けれど花のないのは、満州の野、靡くはただ薄ばかり。郷国にあるものよ、願わくは、この負傷者に、その節毎に咲き匂える花を寄せよ。

八卦溝を過ぎて、その西方に蜿蜒せる小丘陵を斜めに越えると、今しも満面に秋の日影を帯びた鞍山站一帯の平野には、駱駝の背のごとき鳳龍山、深紫の色を粧いて、その展望の美、実に状すべからざるものがある。けれど、到る処は皆同じ村、皆同じ楊柳、皆同じ牛車馬車の連続、詩興を促す程のものも無いので。日暮風寒く、漸く鞍山站の停車場に着いた。鞍山站停車場は、鞍山站駅を北に距ること一里半余、旧堡の北十四五町にあるのである。皆な露国の経営せるところで、一個の大停車場の他、事務局、官舎、兵舎等、その家屋の数大凡五六十、兵站司令部は停車場の中にあって、司令官は杉江大尉。先ず、馬車を停車場前の広場に留め、そのまま兵站司令部へ音信うと、線路を伝った坪谷君既にありて、食事宿営等の雑務を弁じくれられたのはこの上なく嬉しかった。

鞍山站停車場に近づいた時、自分等は既にその附近の何となく賑わしく、騎兵歩兵の往来など常に似ず頻繁なのを認めたが、司令官に聞いて、初めて閑院宮殿下の今宵この地に宿舎を取りたまうことを知った。で司令官及び以下の部員は一方ならぬ繁忙を極めているが、しかもなおよくわれ等一行のために、注意周到なる世話を取ってくれたのは、われ等の特に感謝するところである。ことに、自分は病後の身、今宵は貨車の中に寒き一夜を過さなければならぬかと憂いたのは、自分等十二名のために、特にその事務員室を割愛しくれたのは尤も嬉しい限りであった。まして夜更けて後大尉自から酒を携え来たって、われ等をして一杯の日本酒《イイベンチュ》を傾けしめたるをや。

自分は昨夜から病後の身に風邪を引いて、多少の悪寒悪熱を総身に感じ、気分又甚だ勝れないので、再び海城兵站病院に置去りにせらるるようなことがあってはと、注意の上にも注意を加え、その夜は軍医部から貰ったヘブリンを服し、毛布を頭から被って寝た。

九月十日（土曜日）晴

気分やや爽快。

此処からは貨車に便乗する筈であったが、貨車出発時間が遅いから、海城までは昨日と同じき馬車行を続くることに決し、朝七時、停車場を発して、鞍山站へと向った。

鞍山は真にこれ天然の関門、駱駝のような鳳龍山は直ちに七百余米の高地を起こして、その山の鞍部、一道の渓流南から北に流れ、水に添って辛うじて一路の彎曲たるのを見るのである。であるから敵がもし、これに拠って防ごうなら、我が軍は少くとも二三日の激戦を為さなければならなかったであろうものを。軍略上余義なしとは言え、むざむざこの天険を人に委《い》し去った露兵の怯《きょう》もまた憫《あわれ》むべしである。

馬車はよくもあの険しい処をと思うような路を右に曲り、左に曲りつつ、一度は山腹を蛇行し、一度は渓畔を迂回し、遂に下りて、清浅掬《むす》ぶに堪えたる渓流を渉り、次第に鞍山站の村落へと近づいて行った。自分の来る時には、便を貨車に借りて、一直線に鉄道線路をたどるので、山の聳立《しょうりつ》、渓の屈曲、風情あるところとは思いながらも、しかもその勝のしかく詩趣に富んでいようとは夢にも想像しなかった。想像して御覧なさい、柳多き村、その村を越えて、とある阪を登ると、鳳龍山の岩石は圧するがごとく、渓流の屈曲は銀蛇《ぎんだ》の走るがごとく、四近の風景はさながら尺幅の中に無限の煙波を籠めた名手の画図にそのままである。自分は久しく山水に渇した身、この扇頭の小景にも少なからぬ興を催して、胸臆に上り来る吟詠の二三を手帖に書き留めながら、次第に前へと進んで行ったが、鞍山站の荒駅に至るに及んで、わが興は愈々加わった。

柴田君が語って言わるるには、「実に、この鞍山站は十年の中にすっかり衰微してしまったということです。管理部のある将校の話ですが、日清戦役に来た時には、それは中々盛んな駅で、城廓なども今日のように崩れていることはなく、商家櫛比《しょうかしっぴ》という光景であったそうです。ところが、今度来たら、まるで変わっていて別な処か知らんと思われるくらいでしたという事です。何が原因でこうすっかり衰微してしまったか知れんけれど、実際、それは酷くなっています。大家の潰れたような跡もまた残っておりますし、その家の周囲の石垣などもまだ形を崩さずにちゃんとしている。何でもそんなに古い事は無い、四五年この方でしょうという事です」

この山水にこの荒廃せる古駅！　何たる風情ある反映であろうと思いながら、自分は次第にわが前に近づき来る光景を見た。阪路昇降し尽して、先ず眼に入ったのは、林叢の中に埋もれた壊残せる城壁の形、その城壁には草が離々として生じて、楊柳の影はその昔を偲えよとばかり低くその四近に靡き渡っている。

壊残した城壁のところどころ微かなる秋の日影が、斜にさし透って、中に無名鳥の声低く囀れる、誰か自然人事の変遷の急なるに転《うた》た腸《はらわた》を断ぜざるものがあろうぞ。愈々進むと、城壁は愈々近く、果てはわれ等の過ぎ行く道路のあたかもその中に通じたのを認めるので。

城門題して曰く、「鞍山駅站《あんざんえきたん》」と。

その古びた筆の匂い、壁に這いまつわった深い苔には、いかに深き意味といかに永き歳月の転移とを刻んでいることか。この古《ふり》にし城門の題額、此処にもなお過ぎし栄華の痕を留めたのであると思うとする間に、わが乗れる荷馬車はがたがたと阪を下りて、その彎形為せる古関門を過ぎ行くのである。

一歩一歩、見ゆるもの皆わが興を惹き、わが情を傷ましめぬはない。崩れた石垣の中には葱、菜などの畑があって、昔住んだ人の摘み取ったと思わる林檎梨の果樹多く叢生し、その傍らには庭の跡らしい、池水の濁り果てて日影もうつさずなったのがある。路の両側には、わずかに踏み留まって残ったと覚しき商賈の家星疎らに点綴せられて、赤き商標のぴらぴらと風になびくのも淋しい。言葉完全に通じたならば――詳しくこの古駅のことを聞き得たらば、詩に歌うべき材料も多かろうになど思いながら、自分は低回俯仰《ていかいふぎょう》久しく去るに忍びなかった。

劉家店、楊家屯を過ぐると、温泉のある湯崗子《とうこうし》、それから一里ばかりで新台子に行くのであるが、この間には別に記すべきことも無かった。

甘泉堡を経て、日の暮れんとする頃、漸く海城の北門を前面に認むるあたりまで来た。海城停車場は彼処《かしこ》、自分が半月を過した兵站病院はかの家などと語り合いて進んで行ったが、おりから路は泥濘深きところに懸って、馬は御者の鞭に喘ぎ、車輪また左右に深く陥りて、幾度か転覆せんとしたのを、車の柱に支えながら辛うじて過ぎ行く時、再び陥れる泥濘の凹地に車は半ば傾きたりと思う間もなく、自分は中心を失って毬のごとく地に墜ちた。否、車はわが足を引いたのである。

「引かれた！　引かれた！　足を引かれた！」自分はかく叫んで立ち上った。

その瞬間はさして苦痛を覚えなかったが、二三時間経つと、非常に痛み出して、海城兵站病院で、石炭酸の湿布繃帯をして貰って、宿舎に着いて、身を横たえたが最後、もう再び立ち上ることが出来なかった。

何たる奇禍！

（九月十一日記載なし）

九月十二日（月曜日）晴

殆ど一行諸君の肩に負われるようにして、漸くに旅行を続けたが、この日、日の暮れ暮れに金州に着いて、曾て砲煙弾雨の中に馳駆《ちく》した山川を少なからざる興味を以て眺めたのである。

昨日の朝、海城を発って、十一時に他山浦《たざんほ》に着いたが、自分等の乗った貨車の前に、英国のニコルソン中将が行ったので、その貨車の大石橋に着くまでは出発せぬとかで、夏の暑い日盛《ひざかり》を、樹蔭もなく、じりじりと上から照り付けられながら、午後四時過ぎまで待った。大石橋に着いたのは、もう暗くなってから、直ちに兵站司令部に行って、営口行を談判すると、ちょうど昨日からその方面に貨車が行かぬようになったとのこと。これは機関車が大石橋まで通じたからで、今朝初めて開通したとの話である。自分等は営口で一休憩したいと思った身の、これを非常に残念に感じたが、その方面に行くには、一日アタアタ車で揺られて、さて行き着いてから、ちょうど好い塩梅に船にあるかどうだか解らぬので、余義なく方針を変えてダルニーに向うことにした。汽車の発車はその夜の十時。宿営を取るほどの暇はなく、干鱈《ひだら》を噛みながら、夕飯を終り、時刻を待ってそれに乗った。それにしても愉快なのは、この汽車。昨日までは、蟻の這うような貨草の綱曳に、転《うた》た道のはかどらぬのを侘びたのであるが、これからはただ一飛び、来る時は二月、三月も懸って辛苦してたどった道を、一日二日の中に行きつくのであると思うと、無蓋車であろうが、夜露に濡れようが、そんなことは眼中に無いので、自分等はただただ限りなきの愉快を覚えた。で、汽車は大風の吹き渡るような響を四面に振わせつつ、闇中を全速力で走ったが、熊岳城の停車場あたりから、いつとなく華胥《かしょ》の境に遊んで、北瓦房店の停車場に久しく留ったのも知らなかった。ふと眼が覚めると、四面は黒い山の影、その東の山際が少しく黎明《しののめ》の光を帯びて、やがて夜の明け離れるのも程が無い様子。傍なる人に訊くと、得利寺はもう直きだ！と教えてくれた。

　明け離れて行く暁の光、自分は得利寺の新戦場をいかに深き趣味を抱きつつ過ぎたであろうか。第十九旅団の突撃を試みた夾河心《きょうかしん》、柯家屯《かかとん》の諸村落、敵の敗走した崔家屯《さいかとん》、初家屯《しょかとん》の道路、おりからの朝霧は復州河の本流支流を画のように蔽って、その底には楊樹《やなぎ》の緑がぼんやりと薄く見える具合、実に何とも言われぬ。得利寺の停車場、此処に着いた頃にはもうすっかり夜が明け離れておったが、その附近からそろそろ龍潭山《りゅうたんさん》やら、龍王廟《りゅうおうびょう》高地やら、龐家屯《ほうかとん》北方高地やらが見え出して、復州河の紅余屈曲して流れて行くさまも手に取るように眼に入る。あれが敵の砲兵陣地、彼処の山の陰が第三師団の苦戦したところ、などと得意になって自分は一行諸君にこの戦跡を指点していたが、堀君が不意に、

「彼処ですねえ、ずぶ濡れになって立っていた岩は！」

と指さした。

　なるほど、その岩、その川、その楊樹――と見る中に、汽車は龐家屯北方高地の麓を掠めて、温家屯、王家店、遂に、その一体の隘路《あいろ》を出でて、南瓦房店の平野へと走った。

南瓦房店に着いたのは、午前七時、この汽車は此処までで留るので、自分等は余義なく車を下りて、その広い停車場に、午後二時に来るべき汽車を待った。

脚は相変わらず痛いが、湿布繃帯を倦まずに施したため、出るべき筈の熱は出ず、三間くらいは杖をたよりに歩くことが出来るようになった。

二時の汽車が遅れて五時。それには負傷兵が満載されてあるので、あぶなく置いて行かれる処であったが、北川司令官の好意に因って、辛うじてそれに便乗することを得た。拉子山《らっしさん》、丑家山咀《ちゅうかさんそ》、これ皆第二軍の経過し去った地、何を見ても追懐の情に堪えぬのであったが、普蘭店、三十里堡と段々通過して、やがてなつかしいのは老虎山の夕陽《せきよう》に聳ゆる姿。十三里台子の凹地を抜けると、金州の盆地は左右に大連、金州の両湾をひらきながら、薄暗い暮色の中に遠く広く横たわっているのである。

金州の停車場で日は全く暮れたが、大房身の停草場に行くと、ちょうど青泥窪《ダルニー》行が今汽笛を鳴らして出発しようとしつつある処で、自分等一行は慌ててそれに乗り移った。

難関嶺を過ぎて、三十里堡に近く、汽車はそのまま闇の夜を縫って、直ちに青泥窪にと向ったが、ふと見ると、旅順方面に当って、縦横に闇を斫《き》る敵の探照灯の光、それを見るとその方面の戦がそれとなく想像せられて、何となく胸の躍るのを覚ゆるのであった。ことに、山を離れて、海岸近く進むと、曾つて荒涼寂寞たりしダルニーの市街は、電灯燦として海波に映じ、その壮観！

青泥窪に着いたのは、午後十一時、汽車から下されて、荷物やら、夕餐《ゆうめし》やらに手間を取って、宿舎に着いたのは、彼是一時過でもあったろうか。ことに、その宿舎は停車場から遠いので、自分は脚を痛めた身の、どんなに苦しんだか知れぬ。歩く、負われる――否、終には地上を這って辛うじてその宿舎に行ったのである。

けれどももう此処まで来れば大丈夫、車から船舶、汽車、もう帰国したのも同様と、心を安んじて、ぐっすり眠った。

九月十三日（火曜日）晴

青泥窪は三月前に来た時とは大違い、昨夜既に電灯のきらめきと車馬の陸続たるとに驚いたが、今朝眼覚めて見ると、四近は皆店を開いて、その繁華なること、まるで横浜か神戸にでも行ったよう。先ず、第一に、坪谷君が碇泊司令部に船の出帆の模様を聞きに行ったが、一時間して帰って来て、「さア、諸君、大急ぎに準備したまえ、正午に出帆する備後丸に、九時まで来れば便乗させて遣るそうだ！」とまるで後から火でも附けられたような性急、青泥窪でゆっくり一日くらい遊びたいとは誰しも思っているのではあったが、さりとて一刻も早く帰りたいのはまた山々であるので、不平を言いながらも、皆忙しく出発の準備《したく》にと取り懸った。

自分も脚が達者で、市中を歩き廻ることが出来るなら、無理にも留まって、少しは異った観察もしたいのであるけれど、それも自由の利かぬ身の、一刻も早く故郷《ふるさと》へとのみ急がれて、坪谷君の雇って来てくれた俥（支那人の曳く）に乗って、そのまま碇泊司令部へと赴いた。

碇泊司令部は埠頭《はとば》の東の盡頭にあるので、途中、自分等は詳しく支那市街の繁華と雑踏とを見ることを得た。露肆《ろし》は数限りもなく路傍に開かれ、菓物、生肉、魚肉、麺麭を売る支那商賈の声は実に到る処に満ち渡って聞えた。この地は立派な日本の青泥窪となってしまった。

碇泊司令部に行って、旅行券を示し、十時過ぎに備後丸の甲板に上った。

※　　※　　※　　※　　※

午後一時出帆。

ああ静かなる日、穏かなる波、青泥窪の粉壁は舵器の一転進毎に次第に遠く微かになって一時間後には、自分等が辛苦して上陸した塩大澳《えんたいおう》の尾角を髣髴の間に認め、長山列島の南を掠めて、漸く遼東半島を煙波の中に失ってしまうのであった。

来る時とは違って、中等室の軟かなる白い寝台、三度の食も食堂に就いて、旨い肴の一皿二皿。心地好い風呂をさえ沸して貰って、まるで極楽にでも来たような心地。臥しながら、空気窓から見ると、碧い海、白い波、美しい日の閃耀《きらめき》。

自分等は終日本国の事を語り合いつつ、絶えず美しき島山へと憧るるので。

かくて一日。二日目の午後三時、万歳の声は甲板の上に起った。見よ、なつかしき肥前、壱岐の山影は蒼く、蒼く……

翌十六日は、門司、宇品。

解題

前澤哲也

小説家・田山花袋が第二軍私設写真班の一員として日露戦争に従軍したことはよく知られているし、彼の書いた『第二軍従征日記』は日露戦争に関する優れた記録文学として名高い。花袋が、戦地に向かって東京を発ったのは、開戦から約一カ月半後の一九〇四年（明治三十七年）三月二十三日。花袋が戦地に派遣されることになった経緯は、伊藤整の『日本文壇史8　日露戦争の時代』にこう記載されている。

この押川春浪編輯の「日露戦争写真画報」の材料を得るために、文章を書く記者と写真家を戦地へ派遣することとなったとき、旅行好きな地誌の編輯者と見られていた田山花袋が記者として選ばれた。

ある日、花袋が博文館へ行くと、総編輯長の坪谷水哉が彼に向かって「君、戦争に行かんか？」とたずねた。「行きましょう」と花袋は激した調子で答えた。

花袋が即座に返事をしたのには、四つの理由があると思われる。まず第一に、彼は生来、好奇心・行動力ともに旺盛であり、男盛りの三十二歳であったこと。そして、その一カ月ほど前、のちに『蒲団』のモデルとなる弟子・岡田美知代が彼の家にやってきて同居するようになり、美しい美知代に心惹かれる花袋に、お産直後の妻の気持ちが乱れ始め、花袋も動揺し、美知代は妻の姉の家に移り住むこととなり、花袋はこの精神的修羅場の逃げ口を戦地に求めたこと。第三の理由は、少年時代の花袋は軍人志望であったことだ。かつて、陸軍幼年学校を受験したが不首尾に終わった。だが、同じく軍人を志願した五歳下の弟・富弥は陸軍士官学校を卒業（第九期）し、明治三十三年には歩兵中尉に任官している。「弟が軍人として参戦するなら、俺は従軍記者として戦場へ行こう」という気持ちだったのだろう。それに加えて、兄の実弥登は東京帝国大学史料編纂員を務めていた（明治三十五年三月、著作権法違反事件に関連して免職）こともあって、花袋の、兄と弟に対するコンプレックスは相当強烈だったのではないか。なんとか自分の得意分野の文筆で世に出たい、そのためには何でもやろう、と思っていた花袋に提示されたのが、戦場行きの話であったというのが第四の理由である。

花袋が勤務していた博文館に関しては、『国史大辞典』に以下の記述がある。

明治中期―昭和中期の出版社。明治二十年（一八八七）一月越後長岡出身の大橋佐平が東京本郷弓町に創業。同年六月『日本大家論集』を創刊して成功し、以後『日本之教学』などの『日本之』を冠した何種もの雑誌を発刊した。同二十七年八月最初の写真雑誌『日清戦争實記』創刊の後、翌年一月に本格的な総合雑誌『太陽』を創刊してジャーナリズム界・出版界に不動の地位を築いた。明治期だけでも六十余種の雑誌を発行し、一貫して大衆路線を堅持した。

『日清戦争實記』（全五〇編）に続いて出版した雑誌『日露戦争實記』は開戦直後に発行されたが、第一編は二六回版を重ねて一〇万部余の売行きであった。当初は月三回の発行であったが後に四回に増やされ、戦闘終了後の明治三十八年十二月二十三日発行の第百十編まで発行された。定価は十銭で、これは当時の「駅弁」の値段とほぼ同額である。

三月二十三日、博文館から派遣された「私設第二軍従軍写真班」計八名の主任となった花袋は、東京を出発、軍からは邪魔者扱いをされながらも四月二十一日には宇品を出港して戦場へと向かった。宇品滞在中、第二軍軍医部長（軍医監・少将相当）の森鷗外に面談を申し込んだところ、鷗外はすぐに会ってくれた。その時の喜びを花袋は『東京の三十年』にこう記している。

私は文芸のありがたさを感ぜずにはいられなかった。それに、私はまだ作家として何もしていやしない。それにもかかわらず、佐官でも滅多に逢ってくれないこの戦時に、軍医部長が別に不思議もないようにこうして逢ってくれるとは！

本文中では、鷗外との文学的交流や島崎藤村・蒲原有明の手紙の紹介など小説家としての一面や、戦場の克明な描写、現地の様子などをヴィヴィッドに描くジャーナリストとしての一面が交錯しており興味深い。特に世話になった第二軍管理部長・橘周太少佐や坪内逍遥の甥・坪内鋭雄少尉、その他知り合いの軍人の戦死の様子を描いた場面や戦場に散乱したロシア兵の死体の描写は圧巻である。花袋自身が日露両軍の砲撃の真っただ中に入り込むなど戦場の恐ろしい場面もリアルに再現されているが、大連や営口で買い物や鯨飲馬食するシーンなど戦場以外の様子もユーモラスに描いてあり、その対照が一層印象的である。

また、この取材の経験を後の小説に生かしたと思われるシーンも幾つか見られる。海城の兵站病院に入院した経験は一九〇八年（明治四十一年）一月に発表した『一兵卒』の病室の場面に反映されているであろうし、帰国途中、海城の北門付近で花袋は馬車から転げ落ち足を轢かれた体験は、一九〇七年五月発表の『少女病』の、主人公が電車から落ちて轢死するラストシーンに使ったのではないだろうか。

帰国から約三カ月後の十二月四日、花袋は故郷の群馬県館林町で従軍講演をし、翌年一月には『第二軍従征日記』を博文館から出版した。館林町からは二三六人が日露戦争に出征しているので、その家族・親戚・知人は優に千人を超えているだろうから、講演はさぞ盛況だったにちがいないが、残念なことにその内容は伝わっていない。

帰国から三年後、花袋は『蒲団』をさらにその二年後に『田舎教師』を発表し自然主義作家としての地位を確立した。一方、士官学校出身の軍人としての標準的コースを歩んだ花袋の弟・富弥は一九一八年（大正七年）中佐となって予備役に編入、のち弘前の第五十九銀行に就職した。大正十二年夏に妻と東北地方を旅行した花袋は弘前の富弥を訪ねている。二人の間にどんな会話が交わされたのだろうか、興味はあるが知る術はない。

最後に余談だが、従軍記を読み進めているうち日露戦争取材時の花袋とほぼ同年齢の三十三歳でベトナム戦争を取材した開高健の姿が花袋と重なった。容貌もよく似ている二人の行動派の作家は、言い方は適切ではないかもしれないが、戦場に鍛えられのではないか、とふと思った。さらに、二人とも幼少時に父親を喪ったこと、満五十八歳でこの世を去ったこと、花袋の没年と開高の生年が一九三〇年（昭和五年）であったことなど、偶然と思えないいくつもの共通点が見られるのは非常に興味深い。

なお、本書は『明治文学全集67　田山花袋』（筑摩書房　昭和43年）を底本とした。

著者　田山花袋（たやま　かたい）

1871年（明治4年）現在の群馬県館林市に生れる。本名は録弥（ろくや）。

1896年頃より尾崎紅葉に師事し、後に国木田独歩、柳田国男、島崎藤村らと交わる。

1899年（明治32年）より博文館に勤務。1904年日露戦争が勃発すると第二軍の写真班として従軍記者をつとめた。

1907年（明治40年）に代表作『蒲団』を発表。さらに『生』『妻』『縁』の長編3部作や1909年の『田舎教師』などにより自然主義派の代表的作家となった。

1912年（明治44年）博文館を退社後も『一兵卒の銃殺』や『百夜』などの作品を精力的に発表した。その他に紀行文『南船北馬』『山行水行』や回想集『東京の三十年』などもある。

1930年（昭和5年）5月13日没。

解題　前澤哲也（まえざわ　てつや）
昭和34年（1959）群馬県太田市に生まれる。
県立太田高校をへて、1983年（同58年）中央大学文学部史学科卒業。
専攻は日本近代史。
著書『日露戦争と群馬県民』（2004年・煥乎堂、群馬県文学賞〈評論部門〉他受賞）
　　『帝国陸軍高崎連隊の近代史（上巻）明治大正編』（2009年・雄山閣）
　　『帝国陸軍高崎連隊の近代史（下巻）昭和編』（2011年・雄山閣）
共著『2005年度　松山ロシア兵捕虜収容所研究』（日露戦争史料調査会松山部会編）
解題『鉄血』（日露戦争戦記文学シリーズ1／猪熊敬一郎著／2010年・雄山閣）
論文「十五年戦争と群馬県民」（『上州路』375号）他

2011年11月30日　発行　《検印省略》

日露戦争戦記文学シリーズ（二）

第二軍従征日記

著　者　田山花袋
解　題　前澤哲也
発行者　宮田哲男
発　行　株式会社 雄山閣
東京都千代田区富士見2－6－9
TEL 03－3262－3231／FAX 03－3262－6938
印刷所　日本制作センター
製本所　協栄製本

ISBN978-4-639-02170-4